ullstein

Das Buch

In einem abgelegenen Waldstück in der Nähe von Kopenhagen wird ein Skelett gefunden, mit ihm ein antikes Artefakt. Ein Fall für die junge Linnea Kirkegaard und Kommissar Thor Dinesen. Linnea, Spezialistin für Gesichtsrekonstruktion, gelingt es, den verwesten Toten zu identifizieren. Es handelt sich um einen Iraker, der als Dolmetscher für die dänische Armee gearbeitet hat. Als sein Bild in der Zeitung abgedruckt wird, wollen die Drahtzieher eines großangelegten Kunstdiebstahlrings Rache. Sie schicken die eiskalte Profikillerin Peggy-Lee. Aber das ist nicht die einzige Gefahr für Linnea Kirkegaard und Kommissar Thor Dinesen. Noch jemand hat es auf sie abgesehen. Und er ist Linnea ganz nah …

Die Autoren

Karen Vad Bruun, Jahrgang 1977, lebt in Kopenhagen und arbeitet dort als Literaturagentin.
Benni Bødker, Jahrgang 1975, hat zahlreiche Kinder- und Jugendbücher geschrieben, die in mehrere Sprachen übersetzt wurden. *Verleumdung* ist das erste Buch in der neuen Serie um die eigenwillige Heldin Linnea Kirkegaard.

Benni Bødker & Karen Vad Bruun

Verleumdung

Thriller

Aus dem Dänischen von Ursel Allenstein

Ullstein

Besuchen Sie uns im Internet:
www.ullstein-taschenbuch.de

FSC
www.fsc.org
MIX
Papier aus verantwortungsvollen Quellen
FSC® C006701

Deutsche Erstausgabe im Ullstein Taschenbuch
1. Auflage Januar 2012

Published by agreement with
Leonhardt & Høier Literary Agency A/S, Copenhagen
Titel der dänischen Originalausgabe: *Blod vil have blod*
Umschlaggestaltung: ZERO Werbeagentur, München
Titelabbildung: © Getty Images/Stephen Dalton
Satz: LVD GmbH, Berlin
Gesetzt aus der Garamond
Papier: Holmen Book Cream
von Holmen Paper Central Europe, Hamburg GmbH
Druck und Bindearbeiten: CPI – Ebner & Spiegel, Ulm
Printed in Germany
ISBN 978-3-548-28372-2

Montag, 5. Juli

Prolog

Alle Menschen sind käuflich. Und wer sich nicht mit Geld bestechen lässt, hat lediglich einen anderen Preis.

Kevin Love ließ seinen Blick routinemäßig durch die Art-déco-Lobby des Hotels schweifen. Der Empfang war in vollem Gange, und es herrschte dichtes Stimmengewirr. Der Lärmpegel war merkbar angestiegen, nachdem man von den Geschäftsgesprächen zum normalen Networking übergegangen war. Alle anwesenden Männer trugen diskrete Nadelstreifenanzüge und strahlten Macht und Einfluss aus. Den zahlenmäßig leicht unterlegenen Frauen schien eine größere Vielfalt erlaubt zu sein, von gedeckter Geschäftskleidung bis hin zu freizügigeren Outfits. Für einen kurzen Moment wurde Loves Aufmerksamkeit von einer Frau gefesselt, deren cognacfarbener Lederrock so knapp war, dass man denken konnte, sie wäre eine käufliche Begleitung. Doch dieser Eindruck täuschte gewaltig. Sie gehörte zu den Teilnehmern, für deren Einladung er höchstpersönlich gesorgt hatte. Sie saß in der höchsten Führungsriege von Africom, seit die Bush-Regierung das Regionalkommando eingerichtet hatte, und hatte ihren Posten auch nach dem Präsidentenwechsel behalten. Mit anderen Worten, sie gehörte zu den Kontakten, die sein Geschäft tatsächlich anstoßen konnten, wenn alles nach Plan lief.

Sie drehte sich halb um und warf ihm einen Blick zu, als hätte er ihr die ganze Zeit auf den Po gestarrt. Er lächelte sie vielsagend an, dann schaute er sich im Raum um. Und die

Frau setzte ihr Gespräch mit den zwei Vertretern des Waffenherstellers Argos fort.

Seine permanente Wachsamkeit hatte Kevin Love sich schon in seiner Jugend angewöhnt und konnte sie nur schwer wieder ablegen. Während der SAS-Ausbildung, bei der er anfangs kurz vorm Aufgeben gewesen war, hatte man ihnen dies eingebläut. Später, in den vielen Jahren als Söldner, kam sie wie von selbst. Man musste immer auf der Hut sein. Wer den Überblick hatte, war klar im Vorteil. Und wer im Vorteil war, gewann das Spiel, bei dem der zweite Platz den sicheren Tod bedeutete.

»Man nannte es New Yorks Antwort auf das Weiße Haus, damals unter Kennedy, meine ich.«

Kevin Love wandte sich ein wenig dem Mann zu, der neben ihm stand. Ihn irritierte es, in seinen Gedanken gestört zu werden, insbesondere von jemandem, der nichts anderes zu bieten hatte als alte Kamellen über das Hotel, mit denen er sich beim Gastgeber einschmeicheln wollte. Aber Networking war schließlich einer der Gründe dafür, dass Kevin Love diesen Empfang organisiert hatte. Sein Gesprächspartner war ein ehemaliger Zivilbeamter des Pentagon, der anschließend bei den Vereinten Nationen Karriere gemacht hatte und nun für eins der wichtigeren Afrika-Büros der UN verantwortlich war. Kevin Love fuhr sich mit seiner sonnengebräunten Hand durch das kurze graue Haar und munterte den Mann mit einem Nicken dazu auf, seine Geschichte weiterzuerzählen.

»Es heißt, Marilyn Monroe hätte ihn hier besucht. Es soll sogar ein geheimes Tunnelsystem geben, damit der Präsident seine verschiedenen Geliebten empfangen konnte.«

»Die Geschichte habe ich auch gehört, aber ich denke, sie ist ein reiner Mythos. Kennedys Wohnung befand sich im 34. Stock. Meine liegt direkt darunter. Ich habe das Personal jahrelang ausgehorcht, aber niemand kennt einen geheimen Eingang. Mag schon sein, dass die Angestellten hier die Diskretion in Person sind, doch normalerweise gelingt es mir immer, die Leute zu überreden.«

Kevin Love grinste den Mann breit an und registrierte mit einer gewissen Zufriedenheit, dass seine Antwort für Überraschung gesorgt hatte.

»Kommen Sie mal zu Besuch, dann zeige ich Ihnen Kennedys Suiten. Und bei der Gelegenheit können wir auch gleich gemeinsame Probleme diskutieren. Wir sind ja trotz allem nicht die Einzigen, die sich für die Zukunft von Africom interessieren. Soweit ich weiß, genießt es die volle Unterstützung des Präsidenten und Ban Ki-moons.«

Damit ließ er den Mann an dem vergoldeten Tresen am Ende der Lobby stehen und ging auf einen Kellner zu, um mehr Champagner zu ordern. Falls die glamouröse Umgebung noch in irgendeiner Weise Eindruck auf Kevin Love machte, so ließ er es sich nicht anmerken. Das Carlyle mit seiner Lage auf der Upper East Side, umgeben von Galerien, exklusiven Boutiquen und nur einen Block vom Central Park entfernt, war eins der mondänsten Hotels in New York. Hier hatte John F. Kennedy sein letztes Frühstück eingenommen, hier spielte Woody Allen jeden Mittwoch mit seiner Jazzband, und viele mehr oder weniger interessante Promis waren schon im Carlyle ein und aus gegangen. Nicht zuletzt, weil das Hotel den Ruf hatte, äußerste Diskretion zu wahren. Die *New York Times* hatte es einmal als »Ort der Geheimnisse« betitelt, was Kevin Love gerade recht war. Seine Wohnung war nun schon seit fast zehn Jahren seine feste Basis, wenn er in der Stadt war, um seine Geschäfte zu tätigen. Es war geradezu verlockend, seinen lukrativen Waffenhandel mit mehr oder weniger instabilen Diktaturen in Hotelzimmern abzuwickeln, deren elegante

Brokattapeten immer noch den süßlichen Duft der 1930er Jahre verströmten. Die wichtigsten Bälle für den Nachwuchs der High Society konnten an gar keinem anderen Ort stattfinden.

Kevin Love war keineswegs mit einem solchen Luxus aufgewachsen. Sein Weg aus dem Elternhaus in einem schmuddeligen Arbeitervorort von Manchester war, milde ausgedrückt, lang und steinig gewesen. In Wirklichkeit war das hier in vielerlei Hinsicht eine ganz andere Welt, und obwohl er Eitelkeit verachtete, so war er auf seinen eigenen Aufstieg aus der Unterschicht doch ziemlich stolz.

Aus dem Augenwinkel bemerkte er, wie ihm ein Oberkellner von weitem diskret ein Zeichen gab. Kevin Love bahnte sich seinen Weg durch den Saal und nickte im Vorbeigehen höflich zwei gutgekleideten Männern einer afrikanischen Vertretung zu. Der Oberkellner teilte ihm mit, dass ihn jemand am Telefon sprechen wolle.

»Sind Sie sicher?«

Der Kellner nickte.

»Man verlangte nach Ihnen und betonte, dass es wichtig sei.«

Er zögerte kurz, dann folgte er dem Kellner zur Rezeption. Während sie durch den Mittelgang schritten, holte er seinen PalmPilot aus der Innentasche, um zu prüfen, ob jemand versucht hatte, ihn darüber zu erreichen. Während des Empfangs hatte er das Gerät auf lautlos gestellt und sah nun, dass er zweimal von einer unbekannten Nummer angerufen worden war. Das erste Mal vor sechs, das zweite Mal vor drei Minuten. Er wurde zu einem Festnetztelefon geleitet, wo ihm ein anderer Kellner bereits den Hörer hinhielt. Er nahm ihn entgegen, setzte sich in den Sessel neben dem Telefon und wartete, bis beide Kellner verschwunden waren. Dann meldete er sich.

»Kevin Love.«

Natürlich war Kevin Love nicht sein richtiger Name. Er hatte mindestens zehn Pässe mit unterschiedlichen Identitäten. Doch dieser Name gefiel ihm am besten. Meistens verwendete er ihn bei offizielleren Anlässen, und nicht zuletzt war es auch der Name, mit dem er sich am meisten identifizierte. Wenn er sentimental wurde, was nur selten vorkam, war er sogar gerührt darüber, dass er den Mädchennamen seiner Mutter als Decknamen benutzte. Lange hatte sie ihn allerdings nicht getragen, und auch vor ihrer Hochzeit war sie keineswegs ein Unschuldsmädchen gewesen. Wenn er in der Stimmung war, Zoten zu reißen, genierte er sich nicht, vor versammelter Mannschaft zu erzählen, seine Mutter sei eine Feldmatratze gewesen, die keinen blassen Schimmer hatte, wer sein Vater war. Was nicht ganz der Wahrheit entsprach. Obwohl er es sich seine ganze Kindheit lang anders gewünscht hatte, bestand kaum ein Zweifel daran, dass der verlebte Minenarbeiter tatsächlich sein Vater war. Seine Mutter war zwanzig Jahre lang stoisch mit ihm verheiratet geblieben, ohne jemals in Betracht gezogen zu haben, dass sie etwas an ihrem Schicksal hätte ändern können. Nichtsdestotrotz war seine Mutter nun einmal seine Mutter. Niemand würde ihn mit dem Namen, den seine Mutter in einem früheren Leben einmal getragen hatte, in Verbindung bringen. Anonymität und Unaufspürbarkeit hatten in seiner Branche oberste Priorität.

»Da Sie mich auf dieser Nummer anrufen, gehe ich davon aus, dass Ihr Anruf von höchster Dringlichkeit ist?«, meinte er zu dem Anrufer.

Es verging eine Sekunde, ehe die Person am anderen Ende der Leitung antwortete. Kevin Love konnte nicht unterscheiden, ob es an ihrer Überraschung oder an der Entfernung lag. Dann stellte sich der andere als der dänische

Chef eines internationalen Rockerclubs vor, mit dem Kevin Love gelegentlich zusammenarbeitete.

»Zu eurem eigenen Besten hoffe ich mal, du erzählst mir jetzt nicht, dass ihr nicht zahlen könnt? Ich brauche euch wohl kaum daran zu erinnern, welche Konsequenzen das beim letzten Mal hatte.«

Wieder wurde es still in der Leitung. Doch diesmal konnte Kevin Love mit Zufriedenheit feststellen, dass es keineswegs an der schlechten Verbindung lag.

»Jetzt schieß schon los.«

»Beruhige dich, Mann. Du wolltest doch so schnell wie möglich benachrichtigt werden, wenn was passiert, oder? Ich kenne jemanden bei der Polizei. Er sagt, in einem Waldstück in der Nähe von Kopenhagen wurde die Leiche eines Mannes gefunden. Sie liegt dort bestimmt schon zwei Jahre. Man hat keinen Anhaltspunkt, wer der Mann sein könnte. Aber sie vermuten, er kommt aus dem Nahen Osten. Möglicherweise ein Iraker.«

»Und was geht mich das an?«

Der Anrufer zögerte diesmal nur so kurz, dass man es leicht hätte überhören können.

»Okay, sie haben keine Ahnung, wer die Leiche ist. Aber man hat etwas bei dem Toten gefunden. Einen Gegenstand, der dich interessieren wird, glaube ich.«

Er erklärte, worum es ging, und Kevin Love dachte einen kurzen Moment nach, dann nickte er und legte auf, ohne sich zu verabschieden. Er war gezwungen, seine Pläne zu ändern. Er holte seinen PalmPilot hervor und schrieb eine kurze Nachricht: »Auftrag in Kopenhagen. Schnellstmöglich. Information über Ziel folgt. Überweisung geht auf die Caymaninseln, Zielkonto bekannt. Üblicher Tarif – verdoppelt wegen Eilzuschlag.« Anschließend verschlüsselte er die Nachricht mit einem simplen Kodierungsprogramm, das ihm ein französischer Kontakt besorgt hatte, und schickte sie als Mail an ein ebenfalls verschlüsseltes Konto. Spätestens heute Abend würde die Nachricht ihren Adressaten erreicht haben und die Probleme in Dänemark schon in wenigen Tagen der Vergangenheit angehören.

Anschließend rief er kurz seinen persönlichen Assistenten an.

»Kleine Änderung im Plan. Ich fliege über Kopenhagen, bevor ich nach Nizza weiterreise. Buch die Tickets entsprechend um.«

Auch diesmal wartete er keine Antwort ab, sondern ließ seinen PalmPilot gleich wieder in die Tasche gleiten. Welch ein Aufwand wegen einer solchen Lappalie. Und das Schlimmste war, dass er sich das Ganze im Grunde selbst zuzuschreiben hatte. Er war wohl nicht gründlich genug gewesen, als er dem anderen das Geschäft in Dänemark überlassen hatte. Es war ein taktischer Fehler gewesen, damals nicht gleich etwas an der Sache zu ändern. Und genau deshalb musste er die Angelegenheit nun selbst in die Hand nehmen. Ein größeres Problem hatte er damit zwar nicht, aber es erforderte eine Änderung seiner Pläne, und so etwas ging ihm grundsätzlich gegen den Strich. Nun galt es, alle undichten Stellen und alle Probleme zu eliminieren.

Er erhob sich aus dem schweren Ledersessel und ging zurück in die Lobby. Unterwegs blieb er vor einem der großen Spiegel stehen und betrachtete sich einen Moment lang. Er war genauso gekleidet wie die anderen Männer in der Empfangshalle, trug einen tadellosen Anzug von H. Huntsman & Sons, maßgeschneidert direkt von der Savile Row, wie auch die anderen Anzüge in seinem Kleiderschrank. Er war muskulös und machte im Anzug eine gute Figur, ohne dass es aufgesetzt wirkte wie bei manchen der smarten, jungen Geschäftsleute, mit denen er hin und wieder gute Abschlüsse machte – bevor sie zu smart wurden und wieder im gleichen Nichts verschwanden, aus dem sie gekommen waren. Genau wie sein Vater war er ergraut, noch bevor er die vierzig erreicht hatte. Das Haar war das Einzige an ihm, was seine militärische Herkunft verriet, denn es war etwas kürzer geschnitten, als es unter Geschäftsleuten die Norm war. Aber die meisten vermuteten, dass es sich dabei lediglich um einen verzweifelten Versuch handelte, eine beginnende Glatze zu kaschieren, und nicht um ein Relikt aus einem Leben als Söldner an allen Enden der Welt.

Kevin Love schüttelte den Kopf und setzte seinen Weg in die Lobby fort. Eigentlich war es nicht der schlechteste Zeitpunkt, um einige seiner alten Geschäfte abzuwickeln. Im Irak und in Afghanistan gab es nicht mehr viel zu holen, die neuen Jagdgründe lagen in Afrika. Hier konnte man die wahren Geschäfte machen. Nicht zuletzt, nachdem Africom dort ernsthaft Fuß gefasst hatte, mit dem Ziel, die Stabilität durch die übliche militärische Zusammenarbeit mit privaten Sicherheitsfirmen zu wahren. Einerseits wollte man dadurch verhindern, dass Terrororganisationen wie Al-Qaida den Kontinent zu einem neuen Brückenkopf für ihre Aktivitäten machten, andererseits wollte man die westlichen Interessen an Rohstoffen wie Öl nicht gefährden. Neuerdings war die militärische Mission aber auch eng mit einem Entwicklungs- und Nothilfeprogramm verknüpft. Und genau darin sah Kevin Love ein großes Potential für lukrative Geschäfte. Seiner Einschätzung nach hatte Afrika ein größeres Wachstumspotential als alle anderen Orte, an denen er bisher von jahrzehntelanger Diktatur, korrupter Entwicklungshilfe und militärischer Intervention profitiert hatte. Aus diesem Grund hatten er und ein halbes Dutzend Strohmänner den heutigen Empfang für eine handverlesene Auswahl von Vertretern staatlicher und Nichtregierungsorganisationen, UN-Mitarbeitern, Offizieren, Botschaftern, Prominenten und der üblichen Herde Hyänen veranstaltet. Sie wollten eine Grundlage für eine private Alternative zur offiziellen International Peace Operations Association schaffen. Hier ließen sich mehr oder weniger offizielle Kontakte etablieren, und wenn es nicht Afrika zugutekam, dann doch immerhin ihnen selbst, und damit letztlich natürlich auch Kevin Love.

»Ist etwas passiert? Sie wirken beunruhigt.«

Kevin Love erkannte den Mann in dem schwarzen Anzug, der sich zu ihm gesellt hatte, nicht sofort. Doch seine glatte Stimme klang schon von weitem nach einem Karrierediplomaten unteren Ranges. Ohne sich zu dem Mann umzudrehen, antwortete Kevin Love: »Etwas ist faul im Staate Dänemark.«

Der andere lächelte verblüfft.

»Shakespeare?«

»Interessiert mich nicht«, entgegnete er lediglich.

Dann lächelte er dem Mann zuvorkommend zu und begleitete ihn zurück zu der Menschenmenge in der Lobby. Nun ging es darum, Kontakte zu knüpfen, Menschen zu kaufen, Geschäfte aufzubauen. Und schon in wenigen Tagen warteten in Kopenhagen ein Geschäft, das er längst hätte abschließen sollen, und ein Mann, der liquidiert werden musste.

Sonntag, 4. Juli

1

Bereits kurz nach Roskilde waren sie auf der Autobahn in einen Stau geraten. Seither hatten sie es lediglich bis zur nächsten Abfahrt geschafft, und jetzt bewegten sie sich kaum noch vorwärts. Nach mehreren Stockungen kam der Verkehr ganz zum Erliegen, und Linnea Kirkegaard sah irritiert von ihrem Blackberry auf. Es war unmöglich einzuschätzen, wie weit sich die Blechlawine nach vorn hin erstreckte. Der Polizeibeamte am Steuer des Fords warf ihr einen entschuldigenden Blick zu, als sei er persönlich dafür verantwortlich, dass sich der Verkehr auf der Holbæk-Autobahn in den Sommerferien staute.

»Ich hätte nicht gedacht, dass es sonntags so schlimm ist.«

»Gibt es denn keine Abkürzung?«

Linnea wollte bereits nach dem Navi greifen, um nach alternativen Routen zu suchen, aber ihr Fahrer schüttelte den Kopf. Er zeigte nach rechts, wo die Abfahrt nach Roskilde ebenfalls mit Autos verstopft war, die sich nicht vom Fleck rührten.

»Das kommt aufs selbe raus. Die Landstraße ist zu schmal, und die Autobahn wird nun schon seit Jahren ausgebaut. Die Strecke nach Nykøbing Sjælland ist die reinste Hölle. Wie gut, dass man sich dort oben sowieso kein Ferienhaus leisten kann …«

Linnea nickte resigniert und öffnete das Beifahrerfenster. So konnten sie wenigstens ein bisschen frische Luft schnappen, statt in der Nachmittagssonne zu schmoren. Der Polizist hieß Boserup, mehr wusste sie nicht über ihn. Sie war ihm heute zum ersten Mal begegnet, als er sie in Kopenhagen am Panum Institut abgeholt hatte. Sie war schon wieder für den Wochenenddienst am Rechtsmedizinischen Institut eingeteilt gewesen und hatte exakt neunzehn Minuten, bevor sich Boserup pflichtschuldig auf dem Parkplatz am Fælledvej einfand, vom bevorstehenden Einsatz erfahren. Ein Kommissar der mobilen Einheit der Kriminalpolizei hatte sie in der Abteilung für Forensische Anthropologie angerufen, um ihr mitzuteilen, dass man irgendwo im Westen von Seeland eine Leiche gefunden hatte. Viel mehr wusste er nicht, oder er wollte es ihr nicht erzählen. Sie kannte ihn nicht, aber es war deutlich, dass er genau wusste, wer sie war.

»Wir haben einen Mann geschickt, um Sie abzuholen«, hatte er ihr am Telefon gesagt. »Bitte stehen Sie in zwanzig Minuten bereit.«

Linnea hatte die Stirn gerunzelt.

»Wir sind hier nicht im Selbstbedienungsladen! Ich habe heute als Einzige Dienst. Warum können Sie den Toten nicht einfach mit dem Knochenexpress hierherbringen lassen? Soweit ich weiß, ist das das Standardverfahren.«

Möglicherweise war ihr Tonfall etwas zu scharf gewesen. Aber die Aussicht, weniger als zwei Stunden vor Schichtende in irgendein Provinznest kutschiert zu werden, war alles andere als verlockend. Sie hatte gerade darauf spekuliert, dass sie diesen ungewöhnlich friedlichen Sommersonntag nutzen konnte, endlich ein paar Berichte fertig zu schreiben und sich einen Überblick über all die eiligen Arbeitsaufgaben zu verschaffen, die sich trotz des üblichen Sommerlochs angesammelt hatten. Sie hatte den leisen Verdacht, dass die Auftraggeber ohnehin im Urlaub waren und die eiligen Ergebnisse, die sie per Mail verschickte oder auf Anrufbeantworter sprach, in Wirklichkeit darauf warteten, dass der Empfänger nach zwei Wochen im Süden erholt und sonnengebräunt an seinen Schreibtisch zurückkehrte. Entweder verursachte die Hitzewelle mehr Gewalttaten und Tötungsdelikte als normal – was vermutlich zutraf, die dänischen Statistiken auf diesem Gebiet kannte sie nicht –, oder aber einige der festangestellten Institutsmitarbeiter nutzten die Gelegenheit, der Vertretung so viel Arbeit wie möglich aufzubürden, was mit hundertprozentiger Sicherheit zutraf. Die kollegiale Solidarität umfasste selten Zeitarbeiter wie sie, ganz gleich, wie qualifiziert sie war.

»Ach, habe ich etwa vergessen, das zu erwähnen?«, hatte der Vizekommissar gefragt. »Von dem Toten sind nur noch die Knochen übrig, der Rest ist verwest. Die Leiche muss aus der Erde geborgen werden und so weiter. Ist das nicht Ihr Spezialgebiet? Wie lautet noch mal Ihr Spitzname? Die Skelettfrau, stimmt's?«

Sie hatte die Frage geflissentlich überhört und sich stattdessen nach den näheren Umständen erkundigt.

»Wie gesagt, ich weiß auch nicht mehr. Ich bin noch auf dem Weg dorthin. Wir sind gerade erst angefordert worden. Aber die Dorfpolizei hat die Leiche immerhin gefunden, zu irgendwas ist sie also doch gut.«

»Was soll das denn heißen?«

Diesmal sparte er sich die Antwort.

Noch immer schlängelte sich der Stau vor ihnen auf der Autobahn, so weit das Auge reichte. Linnea wurde plötzlich an einen anderen heißen Tag erinnert, den sie nie vergessen würde; wegen des Leichengestanks und des überwältigenden Gefühls von Grauen und Ohnmacht, in das er sie versetzt hatte.

Vielleicht tauchte die Erinnerung gerade jetzt auf, weil

alles gewissermaßen an jenem Tag begonnen hatte: die lange Reise, die sie schließlich nach Dänemark geführt hatte. Nur einen Monat nach der Katastrophe, deren Ausmaß sich bis heute nicht abschließend einordnen ließ, hatte Linnea sich im New York Office of Chief Medical Examiner in der 1st Avenue nahe dem East River eingefunden. Sie hatte erst ein halbes Jahr ihrer Doktorandenausbildung absolviert, als sie die Gelegenheit nutzte, bei der erdrückenden Identifikationsarbeit am Ground Zero zu helfen. Wie alle anderen hatte sie ihr Leben bereits in ein Vorher und Nachher eingeteilt, als sie am 11. September 2001 wie versteinert vor dem Fernsehschirm saß. Und sie konnte sich nichts Erfüllenderes vorstellen, als ihre Ausbildung genau hier einzusetzen, ihr Wissen und ihre Erfahrung im Epizentrum der Katastrophe anzuwenden.

Als sie am Ground Zero ankam, sah es dort aus, als wären die todbringenden Flugzeuge erst wenige Sekunden zuvor in die Türme gekracht. Noch immer stieg aus den Ruinen Rauch auf, und die großen Stahlbalken ragten zerklüftet und anklagend aus der Mondlandschaft heraus. Man hatte in den Trümmern mehr als sechstausend Leichenteile gefunden. Überall um sie herum arbeiteten Rechtsmediziner, Pathologen und Anthropologen an Tischen und in Zelten, um so viele Opfer wie möglich zu identifizieren. In den ersten Tagen hatte sie noch das Gefühl, etwas beitragen zu können. Sie fand einen Sinn darin, aktiv mitzuwirken. Aber schon nach kurzer Zeit begann das unvorstellbare Ausmaß des Grauens an ihr zu zehren.

Kaum ein Toter konnte direkt identifiziert werden. Die Opfer waren verbrannt, in Stücke gesprengt oder auf unvorstellbare Weise verstümmelt worden. Die Temperatur ganz oben in den Türmen, wo die Flugzeuge eingeschlagen waren, hatte Berechnungen zufolge bei rund tausend Grad gelegen und war somit höher als bei einer Kremierung. Es gab Tausende von Toten, und für Linnea wurde der Sinn des Ganzen immer unfassbarer. Als sie damals in einer Pause vor einem Zelt der Heilsarmee auf der East 30th Street gestanden hatte, den Kaffeebecher in der einen, die Beatmungsmaske in der anderen Hand, war ihr bewusst geworden, dass sie nicht einfach an die Universität zu ihren Lehrbüchern zurückkehren konnte, als wäre nichts geschehen. Sie musste in die wirkliche Welt hinaus.

Der Tod, die Hoffnungslosigkeit, das Grauen – all das war ein Teil von ihr geworden.

2

Linnea nahm ihren Blackberry aus der Tasche und wählte. Sie hatte das Bedürfnis, die düsteren Gedanken abzuschütteln, und klappte den Sonnenschutz mit dem Make-up-Spiegel herunter. Während sie auf die Verbindung wartete, begutachtete sie sich kritisch. Das brachte sie normalerweise auf andere Gedanken.

Die Sonne hatte ihr Haar bereits ein wenig ausgebleicht. An sich war es dunkelbraun mit einem rötlichen Schimmer, doch jetzt dominierten die helleren Töne, was ihr eigentlich recht gut gefiel. Andererseits musste sie dringend zum Friseur. Normalerweise trug sie ihr Haar kurz, weil das am praktischsten war, obwohl sie sich hin und wieder ihr langes Haar von früher herbeisehnte.

Endlich meldete sich jemand am anderen Ende.

»Ich möchte bitte mit dem Leiter der Voruntersuchung sprechen«, bat sie, »wenn er inzwischen angekommen ist.«

»Das ist Bodilsen. Aber der hat keine Zeit. Die Hunde sind gerade angekommen, und er ist ziemlich im Stress.«

Der Polizist war außer Atem, als wäre er gerannt, um den Anruf entgegenzunehmen.

»Können Sie mich dann vielleicht in den Fall einweisen, damit ich gleich mit der Arbeit anfangen kann, sobald ich ankomme?«

»Ich weiß nicht, wie viel ich Ihnen da helfen kann. Aber die Leiche liegt in der Nähe eines verlassenen Hauses. Der Besitzer hat vor zwanzig Jahren das umliegende Ackerland erworben, und das Haus gehörte dazu. Ich habe vorhin kurz mit ihm gesprochen. Seither habe niemand mehr dort gewohnt, sagt er. Doch als ich ein bisschen nachgebohrt habe, hat er zugegeben, dass sein Haus ein Treffpunkt für allerlei lichtscheues Gesindel ist, und er meinte, das wäre auch hinlänglich bekannt. Offenbar sucht die Polizei hier immer als Erstes nach gestohlenen Autos und anderem Diebesgut. Das Haus liegt ja schön einsam. Und es ist ganz sicher noch vor kurzem jemand da gewesen, denn außer Kleidungsstücken haben wir auch Lebensmittel gefunden. Na ja … und ein paar Pornohefte.«

Linnea lächelte sich selbst im Spiegel an.

»Also nur das Allernötigste«, sagte sie. »Aber ich wollte eigentlich wissen, ob man den Fundort bereits abgesperrt hat, damit er nicht kontaminiert ist, wenn ich anfange zu graben?«

Der Polizist am anderen Ende der Leitung gluckste.

»Jetzt verstehe ich, wovon Bodilsen sprach. Als er hörte, dass man Sie angefordert hat, sagte er: ›Eigentlich haben wir unsere Fälle bisher immer ganz gut allein aufgeklärt, auch ohne Experten aus den USA.‹«

Linnea lachte über die Parodie des Polizisten, der Bodilsens übertriebenen Kopenhagener Dialekt nachgeahmt hatte. Sie konnte sehen, dass sich Boserup, der nur Bruchstücke des Telefonats mitbekam, vor Neugier kaum halten konnte. Offenbar war Linnea ihr Ruf wieder einmal vorausgeeilt.

»Dann nehme ich mal stark an, er hat schon untersucht, ob man einen Suizid ausschließen kann? Ich gehe davon aus, dass er weiß, was man als Erstes überprüft, wenn man eine Leiche im Wald findet.«

»Bodilsen sagt, dass die Leiche in der Erde vergraben lag. Sie gehen doch wohl nicht davon aus, dass sich ein Selbstmörder auch noch selbst beerdigt? Mich würde es wundern, wenn es sich hierbei nicht um Mord handelt.«

Linnea seufzte.

»Und Bodilsen weiß mit Sicherheit, dass der Tote nicht von irgendjemand anderem, der zufällig vorbeikam, beerdigt wurde, aus irgendeinem Grund, der uns noch nicht bekannt ist? Kann er das zum jetzigen Zeitpunkt bereits ausschließen?«

Am anderen Ende wurde es still, und Linnea bedankte sich bei dem Polizeibeamten für seine Hilfe und bat ihn, Bodilsen mitzuteilen, dass er sie schnellstmöglich zurückrufen solle. Dann beendete sie das Telefonat. Es war immer wieder verlockend und unterhaltsam, die Provinzpolizisten zu foppen, obwohl der arme Mann natürlich nichts dafür konnte, dass sein Chef ein Trottel war. Nachdem Linnea eine Weile ihren Kopf aus dem Fenster gestreckt und die leichte Brise genossen hatte, schrieb sie auf ihrem Blackberry eine Mail.

Als sie wieder aufsah, bemerkte sie, dass Boserup sie noch immer verstohlen von der Seite beobachtete.

»Sie grübeln über die Sache mit dem Suizid?«, fragte sie.

Er nickte.

»Das ist ganz banal: Nach oben schauen, ob dort Reste

eines Seils hängen. Und nach unten, ob auf dem Boden ein Tablettenröhrchen oder eine Pistole liegen. Jedes Jahr verschwinden Tausende von Menschen. Und viele von ihnen bringen sich um. Die häufigste Todesursache bei einer Leiche, die man im Wald findet, ist Suizid. Und es gibt unzählige Gründe dafür, warum es auf den ersten Blick nicht danach aussieht. Das Seil ist längst verrottet. Jemand hat einfach die Waffe mitgenommen, ohne den Leichenfund bei der Polizei zu melden. Die Waldtiere und der Lauf der Zeit haben alle Spuren verwischt. Die Dinge sind nicht immer so, wie sie auf den ersten Blick scheinen.«

*

Kaum war Jonas im Vorgarten angelangt und außer Sichtweite, erstarb sein Lächeln. Seine Erinnerungen hatten ihn mitten im Meeting überfallen, und es war ein Kraftakt gewesen, das Geschäft abzuschließen, ohne seine innere Verfassung preiszugeben.

Er ließ sich schwer auf den Sitz seines Volvos fallen und drehte den Zündschlüssel, während er sich bemühte, wieder ruhig zu atmen. Er redete sich selbst gut zu, legte wie ferngesteuert den Gang ein und löste die Handbremse. Überlegte, ob er das Radio anmachen sollte, um sich abzulenken, entschied sich dann jedoch dagegen und ließ den Wagen langsam davonrollen. Dann schaltete er einen Gang höher, fuhr aber nur bis zur nächsten Straße. In diesem Moment brauchte er vor allem Ruhe, und in Skodsborg war das Risiko äußerst gering, an einem Sonntag jemand anderem als einer Haushaltshilfe oder einer Nanny von internationalem Format zu begegnen.

Er zog die Handbremse an und stellte den Motor aus. Als er aufsah, begegnete er seinem eigenen, erschrockenen

Blick im Rückspiegel. Merkwürdigerweise war er das Einzige, was Jonas' aufgewühlten Zustand verriet. Das kurze dunkelblonde Haar saß perfekt, und seine Jacke verbarg die Schweißflecke unter seinen Armen. Doch sobald er die Augen schloss, kam alles zurück:

Der Schrei des Jugendlichen hallte im Raum wider und machte den Aufenthalt in der Baracke noch unerträglicher, als er es durch den stechenden Gestank von Schweiß, Erbrochenem und Blut ohnehin schon war. Das Thermometer war am Nachmittag auf 49 Grad geklettert. Aus der Ferne drang gedämpft der Lärm einiger Soldaten vom Camp Dannevang herein, die sich mit nackten Oberkörpern und ihren Hundemarken um den Hals zu einem improvisierten Beachvolleyball-Turnier mitten im Camp getroffen hatten. Hier drinnen war der Krieg dagegen ganz nah. Sie waren dabei, eine Grenze zu überschreiten, aber nun gab es keinen Weg mehr zurück. Der irakische Dolmetscher meinte, sie seien kurz davor, ihn zu brechen. Und als Jonas vor mehr als einer Stunde vorsichtig angedeutet hatte, dass es jetzt genug sei, hatte er eine deutliche Antwort erhalten: »Wessen Leben war es doch gleich, das hier am meisten zählt?«

Der Blick, mit dem Overbye seine gezischten Worte begleitet hatte, war noch deutlicher gewesen. Als stellvertretender Kompaniechef durfte Jonas es nicht wagen, die Autorität seines Hauptmanns in Frage zu stellen. Und schon gar nicht im Beisein zweier Untergebener, die genau in diesem Moment vor allem erfahren sollten, dass es der Nation diente, wenn sie den Kopf eines misshandelten Siebzehnjährigen nach oben hielten, damit ihr Hauptmann ihm ins Gesicht spucken konnte.

Jonas richtete sich auf, nahm die Zurechtweisung entgegen und wunderte sich einmal mehr darüber, wie leicht es ihm fiel, Befehlen zu gehorchen. Natürlich fügte er sich gerade deshalb so gut in die Armee ein und hatte es wohl immer schon getan. Doch obwohl er sich sofort wohlgefühlt hatte, als er vor fast zehn Jahren die Kaserne der Leibgarde betreten und zum ersten Mal die dort herrschende Disziplin und Struktur erlebt hatte, hätte er es sich nie träumen lassen, dass er einmal beim Militär Karriere machen würde. Eine Karriere, die ihn mit Lex' Worten »aus der gewöhnlichen Masse herausheben würde«. Beim Gedanken an ihre hochtrabende Ausdrucksweise musste er unwillkürlich lächeln. Sie war nie vor großen Worten zurückgescheut, seine Lex. Oft bewahrheiteten sich ihre Prophezeiungen tatsächlich, als wäre allein der Wille, den sie in ihre Worte legte, stark genug, um die Dinge Wirklichkeit werden zu lassen. Zumindest, was ihn betraf.

Während der Grundausbildung hatte er sich zum ersten Mal seit vielen Jahren entspannt gefühlt, da er sich nicht mehr um all die versteckten Codes und Hierarchien kümmern musste, die zu durchschauen ihn während seiner Schulzeit so viel Energie gekostet hatte. In einem Vorstadtghetto tat ein intelligenter Junge gut daran, seine Talente nicht zu sehr zu zeigen. Das hatte er schnell begriffen und verwendete seine Begabung stattdessen darauf, sich in einem sozialen Balanceakt den tonangebenden Gruppen in der Schule, auf der Straße und im Jugendzentrum anzupassen. Natürlich war die Hierarchie im Militär ziemlich dominierend. Aber sie war auf eine so befreiende Weise unmissverständlich, dass er nichts anderes tun musste, als seinen Platz im System einzunehmen. Jonas wusste, wer wem etwas zu sagen hatte, und bekam jeden Tag klare Ansagen darüber, was von ihm erwartet wurde. Trotzdem hatte er nach dem Ende seines Wehrdienstes eine Rückkehr nicht ernsthaft in Betracht gezogen. Er war eine nötige Verschnaufpause für ihn gewesen, aber er sah die Armee nicht als den Ort an, wo er die Höhen erreichen konnte, zu denen er sich selbst berufen fühlte. Diese Überzeugung war nur eins von vielen Dingen, an denen Lex etwas ändern sollte.

Der irakische Dolmetscher fuhr fort, in rasantem Tempo die Drohungen und Anschuldigungen des Hauptmanns zu überset-

zen. Jonas registrierte, dass er sich seiner Aufgabe mit ungewöhnlicher Leidenschaft widmete. Sein Tonfall klang fast genauso bedrohlich wie Overbyes, und seine Übersetzung schien oft bedeutend länger als das Original. Mit einem Mal fiel Jonas auf, welch eine Macht ein solcher Mann erlangen konnte – in einer Welt, in der Angst und Paranoia bei den Truppen mit jedem Selbstmordanschlag und jedem am Straßenrand versteckten Sprengsatz wuchsen.

Vor einer Woche erst war ein dänischer Soldat von einem ferngesteuerten Sprengsatz getötet und ein weiterer verletzt worden. Im Camp Dannevang waren die Flaggen nicht länger auf Halbmast gesetzt, aber alle waren noch immer spürbar betroffen. Die beiden Soldaten waren unterwegs gewesen, um zivile Mitarbeiter des dänischen Außenministeriums zu schützen, die in Basra stationiert waren, um beim Aufbau des Landes zu helfen. Nach dem Angriff war sofort der Umzug aller dänischen Zivilisten ins Camp der Shaibah Logistics Base organisiert worden. Und in Dänemark hatte der Außenminister das Geschehen im Fernsehen mit »ein weiterer Scheißtag im Irak« kommentiert.

Die Stimmung im Camp bei Basra war auf dem Siedepunkt. Als der Dolmetscher frische Informationen darüber lieferte, dass eine Gruppe junger irakischer Männer mit einer größeren Menge Sprengstoff gesichtet worden war, meldeten sich viele Freiwillige, um hinauszufahren und sie zu verhaften. Nach einer dreistündigen Fahrt fanden sie nur einen Jugendlichen, aber keinen Sprengstoff. Und das war der Grund für dieses endlose Verhör, das vor allem zwischen dem Dolmetscher und dem Siebzehnjährigen stattzufinden schien.

Jetzt schrie der Jugendliche erneut auf. Jonas drehte sich weg und versuchte, seine Übelkeit zu bekämpfen. Dann wurde es still. Allzu still, bis Overbye begann, ein paar kurze Kommandos zu blaffen.

»Neergaard, du bringst den Dolmetscher nach draußen. Für den haben wir jetzt keinen Bedarf mehr. Dann bleibst du dort ste-

hen, bis du wieder von mir hörst. Niemand kommt hier rein, verstanden?«

Jonas warf einen kurzen Blick auf den Jungen, bevor er den Dolmetscher nach draußen begleitete. Der Junge lag stumm auf der Seite, mit dem Rücken zum Raum, das Gesicht verborgen.

Dann knallte Overbye die Tür hinter ihnen zu, und sie befanden sich mitten im Camp in der grellen Sonne. Vereinzelt standen Soldaten herum und versuchten, sich nach dem Turnier mit dem Strahl einer Wasserflasche abzuduschen. Jonas erschien es irreal, dass alles einfach weiterging, als sei nichts geschehen. Als Jonas' Augen sich wieder ganz an das Licht gewöhnt hatten, war der Dolmetscher bereits im Aufbruch begriffen. Dann wandte er sich doch noch einmal um, lächelte kalt und klopfte Jonas auf die Schulter.

»Be seeing you, my man. Always happy to oblige.«

Danach überquerte er den Weg und schloss sich einer Gruppe Einheimischer an, die gerade dabei waren, den Kasernenverantwortlichen Lebensmittel zu verkaufen. Ein letztes Mal drehte er sich um und begegnete Jonas' Blick, noch immer lächelnd. Dann machte er das Victory-Zeichen und spuckte auf den Boden.

Jonas stützte sich gegen die Mauer und erbrach sein Frühstück.

3

Zwanzig Minuten später konnte Boserup endlich den Schalthebel loslassen. Doch kaum hatte er kurz beschleunigt, musste er das Tempo auch schon wieder drosseln. Sie bewegten sich nur so langsam vorwärts, dass die Schilder mit dem Tempolimit fast höhnisch wirkten. »Wir werden wohl in einer Stunde da sein.«

»Bei diesem Tempo?«, fragte Linnea.

Er nickte. Sie konnte sehen, dass er ihr noch immer verstohlene Blicke zuwarf. Sie war nicht eitel genug zu glauben, dass es an ihren sonnengebräunten Beinen lag. Anscheinend fand er es exotisch, sie zu chauffieren. Natürlich hatte er schon von ihr gehört. Und wenn sie sich nicht völlig täuschte, war er sowohl neugierig als auch beeindruckt, oder er hoffte einfach nur auf eine gute Geschichte, die er bei seiner Rückkehr im Revier erzählen konnte. Irgendwann nahm er sich ein Herz und rückte mit seiner Frage heraus: »Warum sind Sie eigentlich Rechtsmedizinerin geworden?«

»Warum?«, wiederholte sie, ohne von ihrem Blackberry aufzusehen.

Sie meinte aus dem Augenwinkel zu erkennen, wie er rot wurde, aber sie vermied es, ihn direkt anzusehen.

»Streng genommen, bin ich ja gar keine Rechtsmedizinerin. Aber Sie meinen, warum ich als Mädchen einen solchen Beruf wähle, oder?«

Diesmal sah sie ihn direkt an, obwohl er sein Bestes tat, um sich auf die Straße zu konzentrieren, bestand jetzt, wo sich der Stau endlich aufzulösen schien, kein Zweifel mehr daran, dass er rot geworden war. Plötzlich sah er noch jünger aus, als sie ihn anfangs geschätzt hatte. Vermutlich kam er frisch von der Polizeischule.

»Keine Ahnung«, antwortete sie schließlich. »Warum sind Sie Polizist geworden? Weil Sie als Kind gern Räuber und Gendarm gespielt haben?«

Er schwieg, und sie begriff, dass sie vermutlich richtig geraten hatte. Ihre Antwort auf seine unschuldige, bewundernde Frage war wohl fast schon eine Beleidigung, und sie schämte sich ein bisschen dafür.

Sie schaute wieder aus dem Fenster, während sie sich langsam den erlaubten 110 Stundenkilometern näherten und Linnea endlich wieder das Gefühl bekam, auf einer Autobahn zu fahren. Noch fünfundzwanzig Kilometer bis Nykøbing Sjælland, stand auf einem Schild, doch ganz so weit mussten sie nicht.

Was sie Boserup geantwortet hatte, entsprach nicht der Wahrheit. Sie wusste genau, wo und wann sie beschlossen hatte, was sie einmal werden wollte. Damals hatte sie natürlich keine detaillierte Vorstellung von ihrem Beruf gehabt und kannte das Wort Forensische Anthropologin noch nicht. Sie war ja auch erst zwölf gewesen. Aber dennoch. Ihr Vater war zu dieser Zeit vorübergehend in Paris oder Brüssel stationiert gewesen. Sie war sich nicht mehr ganz sicher. Auf jeden Fall hatten sie einen Wochenendausflug nach Den Haag unternommen. Ihre Mutter war auch dabei gewesen. Mit ihr hatte Linnea die Stadt erkundet, die keinen größeren Eindruck bei ihr hinterlassen hatte. Und wie immer hatte die Mutter sie in Kunstmuseen geschleppt.

»Rembrandt, das ist große Kunst! Das kann dir nicht schaden, junge Dame.«

Als sie im Mauritshuis Museum waren, hatte die Mutter schnell aufgegeben, sie zu beaufsichtigen. Und Linnea bekam die Erlaubnis, allein in dem alten Palast umherzustreifen. Sie hatte sich gelangweilt und war von Saal zu Saal geschlendert, ohne sich die Bilder anzusehen, die überall eng aneinandergereiht hingen. Einige Male hatte sie die Wächter geärgert, indem sie etwas zu dicht an ein Bild herangegangen war, jedoch ohne dem Gemälde dabei größere Aufmerksamkeit zu schenken. Bis sie eine Gruppe spanischer Touristen erblickte, die eine Führung mitmachte. Die Spanier hatten sich vor einem Bild versammelt, und sie ging neugierig zu ihnen hinüber. Abgesehen davon, dass das Gemälde riesig war, fast zwei Meter breit und genauso hoch, erschien es ihr zunächst genauso langweilig wie all die anderen. Es stellte einige Männer aus längst vergangenen Zeiten mit weißen Halskrausen dar. Sie verstand nicht viel von dem, was der Museumsführer erzählte, und die Gruppe trottete kurz darauf weiter. Eigentlich wollte sie ihr folgen, doch nun sah sie das Bild richtig. Und erst da ging ihr auf, was es eigentlich darstellte. Auf der rechten Seite stand ein Mann, der als Einziger einen Hut trug. Die übrigen Männer auf dem Bild standen allesamt auf der linken Seite und starrten in seine Richtung. Doch sie sahen nicht ihn an, sondern beobachten, womit er gerade beschäftigt war. Seine linke Hand war erhoben, als erkläre er etwas. In der rechten hielt er irgendein Instrument, das er in den Eingeweiden einer aufgeschnittenen Leiche platziert hatte, die vor ihm auf dem Tisch lag. Linnea verspürte eine merkwürdige Erregung, als sie verstand, was der Mann auf dem Bild gerade tat. Doch ausgerechnet in diesem Augenblick kam ihre Mutter und wollte sie weiterschleifen.

Linnea protestierte, sie wollte mehr sehen.

»Das ist nichts für dich. Außerdem ist es schon spät. Wir müssen zurück ins Hotel, bevor Papa kommt.«

»Aber hast du mir nicht immer erzählt, Rembrandt wäre ein großer Künstler?«

»Das ist er ja auch, aber wir müssen jetzt gehen.«

Doch selbst als sie von ihrer Reise zurückgekehrt waren, war Linnea hartnäckig geblieben. Das Bild übte eine faszinierende und anziehende Wirkung auf sie aus. Sie stürzte sich sofort auf die Kunstbücher der Mutter, zunächst ohne zu finden, wonach sie suchte. Ihre Mutter war nur froh über das plötzliche Kunstinteresse, das ihre sonst so gleichgültige Tochter an den Tag legte. Entsprechend enttäuscht und verwirrt zeigte sie sich, als Linnea endlich ein Buch mit dem Bild gefunden hatte, nach dem sie so sehnsüchtig gesucht hatte. Verärgert hatte die Mutter das Buch von sich geschoben, als Linnea ihr begeistert das Bild hatte zeigen wollen.

»Das ist abscheulich«, hatte sie gesagt. »Und auf keinen Fall etwas, wofür sich ein Mädchen interessiert.«

Und der forschende, fast angeekelte Blick der Mutter hatte bewirkt, dass Linnea ihr nie zu erzählen versuchte, was sie so sehr an der Anatomie reizte, oder welche Freude sie später dabei empfand, sich in ihre Arbeit am menschlichen Skelett zu vertiefen. Sie verstand nur zu gut, dass es nicht normal war, sich als Mädchen mit solchen Dingen zu beschäftigen.

Heute wusste sie natürlich, dass das Bild »Anatomie des Dr. Tulp« hieß und Rembrandt es im Jahre 1632 gemalt hatte. Es stellte einen Anatomen in Amsterdam dar, einen Arzt, der gerade eine Leiche sezierte. Genau genommen die Leiche eines Verbrechers namens Aris Kindt, der am selben Tag hingerichtet worden war, weil er einen bewaffneten Raubüberfall begangen hatte. Schon damals hatte sich bei Linnea kein rechtes Unbehagen einstellen wollen, auch wenn das Bild mit der geöffneten Leiche keinen angenehmen Anblick bot. Doch hier war ein Arzt am Werk, der mehr darüber erfahren wollte, wie das Innere eines Menschen aussah, damit er anderen helfen konnte. Zum ersten Mal wurde ihr bewusst, dass sich etwas unter der Oberfläche versteckte. Dass der menschliche Körper Geheimnisse barg, die nur von Menschen entdeckt werden konnten, die ihn genau studiert hatten.

Linnea zweifelte nicht daran, dass ihre Begegnung mit diesem Bild die unmittelbare Ursache dafür war, dass sie sich später für ein Medizinstudium entschied; zunächst mit dem Ziel, Pathologin zu werden. Und dass sie das Studienfach relativ schnell wechselte, um sich auf das menschliche Skelett zu spezialisieren, war eigentlich nicht weiter verwunderlich. Denn man konnte schwerlich noch weiter nach innen vordringen, noch dichter an die Geheimnisse herankommen. Nichts am Menschen sollte ihr unbekannt bleiben.

*

Fast ein Jahr, nachdem er nach Hause geschickt worden war, war Jonas dem irakischen Dolmetscher erneut begegnet. Er war davon ausgegangen, Firaz Khalid nie wieder zu Gesicht zu bekommen. Außer vielleicht als unwillkommenen Gast in seinen ständig wiederkehrenden Alpträumen. Dennoch hatte er auf einmal dort gestanden und Jonas nicht nur in Schock versetzt, sondern ihm auch das Gefühl gegeben, dass die Welt um ihn herum einstürzte.

Es hatte einfach keinen Sinn ergeben. Er war aus dem Nichts aufgetaucht. Nicht nur auf dänischem Boden, sondern ausgerechnet auf der Lyngby Hovedgade, an einem Samstag. In der Stadt hatte es von Leuten mit Einkaufstüten und älteren Damen mit Hackenporsche gewimmelt. Jonas selbst war auf dem Weg zum Blumenladen gewesen, eine weitere Bußhandlung gegenüber Lex. Er war unvorbereitet und wehrlos gewesen und hatte einen kleinen Stau in der bummelnden Karawane verursacht, als er mit einem Mal abrupt stehen geblieben war. Er hatte den Dolmetscher sofort wiedererkannt, als der ihm entgegenkam, obwohl sich seine Kleidung, ja sein ganzer Stil, verändert hatte. Er hatte die Tarnfarben der Armee gegen einen Anzug getauscht, der teilweise von einer riesigen und offensichtlich nagelneuen Daunenweste verdeckt wurde. Ein voluminöses Halstuch und ein paar dicke Handschuhe schützten ihn gegen den eisigen Novemberwind. Seine neue Aufmachung sah nach einer Mischung aus Restpostenverkauf und Neureichenboutique aus.

Aber die Visage, die Jonas seit mehr als einem Jahr nachts heimsuchte, hatte sich nicht verändert. Sie hatte lediglich den fahlen Ton angenommen, der die Gesichter all derer kennzeichnete, die es wagten, sich in den Wintermonaten in Dänemark aufzuhalten. Firaz' Züge wurden von einem strahlenden Lächeln erhellt, als er ihn erblickte. Jonas konnte noch immer kaum fassen, dass es sich wirklich um den irakischen Dolmetscher handelte. Und da er vom Schock wie gelähmt war, hatte er keine Chance, unbemerkt zu entkommen. Eine Sekunde lang kniff er die Augen zusammen und hoffte, seine Phantasie hätte ihm einen morbiden Streich gespielt, doch er wusste genau, dass er nicht so leicht davonkam.

»Holm, my man. Wie klein doch die Welt ist!«

Firaz hielt einen Pappbecher mit Kaffee in der Hand und hob ihn schon von weitem in die Luft, als wolle er ihm zuprosten. Jonas lächelte angestrengt, aber er spürte, wie sich ein saurer Geschmack in seinem Mund ausbreitete und sein Herz in der Brust zu hämmern begann. Vor dem Eingang zum Spielzeugladen hatten sie einander erreicht.

»Firaz, was zum Teufel machst du in Dänemark?«

Jonas versuchte, schroff und gleichgültig zu klingen, eine nonchalante Haltung einzunehmen und sich gleichzeitig so schmal wie möglich zu machen und gegen das Schaufenster zu drücken, damit die Passanten ungehindert vorbeikamen. Die scharfe Kante eines Metallkorbs mit Weihnachtsdekoration bohrte sich in seinen rechten Oberschenkel, und er freute sich über den Schmerz. Immerhin war er ein Zeichen dafür, dass sein Körper nicht völlig gelähmt war. Firaz schien seine Umgebung gar nicht wahrzunehmen, nicht einmal die vielen Mütter, die ihrem Ärger darüber Luft machten, dass er mit seiner ausladenden Daunenweste den halben Eingang zum Spielzeugladen blockierte.

Firaz warf seinen leeren Kaffeebecher hinter sich und schlug Jonas vor, in ein Café zu gehen, um sich aufzuwärmen und Neuigkeiten auszutauschen. Jonas bereute sofort, dass er nicht einfach nein gesagt hatte. Alles in ihm schrie danach, von diesem Mann wegzukommen. Alle Zeichen sprachen dafür, dass nur eine halbe Stunde in Firaz' Gegenwart alle Gefühle in ihm freisetzen würde, die er seit einem Jahr zu verdrängen versuchte. Dennoch zögerte er so lange, dass er den Vorschlag nicht mehr auf glaubwürdige Weise ablehnen konnte.

Jonas gab nach und folgte Firaz in eine Konditorei in einer Seitenstraße. Resigniert nahm er zur Kenntnis, wie paradox es war, sich in seiner vertrauten Umgebung herumführen zu lassen – von einem Mann, der höchstens seit ein paar Monaten in Dänemark sein konnte und außerdem einer ganz anderen Welt angehörte. Manche Menschen hatten ein außerordentliches Talent, sich überall anzupassen. Früher war er einmal genauso gewesen.

»Und, was treibst du so, Big Man Holm? Wie ich höre, ist deine Zeit beim Militär vorbei?«

Jonas fluchte innerlich darüber, Teil dieses Schauspiels zu sein. Natürlich wusste der irakische Dolmetscher genau über alles Bescheid, was geschehen war, seit sie sich das letzte Mal begegnet waren. Der Skandal hatte genau das richtige Ausmaß gehabt, damit alle davon erfuhren, und Firaz musste in dieser Sache auch unzählige Male verhört worden sein.

Noch dazu war der Dolmetscher schon vorher stets am besten informiert gewesen von allen Irakern, die sich im Camp Dannevang aufgehalten hatten. Er war nahezu immer dort und mit den meisten gut Freund gewesen, was in erster Linie daran lag, dass er fast alles beschaffen und fast alles absetzen konnte. Doch obwohl damals noch über ein Monat vergangen war, ehe Jonas und die anderen unehrenhaft nach Hause entlassen worden waren, hatte er Firaz seit dem Verhör mit dem Jungen merkwürdigerweise nicht wiedergesehen. Und das war der Tag, der Jonas immer wieder heimsuchte. Nicht nur in der Zeit kurz nach dem Auslandseinsatz, sondern bis heute, wo all das längst der Vergangenheit angehören sollte. Sowohl mental als auch rein praktisch – denn alle seine Karrierepläne waren den Bach runtergegangen wegen dieses einen verdammten Tages und allem, was folgte.

Firaz' Lächeln wirkte plötzlich fast mitleidig.

»Aber so ein schlauer Kerl wie du, Holm, der schlägt sich immer durch, oder? Was machst du denn so?«

Jonas zuckte mit den Schultern.

»Ich habe eine Security-Firma zusammen mit ein paar der anderen Jungs von damals. Du weißt schon, Türsteher, Leibwächter, solche Aufgaben. Ist ganz in Ordnung. Ich arbeite mit Overbye zusammen.«

»Overbye.«

Firaz wiederholte den Namen des Hauptmanns. Dann schwieg er, als wüsste er das alles schon im Voraus und als passte es ihm ausgezeichnet. Schließlich beugte er sich über den Tisch.

»Aber springt etwas dabei heraus? Macht ihr richtig Kohle?«

Firaz fragte eifrig und etwas zu schnell, und anschließend hatte Jonas das Gefühl, dass der andere seinen Gesprächspart vorher einstudiert hatte und dieses Treffen alles andere als zufällig gewesen war. Wie viel wusste der Dolmetscher wirklich? Die unehrenhafte Entlassung aus der Armee – das ganz sicher. Dass er in der Sicherheitsbranche arbeitete, war vermutlich auch nicht schwer zu erraten gewesen. Aber wusste er mehr als das? Nur Jonas' engster Kreis kannte die Probleme, unter denen er litt, seit er wieder zu Hause war. Die Angstattacken, die Depression, und wie sehr das alles seine Beziehung zu Lex belastete. Im Irak war Firaz allerdings ein Meister darin gewesen, Informationen über alles und jeden in Erfahrung zu bringen. Jonas hatte eine düstere Vorahnung, dass er dieses Talent auch an jedem anderen Ort zum Einsatz bringen konnte. Es fand sich immer jemand, der Firaz' Sprache sprach.

So überraschte es Jonas auch nicht weiter zu hören, dass Firaz' Asylantrag wahrscheinlich bald stattgegeben wurde. Soweit er wusste, gab es mehrere Hundert Dolmetscher und andere unentbehrliche Iraker, die sich zu Recht bedroht fühlten, nachdem sich die Soldaten aus dem Land zurückgezogen hatten. Die dänische

Regierung musste demzufolge widerwillig auch jene evakuieren, die ihr Leben durch die Fraternisierung mit den Besatzungstruppen aufs Spiel gesetzt hatten. Jonas zweifelte allerdings daran, dass Firaz tatsächlich aus Angst nach Dänemark gekommen war. Viel wahrscheinlicher schien ihm, dass der Iraker ein gutes Geschäft witterte.

Jonas versuchte sich zusammenzureißen. Er wollte dieses Treffen endlich hinter sich bringen.

»Hör mal, Firaz. Nett, dich wiederzusehen. Aber worauf willst du hinaus? Ich sehe dir doch an, dass du irgendwas von mir willst?«

Der andere lächelte.

»Genau das meine ich! Du bist ein kluger Mann, der sich nicht so leicht hinters Licht führen lässt. Okay. Ich mach dir ein Angebot, das du kaum ausschlagen kannst. Du bist zu etwas Höherem berufen, als Leuten wie mir eine Absage zu erteilen.«

Jonas hatte keine Lust, noch weiter zu protestieren. Er wollte nur, dass der Mann seine Ausführung beendete, damit er höflich, aber bestimmt »Nein, danke« sagen konnte, von hier wegkam, zu seinem Auto, das ihm aus irgendeinem Grund gerade als der sicherste Ort auf der Welt erschien. Aber Firaz ließ sich Zeit.

»Ich rede hier von richtig viel Schotter, Holm. Nicht von den paar Mäusen, die ihr mit eurem bisschen Security macht, sondern genug Geld, um alles zu kaufen, worauf deine Frau gerade zeigt. Häuser, Autos, Schmuck, Pelze, Gucci, Chanel, alles, Mann. Glaubst du nicht, dass das die Liebe zwischen euch wieder ein bisschen mehr entfachen könnte?«

Jonas musste sich zusammenreißen, um nicht vom Stuhl aufzuspringen und dem Dolmetscher mit einem Hieb die Nase zu brechen. Seine Stimme bebte.

»Nun sag endlich, was du willst, Firaz.«

Der andere sah sich hastig im Raum um und beugte sich dann vertraulich zu Jonas vor.

»Erinnerst du dich noch an die Kleinigkeiten, mit denen ich damals im Camp gehandelt habe? Viele von euch fanden doch, es wäre wahnsinnig romantisch, der Angebeteten etwas besonders Authentisches aus dem Irak mitzubringen. Versuch mal, dir diesen Markt um das Tausendfache potenziert vorzustellen. Ein riesiges Geschäft, und alles ist vorbereitet. Ich habe Bargeld vor Ort, die Fracht ist geregelt, und ich weiß, dass es hier genug interessierte Kunden gibt. Alles, was mir noch fehlt, ist ein Däne. Und du bist genau der Richtige.«

4

Endlich hatten sie den Lammefjord erreicht. Doch kaum waren sie kurz vor Gundestrup von der Fernstraße abgebogen, protestierte das Navi.

»Wir haben hier keine Kartenabdeckung. Ich hoffe, wir landen nicht bis zu den Knöcheln im Kuhmist«, sagte Boserup.

»Sie werden den Weg schon finden, da bin ich mir sicher«, erwiderte Linnea.

Sie sah nicht von ihrem Blackberry auf. Über den Lammefjord wusste sie nicht viel mehr, als dass es ein großer, eingedeichter Fördenarm im Gebiet Odsherred war, wo man wegen des sandigen Bodens vor allem Kartoffeln, Karotten und Zwiebeln anbaute. In der Zwischenzeit hatte Bodilsen zurückgerufen und sie über die näheren Umstände informiert. An diesem Wochenende hatte eine größere Übung für die Polizeibeamten und Suchhunde aus der Region stattgefunden. Schon während die Polizisten noch die Suchposten verteilt hatten, schlugen einige der

Hunde an einer Stelle an, wo ein kleineres Loch im Waldboden zu sehen war. Dort war im letzten Herbststurm ein alter Baum umgefallen und hatte die Erde aufgerissen. Zunächst hatte sich niemand weiter um die aufgeregten Hunde gekümmert, doch während der eigentlichen Übung hatten sich dann zwei der Tiere losgerissen und waren direkt zu dem Loch gestürmt. Sie waren hineingesprungen und hatten begonnen, die Erde aufzuwühlen, woraufhin schon bald ein Gegenstand aus schwarzem Plastik zum Vorschein kam. Die Hundeführer hatten erfolglos versucht, die Tiere zu sich zu rufen. Schließlich war einer der Polizisten in das Erdloch gestiegen und hatte mit einem Stock den Boden um das Plastik herum freigelegt. Als die Beamten erkannten, dass es sich bei dem vermeintlichen Plastikstück in Wirklichkeit um einen Knochen handelte, beschlossen sie, die Mordkommission zu informieren.

»Die Polizei ruft die Polizei«, hatte Boserup kommentiert, als Linnea ihm das Gespräch mit Bodilsen zusammengefasst hatte. »Das hört man auch nicht jeden Tag.«

Linnea hatte gelächelt.

Die angeforderten Ermittler waren eine Stunde später am Fundort angekommen. Ein besonders vorwitziger Polizeibeamter hatte sich Gummihandschuhe übergestreift und noch tiefer in der Erde gegraben – denn man wollte ja nicht grundlos einen Rechtsmediziner den weiten Weg von Kopenhagen hierherkommen lassen. In der Provinz machte sich niemand gern zur Witzfigur der Hauptstädter. Das Ergebnis seiner Wühlaktion war ein Oberschenkelknochen, daran bestand kein Zweifel. Als er ihn ganz aus der Erde ziehen wollte, stellte sich heraus, dass er noch immer mit einem Schien- und Wadenbein sowie den Fußknochen zusammenhing. Am Fuß war noch ein kleiner Fetzen Haut erkennbar. Der Rest der Leiche war vollkommen skelettiert.

Nun war man sich sicher, dass man es hier mit der Leiche eines Menschen zu tun hatte, und der große Apparat wurde in Bewegung gesetzt. Man forderte die Spurensicherung an, außerdem wurden zwei erfahrene Leichenspürhunde hinzugerufen – und Linnea. Vermutlich in genau dieser Reihenfolge.

Auf den letzten Metern bis zum Fundort hatte Linnea überlegt, was die lokalen Polizeibeamten vor ihrer Ankunft wohl noch alles zerstört hatten. Schlimm genug, dass sie das Skelett bereits angefasst und in der Erde gewühlt hatten – vermutlich ohne vorher zu dokumentieren, wie sie den Fundort vorgefunden hatten.

Boserup sah etwas unsicher aus, als sie auf immer kleinere Feldwege einbogen, aber sie konnte ihm nicht helfen. Sie hatte den Ort bei Google Earth gefunden, doch auch das brachte nicht viel, denn sie waren so weit auf dem Land, dass es keine Straßenschilder oder andere Orientierungshilfen gab, nach denen sie sich richten konnten. Bald hatten sie die letzten Höfe hinter sich gelassen und befanden sich auf einem Weg, den man nicht mal mehr als Schotterpiste bezeichnen konnte, eher sandige Reifenfurchen mitten auf dem Acker. In einiger Entfernung war ein Dickicht auszumachen, an dessen Rand zwischen größeren Bäumen ein stark verfallenes Gebäude lag.

»Sieht so aus, als wären wir hier richtig«, meinte Boserup.

Linnea nickte nur. Der letzte Abschnitt des Weges diente als Parkplatz für mehrere Rettungswagen, zwei Streifenwagen, einen Dienstwagen der Spurensicherung vom Kriminaltechnischen Center und drei Zivilfahrzeuge, die wohl den Ermittlern gehörten. Vor ihnen tauchte ein weiteres Gebäude mit einer einsturzgefährdeten Garage auf, neben der sich unzählige verrostete Autowracks türmten.

Das letzte Stück musste Linnea zu Fuß gehen. Sie wurde durch die marode Garage geführt, in der alte Plastikkisten mit Zwiebeln und Gerümpel lagerten. Einer der Männer von der Spurensicherung kannte sie schon und begrüßte sie mit einem Lächeln.

»Der Boden ist ganz schön trocken«, sagte er. »Immerhin musst du dich dann nicht wieder durch den Schlamm wühlen, so wie beim letzten Mal.«

Sie nickte.

»Ich habe meine Sachen für die Feldarbeit auch gar nicht dabei. Kann sein, dass sich die Bauern über die lange Trockenzeit ärgern, aber mir passt sie eigentlich ganz gut.«

Sie ging weiter. Überall standen kleine Männergrüppchen herum. Einige uniformierte Beamte waren damit beschäftigt, den Ort abzusperren, obwohl sich wohl kaum jemand anderer als die Polizei hierhin verirren würde. Ansonsten hoben sich nur die Techniker in ihren weißen Schutzanzügen von der Menge ab. Mehrere der Männer unterhielten sich, und Linnea bemerkte, dass sie ihr Blicke zuwarfen. Sie brauchte keine hellseherischen Fähigkeiten, um herauszufinden, über wen sie sprachen.

»Ist das Orakel angekommen?«

»Direkt aus den USA!«

»Sie wird den Fall innerhalb von Sekunden aufgeklärt haben. Und weißt du was: Du bist der Mörder!«

Linnea schritt mit erhobenem Kopf an den Männern vorbei und ging zielstrebig auf eine Stelle zu, an der gerade frisch gegraben worden war, wie sie schon von weitem erkennen konnte. Sie ignorierte das Geschwätz und das gedämpfte Lachen der Männer. Das erlebte sie nicht zum ersten Mal. Sie hatte sich fast schon daran gewöhnt, obwohl sie sich manchmal fragte, wann sie ihren Sensationswert endlich verlieren würde. Ihr Problem bestand darin, dass sie hoffnungslos überqualifiziert war. Obwohl man ihr das im Vorstellungsgespräch nicht so direkt gesagt hatte, sondern nur der leise Zweifel darüber geäußert wurde, ob sie die Richtige für die Stelle sei. Doch Professor Morewski, der höchste Chef, hatte sich für sie eingesetzt und ihre Einstellung fast schon mit Macht durchgedrückt, als nach seiner Bypass-Operation in aller Eile eine Krankheitsvertretung gefunden werden musste. Die anderen Mitglieder der Einstellungskommission am Rechtsmedizinischen Institut hatten eigentlich nach einem normalen Rechtsmediziner oder Pathologen gesucht, der auf Osteologie spezialisiert war, doch es war ihnen schwergefallen, ihre Qualifikationen von der Hand zu weisen, auch wenn sie keine Medizinerin im traditionellen Sinne war. Sie hatte Osteologie und Archäologie an der Standford University in Kalifornien studiert und dort ihren Bachelor in Physischer Anthropologie gemacht. Anschließend hatte sie drei Jahre lang Forensische Anthropologie an der University of Oklahoma studiert, wo der berühmte Clyde Snow noch immer Vorlesungen über die Rolle der Rechtswissenschaft bei der Aufklärung mysteriöser Kriminalfälle hielt. Sieben Jahre hatte sie an den angesehensten Universitäten der USA studiert und anschließend genauso viele Jahre praktische Berufserfahrung als forensische Anthropologin gesammelt.

Ihr Spezialgebiet war das menschliche Skelett, und sie konnte anhand von Knochen Schlüsse ziehen, zu denen selbst die besten Rechtsmediziner nicht imstande waren. Ihr bisheriges Einsatzgebiet umfasste Mordfälle und Massengräber von New York bis Ruanda. Eine skelettierte Leiche in einem dänischen Wald war eine Lappalie für sie.

*

Jonas konnte sich ausgezeichnet an Firaz' Geschäfte erinnern. Er hatte damals selbst eine Kleinigkeit für Lex gekauft. Mehrere Monate lang hatte er sich vorgestellt, wie er ihr nach seinem Einsatz im Irak das Geschenk überreichen würde, und dann hätten sie Champagner trinken und neue Pläne schmieden können. Sie bezeichneten sich selbst als »das dynamische Duo«. Gemeinsam konnten sie Phantastisches erreichen. Sie ergänzten einander, er mit seinem Ehrgeiz und seiner Ausdauer, sie mit ihren vielen Kontakten und ihrer Willenskraft. Doch seine Heimkehr verlief anders als erwartet. Verhöre, sowohl zu Hause als auch in den Räumen des Militärs im Kopenhagener Kastellet, schlaflose Nächte – und Lex, die nicht dazu in der Lage war, ihre Enttäuschung über ihn zu verbergen. Und so lag sein Geschenk noch immer zu Hause in irgendeiner Schublade. Der Moment der Übergabe war längst verpasst.

»Aber warum ausgerechnet ich?«

Firaz machte eine ausladende Geste, bei der eine protzige goldene Uhr an seinem Handgelenk zum Vorschein kam. Anscheinend waren seine Geschäfte bereits gut angelaufen.

»Sieh dich doch mal an, my man. Du bist der anständigste Däne, den ich je gesehen habe. Ordentlich gekämmtes Haar, ordentliche blaue Augen und ein ordentliches Poloshirt. Vertrauenswürdiger kann man gar nicht aussehen. Na ja, und außerdem ist mir zu Ohren gekommen, dass du weißt, wie man Befehle ausführt – und dass du Geld gebrauchen kannst, natürlich. Andererseits: Wer kann eine halbe Million zusätzlich im Jahr nicht gebrauchen?«

Jonas hatte nein gesagt. Was sonst. Nie zuvor hatte sein Körper so hartnäckig auf etwas beharrt wie auf dem Gefühl, dass er diesen Ort verlassen musste und Firaz Khalid am liebsten nie wieder begegnen würde. Doch der Dolmetscher hatte nicht so schnell aufgegeben. Er war sogar so unverschämt gewesen, sich Jonas' Handy zu schnappen, das zusammen mit dem Autoschlüssel auf *dem Tisch lag, und seine Nummer einzuspeichern, woraufhin er sich selbst von Jonas' Telefon aus anrief.*

»Jetzt bin ich in deinem System und du in meinem. So können wir uns immer erreichen, falls wir es uns anders überlegen. Das ist doch schön zu wissen, oder etwa nicht?«

Jonas, dem kaum etwas einfiel, was er weniger wollte, als in Firaz' System zu sein, war aufgestanden, hatte ihm das Handy aus der Hand gerissen und hastig gesagt, dass er sich keine Hoffnung machen solle. Doch Firaz hatte ihm nur fröhlich zum Abschied gewinkt, als könne er kein Wässerchen trüben.

Als Jonas das Café verließ, in sicherem Abstand draußen vorbeilief und durch die Fensterscheibe hineinsah, saß der Dolmetscher noch immer am Tisch und aß das Schokoladenstückchen, das Jonas neben seinem Kaffee hatte liegen lassen. Er sah auf, bemerkte Jonas' Blick und machte grinsend das Victory-Zeichen. Jonas wollte nur noch so schnell wie möglich nach Virum zurückfahren.

Auf seiner Fahrt nach Hause hatte sich dann allmählich seine Zufriedenheit darüber eingestellt, wie entschieden er das Angebot des Dolmetschers abgelehnt hatte. Und er freute sich darauf, seine Fortschritte mit Lex zu teilen. Allein die Tatsache, dass er dem Mann gegenübergesessen und die Ruhe bewahrt hatte, war eine ziemliche Leistung, wenn man bedachte, in welch desolater Verfassung er Anfang des Jahres noch gewesen war. Er hatte sich keine Nachrichten aus Afghanistan oder von anderen Kriegsschauplätzen ansehen können, ohne sich nicht hinterher eine Stunde lang im Badezimmer einschließen zu müssen.

Die Dämmerung war längst hereingebrochen, als er in die Einfahrt bog. Lex stand in der Küche und räumte gerade die Spülmaschine aus. Wegen des Geschirrgeklappers hörte sie ihn nicht gleich, und so konnte er einen Moment lang in der Tür verharren und seine Frau betrachten. Wie immer war sie tadellos gekleidet, und wie immer trug sie schwarz. Das hellblonde Haar hatte sie zu einem Pferdeschwanz gebunden, der lässig aussah, sie aber garan-

tiert viel Zeit gekostet hatte. Denn Lex überließ nichts dem Zufall, schon gar nicht, wenn es um ihr Aussehen ging. In diesem Moment war ihr Gesicht ernst, und plötzlich schien ihm, als wäre sie noch blasser als sonst. Der Schönheitsfleck unter ihrem Auge hob sich dunkel von der weißen Haut ab.

Er räusperte sich, und sie fuhr bei dem Geräusch zusammen.

»Da bist du ja. Hast du denn gar nicht mitbekommen, dass ich angerufen habe? Warst du wieder im Fitness-Studio?«

Plötzlich fiel ihm auf, wie schnell sie sich daran gewöhnt hatte, immer von ihm enttäuscht zu werden. Er schüttelte den Kopf und überreichte ihr die Rosen, die er hinter seinem Rücken versteckt hatte.

»Alles Gute zum Hochzeitstag, mein Schatz. Du errätst nie, wen ich gerade getroffen habe.«

Kurz nach seiner Rückkehr aus dem Irak hatte er ihr viel über den Dolmetscher erzählt, und zweifelsohne hatte auch sie ihn so weit wie möglich aus ihrem Leben verbannt. Er war einer von Jonas' schlimmsten Plagegeistern. Trotzdem schien sie nicht ganz zufrieden damit zu sein, dass er Firaz so einfach abgewiesen hatte. Sie wirkte eher ungeduldig, vielleicht sogar enttäuscht darüber, dass er sich als schwächer erwiesen hatte, als sie dachte. Nicht der Mann war, den sie verdient hatte.

»Aber Jonas, jetzt erklär mir doch erst mal, was genau er von dir wollte. Ich kann mich gar nicht erinnern, dass du mir von den Sachen erzählt hast, die er verkauft.«

Jonas wurde von einem Klopfen aus seinen Gedanken gerissen. Schon wieder hatte er in seinem Auto gesessen und war in Erinnerungen darüber versunken, was vor fast drei Jahren geschehen war, als das Ganze ernst wurde. Das passierte immer, wenn er sich unter Druck gesetzt fühlte.

Er hob den Kopf, und als es ihm endlich gelang, wieder klar zu sehen, blickte er direkt in die Augen eines ungefähr sechsjährigen Jungen, der seine Nase am Seitenfenster plattdrückte. Das Glas hatte bereits Schlieren von seinem Rotz, und das Geräusch stammte von einem dreckigen Stöckchen, mit dem er gegen den Wagen klopfte. Jonas überlegte kurz, ob er einfach losfahren sollte, ließ dann aber doch das Fenster herunter. Er hatte keine Lust, sein Gewissen mit einem weiteren Unglück zu belasten.

»Du solltest lieber mal ein Stückchen zur Seite gehen, ich fahre jetzt.«

Der Junge runzelte die Stirn und zeigte mit seinem schmutzigen Finger unter das Auto.

»Hast du schon gemerkt, dass ein toter Hund unter deinem Auto liegt?«

5

An diesen Knochen ist nicht mehr besonders viel dran.« Linnea überhörte den Kommentar und sah nicht auf. Sie hatte konzentriert ihre Arbeit am Skelett aufgenommen. Unter optimalen Bedingungen hätte sie zunächst eine elektronische Karte vom Fundort erstellt, damit sie all ihre Funde für den späteren Gebrauch in ein dreidimensionales Bild einordnen konnte. Es wäre ohnehin besser gewesen, man hätte sie früher hinzugerufen. Denn dann hätte sie prüfen können, ob sich an diesem Ort noch weitere Gräber verbargen. Eine Sonde oder eine kleine Schaufel wären besser geeignet gewesen. Doch die örtliche Polizei hatte bereits mit dem Spaten gewütet und die obere Schicht von Erde, Blättern und Astresten entfernt, die schätzungsweise fünfzehn Zentimeter tief gewesen war. Anschließend hatten sie eine Rinne rings um den Ort gegraben, wo sich die Leiche ihrer Vermutung nach befand. An dieser Stelle war nun ein Loch von etwa einem Meter Tiefe, zwei Metern Länge und anderthalb Metern Breite entstanden. Offensichtlich hatten sie auch versucht, eine Plane unter die Erde zu schieben, um sie anzuheben, waren aber glücklicherweise im letzten Moment davon abgehalten worden. Denn das hätte jeden Ansatz zerstört, anhand einer gründlichen Fundortuntersuchung festzustellen, was geschehen war.

»Können Sie schon etwas sagen?«

Linnea ignorierte die Frage und arbeitete konzentriert mit ihrer Schaufel weiter. Sie hatte bereits den Großteil eines Arms freigelegt und arbeitete sich nun zum Rest des Skeletts vor, dessen Konturen sie unter der oberen Erdschicht ausmachen konnte. Es sah aus, als sei die Leiche vollständig skelettiert, und alle Knochen schienen vorhanden. Nur das eine Bein fehlte. Vermutlich war es durch eine Erdverschiebung an die Oberfläche gebracht worden und hatte so die Hunde auf die Leiche aufmerksam gemacht. Von der Kleidung war nichts mehr vorhanden. Aber es war noch zu früh, um festzustellen, ob die Leiche ohne Kleidung hier vergraben wurde oder ob die Textilien vom Leichengift aufgelöst worden waren. Nach einer Weile sah sie zu dem Mann auf, der schätzungsweise Anfang fünfzig war und zu den wenigen gehörte, die ihre Jacke trotz der Hitze nicht ausgezogen hatten. Vermutlich war dies der Leiter der Voruntersuchung, Vizepolizeikommissar Richard Bodilsen.

»Wie lange dauert es, bis man so aussieht?«, fragte er weiter. »Im Polizeikreis Holbæk wird seit etwa einem Monat ein Drogenabhängiger vermisst.«

Linnea zuckte mit den Schultern.

»Das hängt von so vielen Faktoren ab. Bodenbeschaffenheit, Klima, wie tief die Leiche in der Erde lag. Manchmal dauert es ein paar Jahre. Ich habe aber auch schon von Fällen gehört, bei denen die Verwesung innerhalb weniger Tage stattgefunden hat, weil das Wetter gut war und die Leiche direkt unter der Erdoberfläche lag.«

»Na, das hilft uns natürlich nicht viel weiter«, erwiderte Bodilsen. »Dieser Vermisste scheint jedenfalls ein ziemlich runtergekommener Typ zu sein. Die Kollegen in Holbæk hatten ihn vorgeladen, damit er vor Gericht aussagt, aber er ist nie aufgetaucht. Sie gehen davon aus, dass er tot ist. Er hatte seinen Arbeitgeber, einen Umzugsunternehmer, angezeigt, weil der Diebesgut bei sich lagerte. Das würde ja alles gut zusammenpassen.«

Linnea wandte sich erneut dem Grab zu. Eigentlich war sie nicht zimperlich, aber irgendetwas an dem Tonfall von Bodilsen störte sie. Vielleicht war es der mangelnde Respekt gegenüber dem Toten, oder dass es ihm völlig gleichgültig schien, was sie herausfand.

Sie sah erneut zu ihm auf.

»Das würde sich in der Statistik gut machen, meinen Sie nicht? Ein identifizierter Vermisster, statt eines neuen, unaufgeklärten Mordes, der Sie zusätzlich belastet?«

Sie wandte sich wieder ihrer Arbeit zu.

»Aber das können Sie vergessen. Diese Leiche liegt schon lange in der Erde. Und zwar richtig lange.«

Bodilsen öffnete den Mund, um etwas zu erwidern, doch im selben Moment klingelte sein Handy. Er ging ein Stück weiter, um das Gespräch anzunehmen.

Manchmal zehrte es an den Nerven, über eine Leiche gebeugt zu stehen, während ihr der Schweiß in die Augen lief, und dabei so viel wie möglich von dem aufzudecken, was geschehen war. Sie war in jeder Phase dieser Arbeit angespannt, anders ging es gar nicht. Wenn sie vor Ort im Einsatz war, spürte sie weder Entsetzen noch Ekel bei dem, was sie sah. Der Anblick brutaler Verletzungen an einer stark verwesten Leiche erfüllte sie in erster Linie mit Neugier und dem Wunsch herauszufinden, welcher Gegenstand die Schädigungen verursacht hatte. Sie konnte es sich nicht leisten, genauso empfindlich auf Leichen und Knochen zu reagieren wie die meisten anderen, und das lag nicht daran, dass sie abgestumpft war. Obwohl es manchmal so wirken konnte, wenn sie sich dabei ertappte, verärgert darüber zu sein, immer weiter zu graben und nichts zu finden – und sich schließlich zu freuen, wenn sie tatsächlich menschliche Überreste fand.

Sie nahm einen Pinsel und beugte sich vor.

»Hierher!«, rief sie einem der Techniker zu. »Ich brauche eine Dokumentation.«

Der Fundort war bereits gründlich und aus allen Winkeln von der Spurensicherung fotografiert worden, bevor Linnea eintraf. Und auch sie hatte den Fotografen inzwischen schon einige Male bemüht. Doch nun hatte sie etwas Neues entdeckt. Einen Gegenstand, der unmöglich ein Knochen sein konnte, aber dennoch zur Leiche gehören musste. Sie deutete eifrig mit dem Finger darauf, und der Fotograf ging ans Werk. Dann machte sie sich daran, mit dem großen Pinsel die Erde rundherum zu entfernen. Es waren Momente wie dieser, die ihre Arbeit so bereicherten. Mit dazu beizutragen, dass ein Verbrechen nicht unsichtbar blieb: ein Opfer, das vom Mörder vergraben wurde, Massengräber mit Frauen und Kindern, die im Bürgerkrieg erschossen wurden, hastig verscharrte Opfer von brutalen Folterknechten. All das waren Versuche, Menschen aus der Geschichte herauszuschreiben. Ihre Aufgabe war es, dafür zu sorgen, dass diese Versuche nicht gelangen.

»Haben Sie was gefunden?«

Bodilsen beugte sich erneut über die Ausgrabungsstelle,

und diesmal klang er geradezu neugierig. Linnea nickte und entfernte die letzte Erde von dem Gegenstand.

»Ich glaube, das wird Sie interessieren.«

Vorsichtig schob sie einen Spachtel unter ihren Fund und löste ihn aus dem Boden. An der einen Seite haftete noch immer etwas Erde, die andere war vollkommen freigelegt.

»Das lag schräg unter dem linken Schenkelknochen. Muss zur Leiche gehören. Davon abgesehen, habe ich nämlich nur menschliches Material in Skelettnähe gefunden.«

»Aber was ist das?«

Sie hob den Gegenstand vorsichtig an, damit Bodilsen ihn von Nahem betrachten konnte. Er maß nicht mehr als ein paar Zentimeter auf jeder Seite, war höchstens einen Zentimeter dick, und farblich war er kaum von der umliegenden Erde zu unterscheiden. Ein weniger geschultes Auge hätte ihn gar nicht bemerkt.

»Das gehört nicht gerade zu meinem Spezialgebiet. Aber diese Einkerbungen hier sehen aus wie Keilschrift. Sie wissen schon, die Buchstaben, die man in biblischer Zeit in Babylon und so verwendete.«

»Babylon?«

Sie nickte und kratzte behutsam die restliche Erde von der Rückseite. Vielleicht befand sich eine Zeichnung darauf, oder noch mehr Schrift. So war es jedenfalls bei den Tafeln gewesen, die sie letztes Jahr im British Museum gesehen hatte. In der Ausstellung hatte es davon Hunderte in allen erdenklichen Größen gegeben. Sie dienten damals allen möglichen Zwecken: von Quittungen über den Erhalt von Vieh über religiöse Verordnungen bis hin zu Opfergaben, die man den Toten ins Grab legte, um böse Geister zu vertreiben. Das zugleich mystische und ornamentale Aussehen der Keilschrift hatte Linnea stark fasziniert, und sie hatte überlegt, sich im Museumsshop die Reproduktion einer Tafel als Halskette zu kaufen.

»Das ist eine Tontafel«, fuhr sie fort. »Ich schätze, sie ist drei- bis viertausend Jahre alt.«

Kaum hatte sie den Satz ausgesprochen, wurde ihr klar, dass sie einen Fehler gemacht hatte. Sie hatte zu eifrig, zu interessiert geklungen, war zu sehr darauf erpicht gewesen, etwas Wichtiges zu sagen. Innerhalb kürzester Zeit würden sich die anderen in ihren Grüppchen das Maul zerreißen, während sie den Waldboden nach weiteren Spuren absuchten. Sie würden flüstern und gedämpft über die Expertin lachen, die eigens aus den USA abgeworben worden war und doch keine Ahnung hatte.

Bodilsen sah sie völlig fassungslos an.

»Sie wollen mir also erzählen, dass hier im Lammefjord eine viertausend Jahre alte babylonische Leiche liegt?«

Montag, 5. Juli

6

Wir deuten die stumme Sprache des Skeletts«, hatte Linneas Professor in Stanford immer gesagt. »Die Leute fragen oft, ob es überhaupt sinnvoll ist, eine Leiche, die lange in der Erde lag, zu obduzieren und zu untersuchen. Aber es ist nie zu spät. Ganz gleich, wie verwest der Tote auch sein mag – es ist nie ganz unmöglich, eine Todesursache oder Todesart zu bestimmen. Natürlich wird es immer schwieriger, je mehr Zeit vergeht. Doch selbst wenn nur noch das Skelett übrig ist, lassen sich Spuren finden. Und nicht gerade selten sogar die wichtigsten Spuren überhaupt – denn ein Skelett lügt nie!«

Mit diesen Worten hatte er seine erste Vorlesung der Osteologie, der Lehre von den menschlichen Knochen, eingeleitet. Und später hatte er sie zu Beginn jeder einzelnen Sitzung wiederholt, bei der sie sich trafen, um Knochen zu identifizieren und zuzuordnen. Das wäre Linneas wegen gar nicht nötig gewesen, denn sie hatte seine Worte gleich beim ersten Mal wie ein Mantra verinnerlicht, so übertrieben sie auch klingen mochten. Derselbe Professor schockierte immer wieder damit, dass er an den Knochen zu lecken pflegte, die er untersuchte. Während die Nichteingeweihten blass wurden und es für einen morbiden Scherz hielten, wussten seine Studenten, dass er in Wirklichkeit einen guten Grund dafür hatte. Denn wenn man einen Leichenfund machte, war es mitunter schwer, zwischen Knochenresten und Steinchen oder anderem organischen Material zu unterscheiden, das nichts mit dem Skelett zu tun hatte. Knochen besaßen jedoch eine poröse Oberfläche, die man unmittelbar erkannte, wenn man sie mit der Zunge berührte – denn der Knochen saugte sich sofort an ihr fest.

Linnea musste bei dieser Erinnerung lächeln. Sie stellte ihren Latte Macchiato auf dem Tisch ab, um mit der Arbeit fortzufahren. Dann besann sie sich eines Besseren, nahm einen weiteren Schluck und platzierte den Becher stattdessen neben einem Waschbecken. Nachdem aus ihrer Eilanstellung am Rechtsmedizinischen Institut eine etwas längere Schwangerschaftsvertretung geworden war, hatte Linnea versucht, sich an den Kaffee zu gewöhnen, den die übrigen Angestellten hier auch tranken: entweder jenen Thermoskannenkaffee, den die Sekretärinnen in regelmäßigen Abständen in den Konferenzraum stellten, oder den Automatenkaffee aus dem Keller neben dem Leichenschauhaus. Obwohl die Qualität variieren konnte, fand Linnea beide Sorten einfach ungenießbar. Und so hatte sie sich schließlich mit Simone, der einzigen jungen Sekretärin am Institut, zusammengetan, um einen guten Kaffee zum Mitnehmen zu finden. Die Gegend um das Panum Institut und das Rigshospital war allerdings ein merkwürdiges Niemandsland zwischen dem Szene-Teil von Nørrebro und dem mondänen Østerbro. Am Ende hatten sie sich darauf geeinigt, auf dem Weg zur Arbeit abwechselnd in einem kleinen Café in der Elmegade Kaffee zu holen. Zumindest an einem Tag wie diesem, an dem sie dringend eine Aufmunterung gebrauchen konnte.

Sie kehrte zum Obduktionstisch zurück und betrachtete erneut die leeren Augenhöhlen des Skeletts, das vor ihr lag und sie angrinste. Sie befand sich im osteologischen Labor, das auf dem langen Gang der Abteilung für Forensische

Anthropologie am Panum Institut lag. Ein Großteil ihrer Arbeit fand zurzeit allerdings auf der gegenüberliegenden Seite des Tagensvej statt, am Rechtsmedizinischen Institut des Rigshospitals. Sie hoffte sehr, dass sie ihre Vertretungsstelle dort bald gegen eine feste Anstellung im Labor für Forensische Anthropologie eintauschen konnte. Denn hier – umgeben von grinsenden Schädeln und Pappkartons mit nicht identifizierten Knochenresten – fühlte sie sich wie zu Hause.

Sie hatte das Skelett vom Lammefjord in eine natürliche Position gebracht, nachdem sie es von pflanzlichen Resten und den letzten Hautpartikeln befreit hatte. Alle Knochenteile vom Fundort lagen nun anatomisch korrekt angeordnet, mit dem Schädel als Krönung. In Anbetracht dessen, wie ihr heute Morgen beim Aufwachen zumute gewesen war, war sie mit einer verblüffenden Energie an die Arbeit gegangen. Ausnahmsweise hatte es die ganze Nacht und auch am Vormittag geregnet. Das hatte die Temperatur ein wenig gesenkt, und das Wetter war immer noch grau. Während die meisten Menschen über den plötzlichen Wetterumschwung murrten, passte er Linnea ziemlich gut. Nach dem gestrigen Tag war sie noch immer schlecht gelaunt. Der bloße Gedanke daran, auf dem Weg zur Arbeit glücklichen Menschen zu begegnen, die um die Seen oder zum Fælledpark schlenderten, hatte sie fast zur Verzweiflung gebracht.

»Wer rasselt denn da drinnen mit den Knochen?«, hörte sie plötzlich eine Stimme sagen.

»Ach, das ist diese Vertretung, Kirkegaard.«

Erst jetzt begriff sie, dass die Tür zum Labor noch immer offenstand. Den Stimmen nach zu urteilen, unterhielt sich draußen auf dem Gang gerade einer der Doktoranden mit einem der forensischen Anthropologen. Sie hörte die Clogs der Männer über den Boden klappern und hoffte, dass sie nicht auch noch den Kopf zur Tür hereinstecken würden, denn sie hatte für heute schon genug angestrengt gelächelt.

»Wäre die nicht was für dich?«, hörte sie den Doktoranden fragen.

»Wie kommst du denn darauf? Na ja … hübsch ist sie natürlich schon.«

»Ach, du kennst die Gerüchte noch gar nicht? Sie soll total auf alte Männer stehen. Und zwar richtig alte!«

Jetzt lachten sie, und Linnea wandte sich verärgert wieder dem Tisch zu. Sie hörte nun bereits zum vierten Mal an diesem Morgen eine Variante des immer gleichen Witzes. Und natürlich war ihr klar, dass sie sich über die gestrige Ausgrabung am Lammefjord lustig machten, die sich anscheinend bereits herumgesprochen hatte. Beim ersten Mal hatte sie noch zu erklären versucht, dass sie keineswegs behauptet habe, die Leiche vom Lammefjord sei mehrere Tausend Jahre alt. Sie hatte lediglich darauf hingewiesen, dass das Skelett seinem Zustand nach zu urteilen bedeutend älter sei als der seit einem Monat vermisste Drogenabhängige, den nun alle gefunden zu haben glaubten. Und dass sie überdies einen Gegenstand entdeckt habe, der ihrer Überzeugung nach eine wertvolle Antiquität war.

Aber die Witzbolde hatten ihre Erklärung natürlich geflissentlich überhört und weiter ihre Witze gerissen, über die sie allmählich nicht mehr lachen konnte. Vielleicht hatte sie einfach zu lange außerhalb Dänemarks gelebt, um diese Art von Humor zu verstehen. Er erforderte zumindest eine gewisse Eingewöhnungsphase. Möglicherweise waren einige ihrer fröhlichen Kollegen aber auch einfach nur Nervensägen, und bevor ihr niemand das Gegenteil bewiesen hatte, tendierte sie eher zu dieser Annahme.

7

Linnea beugte sich wieder über den Tisch und vertiefte sich in ihre Arbeit. Viel gab es in diesem Fall nicht zu beachten. Sie musste lediglich die Standardprozedur für eine forensisch-anthropologische Untersuchung durchführen. Sie untersuchte Alter, Geschlecht, Körperbau sowie die ethnische Zugehörigkeit der Leiche. Zusätzlich analysierte sie die Resultate der Röntgenuntersuchung, mittels derer man in manchen Fällen leichter auf wichtige Verletzungen und Traumata stieß.

Zu den ersten Dingen, die man im Studium lernte, gehörte die Analyse der Knochen, die im Laufe eines Lebens alters- und geschlechtsspezifische Veränderungen durchliefen. Das Geschlecht ließ sich anhand des Beckenrings und des Schädels erkennen. Das Alter konnte man bestimmen, indem man die Knochenverbindung des Schambeins und die Verbindung der Gelenkköpfe mit den langen Röhrenknochen untersuchte. Die ethnische Zugehörigkeit zu ermitteln erforderte dagegen eine Beurteilung der Morphologie aller Knochen, insbesondere des Schädels. In dem vorliegenden Fall bestand kein Zweifel daran, dass der Tote männlich war und vermutlich aus dem Nahen Osten stammte. Nachdem sie ihre Ergebnisse mit den Schemata und Berechnungsformeln auf dem Computer abgeglichen hatte, gab Linnea auch die anzunehmende Größe, das Alter, den Körperbau und die übrigen Merkmale ein. Obwohl das Skelett nach der langen Zeit in der Erde ziemlich mitgenommen war, war das alles relativ unkompliziert – jedenfalls verglichen mit dem, was sie in der Vergangenheit erlebt hatte.

In Ruanda war sie bei der Öffnung von Massengräbern

dabei gewesen, in denen mitunter Hunderte von Leichen dicht an dicht in einem Grab gelegen hatten; in der Regel Frauen und Kinder, die man mit stumpfen Waffen erschlagen hatte. Im zweiten Jahr ihres Studiums hatte sie sich nach Aufforderung ihres Professors für die Expertenteams beworben, die im Auftrag des Internationalen Strafgerichtshofs für Ruanda entsandt wurden. Das war einige Jahre nach dem Völkermord. Sie wurde gemeinsam mit einer Gruppe von Rechtsmedizinern, forensischen Anthropologen und Odontologen dorthin geschickt, um die Opfer der Kriegsverbrechen zu finden, ihre sterblichen Überreste zu identifizieren, falls es möglich war, in jedem Fall aber die Todesursachen beziehungsweise Tötungsmethoden festzustellen. Es war das erste Mal gewesen, dass sie die Forensische Anthropologie in der Praxis erlebte – ein Sprung ins kalte Wasser. Die Toten schienen allgegenwärtig zu sein, sogar in der Luft, die Linnea und ihre Kollegen umgab. Jeden Morgen suchten sie sich einen Ort im Freien zum Frühstücken. Sie gewöhnte sich schnell an, vor dem Essen ihren Schutzanzug abzustreifen, damit kein verwestes Gewebe in die Lebensmittel gelangte. Dem Leichengestank entkam man allerdings nicht. Er hing sogar in ihrer Unterwäsche und ließ sich nicht wieder auswaschen, wenn sie neun Stunden lang immer tiefer in den Bergen gegraben hatten – in einem Land, von dem es hieß, es gäbe dort nicht einen Hügel, unter dem sich keine Leiche verbarg.

Aber es hatte tatsächlich einen tieferen Sinn gehabt, einen solch extremen Einsatz mitzuerleben, der sie bei ihrer Arbeit bis heute verfolgte. Sie hatte das Gefühl, als könne sie sogar den Opfern der grausamsten Verbrechen einen kleinen Teil ihrer Würde wiedergeben, wenn sie die einzelnen Knochen ausgrub und in einer anatomisch korrekten Position vor sich ordnete.

Es war nicht immer sicher, ob sie ihnen zu einer Identität verhelfen konnte, aber sie konnte ihnen immerhin ein wenig Menschlichkeit zurückgeben.

*

Das Handy klingelte. Jonas legte die Hanteln beiseite und setzte sich auf. Der Schweiß lief ihm von der Stirn. Er wusste nicht, wie lange er schon trainiert hatte, doch das Brennen in seinen Muskeln deutete darauf hin, dass er die übliche Trainingsstunde bereits lange überschritten hatte.

»Jonas, bist du da?«

Lex hatte ihre ungeduldige Stimme aufgesetzt. Er richtete sich ganz auf und wischte sich den Schweiß ab. Dann riss er sich zusammen.

»Entschuldige, ich hatte vergessen, dass das Headset noch eingestöpselt war.«

»Wie ist die Übergabe gelaufen? Bist du wieder zu Hause?«

»Alles im Griff. Wir sehen uns gleich, ja?«, log er mit klopfendem Herzen.

Er wollte gleich wieder auflegen, hatte gehofft, sie abwimmeln und aufhalten zu können, bevor sie alles wieder zerstörte – doch sie war einfach zu schnell.

»Hast du die Schlagzeilen gesehen?«

Da war es schon. Er merkte, wie sich der alte Schweiß mit neuem mischte. Hastig sah er sich im Fitness-Studio um, aber er war allein.

»Was meinst du?«

Er versuchte, seine Stimme ganz natürlich klingen zu lassen. Unbekümmert.

»Sie haben eine Leiche im Lammefjord gefunden.«

»Meinst du, das ist er?«

Seine Frage kam etwas zu schnell, und sie seufzte. Er

konnte hören, wie sie mit sich kämpfen musste, um ihren pädagogischen Tonfall beizubehalten.

»Natürlich ist er es, Jonas.«

Nach dem Telefonat saß Jonas eine Weile da und versuchte, ruhig zu atmen und einige der Entspannungsübungen zu machen, die er gelernt hatte. Jonas bemühte sich, innerlich das Mantra des Psychologen herunterzubeten: Du bist zu Hause in Dänemark. Du bist in Sicherheit. Niemand will dir etwas Böses.

Das half ein wenig, zumindest um die schlimmste Panik in den Griff zu bekommen. Seit er heute Morgen im Autoradio die ersten Nachrichten gehört hatte, plagten ihn die vielen Gesichter Firaz' erneut. Erst sah er den selbstsicheren, höhnisch grinsenden Dolmetscher in Militäruniform vor sich, dann den etwas zu gut gekleideten Asylbewerber mit seinem florierenden Geschäft, der Jonas' Ehrgeiz und Enttäuschung gezielt instrumentalisiert hatte, und zuletzt … zuletzt sah er stets die Angst in dem sonst so emotionslosen Gesicht.

Jonas war gerade mit einer neuen Lieferung zu Hause in Virum losgefahren, als er die Nachrichten gehört hatte. Er war von einer fast manischen Panik ergriffen worden, hatte die Abfahrt nach Herlev verpasst und war stattdessen weiter nach Süden gefahren. Zunächst planlos, doch als er bemerkte, dass er aus reiner Routine in Richtung Faxe Ladeplads abgebogen war, erinnerte er sich an den alten Brunnen auf ihrem Sommerhausgrundstück. Er konnte jetzt auf keinen Fall so weitermachen wie geplant. Die Ware in Herlev abzuliefern war unmöglich. Vielleicht waren sie ihm sogar schon auf der Spur. Dies war ein Ausnahmezustand, und das einzig Sinnvolle schien ihm, die Ware an einem Ort zu verstecken, wo man sie niemals finden würde. Nach einer halben Stunde hatte er alle Spuren im Wagen beseitigt, und die körperliche Anstrengung und das Gefühl zu handeln beruhigten ihn ein wenig. Anschließend fuhr er nach Norden zurück, erleichtert, aber zugleich von einer nervösen Energie erfasst, die er nur durch einen Besuch im Fitness-Studio loswerden würde.

Plötzlich fiel ihm ein, dass er genau das damals auch über Firaz gedacht hatte: dass man ihn nie finden würde. Und jetzt war der Dolmetscher zurückgekehrt, um Jonas' Leben ein weiteres Mal in eine Hölle zu verwandeln. Allein der Gedanke daran reichte aus, um Firaz' kaltes Lächeln und die Hand mit dem Victory-Zeichen wieder vor seinem inneren Auge auftauchen zu lassen. Er sah sich um, vergewisserte sich, dass niemand – inzwischen war er nicht mehr der Einzige im Studio – seine Unruhe bemerkt hatte. Dann machte er mit den Sit-ups weiter. Die körperliche Erschöpfung half ihm, wenigstens für einen Moment Ruhe und Frieden zu finden.

8

Linnea hatte noch fast eine Stunde gebraucht, um die letzten Untersuchungen am Skelett abzuschließen. Während der Arbeit hatte sie die Ergebnisse auf ein Diktiergerät gesprochen, um sie von einer Sekretärin abtippen zu lassen, so dass sie der Polizei bereits am Abend den vorläufigen Untersuchungsbericht mailen konnte.

Sie bekam mit, wie die Tür zum Labor erneut geöffnet wurde.

»Haben Sie schon einen Todeszeitpunkt für uns?«

Vizepolizeikommissar Richard Bodilsen kam direkt auf sie zumarschiert. Eine der Sekretärinnen musste ihm erzählt haben, wo er Linnea finden konnte. Er blieb etwas zu nahe vor ihr stehen, so dass sie seinen säuerlichen Schweiß riechen musste.

»Oder lassen Sie mich raten«, fuhr er fort, »fünftausend Jahre minus ein paar Stunden?«

Er stieß ein kurzes, heiseres Lachen aus, das schließlich in ein ebenso kurzes, aber noch heisereres Husten überging.

»Ihr Humor ist nicht gerade originell. Und wenn ich mir Ihren Husten so anhöre – Sie sollten endlich das Rauchen lassen. Dafür ist es nie zu spät, wissen Sie.«

Er glotzte sie einen Moment lang an, ging dann aber nicht weiter auf ihre Bemerkung ein und schlenderte zum Obduktionstisch hinüber. Er beugte sich über das Skelett und streckte die Finger aus, als wolle er die Knochen berühren, zog sie dann aber wieder zurück. Sie nutzte die Gelegenheit, sich noch weiter von ihm zu entfernen, und ging zum Waschbecken, um sich die Hände zu waschen.

»Oder ist die Untersuchung etwa noch nicht abgeschlossen? Wir erwarten keine wissenschaftliche Abhandlung, nur dass Sie es wissen.«

Linnea hatte ihm den Rücken zugewandt und drehte sich blitzschnell um. Am liebsten hätte sie ihn angezischt und gefragt, ob er Angst vor Frauen mit einer höheren Ausbildung als er selbst habe. Aber dann fiel ihr auf, dass er ihr zu keinem Zeitpunkt direkt in die Augen gesehen hatte. In Wirklichkeit schien er eher eingeschüchtert von ihr zu sein. Also trocknete sie sich die Hände ab und sagte nur: »Mit der Identität des Opfers kann ich noch nicht dienen. Die Zähne sind gerade zur Analyse im Institut für Forensische Odontologie. Vielleicht können die Ihnen weiterhelfen, sobald sie eine Zahnkarte erstellt haben. Kann ja sein, dass sie mit einer vermissten Person übereinstimmt. Aber ich kann Ihnen jetzt schon berichten, dass es sich um einen Mann handelt, der ungefähr eins achtzig groß war, relativ kräftig gebaut, Mitte bis Ende dreißig und aus dem Nahen Osten stammte. Ich würde behaupten, dass diese Zähne nie eine klassische dänische Schulzahnpflege gesehen haben.«

Diesmal verkniff Bodilsen sich seine dummen Kommentare. Linnea ging erneut zu dem Skelett und zeigte auf den Schädel, den Bodilsen kurz zuvor nicht zu berühren gewagt hatte. Sie nahm ihn hoch, drehte ihn halb und hielt ihn Bodilsen näher hin, als ihm sichtlich lieb war.

»Hier haben Sie natürlich ein einleuchtendes Indiz. Möglicherweise sieht dieser Riss aus wie eine zufällige Beschädigung, die durch die lange Zeit im Waldboden entstanden ist. In Wirklichkeit aber handelt es sich um ein Einschussloch. Er wurde aus nächster Nähe erschossen. Direkt über dem linken Ohr. Über das Kaliber kann ich noch nichts sagen. Möglicherweise finden die Männer von der Spurensicherung ja etwas, wenn sie den Fundort durchsuchen. Die Schussrichtung und alles Weitere können Sie dann in meinem Bericht nachlesen.«

Linnea sah ihm direkt in die Augen.

»Wenn Sie mich fragen, wirkt das wie eine eiskalte Hinrichtung.«

Linnea legte den Schädel wieder auf den Tisch zurück. Dann fuhr sie mit ihrem Bericht fort.

»Eigentlich ist der Rest des Skeletts sogar noch interessanter. Oder zumindest geheimnisvoller. Ich habe Brüche am rechten Wangenknochen und Oberkiefer festgestellt, des Weiteren am linken Ellbogen und an der Speiche, am

Wadenbeinknochen und an zahlreichen Rippen auf beiden Seiten. Alles infolge von stumpfer Gewalt.«

»Um den Todeszeitpunkt herum?«

»Das will ich meinen. Möglicherweise hätte das allein schon als Todesursache gereicht – aber man hat ihm ja auch noch in den Kopf geschossen. Andererseits sind die Verletzungen so unregelmäßig verteilt und das Muster ist so unklar, dass es auch andere Erklärungen als bloße Gewalteinwirkung dafür geben könnte. Zuerst dachte ich an Folter. Das würde ja gut dazu passen, da wir es hier wahrscheinlich nicht mit einem Dänen zu tun haben. Vielleicht wurde er in seiner Heimat gefoltert und ist daraufhin nach Dänemark geflüchtet, wo ihn dann allerdings auch ein brutales Ende erwartete. Das wäre zwar ein naheliegender Gedanke, aber normalerweise kann man die Anzeichen einer beginnenden Heilung von Knochenbrüchen ziemlich schnell erkennen. Ich neige deshalb mehr zu der Annahme, dass die verschiedenen Brüche und Verletzungen kurz vor dem Einsetzen des Todes zugefügt wurden, und dann verhält sich die Sache anders.«

»Sie meinen, er wurde hier in Dänemark gefoltert?«

»Sieht ganz danach aus.«

Bodilsen schniefte kurz und wandte sich von dem Stahltisch ab, als wollte er wieder gehen.

»Sorgen Sie einfach dafür, alle Spekulationen aus Ihrem Bericht herauszuhalten. Denken Sie daran, dass ich der leitende Ermittler bin und unqualifizierte Mutmaßungen in alle Richtungen nicht Teil Ihrer Arbeit sind. Aber wenn wir es hier wirklich mit einem Flüchtling zu tun haben, endet die Sache hoffentlich sowieso an dieser Stelle. Davon verschwinden ja jedes Jahr Hunderte, ohne dass zwangsläufig ein Verbrechen zugrunde liegt.«

Linnea presste die Lippen zusammen.

»Und was hat es mit der Tontafel auf sich, die ich neben der Leiche gefunden habe?«

Jetzt glotzte er sie ausgesprochen dümmlich und verständnislos an.

»Diese kleine Antiquität, über die sich gewisse Personen hier so amüsieren konnten«, erklärte sie entnervt. »Ich weiß nicht, was ein Experte dazu sagen würde. Aber ich würde darauf tippen, dass sie aus dem Nahen Osten stammt. Sie liegt noch in meinem Büro.«

»An diesem Ort gab es doch haufenweise Gerümpel, das muss ja nichts mit dem Toten zu tun haben. Natürlich schicke ich jemanden, um die Tontafel abzuholen. Ich würde es allerdings mehr zu schätzen wissen, wenn Sie mir erzählen könnten, wie lange dieser Mensch in der Erde gelegen hat?«

Linnea holte tief Luft und grinste in sich hinein.

»Mit dem größten Vergnügen. Zum Glück hilft uns die Natur dabei, das Alter zu bestimmen. Eine Vielzahl von Bakterien, Insekten und Pflanzen beteiligen sich an der Zersetzung einer Leiche, die in der Erde lagert, und hinterlassen diese vollkommen skelettiert. Die Fliegen und ihre Larven sind von Anfang an da, und schon im Laufe des ersten Jahres stürzen sich auch die Speck- und Pelzkäfer und die Käsefliegen auf den Toten. Am faszinierendsten ist jedoch der Buntkäfer. Seine Larven schlüpfen über der Erdoberfläche und können sich anschließend sogar bis zu einer relativ tief vergrabenen Leiche in die Erde hineinbohren. Von dort aus kehren sie schließlich als vollentwickelte Insekten an die Oberfläche zurück. Später kommen auch noch die Buckelfliegen, Raubmilben und viele andere Besucher hinzu. Die letzten Gäste der Leiche leben von Exkrementen und anderen Abfällen, die ihre Vorgänger hinterlassen haben, ehe sie wiederum selbst dem Schimmelpilz zum Opfer fallen. Bei der Altersbestimmung geht es also nur darum, all diese Zeichen der Natur richtig zu deuten. In unserem Fall würde ich annehmen, dass der Tote sich etwa eineinhalb bis zwei Jahre in der Erde befunden hat. Sobald die Ergebnisse meiner Analyse vorliegen, kann ich diese Angaben präzisieren.«

Linnea hatte Bodilsen trotzig und nicht ohne Genugtuung fixiert, während sie ihren Vortrag heruntergeleiert hatte. Er hatte seine Antwort erhalten, allerdings mit einer kleinen Zugabe. Und sie hätte schwören können, dass der erfahrene Kommissar, der auf einmal keine weiteren Spitzfindigkeiten von sich gab und plötzlich zu einer dringenden Sitzung musste, ein wenig bleich ausgesehen hatte, als er fluchtartig das Labor verließ. Die rechtsmedizinische Entomologie gehörte eigentlich nicht zu ihren Spezialgebieten, aber mit einem Mal hatte sie einen unwiderruflichen Drang verspürt, ihn mit einem kleinen Vortrag über die faszinierende Welt der Kleinstlebewesen zu beglücken.

Sie lächelte vor sich hin. Eigentlich sollte ich mich schämen, dachte sie.

*

Jonas wusste jetzt, dass ihn das Bild von Firaz auch weiterhin verfolgen würde. So lange, bis er endgültig zusammenbrach oder in irgendeiner Weise die Strafe erhielt, die er verdiente. Er würde ein ernstes Gespräch mit Lex führen müssen, auch wenn sie dann enttäuscht von ihm wäre. Doch er hielt es einfach nicht länger aus. Sie hätten sich nie auf diese Sache einlassen sollen, aber vielleicht war Lex ja nur viel stärker als er. Manchmal blieb ihm noch immer der Atem weg, wenn er daran dachte, dass sie sich ausgerechnet ihn ausgesucht hatte. Und er würde es wohl nie richtig verstehen.

Denn Lex war so offensichtlich von einem anderen Format als er, der er stark von seiner Kindheit in einer einfachen Dreizimmerwohnung auf dem Kronens Kvater geprägt worden war. Im Herzen von Albertslund, wie sein Vater auch noch immer stolz betonen musste. Seine Familie sah er nicht mehr besonders häufig. Die beiden älteren Geschwister hatten sich ebenfalls in Albertslund niedergelassen, wenngleich sie in der gesellschaftlichen Hierarchie ein wenig aufgestiegen waren: Seine Schwester wohnte mittlerweile in einem kleinen Reihenhaus, und sein Bruder und dessen Friseurgattin hatten es sogar zu einem Fertighaus am Rande des Viertels gebracht. Doch wenn Jonas sie besuchte, dachte er immer noch, dass man ihn als Kind vertauscht haben musste; ein Gefühl, das ihn schon seit der ersten Klasse verfolgte. Und genau dieses Gefühl hatte ihn auch dazu gedrängt, die Familie bei der ersten Gelegenheit zu verlassen. Seine Eltern waren gutmütig und liebenswürdig, hatten aber nie verstanden, was in ihm vorging. Zum Glück, denn es hätte seinem Vater sicher das Herz gebrochen, wenn er gewusst hätte, wie sehr Jonas seinen polternden Fahrlehrerjargon verachtete.

Jonas war ein aufgeweckter Junge gewesen, viel schlauer als der Durchschnitt auf der Brøndagerschule. Doch er lernte schon früh, dass Intelligenz etwas war, das man besser nicht an die große Glocke hängte. Und als er bereits eine Woche nach Schulbeginn mit einer blutigen Nase und einem in Schulmilch getränkten Ranzen nach Hause kam, zeigte ihm die Reaktion seiner Mutter, dass er auf diesem Gebiet nicht mit dem Verständnis der Eltern rechnen konnte. Er hatte noch genau vor Augen, wie er in dem dunkelbraunen Wohnzimmer in einem Korbstuhl gesessen und schluchzend berichtet hatte, dass er doch nur geantwortet habe, als die Klassenlehrerin zuerst gefragt hatte, wie viele Länder mit A sie kannten, und dann mit B. Aber als sie bei C angekommen waren, hatte sie seinen ungeduldigen Zeigefinger ignoriert und stattdessen die anderen in der Klasse gefragt. Nach der Schule hatten einige der Jungs auf ihn gewartet und ihn in eine Rumpelkammer gezerrt. Seine Mutter, die jeden Morgen ab vier Uhr im Krankenhaus putzte und anschließend nach Hause hastete, um dort weiter zu putzen, hatte ihm über die Wange gestrichen, ihn verwundert angeschaut und ihm ein Stück Lebensweisheit anvertraut, das ihn über viele Jahre hinweg begleitet hatte: »Aber Jonas, Kind, was nützt es denn, sich vor den anderen so mit seinem Wissen aufzuspielen? Natürlich macht man sich damit unbeliebt.«

Er hatte gespürt, wie die Tränen erneut in ihm aufstiegen, und plötzlich begriffen, dass er eins der wichtigsten Gesetze der Welt überschritten und sich damit nicht nur Probleme in der Schule eingehandelt, sondern sich auch noch als grundlegend anders als der Rest seiner Familie entpuppt hatte. Jonas hatte sich wieder aufgerichtet, die Nase hochgezogen und gesagt: »Bitte sag Papa nichts davon!«

Das restliche Schuljahr hatte er alles darangesetzt, die Klassenkameraden dazu zu bringen, seine anfänglichen Ausrutscher zu vergessen. Und auch zu Hause hatte er sich bemüht, nicht aus dem Rahmen zu fallen. Mit der Zeit gelang es ihm, einen guten Mittelweg zu finden, wie man in der Schule leicht über die Runden kam, ohne sich zu sehr von den anderen abzuheben. Glücklicherweise war er immer gut in Sport gewesen und konnte in den Pausen und nach der Schule auf dem Fußballplatz punkten. Als sich später herausstellte, dass die Mädchen obendrein verrückt nach seinen blauen Augen waren, hätte er der König der Kommunalschule werden können. Stattdessen war er wegen seiner zurückhaltenden und freundlichen Art beliebt, und die Eltern waren mit ihrem Nesthäkchen zufrieden und ließen ihn in Ruhe.

Sie ahnten nicht, dass er all seine Zeit darauf verwendete, von ihnen wegzukommen. Kaum war er alt genug, teilte er Zeitungen aus, später half er regelmäßig an der Tankstelle aus. Schon in der zehnten Klasse nutzte er seine gesamte Freizeit für Nebenjobs. Als Jonas dann aufs Gymnasium kam, hatte er genug Geld gespart, um problemlos allein über die Runden zu kommen, und zog in eins der Jugendzimmer gegenüber der Schule. Das war der erste Schritt in ein neues Leben. Seine Träume waren nie besonders konkret gewesen. Er hatte lediglich schon immer gewusst, dass er etwas anderes – und mehr – erreichen wollte als seine Eltern; dass er nicht für dasselbe Dasein geschaffen war wie sie.

Er hatte nie genug Phantasie besessen, um sich auszumalen, welche Form dieses andere Leben konkret haben sollte. Nicht, ehe er Lex traf.

Dienstag, 6. Juli

9

An diesem Abend wollte sie ihm ein Gesicht geben. Schon morgen sollten die anderen direkt in die Augen des Toten schauen.

Linnea sah sich um. Die Umgebung des Panum Instituts lag verlassen da. Außerhalb der normalen Bürozeiten arbeitete in der Abteilung für Forensische Anthropologie kaum noch jemand. Jetzt war außer ihr niemand mehr da, was ihr sehr zupasskam. Bei ihrer kleinen abendlichen Forschungsexpedition hatte sie lieber keine Zuschauer. Sie hatte kurz überlegt, Parani, einen der Doktoranden am Institut, zu bitten, ihr zur Hand zu gehen. Er hätte sicher nichts lieber getan, als einen seiner freien Abende für sie zu opfern. Sie war jedoch zu der Einsicht gelangt, dass es besser war, niemanden in die Sache hineinzuziehen. Sie trat ihre Zigarettenkippe am Boden aus und steuerte wieder auf den Haupteingang zu.

Das war nur eine Stresszigarette, sonst nichts, redete sie sich ein. Während sie ihre Karte durch das Lesegerät neben der Tür zog, spürte sie, wie das Nikotin direkt in ihr Gehirn stieg. Sie gab den Code ein, den sie gegen alle Vorschriften mit wasserfestem Filzstift auf die Karte geschrieben hatte, ging dann durch die Glastür und fuhr mit dem Lift nach oben. Dort angekommen, hielt sie kurz inne und lauschte, konnte jedoch nichts hören. Sie betrat das vorläufige Büro, das sie sich hatte einrichten dürfen, für die Zeit, in der sie nicht in den Obduktionssälen des Rechtsmedizinischen Instituts nebenan beschäftigt war. Sie machte es sich vor dem Computer bequem und horchte noch einmal, ob sie auch wirklich allein war.

Linnea plante, sich in einen der Institutscomputer einzuhacken, um ein illegales Programm zu installieren. Obwohl ihr Ziel im Großen und Ganzen legitim war, war es der Weg dorthin nicht unbedingt. Würde sie erwischt, dann hätte sie eine Dienstbeschwerde zu befürchten, und das war das Letzte, was sie derzeit gebrauchen konnte. Sie beugte sich über den Computer und gab einen persönlichen Zugangscode ein, den sie bei einem Mitarbeiter aus der EDV erspäht hatte, als dieser ihren Netzwerkzugang eingerichtet hatte. Der Code war noch immer gültig. Jetzt hatte sie Zugang zum Server und konnte installieren, wozu sie Lust hatte. Und wenn sie darauf achtete, das Programm anschließend zu deinstallieren und ihre Spuren zu beseitigen, musste schon jemand großen Eifer an den Tag legen, um zu beweisen, was sie angestellt hatte.

»Die anderen werden ganz schön Augen machen«, murmelte sie vor sich hin.

Der einzige Anhaltspunkt der Polizei war das Skelett einer männlichen Person, die nicht nur ermordet, sondern vorher möglicherweise auch gefoltert worden war. Darüber hinaus hatten sie nicht die geringste Spur. Die einzig reelle Chance zur Aufklärung bestünde darin, dass der Tote mit einer vermissten oder gesuchten Person identisch war. In diesem Fall hätte die Polizei immerhin eine Identität und damit einen Anhaltspunkt für die weiteren Ermittlungen. Linnea wusste jedoch, dass sie bisher noch keine passenden Kandidaten im Register entdeckt hatten. Auf die Antwort von Europol und den nordischen Kooperationspartnern wartete man noch, und es würde selbst im besten Fall noch eine Weile dauern. Spätestens morgen wären die Kollegen von der Polizei verzweifelt auf der Suche nach der noch so kleinsten Spur, und dann wäre Linnea passenderweise mit den Ergebnissen ihrer heimlichen Arbeit fertig.

»Müsste Ihre Schicht nicht längst vorbei sein?«

Linnea zuckte zusammen und drehte sich hastig um, während sie sich innerlich dafür verfluchte, nicht wachsam genug gewesen zu sein. Der Mann, der sich von hinten angeschlichen hatte, hieß Gustav Willy Eriksen. Die Festangestellten nannten ihn nur GW. Er war schon seit einer halben Ewigkeit forensischer Anthropologe. Soweit sie wusste, sollte er jetzt eigentlich genau wie die meisten anderen Institutsmitarbeiter Urlaub haben. Aber vielleicht gehörte er zu jenen, die kein Privatleben hatten oder einfach nicht von ihrer Forschung lassen konnten.

Er schnüffelte demonstrativ.

»Ich hätte nicht gedacht, dass Sie rauchen.«

»Tue ich auch nicht, jedenfalls nicht richtig.«

Sie ärgerte sich, dass sie überhaupt darauf einging und sich rechtfertigte. Dann wandte sie sich wieder dem Bildschirm zu, um schnell das Fenster zu verkleinern. Doch GW legte bereits seine Hand auf ihre, damit sie die Maus nicht mehr bewegen konnte. Sie registrierte, dass die Haare auf seinem Handrücken dieselbe graue Farbe hatten wie sein Bart.

»Sollten Sie mir nicht lieber erzählen, womit Sie hier so eifrig beschäftigt sind?«

Linnea sah zu ihm auf, plötzlich müde und genervt. Genervt von sich selbst, weil sie unbezahlte Überstunden anhäufte, um andere mit ihren Fähigkeiten zu beeindrucken, und genervt von alten Chauvis wie GW, die darüber entscheiden durften, ob sie ihren Job behielt oder nicht.

»Das Skelett vom Lammefjord«, begann sie dann und beschloss, ihm alles zu erzählen. »Die Polizei tappt im Dunkeln, und ich habe das Gefühl, dass der leitende Ermittler meine Arbeit als reine Zeitverschwendung ansieht. Ich weiß genau, was er von mir denkt: dass ich garantiert nur eingestellt wurde, weil sich hier irgendeine frigide Büromaus besonders für die Frauenquote eingesetzt hat. Irgend so was in der Art. Aber jetzt habe ich eine Idee, die die Ermittlungen voranbringen könnte.«

Sie zögerte einen Moment.

»Kraniofaziale Rekonstruktion!«, sagte sie dann.

GW nahm seine Hand von ihrer und stützte sich am Schreibtisch ab. Erst jetzt fiel ihr auf, dass er bei dieser Sommerhitze ausnahmsweise nicht die Thermoweste trug, die ansonsten – zusammen mit einer protzigen Rolex – zu seinem Standardoutfit gehörte.

»Schießen Sie los«, sagte er. »Machen Sie mich klüger.«

10

Streng genommen ist das illegal«, sagte Eileen Manheim, ohne Linnea überhaupt zu begrüßen. »Darüber bist du dir schon im Klaren, oder?«

»Warum sollte ich sonst warten, bis ich allein am Institut bin, ehe ich dich anrufe?«

Linnea warf GW, dessen Miene man am ehesten als abwartend beschreiben konnte, ein schiefes Lächeln zu, während sie weiter telefonierte.

»Ich weiß nur, dass du mir einen Riesengefallen schuldig bist, Schatz. Und dass ich eine großzügige Belohnung erwarte.«

Linnea ertappte sich dabei, wie sie rot wurde. Sie hatte gerade Skype geöffnet und beim GDU Faces Laboratory angerufen. Das Labor befand sich in Virginia an der amerikanischen Ostküste, und wenn sie die Zeitverschiebung halbwegs richtig einschätzte, musste es dort jetzt früher Nachmittag sein. Der neckische Tonfall in Eileens Stimme war nicht zu überhören. Sie war immerzu am Flirten und hatte sich Linnea gegenüber noch nie anders verhalten. Eileen Manheim war Doktor der Forensischen Anthropologie und hatte mehr als zwanzig Jahre Berufserfahrung. Sie behauptete von sich, an mehr als tausend Ermittlungen beteiligt gewesen zu sein. Sowohl die örtliche als auch die nationale Polizei in den USA profitierten von ihren besonderen Fähigkeiten. In den letzten Jahren war sie Abteilungsleiterin beim GDU Faces Laboratory gewesen, einem privaten Dienstleister, der sich auf die forensisch-anthropologische Forschung spezialisiert hatte und Aufgaben für Polizei, Versicherungsunternehmen und andere Kunden übernahm. Doch Linneas Bekanntschaft mit ihr reichte weiter zurück, in eine Zeit, als Eileen an der University of Oklahoma gelehrt hatte. Damals hatte sie schnell von den Gerüchten erfahren, dass Eileen Manheim berüchtigt dafür sei, ihre Studentinnen anzubaggern. Die Dozentin war charismatisch, sah trotz ihrer knapp fünfzig Jahre wahnsinnig gut aus. Es hatte immer Spekulationen darüber gegeben, wen sie am Ende tatsächlich erobert hatte. Bei Linnea hatte sie es einmal erfolglos versucht, tat seither aber ganz selbstverständlich so, als sei es nur eine Frage der Zeit, bis Linnea ihrem Charme erlag.

»Vermutlich hat es einige Updates gegeben, seit du zum letzten Mal mit dem Programm gearbeitet hast, aber nichts, was zu größeren Problemen führen dürfte. Und sei nicht enttäuscht, wenn nicht gleich ein Ergebnis dabei herauskommt. Du weißt ja, was ich immer sage: Eigentlich müsste es eher kraniofaziale *Approximation* heißen anstatt Rekonstruktion. Das hier ist Kunst, keine Wissenschaft.«

»Ist aber verdammt nah an der Wissenschaft dran!«

Linneas Bemerkung rief ein glucksendes Lachen am anderen Ende der Leitung hervor. Eileen wusste besser als jede andere, wovon sie sprach. Sie war Imaging Specialist und hatte erst kürzlich ein Programm für die computergesteuerte Einschätzung von Alterungsprozessen entwickelt. Mit anderen Worten ein Werkzeug, mit dem man Bilder unbekannter Personen so manipulieren konnte, dass am Ende eine ziemlich überzeugende visuelle Prognose darüber herauskam, wie sie in vierzig Jahren aussahen. In erster Linie hatte sie jedoch bei der Entwicklung des führenden Programms zur kraniofazialen Rekonstruktion mitgewirkt, das von der Polizei und anderen Ermittlungsbehörden auf der ganzen Welt verwendet wurde. Natürlich mit Ausnahme von Dänemark, weshalb Linnea all ihre Kontakte angezapft hatte, um sich eine mehr oder weniger offizielle Raubkopie des Programms zu beschaffen.

»Sag einfach Bescheid, wenn es Probleme gibt«, meinte Eileen abschließend. »Und wie geht es dir so in Kopenhagen? Müsstest du dort nicht bald fertig sein?«

Linnea ignorierte die letzte Frage geflissentlich, bedankte sich stattdessen überschwänglich bei Eileen für die Hilfe und versprach ihr vage, sich in Form eines Rotweindates zu revanchieren, wenn sie sich – hoffentlich bald! – wiederträfen. Das löste ein weiteres perlendes Lachen aus, und Linnea loggte sich wieder bei Skype aus.

Sie blickte GW an, der gerade mit zwei Tassen Kaffee ins Büro kam. Dann setzte er sich auf einen Stuhl neben ihren Schreibtisch, anstatt wie sonst mit verschränkten Armen dazustehen. Das war schon mal ein gutes Zeichen. Er hatte sie skeptisch angestarrt, als sie Eileen angerufen hatte. Immerhin hatte er sich von Linnea zeigen lassen, was sie vorhatte. Eher widerwillig, denn er war wohl vor allem von der fachlichen Neugier getrieben, die vorübergehend den Drang besiegt hatte, andere zurechtzuweisen.

Doch jetzt schien seine Geduld bald am Ende zu sein, und Linnea nickte ihm zu.

»Erst eine Zigarette«, sagte sie. »Wir haben noch einen langen Abend vor uns.«

*

Konnte man seine eigene Schwäche anderen Menschen zum Vorwurf machen? Lex war wild entschlossen, die Geschichte von Firaz und seinen Geschäften nicht ohne weiteres aufzugeben, das hatte Jonas sofort gespürt. In der Kommode im Schlafzimmer hatte er das Geschenk von damals gefunden, als er voller Scham von seinem Auslandseinsatz zurückgekehrt war. Es hatte zwischen Strümpfen und Stofftaschentüchern verborgen gelegen und war noch immer in Zeitungspapier mit arabischen Schriftzeichen gewickelt. Seine ganze Niederlage, verpackt im irakischen Fernsehprogramm.

Als er wieder ins Wohnzimmer gekommen war, hatte Lex eine Flasche Rotwein geöffnet und Feuer im Kamin gemacht. Sie hatte sogar die Billie-Holiday-Platte aufgelegt, die er ihr vor zwei Jahren zum ersten Hochzeitstag geschenkt hatte. Ihr plötzlicher Stimmungswechsel verunsicherte Jonas, denn das war nur selten ein gutes Zeichen. Er ließ sich aufs Sofa fallen und nahm das Glas Amarone entgegen, das sie ihm reichte.

»Ich hoffe, du überlegst nicht, ob wir in die Sache einsteigen. Dieser Mann ist ein Verbrecher und noch dazu vollkommen unberechenbar.«

Sie sah ihn eindringlich an und legte ihm die Hand auf den Arm.

»Aber Jonas, du selbst bist doch auch nichts anderes als ein Verbrecher. Oder ist das etwa nicht der Stempel, den man dir aufge-

drückt hat? Und wahrscheinlich auch das Einzige, was man dir zum Abschied mitgegeben hat, nachdem du dein Leben für dein Land aufs Spiel gesetzt hast.«

»Aber du kennst ihn nicht, Lex. Er ist ein Gangster, in alles Mögliche verwickelt, womit wir garantiert nichts zu tun haben wollen.«

Jonas nahm einen Schluck Wein und atmete tief durch, um die Ruhe zu bewahren. Als Lex weiterredete, wich sie seinem Blick aus.

»Meiner Meinung nach befinden wir uns derzeit nicht in einer so komfortablen Situation, dass uns groß eine Wahl bleibt. Ich sage nicht, dass wir es unbedingt machen müssen. Aber ich meine, es ist wichtig, dass wir allen Möglichkeiten, die sich uns bieten, offen gegenüberstehen.«

Sie schwieg für einen Moment und ließ den Blick in den Garten schweifen. Dann sah sie ihn endlich wieder an.

»Gerade jetzt, wo der ursprüngliche Plan nicht richtig gelingt.«

An jenem Tag hatten sie nicht weiter darüber gesprochen, und Jonas hatte dichtgemacht. Hatte sich in sich selbst zurückgezogen und seinen Blick abgewandt. Er wusste genau, dass sie es kaum aushielt, wenn er auf diese Weise mental abtauchte, aber er hatte keine Kontrolle darüber. Sein Körper spielte Vogel Strauß, und diesmal passte das auch seinem Geist ausgezeichnet. In dieser Nacht schliefen sie Rücken an Rücken. Anschließend erwähnte Lex das Angebot von Firaz so lange nicht, bis Jonas erleichtert aufgeatmet und seine Abwehrhaltung aufgegeben hatte.

Sie waren gerade beim Abendessen, als Lex plötzlich ihr Besteck beiseitelegte und ihn ansah. Er hatte sich zusammengekrümmt und ahnte bereits, was kommen würde. Als sie endlich zu reden begann, klang ihre Stimme verbissen.

»Ehrlich gesagt, ist es mir so was von egal, wer oder was Firaz ist. Für dich ist es an der Zeit, mal wieder ein bisschen zu kämpfen, Jonas. Ich erkenne dich ja gar nicht mehr wieder. Früher warst

du immer bereit, dich für das einzusetzen, was du erreichen wolltest. In diesen Mann habe ich mich verliebt. Bei deiner geliebten Armee gibt es anscheinend niemanden, der sich darum kümmert, ob dir Gerechtigkeit widerfährt oder ob du jede Nacht in dein Kissen heulst, nachdem du deine besten Jahre für sie geopfert hast. Unser Leben ist ins Stocken geraten, und deine Karriere ist – milde ausgedrückt – nicht existent. Merkst du denn nicht, dass dies unsere Chance ist, eigenmächtig zu handeln und uns das zurückzuerobern, was sie uns genommen haben?«

Sie machte eine Pause und sprach dann in einem aufgesetzt weinerlichen Tonfall weiter.

»Ich weiß doch auch nicht, wie lange ich das alles noch durchstehe!«

Nach dem Essen hatte Jonas keine andere Wahl gehabt, als Firaz' Nummer im Handy zu suchen. Er spürte genau, wie zwecklos jeder weitere Protest gewesen wäre. Und sie hatte sicher auch recht damit, dass es an der Zeit war, sich aus dieser Stagnation herauszukämpfen. Seit seiner Entlassung hatte sie wirklich viel Geduld bewiesen, und womit hatte er es ihr gedankt? Mit Schweigen am Tage und Schreien in der Nacht.

Jonas wurde aus seinen Gedanken gerissen, als Lex' Absätze auf der Kellertreppe widerhallten. Mit der Zeit hatte sie das Geschäft immer mehr an sich gerissen. Er bemerkte, wie zufrieden sie aussah, als sie die Tür öffnete und kurz darauf zu ihm in die Küche trat. Der schwarze Hosenanzug von Max Mara wirkte auf dezente Weise elegant und teuer und stand ihr ausgezeichnet.

»Ich habe gerade Kaffee gekocht«, sagte Jonas.

Er nahm einen Schluck aus seiner Tasse. Der Kaffee war längst kalt, und die Milch hatte an der Oberfläche eine Haut gebildet. Wahrscheinlich saß er hier schon viel länger, als er geglaubt hatte. Ihm passierte es immer häufiger, dass er die Zeit vergaß, doch glücklicherweise hatte Lex seinen Worten kaum Beachtung geschenkt. Sie stand mit dem Handy in der einen Hand da und sortierte mit der anderen auf dem Küchentisch Papiere. Dann legte sie die Dokumente in ihre Mappe und ließ sie zuschnappen. Jonas saß noch immer die Angst in den Knochen, und der scharfe Gegensatz zwischen seiner eigenen Lähmung und Lex' Energie vermittelte ihm den bizarren Eindruck, dass sie sich nicht in ein und demselben Raum befänden.

»Ein Anruf aus Herlev ist gekommen.«

Sie sah ihn immer noch nicht an. Jetzt war sie damit beschäftigt, ihre Strümpfe zurechtzuzupfen, damit die Naht wieder akkurat auf ihren langen Beinen saß. Er war dankbar dafür, dass sie ihm nicht direkt in die Augen sah.

»Sie haben irgendwas von Problemen mit der gestrigen Lieferung gefaselt«, fuhr sie fort. »Aber das ergibt ja keinen Sinn. Langsam geht mir dieser Mann auf die Nerven. Immer ist irgendwas. Aber es lief doch alles nach Plan, oder? Ich habe keine Zeit, mich jetzt um solche Sachen zu kümmern. Ich muss in einer Dreiviertelstunde am Flughafen sein.«

Jonas starrte aus dem Fenster. Auf dem Gehweg ging ein Nachbar vorbei, der seinen Hund ausführte, um einen Vorwand für die erste Zigarre des Abends zu haben. Er begegnete Jonas' Blick und winkte, und Jonas hob zum Gruß die Tasse.

»Mach dir darüber keine Gedanken.«

Jetzt sah sie ihn an. Sie hatte sich direkt vor ihn gestellt.

»Also wurde alles wie geplant geliefert?«

Er nickte. Bluffte. Bemerkte plötzlich, wie er nervös mit dem Fuß auf den Boden klopfte. Zwang sich zur Ruhe.

»Tja, dann weiß ich auch nicht, wovon er redet.«

Sie sah ihn prüfend an.

»Was ist los?«

»Nichts.«

»Jetzt hör schon auf, Jonas. Du weißt genau, dass ich dir so was ansehe. Erzähl mir, was los ist.«

Er bemühte sich, seine Stimme ruhig klingen zu lassen.

»Auf der Hotmail-Adresse ist eine Nachricht eingegangen.«

»Und?«

Ihre roten Fingernägel trommelten ungeduldig auf den Tisch.

»Er möchte uns treffen. Um über das Warenlager zu sprechen, sagt er. Am Freitag.«

»Und wo liegt das Problem?«

Sie wollte es einfach nicht wahrhaben. Jonas merkte, wie seine Stimme schrill wurde.

»Das wollte er doch noch nie! Und dann auch noch genau jetzt, wo sie die Leiche oben im Lammefjord gefunden haben. Das kann kein Zufall sein. Hast du überhaupt eine Vorstellung, wie gefährlich dieser Mann ist?«

Lex setzte sich neben ihn, fasste ihn an den Schultern und fixierte seinen Blick.

»Jetzt reiß dich bitte mal zusammen und hör auf damit, immerzu Gespenster zu sehen! Für so was fehlt uns die Zeit. Ich habe dir hier die Bestellungen zusammengesucht.«

Sie schob ihm einen Stapel Papiere hin.

»Übermorgen bin ich wieder da. Also beruhige dich um Himmels willen erst mal wieder und kümmere dich um deine Arbeit.«

Ihre Stimme wurde sanfter, als sie aufstand. Sie beugte sich herunter und küsste ihn – auf die Wange.

»Es gibt keinen Grund, Angst zu haben, Jonas. Wir stehen das zusammen durch, ja?«

Er lächelte sie angestrengt an. Sie nahm ihre Mappe und

verließ die Küche. Der Klang ihrer Absätze hallte noch im Haus wider, als ihr Citroën schon längst auf den Skovridergårdsvej abgebogen war.

11

Am meisten verbreitet sind Zeichnungen oder Modelle aus Ton. Dabei geht man von der Schädelform aus und baut allmählich ein Gesicht auf, indem man Muskeln und Weichteile hinzufügt.«

»Jaja, das kenne ich. Man schneidet kleine Hölzchen aus, deren Länge einem durchschnittlichen Weichteil an einem bestimmten Bezugspunkt entspricht. Dann befestigt man sie am Schädel und formt so Stück für Stück die Gesichtszüge.«

Linnea nickte GW zu. Seit sie gemeinsam vor dem Computer saßen, hatte er eine Wandlung durchlaufen. Seine unterschwelligen Drohungen, weil sie sich in den Institutsserver eingehackt hatte, waren mit einem Mal wie weggeblasen, nun, da ihn der wissenschaftliche Eifer gepackt hatte. Natürlich hatte er schon von dem Programm gehört, und jetzt wollte er unbedingt erfahren, was Linnea damit zustande brachte. Derzeit fütterte sie den PC fieberhaft mit Daten, die Cranio Construct 3.0 verarbeiten konnte. Als Grundlage diente die Röntgenaufnahme des Schädels, die sie bereits angefertigt hatte, um ihn eingehender auf Frakturen zu untersuchen, und die sie nun als Ausgangspunkt für die eigentliche Rekonstruktion des Kopfes verwenden konnte.

»Normalerweise erfordert das sowohl anatomisches Wissen als auch künstlerisches Geschick«, erklärte sie weiter. »Davon abgesehen, dass der Prozess, vorsichtig ausgedrückt, ziemlich zeitaufwendig ist.«

»Und kostspielig.«

Linnea nickte.

»Aber nicht mit Cranio Construct. Es ist schneller, einfacher und billiger, und nicht zuletzt präziser, weil ein Großteil der Arbeit von dem Programm selbst ausgeführt wird. Jetzt hängt die Präzision also nicht mehr nur vom Wissen und Können des Anwenders ab, sondern lediglich von den im Voraus bestimmten Elementen.«

Sie zeigte auf den Bildschirm, wo das Programm gerade die Skelettmaße, ihre Berechnungen zu Geschlecht und Alter, ethnischer Zugehörigkeit sowie der Lagerungszeit verarbeitete. All die Messungen und Analysen, mit denen sie in den letzten zwei Tagen eifrig beschäftigt gewesen war.

»Nase, Wangen, Augen, Kinn. Das alles wird aus meinen Messungen generiert – und den Berechnungen des Programms zum durchschnittlichen Aufbau im Verhältnis zur speziellen Schädelstruktur.«

GW starrte gebannt auf das Bild. Doch es würde noch lange dauern, bis die Arbeit vollendet wäre, und er konnte sich ein erstes Gähnen nicht verkneifen. Dann schaute er auf seine Uhr und stand widerstrebend auf, um nach Hause zu gehen. Sein Gesichtsausdruck glich dem eines kleinen Jungen, der nichts lieber wollte, als mit seinem neuen Spielzeug zu spielen, aber plötzlich einsah, dass er zu müde war, um es zu begreifen.

»Ich werde das Bild mailen, sobald es fertig ist.«

GW nickte dankbar und verließ das Büro. Linnea überlegte kurz, ob sie noch eine weitere Zigarette rauchen sollte, aber allein der Gedanke daran bereitete ihr Übelkeit. Sie hatte an diesem Abend schon mehr als genug geraucht, und sie knüllte das Päckchen mit den restlichen Zigaretten demonstrativ zusammen und warf es in den Papierkorb.

Sie stand auf, räkelte sich und begann dann erneut, den Schreibtisch zu durchsuchen. In der dritten Schublade fand sie schließlich den kleinen Gegenstand, den sie neben dem Toten im Lammefjord gefunden hatte. Als sie am Sonntag ins Institut zurückgekehrt war, hatte sie ihn verärgert in eine der Schubladen geworfen. Richard Bodilsen hatte noch immer niemanden geschickt, um ihn zu holen – was sie nicht sonderlich überraschte. Doch obwohl der Fund an ihrer Blamage schuld war, stellte er zweifelsohne eine relevante Spur dar. Sie wusste nicht, was die Männer von der Spurensicherung sonst noch am Fundort entdeckt hatten, denn das gehörte nicht zu ihrem Aufgabengebiet. Trotzdem erschien es ihr merkwürdig, welch geringes Interesse die Tontafel hervorrief. Natürlich hätte sie rein zufällig in das Grab geraten sein können und musste nicht unbedingt etwas mit dem Toten zu tun haben. Aber garantiert war das merkwürdige Desinteresse auch der Tatsache geschuldet, dass sie sich blamiert hatte, als sie diesen Gegenstand für wichtig befunden hatte. Die Tontafel war kein ernstzunehmender Bestandteil der Ermittlungen geworden, sondern nur noch ein Dauerwitz.

Mit einem Pinsel entfernte sie die letzten Erdreste von der Tafel. Am Nachmittag hatte sie ein wenig im Internet gesurft und Belege für ihre Vermutung gefunden, dass es sich um eine Tontafel mit Keilschrift handeln könnte. Auf der einen Seite befand sich eine Art Zeichnung, die sie nicht erkennen konnte, auf der anderen die besagte Schrift. Wenn die Tafel tatsächlich echt war, konnte sie bis zu viertausend Jahre alt sein. Verrückt, sich das vorzustellen. Ganz abgesehen von der Frage, wie dieser Gegenstand neben einen toten Mann im Lammefjord gelangt war. Sie holte ihren Blackberry hervor, legte die Tafel auf ein weißes Stück Papier und fotografierte sie von beiden Seiten. Die Kamera hatte fünf Megapixel, und die Bilder dürften scharf genug sein, damit ein Experte eine vorläufige Einschätzung vornehmen konnte, wenn sie ihm die Aufnahmen mailte.

Sie warf einen prüfenden Blick auf Cranio Construct, aber das Programm verarbeitete immer noch die Daten. Linnea starrte eine Zeitlang auf den Monitor, bis ihr irgendwann auffiel, wie untätig sie dasaß. Trotz Kaffee und Nikotin war sie todmüde, und vielleicht würde es nichts schaden, für einen Moment die Augen zu schließen. Sie überlegte kurz, zu dem Sofa zu gehen, das im Flur vor einem der Personalräume stand. Aber sie hatte keine Lust, einem Wächter zu begegnen, der gerade seine nächtliche Runde drehte. Außerdem wollte sie ja ohnehin nicht richtig schlafen, sondern sich nur kurz ausruhen. Also räumte sie die Papiere auf dem Computertisch beiseite und stützte ihren Kopf auf den Arm.

»Lass mich nur kurz sehen, wer du bist«, sagte sie ungeduldig.

Einen Augenblick später schlief sie tief und fest.

*

Die alte Chinesin gluckste auf ihrem Sessel in einer Ecke des dunklen Zimmers. Gegenüber saß die Tochter ihres Sohnes. Sie sprachen nicht viel miteinander, sondern stöhnten vor allem über die schwüle Hitze, bei der einem die Kleidung am Leib klebte und gegen die auch die moderne Klimaanlage der Seniorenresidenz nichts ausrichten konnte. White Oaks war die beste Einrichtung, die der Staat Mississippi auf dem Gebiet der Altenpflege zu bieten hatte. Obwohl die blinden Augen der alten Yun Li Wu das beeindruckende Naturpanorama nicht sehen konnten, das sich vor ihren Fenstern entfaltete, wirkte sie äußerst zufrieden. Ihre Enkelin hatte dafür gesorgt, dass sich das Personal in den langen Zeiträumen, in denen sie nicht zu Besuch kommen konnte, ganz besonders um die alte Frau kümmerte.

Auf dem Tisch stand eine halbleere Flasche Stolitschnaja, daneben zwei Wassergläser. Ab und zu hob die junge Frau ihr Glas zu einem Gruß in Richtung der Alten. Doch erst, wenn sie »Prost, Oma!« sagte, kam Leben in die andere. Sie tastete sich langsam zu dem zweiten Glas vor und führte es zum Mund, ohne dabei auch nur einen Tropfen zu vergießen. Dann nahm sie einen beherzten Schluck, lächelte zahnlos und knurrte ihrer Enkelin zu: »Prost, mein Schatz, und herzlichen Glückwunsch zum Geburtstag! Mögest du für immer …«

Der letzte Satz ging in einer wirren Mischung aus chinesischen und englischen Worten unter.

Dieser Wortwechsel wiederholte sich ohne große Variationen etwa jede halbe Stunde. Ihre festliche Stimmung an diesem Tag dauerte für gewöhnlich von morgens bis abends. Das war ein Ereignis, dem beide Frauen das ganze Jahr über entgegensahen. Keine von ihnen verlor große Worte, aber sie genossen die Anwesenheit der anderen, während sie so dasaßen und ihren Gedanken nachhingen. Die Alte war vor allem von ihren Erinnerungen eingenommen, die so wunderbar lebendig wurden, wenn man sie mit etwas Wodka ankurbelte. Die Junge saß mit etwas, das einem feinmechanischen Puzzle glich, in ihrem Sessel, und reinigte jedes einzelne Stück mit einem weichen Tuch. Sie waren die einzigen Familienangehörigen und mit dieser Tatsache beide recht zufrieden.

Doch nun mussten sie sich wieder trennen. Mit einem Seufzer kramte Peggy-Lee Wu ihr iPhone aus dem Rucksack und warf einen Blick in ihre E-Mails. In der Zwischenzeit waren zwei neue Anweisungen eingegangen, und es war höchste Zeit, die Alte mit ihrer Flasche allein zu lassen. Sie leerte ihr Glas und steckte die Waffe mit routinierten Bewegungen zusammen. Dann stand sie auf und drückte ihrer Großmutter einen Abschiedskuss auf die trockene Wange.

Mittwoch, 7. Juli

12

Die meisten hätten sie vermutlich um ihre Wohnung in der Knabrostræde beneidet. Allein schon wegen der Lage. Sie befand sich mitten im ältesten Teil des historischen Kopenhagens, wo man immer noch erkennen konnte, wie die Stadt im 18. Jahrhundert oder noch früher einmal ausgesehen hatte. Wenn Linnea über ihre hohe, schiefe Türschwelle hinaus auf das Kopfsteinpflaster trat, hatte sie auf der einen Seite die Kompagnistræde mit all den Cafés und schönen Läden, auf der anderen Seite blickte sie direkt auf den Slotsholmen Kanal, das Thorvaldsen-Museum und den Parlamentssitz Schloss Christiansborg. Mitten in der Stadt und doch eine friedliche Oase, in der die alten, niedrigen Häuschen mit ihren charmanten Hinterhöfen Seite an Seite lagen. Und die Wohnung selbst stand ihrer luxuriösen Lage in nichts nach. Eine Fünfzimmerwohnung unter dem Dach im schmalsten Haus der Straße, die vor knapp zehn Jahren behutsam instand gesetzt worden war.

Doch wenn Linnea ihren Blick durch ihr Wohnzimmer schweifen ließ, wurde ihr schmerzlich bewusst, dass ihr Zuhause kaum wie eine schicke Wohnung aussah, die sich trotz Immobilienkrise nur die wenigsten hätten leisten können. Die gähnende Leere an den Wänden ließ die Räume unbewohnt aussehen, und ohne die vielen unausgepackten Umzugskartons dazwischen hätten ihre spärlichen Möbel verloren gewirkt. Die Kartons vermittelten immerhin den Eindruck von nicht genutztem, aber doch vorhandenem Potential. Sie wohnte nun schon seit eineinhalb Jahren in

Kopenhagen – also genau eineinhalb Jahre länger, als sie geplant hatte. Und darüber hinaus der längste Zeitraum, den sie in Dänemark gelebt hatte, seit sie hier auf das Gymnasium gegangen war. Dennoch hatte sie bisher nicht den geringsten Versuch unternommen, sich einzuleben und ihre Wohnung einzurichten. Sie verschanzte sich fast ausschließlich in einem Raum, in dem sie auch schlief, und betrat die übrigen Zimmer fast nie.

»Ein anderes Mal«, versprach sie sich selbst immer wieder. »Wenn ich mehr Zeit habe.«

Sie vermied es, zu sehr darüber nachzudenken, wie oft sie sich genau das schon gesagt hatte und wie unglaubwürdig ihr Vorsatz war. Stattdessen stürzte sie sich auf einen weiteren Umzugskarton, um einen Blazer zu suchen. Zu einem Teil enthielten die Kartons eine gründliche Mischung aus Kleinigkeiten, die sie sich nach langem Zögern aus den USA hatte schicken lassen. Ihre übrigen Sachen waren nach wie vor dort eingelagert, weil sie ja immer noch nicht richtig nach Dänemark gezogen war. Der andere Teil der Kartons beinhaltete den Nachlass des Vaters, den man ihr geschickt hatte. Sie hatte bisher keine Lust gehabt, sich das Geerbte anzusehen, obwohl seit seinem Tod mittlerweile fast ein Jahr vergangen war.

Endlich fand sie, wonach sie suchte, ging zurück ins Schlafzimmer und stellte sich vor den Spiegel. Eigentlich war ihr das eigene Aussehen nicht sonderlich wichtig. Jedenfalls nicht vor sich selbst. Aber sie war es gewöhnt, darüber nachzudenken, welche Signale sie aussandte. Teils von den vielen repräsentativen Arrangements aus der Kindheit, die der Vater für seine Kontakte organisierte und bei denen auch die Hausfrau und die hübsche Tochter als Teil der geordneten Familie auftreten mussten, teils von dem etwas strengeren Dresscode, der an den Universitäten an der amerikanischen Ostküste herrschte. Dort legte man einerseits Wert darauf, sich vom europäischen Vorbild zu distanzieren, schien andererseits aber schon fast übertrieben darum bemüht, noch steifer und formeller zu sein.

Und in diesem Moment hatte sie das starke Bedürfnis, sich selbst etwas aufzupeppen. Heute Morgen war sie mit Speichel im Mundwinkel und roten Furchen im Gesicht aufgewacht, begleitet von einem irritierenden Kopfschmerz, der sie daran erinnerte, warum sie ursprünglich mit dem Rauchen aufgehört hatte. Verwirrt hatte sie sich am Schreibtisch aufgesetzt und erkannt, dass sie das Panum Institut gar nicht erst verlassen hatte. Dann hatte sie eine Tasse kalten Kaffee getrunken und sich um den Abschluss von Cranio Construct gekümmert, noch ehe die anderen zur Arbeit kamen. Denn alles musste bis zu dem Meeting fertig sein, das sie bereits am Tag zuvor voller Überschwang einberufen hatte. Anschließend war sie in Windeseile nach Hause gedüst, um noch zu duschen, zu frühstücken und etwas Passendes zum Anziehen zu finden.

Jetzt blieb ihr noch eine Stunde, bis sie wieder in der Abteilung für Forensische Anthropologie sein musste, und sie ließ sich müde auf eine Ecke der Matratze sinken. An den dunklen Ringen unter ihren Augen ließ sich nichts ändern. Die würden erst nach einem guten, langen Schlaf verschwinden, und dafür blieb jetzt keine Zeit.

*

Zu seiner eigenen Überraschung hatte Jonas letztlich mit dem irakischen Dolmetscher eine Vereinbarung getroffen, mit der er recht zufrieden war. Jonas vertraute Firaz Khalid zwar nie restlos, aber er dachte nur selten darüber nach, ob dieser im Rahmen des Gesetzes handelte. In gewisser Weise hatte Jonas das Gefühl, dass er den

Wohlstand aus den gemeinsamen Geschäften tatsächlich verdiente.

Im ersten halben Jahr erlebte er auch eine deutliche Verbesserung in seiner Beziehung zu Lex. Sie wirkte glücklicher, behandelte ihn liebevoller, und sie engagierte sich sehr für das neue Geschäft. Erkundigte sich neugierig über alles, wollte genau wissen, wer die Partner und Kunden waren, welche Gegenstände das meiste Geld einbrachten und andere Details dieser Art. Jonas war glücklich darüber, sein Leben wieder mit ihr teilen zu können, sie verwöhnen zu dürfen und vor allem: wieder zu merken, dass sie ein Team waren, das den Kampf mit dem Rest der Welt aufnehmen konnte. Genau wie früher. Er stellte sich vor, dass sie sich in ein paar Jahren aus dem Geschäft zurückziehen konnten, wenn sie genug verdient hatten, um das neue Haus abzuzahlen. Nur durch einen Zufall erfuhr er irgendwann, dass Lex ganz andere Pläne hatte.

Sie hatten zusammen auf dem Sofa ihres neu eingerichteten Wohnzimmers in Virum gesessen. Die Renovierung war gerade abgeschlossen, und der Geruch der frischen Farbe hing noch überall im Haus. Jonas blätterte in einem Reisemagazin mit einer Reportage über Dänen, die in skandinavischen Ferienkolonien in Südeuropa wohnten. Er hatte ein paar Gläser Rotwein intus und fühlte sich so ausgelassen und verliebt, wie er es seit der Zeit vor dem Irak nicht mehr erlebt hatte. Er legte den Arm um Lex' Schultern, zog sie an sich und zupfte an ihrem Ohrläppchen. Sie lächelte ihn an.

»Lex, mein Schatz, was meinst du, wie lange wird es dauern, bis wir beide einfach so abhauen und in den Süden ziehen können? In ein paar Jahren haben wir bestimmt genug Geld für eine kleine Wohnung zusammen, und ein Taschengeld, mit dem wir über die Runden kommen, bis wir irgendwann wieder Lust zum Arbeiten haben. Meinst du nicht?«

Sie befreite sich aus seiner Umarmung und sah ihn mit gerunzelter Stirn ernst an.

»Ich denke, wir sollten aufpassen und uns nicht zu sehr zurück-

lehnen, Jonas. Für den Anfang war das ja ganz nett, aber ich finde, jetzt ist es an der Zeit, dass wir ein bisschen mehr in den Vordergrund treten.«

Jonas fühlte sich überrumpelt.

»Was meinst du damit? Wir verdienen doch besser als je zuvor. Ich dachte, du wärst glücklich.«

Sie strich sich das Haar hinters Ohr, eine typische Geste, wenn sie ihm erklären wollte, wie die Dinge wirklich zusammenhingen.

»Aber Jonas. Mir fällt es natürlich schwer, zufrieden zu sein, wenn ich mit ansehen muss, wie du dich abspeisen lässt. Denn schließlich bist du derjenige, der das ganze Risiko trägt. Und wie hoch ist dein lächerlicher Anteil bitte schön noch mal genau? Ohne dich wäre Firaz doch aufgeschmissen! Er heimst den ganzen Profit ein, ohne dabei auch nur einen Finger zu krümmen. Damit die Verteilung einigermaßen gerecht wäre, müsstet du mindestens die Hälfte kriegen, wenn nicht mehr. In Wirklichkeit könnten wir die ganze Sache sogar viel besser ohne ihn abwickeln, wenn wir einen direkten Kontakt zu seinem Lieferanten hätten.«

Jonas sah Lex erschrocken an. Er kannte diesen Tonfall genau, und er konnte heraushören, dass ihr diese Idee nicht erst heute gekommen war.

»Er würde die Sache doch nie aus der Hand geben. Dazu ist das Geschäft viel zu lukrativ.«

»Deshalb müssen wir das Ganze auch Schritt für Schritt angehen. Du musst versuchen, etwas mehr von seinem Part des Geschäfts zu übernehmen.«

Sie sah ganz eifrig aus.

»Kannst du ihm nicht vorschlagen, etwas mehr in den Import einzusteigen und im Gegenzug die Einnahmen zu teilen? Immerhin bist du ja derjenige, der den Kontakt zu den Kunden hält und weiß, was sie zu zahlen bereit sind. Auf diese Weise bekommst du auch einen Zugang zu seinen Kontakten, und gleichzeitig springt mehr Geld dabei raus.«

Sie hatte sich aufs Sofa zurückgelehnt und Jonas eindringlich angesehen. Ganz eindeutig zufrieden mit ihrem Plan. Dann hatte sie sich wieder vorgebeugt, ihren Kopf zu seinem Schritt gesenkt und seinen Reißverschluss geöffnet.

Bevor sie zur Sache gekommen war, hatte sie Jonas mit einem verschwörerischen Lächeln angeschaut.

»Und außerdem weißt du genau, dass es für mich mindestens ein Palast in Monaco sein muss. Eine Dreizimmerwohnung an der Costa del Sol kannst du vergessen. Da musst du schon in größeren Dimensionen denken!«

Lex hatte schon immer gewusst, wie sie ihren Willen bekam. Firaz allerdings hatte der Idee nicht ganz so offen gegenübergestanden. Als sie sich am üblichen Ort trafen und Jonas den Vorschlag zur neuen Gewinnverteilung unterbreitete, erklärte der Dolmetscher ihm mit einem hinterlistigen Grinsen, er sei zufällig eben zu dem genau gegenteiligen Schluss gekommen. Jetzt, wo das Geschäft so gut laufe und sie einen festen Kundenstamm hätten, sei er möglicherweise nicht mehr so sehr auf Jonas' blaue Augen angewiesen. Ja, im Grunde genommen habe er ihm gerade vorschlagen wollen, dass sich ihre Wege trennten, sobald die letzte Lieferung abgesetzt worden sei. Wenn Jonas ihm also noch die Kundenliste aushändigen könne, wäre das sowohl von ihm als auch von höchster Stelle gern gesehen. Und wenn Jonas mit dieser Idee nicht einverstanden sei, könne er, Firaz, ja dafür sorgen, dass eine neue Version der alten Geschichte aus Basra an die Öffentlichkeit dringe.

Jonas hatte sich einfach nur umgedreht und Firaz dort am Wegrand sitzen lassen. Plötzlich hatte er am ganzen Körper gefroren und gespürt, wie eine lange unterdrückte Wut in ihm aufstieg. Ziellos war er durch den Wald gestapft, bis er nicht mehr gewusst hatte, wo sein Auto stand. Er hatte das Gefühl der Zweige genossen, die sein Gesicht streiften, und war immer tiefer in den Wald hineingegangen, hatte nichts anderes gewollt, als sein gesamtes elendiges Leben einfach wegzumarschieren. Der Gedanke, dass noch mehr in seiner Vergangenheit gewühlt wurde, überforderte ihn. Und er fühlte sich gedemütigt; sowohl von dem herablassenden Ton des Dolmetschers als auch von dem Gefühl, lediglich eine Art Vermittler zwischen Firaz und Lex zu sein. Er stand zwischen zwei Menschen, die beide Größeres mit ihm im Schilde führten. Und nie mit etwas zufrieden waren. Doch einen großen Unterschied zwischen den beiden gab es immerhin: Lex war seine Geliebte und Ehefrau. Diejenige, die ihn entdeckt, an ihn geglaubt und ihn aus seinem Vorstadtghetto befreit hatte. Er stand tief in ihrer Schuld und hätte alles für sie getan. Firaz dagegen war sein böser Geist. Alles Schlechte hatte mit ihm seinen Anfang genommen, und nur aus Dummheit und Gier hatte Jonas sich noch stärker an ihn gebunden.

Und genau da – verirrt, mitten in einem Wald, weit weg von zu Hause – wurde Jonas mit schmerzlicher Klarheit bewusst, dass er nie wieder von dem Dolmetscher loskommen würde.

Er unterbrach seine wilde Flucht ins Nichts und setzte sich auf den Waldboden. Lehnte sich an einen Baumstamm, atmete den Duft von Harz und Tannennadeln ein und sah mit einem Mal alles ganz deutlich. Sowohl Lex als auch Firaz waren ein Teil seines Lebens, von dem er sich nicht einfach abwenden konnte. An Lex war er aus Lebensnotwendigkeit gebunden. Sie war diejenige, die ihn erfunden hatte, die seinem Leben eine Richtung gab. Dieses Band konnte er nicht kappen, ohne sich dabei selbst zu verlieren. Indem sie die Gesetze der Gesellschaft verletzt hatten, wurde der Pakt zwischen ihnen noch stärker. Lex war so kompromisslos, dass es geradezu furchterregend war. Doch im Gegenzug wusste er, dass sie alles, was sie tat, ihnen zuliebe machte; um ihnen ein besseres Leben zu ermöglichen. An Firaz war er durch böse Erinnerungen gefesselt, durch die schlimmen Erlebnisse und Alpträume, die ihm eine solche Pein bereiteten. Und durch die Macht, die der Dolmetscher dank seines Wissens über ihn hatte.

Doch diese beiden starken Kräfte strebten in entgegengesetzte Richtungen, und so konnte es nicht weitergehen. Firaz musste so schnell wie möglich aus dem Spiel verschwinden. Dieser Meinung wäre Lex sicher auch.

Jonas erhob sich, klopfte Tannennadeln und Laub von seiner Kleidung und lief los, sein Auto zu suchen. Zu diesem Zeitpunkt hatte er noch nicht verstanden, dass es von nun an keinen Weg mehr zurück gab.

13

Bitte verzeihen Sie die Verspätung, aber ich glaube, Sie werden mir gleich zustimmen, dass sich das Warten gelohnt hat.«

Mit klopfendem Herzen war Linnea durch die Glastür des Konferenzraums in der Abteilung für Forensische Anthropologie gestürzt. Natürlich war sie zu Hause auf der Matratze doch noch eingeschlafen und musste anschließend zum Gammeltorv stürmen, um dort ein Taxi anzuhalten. Jetzt blieb ihr nur eins, nämlich so zu tun, als wäre nichts. Also beeilte sie sich, ihr MacBook aus der Tasche zu ziehen und es auf den Konferenztisch zu stellen, ohne die Wartenden auch nur eines Blickes zu würdigen.

Mit einem schnellen Handgriff schaltete sie das Smartboard an der Wand ein und vergewisserte sich, dass die drahtlose Verbindung funktionierte. Dann klappte sie ihren Laptop auf und klickte auf das Cranio-Construct-Icon. Sie registrierte die völlige Stille im Raum. Erst als sie alles eingerichtet hatte, sah sie wieder auf und blickte die vier Männer an, die am Tisch versammelt waren.

»Warum können Sie uns nicht einfach einen normalen Bericht schicken?«

Die Frage kam natürlich von Richard Bodilsen, der als Leiter der Voruntersuchung keinen Hehl daraus machte, dass er Linneas Vorführung für reine Zeitverschwendung hielt. Svend-Erik Nikolajsen dagegen blieb stumm. Er war der stellvertretende Leiter des Rechtsmedizinischen Instituts, dem die Abteilung für Forensische Anthropologie formal unterstellt war. Sie hatte ihn ins CC gesetzt, als sie das Meeting einberief, um sicherzugehen, dass er bemerkte, wie weit sie auf ihrem Gebiet voraus war. Neben ihm saß Polizeihauptmeister Tage Ewald von der Mordkommission, von dem sie lediglich wusste, dass er ein alter Hase war und zu der Gruppe gehörte, die den Fall behandelte. Und dann gab es noch einen vierten Zuhörer, den Linnea mit Sicherheit nicht eingeladen hatte.

»Erzähl erst mal, was du herausgefunden hast«, bat Vizekommissar Thor M. Dinesen, der blaue Augen hatte und erste graue Strähnen in seinem kurzen Haar. Linnea ertappte sich dabei, ihn zu lange anzustarren und anschließend hastig wegzusehen. Sie war viel zu verwirrt, um darüber nachzudenken, welche Signale sie damit aussandte.

Dann zwang sie sich selbst dazu, endlich loszulegen.

»Später wird uns noch genug Zeit für Fragen bleiben. Aber zunächst möchte ich Ihnen gern eine Person vorstellen, die Sie garantiert sehnlichst kennenlernen möchten. Die Rede ist natürlich vom Skelett aus dem Lammefjord. Mit einem Namen kann ich Ihnen nicht dienen, aber mit einem Gesicht!«

Und dann projizierte sie das Bild an die Wand. Die Augen waren von jener Ausdruckslosigkeit, die allen computergenerierten Porträts eigen ist, doch das minderte keineswegs den enormen Eindruck, den das Bild machte. Erneut wurde es still im Raum, aber diesmal hatte das Schweigen eine andere Qualität. Es war eine bedeutungsschwangere Stille, während der die vier Männer im Raum überrascht versuchten, den Anblick zu verarbeiten, der sich ihnen bot: Das Bild zeigte einen Mann Ende dreißig mit markanten Wangenknochen und eingefallenen Wangen, auf denen ein Hauch von Bart lag. Er wirkte nicht abgemagert, eher auf eine maskuline Weise kantig. Sein Haar war schwarz und kurz geschnitten, und er hatte eindeutig arabische oder nahöstliche Züge. Die Reaktion der Männer übertraf Linneas Erwartungen, aber genau so hatte sie wahrscheinlich auch reagiert, als sie zum ersten Mal mit einer computergenerierten kraniofazialen Rekonstruktion konfrontiert wurde. Sie glich um ein Haar einem Foto von einer lebendigen Person, und genau das machte den Unterschied. Zeichnungen oder modellierte Gesichter hatten immer etwas Künstliches an sich, was dazu führte, dass man sich automatisch distanzierte. Dieses Bild dagegen erzeugte eine nahezu vollkommene Illusion von Lebendigkeit und Wirklichkeit.

Man zweifelte nicht eine Sekunde daran, dass dies tatsächlich ein echter Mensch war. Es war, als würde der Tote wieder lebendig.

»Was sollen wir damit anfangen?«, fragte Bodilsen. »Ist das nicht ein reines Phantasieprodukt?«

Es hatte eine Weile gedauert, bis die Überraschung über den Anblick des Toten verarbeitet und der Zauber gebrochen war.

»In der Tat ist die Methode etwas unsicher«, warf Nikolajsen hastig ein. »Die kraniofaziale Rekonstruktion ist eben keine exakte Wissenschaft.«

Der stellvertretende Institutsleiter blickte erst zu den drei

Polizisten am Tisch, dann zu Linnea. Und wenn sie sich nicht völlig täuschte, war er plötzlich verunsichert, wem seine Loyalität zu gelten hatte.

»Es gibt viele Variablen, die man nicht mit Sicherheit bestimmen kann«, fuhr er fort. »Alle Weichteile, die Form der Ohren, all das ist natürlich reine Spekulation.«

Linnea sah ihn unverwandt an, als sie das Wort ergriff. Er hatte die Angewohnheit, seine Lesebrille an einer Schnur um den Hals baumeln zu lassen. Linnea hatte ihn sie noch nie tragen sehen, aber sie verlieh ihm ein altbackenes und etwas hilfloses Aussehen.

»Zum einen hat man in England und den USA mit dieser Methode recht gute Ergebnisse erzielt. Man spricht von einer Wiedererkennungsquote von siebzig bis achtzig Prozent. Das wäre wohl kaum der Fall, wenn die Methode nicht tatsächlich funktionierte. Zum anderen ist kaum etwas daran reine Spekulation, wie Sie es gerade ein wenig unglücklich formuliert haben. Meine Arbeit basiert auf einem amerikanischen Computerprogramm, das von führenden Wissenschaftlern auf diesem Gebiet entwickelt wurde. Es wird auch vom FBI, von Interpol und anderen Behörden auf der ganzen Welt verwendet. Jede einzelne Entscheidung im Arbeitsprozess orientiert sich an den Werten, die ich vom Skelett und vor allem vom Schädel genommen habe. Ein präziseres Porträt des Toten wird Ihnen niemand bieten können.«

»Und was ist mit der Frisur und solchen Dingen?«, wollte der Polizeihauptmeister mit zögerlicher Stimme wissen. »Oder einer Brille? Darüber kann man doch wohl nichts wissen?«

Linnea schenkte ihm ein kurzes Lächeln, dankbar dafür, dass er ihr genau die richtigen Stichwörter geliefert hatte. Sie klickte sich schnell durch die nächsten drei Bilder und zeigte dann alle vier in einem kleineren Format nebeneinander.

»Sie haben völlig recht. Das sind die Elemente, über die wir nichts wissen können und die sich eine Person tatsächlich auch am leichtesten zunutze machen kann, wenn sie ihr Aussehen ändern möchte. Aber das ist der große Vorteil daran, eine kraniofaziale Rekonstruktion am Computer vorzunehmen. Man kann ihn nach Lust und Laune verwandeln!«

Die vier Bilder zeigten nun unterschiedliche Variationen desselben Gesichts mit langem, kurzem und mittellangem Haar sowie dezentem Brillengestell. Auf dem letzten Bild trug er einen Vollbart. Dieser Version sah man an, dass Linnea am Ende übermüdet gewesen war und ihrer Phantasie etwas zu freien Lauf gelassen hatte, wie sie sich selbst eingestehen musste. Als Ergebnis war jedenfalls ein terroristenähnlicher Typus herausgekommen.

Anschließend klappte sie den Deckel des Laptops zu, zum Zeichen, dass die Vorführung beendet war. Die Männer erhoben sich. Tage Ewald kam auf sie zu.

»Wir sollten kurz besprechen, wie wir jetzt weiter vorgehen«, sagte er. »Aber ich gehe mal davon aus, dass wir eins der Bilder für die Untersuchung benutzen wollen. Heute Nachmittag findet eine Pressekonferenz statt, es wäre also gut, wenn wir die Bilder sofort bekommen könnten. Möchten Sie auch daran teilnehmen?«

Linnea schüttelte den Kopf.

»Dazu sehe ich eigentlich keinen Grund. Aber ich kann alle vier Bilder auf unseren FTP-Server hochladen, dann können Sie sie in der für Sie passenden Auflösung herunterladen.«

Der Polizeihauptmann dankte ihr und beeilte sich, hinter Bodilsen herzurennen, der den Raum bereits verlassen hatte. Linnea nickte kurz dem stellvertretenden Institutsleiter zu und bahnte sich resolut den Weg an ihm vorbei, obwohl er Anstalten machte, sie aufzuhalten. Mit großen Schritten eilte sie den Korridor entlang und bemerkte zu spät, dass sie gerade dabei war, Thor zu überholen. Er stand an der Seite und tat so, als studiere er einen Aushang am Schwarzen Brett. Jetzt sah er sie an, ohne auch nur im Geringsten durchblicken zu lassen, was er dachte.

»Was machst du überhaupt hier?«

Eigentlich hatte Linnea sich vorgenommen, nicht mit ihm zu reden.

»Ich gehöre zur Ermittlungsgruppe«, antwortete er. »Allerdings nur bis morgen, dann ist Rasmussen wieder da.«

Er blickte sie an, und für den Bruchteil einer Sekunde hätte sie schwören können, den Anflug eines Lächelns in seinen Augen aufblitzen zu sehen.

»Ich nehme mal an, du warst diejenige, die Bodilsen vor kurzem so effektiv bewiesen hat, dass es sich hierbei um einen Mord handelt?«, fuhr er fort. »Ihm hätte es gut in den Kram gepasst, die Sache als Selbstmord zu den Akten zu legen, damit er sie los ist. Aber du kannst ganz beruhigt sein. Hätte ich gewusst, dass du etwas mit der Sache zu tun hast, dann hätte ich mich auf jeden Fall ferngehalten.«

Linnea nickte hastig und eilte dann so schnell wie möglich weiter. Sie konnte sich nicht ganz entscheiden, ob sie wegen seines letzten Satzes beleidigt oder zufrieden sein sollte, beschloss dann aber, dass es ihr egal sein konnte. Thor gehörte der Vergangenheit an, wenn er überhaupt jemals wichtig gewesen war. Und seine Anwesenheit konnte ihren Eindruck nicht trüben, dass dies eine rundum gelungene Vorführung gewesen war und sie ihren freien Tag nicht umsonst geopfert hatte. Allein der Ausdruck in Bodilsens Augen, als er das Bild auf dem Smartboard angestarrt hatte, war den Aufwand wert gewesen. Weder ihr anfänglicher Widerwille noch die kritischen Fragen konnten etwas an dem Umstand ändern, dass alle vier Männer beeindruckt gewesen waren.

Plötzlich war ihr Opfer Wirklichkeit geworden. Dieses Gesicht würden sie nicht so schnell wieder vergessen. Sie wollten seinen Namen herausfinden und seinen Mörder fangen. Und all das war ihr Verdienst.

*

Wieder einmal war Jonas von seinen Gedanken am Einschlafen gehindert worden, aber diesmal kreisten sie um Lex. Jedes Mal, wenn er kurz vorm Wegdämmern war, tauchte ihr Gesicht vor ihm auf. Ihr Gesicht in jenem Moment, als er sie zum ersten Mal gesehen hatte, und vor allem: in dem Moment, als er sah, wie sie ihn zum ersten Mal sah.

Es war einige Jahre nach dem Abitur gewesen. Die Suche nach einem anderen Leben hatte Jonas bis nach Frankreich geführt, wo er eine Zeitlang in einem Wintersporthotel als Barkeeper arbeitete. Nach vier ziemlich unspektakulären Monaten hatte er schließlich die etwas ältere Lex kennengelernt, die ihm völlig den Boden unter den Füßen weggerissen hatte. Sie war mit einer Gruppe lärmender und arroganter junger Menschen angereist, die eine Woche lang demonstrativ unter sich geblieben waren. Ihr ungebrochenes Selbstbewusstsein hatte Jonas sofort fasziniert, wobei seine erste Begegnung mit der Reisegruppe alles andere als positiv gewesen war. Er war Lex draußen vor der Bar begegnet. Dort hatten sie und eine Freundin mit einem sturzbetrunkenen Typen gestanden, der eine teure Designersonnenbrille trug. Er hatte Jonas wüst beschimpft. Als Jonas versuchte, ihn sich mit einem Schubser vom Leib zu halten, landete der Unruhestifter mit dem Hintern in einer Schneewehe. Jonas reichte ihm kameradschaftlich die Hand, um ihm aufzuhelfen. Doch als die Mädchen sich im selben Moment kichernd aus dem Staub machten, schlug er Jonas' Hand weg und blieb stattdessen im Schnee sitzen. Anschließend schimpfte er drauflos und ließ all seinen Zorn angesichts der Demütigung an Jonas aus.

»Was gibt es da zu lachen? Du bist auf der Stelle gefeuert, du kleiner, armseliger Barjunge. Tja, das ist eine Sprache, die du verstehst, was? Dein Chef wird schon noch erfahren, wie schlecht du deine Gäste behandelst.«

Jonas wusste aus Erfahrung, dass mit solchen Lackaffen nicht zu spaßen war. Man konnte nie wissen, wer von ihnen zufällig der Neffe irgendeines Generaldirektors war. Es wäre schließlich nicht das erste Mal, dass ein Mitarbeiter seinen Job verlor, weil irgendein verwöhntes reiches Bengelchen unter seinem gekränkten Ego litt. Also zögerte er nicht lange, als er in derselben Nacht die Chance erhielt, seinen Job zu retten. Jonas war gerade auf dem Weg nach Hause, als ihn ein großer, schlaksiger Typ mit glasigen Augen aufhielt und fragte, ob er sich nicht einen Hunderter dazuverdienen wollte, indem er ihnen half, nach einem ausgearteten Fest die Spuren zu beseitigen. Einige der Gäste waren nicht mehr in der Lage, die Hütte, in die sie eingefallen waren und die sie verwüstet hatten, aus eigener Kraft wieder zu verlassen. Jonas legte sich einen der volltrunkenen Partylöwen über den Rücken und schleppte ihn weg, nachdem sein Freund ihn eingewiesen und ihm den Zimmerschlüssel gegeben hatte. Die teuer eingerichtete Hütte war ein einziges Chaos aus leeren Flaschen und Zigarettenstummeln gewesen, und auf dem großen Couchtisch aus Glas waren immer noch die Reste des Kokains zu sehen, das sich die Feiernden offenbar reingezogen hatten. Irgendjemand würde auf jeden Fall für diese Sache aufkommen müssen.

Erst als Jonas im Zimmer 212 angekommen war und seine Last auf dem zerwühlten Bett ablegte, bemerkte er, dass es ausgerechnet der Sonnenbrillenkerl war, der ihm am Abend zuvor gedroht hatte. Er konnte sein Glück kaum fassen, zog schnell den Zimmerschlüssel von der Tür ab und eilte zu der Hütte zurück, wo er ihn halbwegs sichtbar unter ein Sofakissen legte. Am nächsten Tag wurde der junge Mann gegen Mittag nach Hause geschickt, gedemütigt und mit einer beträchtlichen Zusatzrechnung im Gepäck. Jonas war erleichtert, und als Lex ihn ein paar Tage später in der Bar besuchte, begriff er, dass seine Glückssträhne weiter anhielt. Sie war selbstbewusst, stilsicher und kultiviert, und er war ihr aufgefallen. Ausgerechnet er! Sie lächelte ihn vielsagend an, als hätte sie genau durchschaut, was passiert war, und nahm ihn zur Seite.

»Ich liebe Männer, die sich zu wehren wissen«, flüsterte sie ihm ins Ohr. »Sollten wir beide uns nicht etwas besser kennenlernen?«

Dann befragte sie ihn eingehend über seine Zukunftspläne, Hobbys und politischen Ansichten, bevor sie ihn zu sich auf die Hütte einlud. Er war nervös und unsicher gewesen, hatte nicht gewusst, was er sagen sollte, aber merkwürdigerweise schien sie mit seinen Antworten zufrieden. Er selbst war verwirrt, fühlte sich aber eindeutig zu ihr hingezogen. Ihr offenes Wesen und die untrüglichen Zeichen dafür, dass sie aus gutem Hause stammte, waren vielleicht genau das, worauf er gewartet hatte. Und es hatte nicht lange gedauert, bis er ihr hoffnungslos verfallen war.

Lex entsprach nicht allein nahezu all seinen Vorstellungen von einer Traumfrau. Sie wollte ihn sogar haben. Und sie sagte es ihm ohne Umschweife. Er hatte das Gefühl, eine völlig neue Welt betreten zu dürfen: die Welt schöner Menschen, die ein unkompliziertes Leben führten. Lex half ihm, sich in der fremden Umgebung angemessen zu verhalten. Er war ihr für ihre kleinen Stichworte und ihr anerkennendes Zwinkern dankbar, wenn sie sich durch ein ganzes Champagner-Dinner gegessen hatten, ohne dass seine Herkunft zur Sprache kam. Es wurde ihr gemeinsames Projekt, die Geschichte von Lex & Jonas aufzubauen. Und damals kam es ihm nicht wie eine Lüge vor, wenn Lex nur ausweichend auf direkte Fragen nach ihrem Wohnort antwortete oder danach, wie sich Studium und Karriere entwickelten.

Erst als er zum letzten Mal aus dem Irak zurückkehrte, fielen ihm die Unwahrheiten auf. Es gab mehrere Dinge in Lex' Leben, über die sie nicht gern sprach. Ihr Vater war beispielsweise völlig tabu, sowohl seine Arbeit als auch sein Aufenthaltsort. Und die Geschichten, die Lex anderen Menschen über ihn erzählte, variierten stark, je nach Situation. Jonas hatte schnell gelernt, keine Fragen zu stellen, und war inzwischen routiniert darin, zur jeweiligen Version zu improvisieren. Immerhin befriedigte dieses Schauspiel ein wenig seinen Wunsch, sie zu beschützen. Es bot einen Ausgleich in einem Alltag, in dem Lex immer wusste, was sie wollte, und Jonas nur selten eine Meinung vertrat.

Er erinnerte sich daran, wie froh, ja fast exaltiert sie gewesen war, als sie gemeinsam entschieden, dass er sich für den Auslandseinsatz im Irak bewarb. Bis zu diesem Punkt war er eigentlich ganz zufrieden mit seiner militärischen Ausbildung und seinen Aufgaben gewesen. Er hatte nie ein größeres Bedürfnis verspürt, in den Krieg zu ziehen. Erst Lex hatte ihm die Augen dafür geöffnet, welch gute Chancen für eine Beförderung ein solcher Auslandseinsatz bot. Sowohl innerhalb des Militärs als auch in der Privatwirtschaft wäre ein karrieremäßiger Quantensprung möglich, wenn er sich profilierte – und daran zweifelte natürlich keiner von beiden.

Die Monate vor seinem Einsatz waren die glücklichste Zeit, die Jonas je erlebt hatte. Nie zuvor hatte Lex ihm so viel Aufmerksamkeit geschenkt – und ihn so liebevoll angesehen. Sie hatten viele Abende damit verbracht, einander tief in die Augen zu schauen und Pläne für ihr künftiges Leben zu schmieden, in dem ihnen fast alle Türen offenstehen würden.

»Siehst du denn nicht, dass es gut für dich war, es zu tun?«

Das fragte sie ihn oft, als wären ihre gemeinsamen Pläne in ihren Augen bereits Wirklichkeit geworden. Denselben Augen, die ihn plötzlich beinahe hasserfüllt angesehen hatten, als er unehrenhaft aus der Armee entlassen und nach Hause geschickt worden war. Ohne militärische Orden oder besondere Kontakte. Die darauf folgende Zeit war von ihrem beherrschten Zorn geprägt, hinter dem er eine noch viel größere Wut ahnte. Und eine abgrundtiefe Enttäuschung darüber, dass er ihre Erwartungen nicht erfüllt, sondern alles kaputtgemacht hatte. Jonas war am Boden zerstört – von den Dingen, die er erlebt hatte, und vor Enttäuschung über seine eigene Niederlage. Er hätte ihre Unterstützung in dieser Zeit gebrauchen können, aber sie hatte ihn monatelang kalt abserviert und alle Anläufe zu einer Versöhnung ignoriert.

Am Ende musste er Lex darin recht geben, dass sie einen besseren Mann verdient hatte. Natürlich hatte es Augenblicke gegeben, in denen er ihr Verhalten als hart und unangemessen empfunden und gedacht hatte, dass er sie verlassen und die Sache allein durchstehen würde. Dann hätte er jetzt möglicherweise ein ganz normales Leben, vielleicht sogar mit einer anderen Frau. Aber er hatte es nicht gewagt. Weder damals noch jetzt. Er wusste nicht mehr, wer er war, wenn er nicht länger Teil ihres Zweierteams war. Und außerdem hatte er sie ja geliebt. Und liebte sie noch immer.

Schließlich schloss Jonas die Augen und schlief ein.

Donnerstag, 8. Juli

14

Eigentlich hatte alles im Irak begonnen. Kevin Love konnte sich noch genau daran erinnern, wann das gewesen war. Es war wie eine Szene, die er von außen betrachtete.

Er hatte im Schatten eines amerikanischen Humvees mitten auf einem der Marktplätze von Basra gestanden. Die Hitze war so drückend gewesen, dass die Soldaten mit ihren schweren Splitterschutzwesten zu nichts anderem fähig waren, als träge vor sich hin zu starren und lauwarmes Wasser zu trinken. Sie gönnten sich gerade eine wohlverdiente Pause, bevor die Patrouille weiterfuhr, sobald ihr First Lieutenant seine Geschäfte mit Kevin Love abgeschlossen hatte. Auf dem eigentlichen Marktplatz kauften die Einheimischen trotz der Hitze immer noch eifrig ein. Obwohl Krieg war, herrschte kein Mangel an Waren. Das war vielleicht auf den Dörfern so, wo die Bevölkerung auf die Ernte von ihren abgebrannten Feldern und auf die unregelmäßige Nothilfe angewiesen war. Aber nicht hier, in der zweitgrößten Stadt des Landes, wo man sich aufs Organisieren verstand und die Grenze zwischen legal und illegal nur in der Theorie existierte.

Kevin Love hatte sich mit dem Lieutenant abgesondert, der ihm gerade einen dicken Umschlag mit Dollars überreichte. Er steckte das pralle Kuvert, das sich kaum noch verschließen ließ, unbesehen in seine Tarnjacke. Er wusste, dass der Betrag stimmte. Love war nicht der Einzige im Irak, der gut von den Betrügereien der Besatzungsarmeen, der Bürokratie der Hilfsorganisationen und der Korruption der ortsansässigen Unternehmer profitierte. Er war jedoch derjenige, der die Fäden in der Hand hielt, der alle Geschäfte und Kontakte koordinierte. Sogar an Zalmay Khalizads Beamte zahlte er Bestechungsgelder. Sie liefen mit Koffern voller Bargeld herum, die für das aussichtslose Wiederaufbauprogramm gedacht waren. Ein Großteil davon landete auf schwarzen Konten in der ganzen Welt, hinter deren anonymen Inhabern sich Amerikaner verbargen. Aber Kevin Love war derjenige, den man bezahlte, um überhaupt zu diesem Markt zugelassen zu werden: um illegale Waffen an die Rebellen zu verkaufen, die ausländischen Truppen mit minderjährigen Prostituierten zu versorgen, Bestechungsgelder für Wiederaufbauarbeiten abzuschöpfen, Sicherheitsleute unter der Hand zu bezahlen.

Sie hatten ihr Geschäft gerade abgeschlossen, als ein Offizier mit blauem Barett und Armbinde ihm von der anderen Seite der Marktstände aus zuwinkte. Kevin Love nickte langsam, und der Mann bahnte sich seinen Weg durch das Marktgewimmel, um zu ihnen zu gelangen. Er gehörte dem UN-Kontingent an, das ein wenig südlich von Basra stationiert war. Kevin Love kannte ihn und hatte schon früher mit ihm in Darfur und im Kosovo Geschäfte gemacht. Natürlich befanden sie sich im Prinzip auf entgegengesetzten Seiten des Systems, und die UN-Angehörigen wussten ganz genau, mit wem sie es zu tun hatten. Aber sie wussten ebenso gut, dass sie ihm nie etwas würden nachweisen können. Und so konnte man doch auch ein Verhältnis aufbauen, von dem beide Seiten profitierten. Außerdem war allgemein bekannt, wie großzügig Kevin Love zu denen war, die er kannte und schätzte. In Krisengebieten auf der ganzen Welt erzählte man sich, dass er der Einzige war, der eine Flasche Bollinger herbeizaubern und spontan ein Fest auf die Beine stellen konnte – selbst da, wo alles andere zerstört war.

»Es gibt da jemanden, den du unbedingt kennenlernen solltest«, sagte der UN-Offizier zu Kevin Love. »Er heißt Khalid. Ich glaube, er ist an ziemlich interessanten Geschäften dran.«

Erst danach begrüßte er ihn und den amerikanischen Lieutenant richtig. Sie gaben sich die Hand, und nach einem abschließenden Klaps auf die Schulter des Amerikaners folgte Kevin Love dem UN-Offizier.

»Ist es ein Einheimischer?«, fragte er. »Jemand, den du kennst?«

Der andere nickte.

»Geschäftstüchtig und rücksichtslos. Ein Mann genau nach deinem Geschmack.«

*

Eigentlich hatte der Tag doch so vielversprechend begonnen. Der Donnerstag war Linneas einziger freier Tag vor der Wochenendschicht. Obwohl die Hitze in dem Zimmer mit den niedrigen Decken bereits jetzt am Vormittag unerträglich wurde, hatte sie noch in ihr Laken gewickelt im Bett gelegen, als ihr Festnetztelefon klingelte. Anfangs verstand sie kaum, worum es bei dem Gespräch eigentlich ging.

»Ich bin mir sicher, dass er es ist. Er ist keiner, den man so schnell vergisst.«

»Ich verstehe nicht ganz«, sagte Linnea. »Sie rufen vom Roten Kreuz aus an?«

Am anderen Ende der Leitung wurde es still.

»Vielleicht war ich etwas zu voreilig«, erklärte der Anrufer schließlich.

Diesmal verstand sie immerhin, dass der Anrufer Adam hieß. Sie war sich nicht ganz sicher, ob das sein Vor- oder Nachname war. Er war Polizeibeamter und arbeitete bei der

Einwanderungsbehörde der Polizei im Asylcenter Avnstrup, das vom Roten Kreuz betrieben wurde. Sie überlegte kurz, wo Avnstrup eigentlich lag. Doch noch bevor sie ihn danach fragen und herausfinden konnte, warum er ausgerechnet bei ihr anrief, redete er auch schon weiter: »An seinen Namen kann ich mich nicht erinnern. Aber ich kann ihn sicher herausfinden, wenn es wichtig ist. Es muss schon ein paar Jahre her sein, damals war ich noch in der Sjælsmark-Kaserne. Aber ich glaube, er ist es.«

Linnea zog das Laken zur Seite und stieg verwirrt aus dem Bett, während sie weitertelefonierte. Sie ging in die Küche und holte sich ein Glas Wasser.

»Ich kann nicht ganz folgen, von wem reden Sie eigentlich die ganze Zeit?«

Er hielt kurz inne.

»Ich spreche doch mit Linnea Kirkegaard, oder etwa nicht?«

Sie bejahte, und er fuhr sofort in dem gleichen, eifrigen Ton fort.

»Ich meine den, den Sie suchen. Den Toten. Nicht, dass ich mich an alle erinnern könnte, aber genau an ihn hier erinnere ich mich ziemlich deutlich. Ich war bei seiner Registrierung dabei, als er mit den anderen zusammen in Sjælsmark ankam. Sie waren ja in einer streng geheimen Aktion aus dem Irak evakuiert worden. Anschließend wurde er gemeinsam mit ein paar anderen in irgendeiner Jugendherberge einquartiert, während sie darauf warteten, dass die Einwanderungsbehörde ihre Asylanträge bearbeitete. Die Unterkunft war nur eine Notlösung, weil in den Auffanglagern ja extremer Platzmangel herrschte.«

»Ich verstehe immer noch nicht ganz …«, setzte Linnea an, während er unbeirrt weiterredete.

»Er hatte keine Bartstoppeln, so wie auf dem Foto. Da

bin ich mir sicher. Auf solche Dinge achtete er immer ganz genau. Er legte großen Wert auf sein Äußeres, sogar hier im Lager, wo das die Leute normalerweise nicht gerade am meisten interessiert.«

»Warten Sie mal«, warf Linnea ein und massierte ihre Schläfen, um nicht schon wieder Kopfschmerzen zu bekommen. »Es ist wahnsinnig interessant, was Sie da erzählen, aber ich verstehe nicht ganz, warum Sie bei mir anrufen. Warum sprechen Sie nicht mit der Mordkommission?«

Sie kramte einen Bleistift hervor und kritzelte seinen Namen auf den Deckel eines Umzugskartons, solange sie ihn noch im Gedächtnis hatte.

»Ich dachte, Sie leiten die Ermittlungen? Den Eindruck hatte ich jedenfalls nach diesem Zeitungsartikel!«

Linnea spürte, wie sich ein Knoten in ihrem Magen bildete. Sie hatte das Telefonat mit Adam beendet, nachdem sie ihn gebeten hatte, auf dem Polizeirevier anzurufen und Richard Bodilsen oder jemand anderen aus der Mordkommission zu verlangen. Anschließend war sie wieder ins Wohnzimmer geeilt. Jetzt klappte sie ihr MacBook auf und ging zurück ins Schlafzimmer, um das Laken zu holen und sich darin einzuhüllen.

Dann ging sie direkt auf die Internetseite von *Politiken*, konnte dort aber nichts von Interesse finden. Als sie gerade zur Seite des Dänischen Rundfunks wechseln wollte, kam ihr eine andere Idee und sie googelte ihren Namen. Der Knoten in ihrem Magen wurde sofort größer, als sie auf den ersten Treffer klickte. Hin und wieder googelte sie sich selbst aus reiner Eitelkeit. Natürlich tauchten zahlreiche Verweise zu wissenschaftlichen Artikeln und Konferenzen auf, an denen sie teilgenommen hatte. Jetzt allerdings führte der erste Treffer direkt zu *Ekstrabladet.dk*. Die Überschrift war erstaunlich sachlich für eine Boulevardzeitung: »Polizei identifiziert Skelett«, und der größte Teil des Artikels, den sie hastig überflog, hielt sich an die Fakten: Der Journalist beschrieb den Fund der skelettierten Leiche im Lammefjord und berichtete, die Polizei habe auf einer Pressekonferenz am gestrigen Nachmittag ein rekonstruiertes Foto des vermeintlichen Opfers veröffentlicht und fordere nun alle Zeugen, die Hinweise über die Person auf dem Bild geben konnten, auf, sich bei der Polizei zu melden.

Doch es gab auch einen ergänzenden Artikel, der von Linnea handelte. Oder besser gesagt, vorgab, von ihr zu handeln, denn es stand nicht viel darin, was der Wahrheit entsprach. Sie hatte keine Ahnung, woher der Journalist sein Wissen nahm, aber er hatte auf jeden Fall herausgefunden, dass sie für die Rekonstruktion verantwortlich zeichnete. Zudem wurden ihre Ausbildung und ihr beruflicher Hintergrund erwähnt, den man leicht im Internet recherchieren konnte. Aber der Journalist hatte sich zusätzlich auch dazu berufen gefühlt, die Fakten weiterzudichten, und schwärmte von ihr als einer genialen Knochendoktorin, die auf geradezu magische Weise alles über einen Toten herausfinden könne, allein indem sie sein Skelett studierte. Sie sei die neue Geheimwaffe der dänischen Polizei. Wie die smarte, hartgesottene Heldin einer neuen Krimiserie im Fernsehen wurde sie in dem Artikel beschrieben. Von einer solchen hatte sich der Journalist allem Anschein nach auch inspirieren lassen, denn vieles an der Geschichte war reine Fiktion.

Sie ging unter die Dusche und zog sich anschließend rasch irgendetwas über. Erst danach warf sie einen Blick auf ihren Blackberry und entdeckte, dass außer Adam noch unzählige andere versucht hatten, sie zu erreichen. Sie hatte das Gerät auf lautlos gestellt, als sie sich gestern Abend hingelegt hatte. Die Idee, ihre Mailbox abzuhören, verwarf sie sofort wieder. Sie hatte kein Bedürfnis, den Journalisten bei ihrer Jagd nach einer Story behilflich zu sein. Ihr blieb nichts anderes übrig, als Svend-Erik Nikolajsen anzurufen, weil er der stellvertretende Chef war, während Professor Morewski seine fünfwöchigen Sommerferien genoss. Morewski hätte die Geschichte auf der Stelle dementiert. Aus irgendeinem Grund hatte er sofort die Rolle ihres Beschützers eingenommen. Eigentlich hatte sie das nie für nötig gehalten oder sich gewünscht, wenngleich es niedlich war, dass er das glaubte. Nikolajsen war dagegen nicht ganz so umgänglich.

»Sämtlicher Kontakt zur Presse läuft über mich«, sagte er zu ihr. »Ich war davon ausgegangen, dass Sie das wüssten.«

»Sie glauben doch wohl nicht, ich hätte *Ekstra Bladet* kontaktiert?«

»›Dank ihrer Expertin Linnea Kirkegaard steht die Polizei vor einem Durchbruch.‹ Ich kann mir nicht vorstellen, wer daran sonst noch ein Interesse gehabt haben könnte.«

Linnea schnaubte.

»Wer außer mir, meinen Sie? Hätte ich dann nicht wenigstens dafür gesorgt, dass alles, was sie über mich schreiben, wenn schon nicht korrekt, dann doch wenigstens wahrscheinlich ist? Da steht, man hätte mich vom FBI abgeworben!«

Das Letzte war die absurdeste Behauptung in dem Artikel. Aber sie bewies immerhin, dass der Journalist seine Informationen aus dem Internet geholt – und auch noch falsch verstanden – und mit niemandem gesprochen hatte, der sie tatsächlich kannte. Zuletzt akzeptierte Nikolajsen widerwillig, dass der Artikel nicht auf ihrem Mist gewachsen sein konnte. Sie einigten sich darauf, dass es die beste Strategie zur Vermeidung eines schlechten Arbeitsklimas zwischen dem Rechtsmedizinischen Institut und der Polizei wäre, wenn sie persönlich zum Politigården fahren und die Sache aufklären würde. Linnea hatte schwach protestiert. Sie hatte eine ungute Vermutung, an wen sie ihre Entschuldigung richten musste, wusste aber gleichzeitig, dass es keinen Zweck hatte, sich zu weigern. Die Tatsache, dass sie sich für etwas entschuldigen sollte, an dem sie keine Schuld traf, war schlimm genug. Aber nicht so schlimm wie die Tatsache, dass es jemand vom Politigården sein musste, der die Geschichte in die Welt gesetzt hatte. Und ihr fiel mindestens ein Kandidat ein.

15

Jonas war bereits um fünf Uhr morgens aufgestanden, erschöpft vom Schlafmangel und gezeichnet von den grausigen Alpträumen, die ihn heimgesucht hatten, kaum dass er eingeschlafen war. Immer wieder kehrten seine Gedanken zu dem schreienden irakischen Jungen zurück. Doch in seinen Träumen war es nicht Hauptmann Overbye, der das Geschehen lenkte, sondern Firaz, der mit einem Grinsen auf den Lippen immer tiefer in den rechten Zeigefinger des Jungen schnitt, bis das Blut nur so floss. Als der Finger schließlich lediglich an einem dünnen Hautfetzen hing, wandte Firaz sich Jonas zu und reichte ihm lächelnd das große Jagdmesser.

»Möchtest du nicht die Ehre haben, my man?«

Im Traum nahm Jonas das Messer entgegen, wandte sich aber von dem Jungen ab und stach stattdessen auf den Dolmetscher ein, auf seine Wange, ins linke Auge, in den Mund. Wieder und wieder stach er zu, um das höhnische Grinsen aus diesem verdammten Gesicht auszulöschen, während ihn seine Kameraden anfeuerten. Es war stets die gleiche

Szene, der er erst entkam, wenn er sich zwang, aus dem Bett aufzustehen.

Er hatte das Bedürfnis gehabt, etwas Alltägliches zu unternehmen, um sich wieder wie ein Mensch zu fühlen. Er hatte den schönen Sommermorgen und den Spaziergang durch die leeren Straßen seines Viertels genossen. Hier konnte er sich fast der Illusion hingeben, er wäre ein ganz normaler Mann auf dem Weg zum Bäcker, um dort ein paar Brötchen und eine Zeitung zu kaufen. Im Grunde war es logisch, dass seine Gedanken immer um diesen einen schicksalsschweren Tag in Basra kreisten. Alles, was seither geschehen war, alle Entscheidungen, die er getroffen hatte, und die verzweifelte Situation, in der er sich jetzt befand, waren auf jenen Tag zurückzuführen, als bei einem routinemäßigen Verhör alle Grenzen überschritten wurden.

Aber das war eine andere Welt, fernab von Virums beschaulichen Wohngebieten. Als Jonas beim Bäcker ankam, fühlte er sich ganz normal, ja, er konnte sogar über seine eigenen paranoiden Vorstellungen lächeln. Wahrscheinlich war es kein Wunder, dass seine Phantasie einem Hollywood-Gangsterfilm glich, wenn er fast ununterbrochen an diesen brütend heißen Tag im Camp Dannevang zurückdachte. Er musste dafür sorgen, mehr im Hier und Jetzt zu leben. Mit einem Mal erschien es ihm lächerlich, inmitten von Vogelgezwitscher, Blumenduft und Morgensonne an Mord und Totschlag zu denken. Er öffnete die Ladentür, schenkte der jungen Verkäuferin hinter dem Tresen ein breites Lächeln und genoss ihren anerkennenden Blick. Erst als er direkt vor dem Tresen stand, bemerkte er das Gesicht, das ihm von den Zeitungsseiten entgegenstarrte.

Beide Boulevardblätter brachten dasselbe Bild auf der Titelseite. Ein Farbfoto von einem orientalisch aussehenden Mann, den Jonas sofort als Firaz wiedererkannte. Irgendetwas an dem Bild stimmte nicht ganz, aber Jonas konnte es nicht benennen. Die großen Lettern beseitigten auch den letzten Zweifel. »Das ist der Tote!«, titelte die eine Zeitung marktschreierisch und fragte in der Unterzeile: »Wer kennt diesen Mann?« Die andere Zeitung schrieb: »Wer ist das? Das Skelett hat ein Gesicht bekommen.«

Jonas merkte, wie er langsam erstarrte. Er machte dicht, verließ seinen eigenen Körper, so dass er sich selbst von außen betrachten konnte. Er musste einfach nur weg von hier, weg von diesem Gesicht – und gleichzeitig musste er herausfinden, wie viel die Polizei wusste.

Das Gesicht des jungen Mädchens hinter dem Tresen hatte sich zunehmend verkrampft, während er wie gelähmt dastand. Plötzlich fiel ihm auf, dass er merkwürdige, winselnde Laute von sich gab. Er kämpfte sich in seinen Körper zurück, näherte sich widerwillig den Zeitungen, nahm sich zwei davon und faltete sie so zusammen, dass nur die Rückseite zu sehen war. Dann kramte er einen großen Schein aus der Hosentasche, warf ihn auf den Tresen und stolperte aus dem Laden.

Er rannte nach Hause, ja er sprintete, und versuchte gar nicht erst den Anschein zu erwecken, als laufe er aus Gründen der Fitness. Nachdem er sich hinter der Tür in Sicherheit gebracht hatte, brach er zusammen. Er drehte den Schlüssel ein weiteres Mal von innen im Schloss um. Dann saß er mehrere Minuten lang mit den Zeitungen neben sich auf dem Fußboden im Flur. Als er wieder normal atmen konnte, erhob er sich mühsam und wankte ins Wohnzimmer, wo er eine Flasche Oban Single Malt und ein Glas aus dem Schrank holte. Er schenkte sich mit zitternden Händen ein Glas ein und ließ sich in den Sessel fallen. Dann schlug er die erste Zeitung auf.

Einige Stunden später erwachte er voller Panik. Der Whisky rauschte noch immer durch seinen Körper. Doch anstatt ihn zu beruhigen, schien der Alkohol seine Nervosität nur noch mehr anzufachen. Und vor allem die Angst zu intensivieren. Plötzlich erkannte er klar und deutlich, in welch großer Gefahr sie sich befanden. Er musste unbedingt Lex erreichen, damit sie einen gemeinsamen Weg finden konnten, lebend aus dieser Sache herauszukommen. Am liebsten hätte er nichts getan, bevor er nicht mit ihr gesprochen hatte. Aber er hielt es nicht aus, zu Hause herumzusitzen und zu warten, bis er sie erreichte. Also beschloss er aufzuräumen und dabei so viele Spuren wie möglich zu beseitigen.

Er lud das Auto bis oben hin mit jenen Waren voll, an die er am leichtesten herankam. Versteckte sie unter einer Decke und fuhr Richtung Süden zum Sommerhaus. Es war kein dezidierter Plan, aber immerhin eine Handlung, und damit auch eine Möglichkeit, den wachsenden Drang zu bekämpfen, sich selbst bei der Polizei anzuzeigen. Doch gleichzeitig war ihm bewusst, dass er damit alles aufgab, wofür er so lange gearbeitet hatte. Ihre Chance auf einen gesellschaftlichen Aufstieg und auf Gerechtigkeit.

Jonas hatte die Freisprechanlage eingeschaltet, und nachdem er kurz hintereinander drei Nachrichten hinterlassen hatte, rang er sich durch, nur noch nach jedem Kilometer, den er zurückgelegt hatte, einmal anzurufen. Als er Lex endlich erreichte, hatte er gerade die Abfahrt nach Haslev passiert.

»Ich habe den ganzen Vormittag angerufen. Wo steckst du denn?«

»Jetzt beruhig dich doch erst mal. Bist du im Auto unterwegs? Dann ruf mich wieder an, sobald du irgendwo angehalten hast, okay?«

Sie legte sofort wieder auf, und Jonas suchte auf dem Navi verzweifelt nach Abfahrten oder Rastplätzen, doch ohne Erfolg. Also überquerte er etwas zu abrupt zwei Fahrbahnen und stellte sich mit eingeschalteter Warnblinkanlage auf den Standstreifen. Diesmal meldete sie sich sofort.

»Was ist denn bloß los? Ich habe dreizehn unbeantwortete Anrufe von dir. Dabei hatte ich doch nur eine Dreiviertelstunde lang den Ton aus.«

Die Worte sprudelten nur so aus ihm hervor. Die ganze Panik, die er nicht mit ihr hatte teilen können, weil sie unbedingt in Skandinavien unterwegs sein und ihre geschäftlichen Kontakte pflegen musste.

»Ich weiß, warum er mich treffen will. Er ist uns auf die Schliche gekommen. Und es wird nicht mehr lange dauern, bis die Polizei dasselbe tut. Firaz ist in der ganzen Stadt auf allen Titelseiten zu sehen. Ich bin gerade dabei aufzuräumen.«

»Warte mal, Jonas. Haben sie ihn etwa schon identifiziert? Bitte erzähl mir das Ganze noch mal der Reihe nach, in aller Ruhe. Ich habe hier noch keine dänischen Zeitungen gelesen.«

»Irgendwie haben sie es geschafft, sein Gesicht zu rekonstruieren.«

Jonas drehte den Zeitungsstapel um. Er hatte es nicht ausgehalten, mit Firaz' anklagendem Gesicht neben sich Auto zu fahren. Er blätterte fieberhaft.

»Es sieht ihm zum Verwechseln ähnlich!«

Seine Stimme überschlug sich hysterisch, und Lex schwieg eine Weile.

»Lex, hier steht, dass nur noch ein Skelett von ihm übrig war. Aber jetzt wird nicht mehr viel Zeit vergehen, ehe ihn jemand erkennt. Und die Zeitung schreibt, dass man genug Spuren gefunden hat, um herauszubekommen, wer ihn umgebracht hat. Vielleicht kann uns die Polizei helfen … wir müssen irgendwas tun, wir müssen … Er hat rausgefunden, was passiert ist, und jetzt ist er gekommen, um mich umzubringen!«

Sie unterbrach ihn. Ihre Stimme klang hart.

»Jetzt redest du doch Unsinn, Jonas. Sie wissen von nichts, und du hörst jetzt auf mit deinem Gerede. Außerdem kann das ja gar nicht stimmen. Wenn die Bilder erst heute in der Zeitung waren, konnte er doch nicht schon etwas über Firaz wissen, als er dir die Mail geschickt hat.«

Er verstand nicht, wie sie das alles so gefasst aufnehmen konnte.

»Aber die Lage ist ernst, Lex. Natürlich hat er Kontakte zur Polizei. Er weiß all das, was sie nicht einmal den Zeitungen erzählt haben. Ich sage dir, er will mich umbringen.«

»Dann musst du doch einfach nur dafür sorgen, dass dieser Fall nicht eintritt, oder? Hör mal zu. Vor heute Abend kann ich nicht wieder zu Hause sein. Du drehst jetzt um und fährst nach Hause. Und du wirst nichts ohne mich unternehmen. Verstanden?«

Er murmelte zustimmend und legte auf. Jetzt hatte er immerhin klare Anweisungen. Er blinkte, bog erneut auf die Autobahn und nahm die nächste Abfahrt, um wieder zurückzufahren. Lex hatte recht. Er sollte einfach nur nach Hause fahren. Vielleicht konnte er sogar eine Weile schlafen. Die letzten Nächte hatten schwer an ihm gezehrt, und als er in den Rückspiegel des Autos blickte, sah er in rotgeäderte Augen mit tiefen, dunklen Augenringen. Wenn er wenigstens ein bisschen schlafen könnte, würde er auch klarer denken und sich nicht mehr so irrational aufführen wie heute Vormittag. Lex' Stärke hatte stets einen beruhigenden Einfluss auf ihn gehabt. Obwohl es ihn in gewisser

Weise auch erschreckte, dass sie selbst in den heikelsten Situationen noch so überlegt handeln konnte. Gleichzeitig aber brachte genau diese Art der Problemlösung sie mitunter in noch unüberschaubarere Situationen.

Schließlich war es Lex gewesen, die ihre gemeinsamen Ambitionen bis zu diesem Punkt getrieben und dafür gesorgt hatte, dass er jetzt um ihrer beider Leben fürchtete.

16

Selbst unter Wasser musste Kevin Love noch zufrieden in sich hineingrinsen. Man konnte nie ahnen, wie sich ein Geschäft entwickelte. Dieses hier hatte vor vier Jahren im Irak begonnen, und jetzt war er gekommen, um es abzuschließen. Oder besser gesagt, um sich zu vergewissern, dass die Sache ein für alle Mal sauber zu Ende gebracht wurde. Das Geschäft hatte ausgezeichnet floriert, war dann aber aus dem Ruder gelaufen, und für so etwas hatte er keine Kapazitäten übrig.

Er holte zwischen zwei Schwimmzügen Luft, ehe er wendete und sich wieder abstieß. Die Bahn war nur fünfzehn Meter lang, was zum Kraulen eigentlich zu wenig war. Der Rhythmus wurde ständig unterbrochen, so dass man nie die nötige meditative Ruhe fand, um zu entspannen und die Herausforderungen angehen zu können, die einen sonst ablenkten. Er zog die professionellen 50-Meter-Bahnen vor, aber von einem Hotel in Kopenhagen durfte man natürlich nicht allzu viel erwarten. Wahrscheinlich musste er froh sein, dass das D'Angleterre überhaupt ein Schwimmbecken im Kellergeschoss beherbergte, in dem er seine täglichen

Bahnen schwimmen konnte. Das alte Hotel mit Aussicht auf den Kongens Nytorv galt als das mondänste Haus am Platz, was seiner Meinung nach nicht viel aussagte. Er hatte schon einmal in diesem Hotel gewohnt, das in gewisser Weise so klein und provinziell war, dass es schon fast wieder charmant war.

Das Schwimmbecken war nur für eine halbe Stunde reserviert. Mehr ließ sich ohne eine längere Vorlaufzeit nicht einrichten, und er hatte keine Lust gehabt, deswegen eine Szene zu machen. Als Entschädigung wollten sie ihm nach dem Schwimmen eine Flasche Dom Pérignon bereitstellen, ohne sie extra zu berechnen. Er registrierte zufrieden, dass der Champagner bereits auf einem Tischchen neben der Sauna in einem Kühler auf ihn wartete. Es war ein 2000er-Jahrgang. Na meinetwegen, dachte er, schenkte sich ein halbes Glas ein und kippte es in einem Zug herunter, noch bevor er sich den Bademantel überstreifte. Dann holte er seinen PalmPilot aus der Tasche.

In etwas mehr als einem Tag wäre der Fall gelöst, und er konnte Kopenhagen wieder verlassen. Vollständig gelöst. Ihn hatte es fast in den Fingern gejuckt, den Auftrag selbst zu erledigen. Früher hätte er solche Probleme noch höchstpersönlich aus der Welt geschafft. Aber seit er zum letzten Mal jemanden getötet hatte, war viel Zeit vergangen. Sein letztes Opfer war ein philippinischer Großhändler gewesen, der sich etwas zu geizig gezeigt hatte. Die Sache war schnell überstanden gewesen. Nicht mit Waffen oder ausgeklügelten Plänen, die in letzter Sekunde schiefgehen konnten. Nur ein paar neue Kalbslederhandschuhe und dann ein ungläubiger Blick des Philippinen, als Kevin Love das Glas, mit dem sie gerade angestoßen hatten, fallen ließ und seine Hände noch in derselben Bewegung zu seinem Hals schnellten und zudrückten.

Aber das war wie gesagt mehrere Jahre her. Skrupel gegenüber Liquidierungen hatte er keineswegs. Ein Geschäftspartner, der seinen Pflichten nicht nachkam oder versuchte, einen größeren Teil des Kuchens abzubekommen, wusste ziemlich genau, was für ein Risiko er einging, welches Schicksal ihm bevorstand. Doch für Love selbst stand heutzutage mehr auf dem Spiel. Das Risiko, das mit Blut an den Händen immer einherging, konnte er sich als Profi nicht mehr leisten.

»Stör ich? Soll ich später noch mal wiederkommen?«

Ein Mädchen um die zwanzig stand zwischen den Säulen am Beckenrand. Sie war leger gekleidet und trug einen Trainingsanzug, unter dem sich ein Paar dralle Brüste abzeichnete. In der einen Hand hielt sie ein Badelaken. Sie sprach Englisch mit einem leichten baltischen Akzent und lächelte ihn kokett an.

»Nein, du kommst genau richtig.«

Und als er ihr folgte, um eine Weile seine Grübeleien zu vergessen, dachte er, dass er es tatsächlich hin und wieder vermisste – das Töten.

*

Das Treffen im Politigården verlief genau so anstrengend, wie Linnea befürchtet hatte.

Offenbar hatte der Beamte aus dem Asylcenter Avnstrup ausgerecht kurz vor ihrer Ankunft angerufen. Er hatte in den Archiven nachgesehen und herausgefunden, dass der Mann Firaz Khalid hieß. Adam hatte den Iraker seinerzeit selbst befragt, als dieser Asyl beantragt hatte und in der Sjælsmark-Kaserne untergebracht worden war. Er konnte berichten, dass Khalid sein monatliches Verpflegungsgeld zuletzt im November 2008 abgehoben hatte. Das passte ausgezeichnet zu dem von Linnea ermittelten Todeszeitpunkt. Das genaue Datum seines Verschwindens kannte niemand, aber seit diesem Tag war er nicht mehr aufgetaucht, um sich sein Geld abzuholen. Außerdem hatte er seinen Schrank in der Jugendherberge in Holbæk, wo er zuletzt gewohnt hatte, nicht geleert. Das konnte ebenfalls ein Indiz dafür sein, dass er diesen Ort nicht aus freien Stücken verlassen hatte. Andererseits hatte der Schrank auch nichts von Wert enthalten, und der restliche Inhalt war längst entfernt worden. Der Zeitpunkt passte ausgezeichnet. Ob es sich tatsächlich um den gesuchten Mann handelte oder nicht, war vorläufig noch immer eine offene Frage, die Vizepolizeikommissar Richard Bodilsen nicht mit Linnea zu diskutieren gedachte.

»Aber falls es noch andere Dinge gibt, von denen Sie uns nichts erzählt haben, dann sollten Sie das jetzt nachholen.«

Er warf eine Zeitung vor sie auf den Tisch und blätterte dann demonstrativ zu dem Artikel über den Mord. Tage Ewald, der am Fenster stand und versuchte, ein wenig frische Luft zu schnappen, machte im Hintergrund eine entschuldigende Geste. Im Internet waren nur die Bilder des rekonstruierten Kopfes zu sehen, doch in der gedruckten Version nahm Linneas Gesicht mindestens ebenso viel Raum ein. Tatsächlich konnte man sich des Gedankens nicht erwehren, dass dies einer der wichtigsten Gründe für den Journalisten gewesen war, um seine sogenannte Geschichte aufzuziehen: dass er das Foto einer jungen Frau mit einem schiefen Lächeln und großen braunen Augen mit einer sensationellen Überschrift kombinieren konnte. Soweit Linnea sich erinnerte, stammte das Foto von einer Party in ihrem letzten Jahr an der Uni, auf dem sie zum einen wesentlich jünger und zum anderen viel stärker geschminkt war, als sie es sich für ein Porträt in der Zeitung gewünscht hätte. Sie wusste, dass man dieses Foto nicht einfach so im Netz finden konnte. Und sie hatte keine Ahnung, wie der Reporter an das Bild gekommen war. Allein beim Anblick wurde ihr schlecht.

»Sie deuten außerdem an, dass Sie ziemlich gut über den Fall informiert sind.«

Linnea zuckte irritiert mit den Schultern.

»Sie sollten lieber meinen Bericht lesen als die Schlagzeilen in *Ekstra Bladet.*«

Damit war das Gespräch im Prinzip beendet. Aber Linnea hatte die Gleichgültigkeit des Polizisten gegenüber seinem Fall provoziert.

»Warum hat man ihn nicht vermisst gemeldet?«, fragte sie deshalb. »Wenn er tatsächlich derjenige ist, den wir identifiziert haben.«

»Vorläufig wird das nur von Ihrem Freund Adam bestätigt. Aber abgesehen davon, ist wohl nicht viel Hokuspokus dabei, wenn die Sache irgendwo im System verlorengeht. Hier leben doch Gott weiß wie viele Iraker. Die Aufnahmelager sind reine Durchgangsstätten. Alle möglichen Leute kommen dort angerannt, um Asyl zu beantragen, und wollen ein Stück von unserem Wohlstandskuchen abhaben. Und sobald sie entdecken, dass sie keine Chancen haben, sich in unseren Staatskassen zu bedienen, verschwinden sie spurlos und versuchen ihr Glück anderswo.«

»Ihnen ist es also egal, dass Menschen einfach so verschwinden?«

»Hören Sie doch auf, mir die Worte im Munde umzudrehen!«

»Aber ganz realistisch betrachtet, ist es Ihnen gleichgültig, weil es nur Asylbewerber sind, und die interessieren uns nicht?«

Linnea war kurz vorm Überkochen, verkniff sich aber weitere Kommentare. Richard Bodilsen betrachtete sie einen Moment lang schweigend, um dann zu einem Vortrag anzusetzen.

»Auch wenn es Sie überraschen sollte – wir sind tatsächlich dabei, der Angelegenheit nachzugehen. Vermutlich gehört unser verstorbener Freund zu jenen Irakern, denen Asyl gewährt wurde, nachdem sie als Dolmetscher für die Besatzungstruppen im Irak gearbeitet hatten. Der Großteil von ihnen kam im Juli 2007 hierher. Knapp vierhundert von ihnen erhielten Asyl. Allein im Laufe der letzten fünf Jahre reisten mehr als dreitausend irakische Asylbewerber wieder aus Dänemark aus. Sie fallen unter die Kategorie ›vermutlich Ausgereiste‹. Als ich vor kurzem bei der Ausländerbehörde anrief, erfuhr ich, was das bedeutet. Dabei handelt es sich um all jene, die ihren Aufenthaltsort in Dänemark verlassen haben, ohne dass die Behörden wissen, wohin sie verschwunden sind. Bei einigen wurde der Asylantrag abgelehnt, die meisten von ihnen aber verschwanden, noch bevor das Asylverfahren abgeschlossen war.«

»Und was ist aus ihnen geworden?«

Richard Bodilsen zuckte mit den Schultern.

»Das weiß keiner. Einige sind vielleicht zurück in den Irak gegangen. Die meisten werden sicherlich illegal in ein anderes Land weitergereist sein, um dort ihr Glück zu versuchen. Und dann gibt es bestimmt auch einige, die in Dänemark untergetaucht sind. Und es liegt geradezu in der Natur der Sache, dass niemand es genau weiß, da sie jetzt Illegale sind. Und der Punkt ist, dass all diese Menschen mehr als drei Viertel von sämtlichen Ausgereisten und abgelehnten Irakern ausmachen. Bleiben also mehrere Tausend Menschen, deren Schicksal ungeklärt ist. Also kann es schon sein, dass unser Skelett aus dem Lammefjord mit diesem Halal oder wie er heißt identisch ist. Oder er gehört zu den mehreren Tausend anderen, über deren Verbleib wir nichts wissen.«

17

Unter dem Vorwand, ihm die Kundenlisten übergeben zu wollen, hatte sich Jonas mit Firaz am üblichen Treffpunkt verabredet. Für gewöhnlich trafen sie sich auf einer alten Bank an einem kleinen Pfad, der einige Minuten Fußweg von der Straße nach Sjællands Odde entfernt lag. Die Gegend wurde immer einsamer, sobald man sich von der verlassenen Imbissbude und den wenigen Autofahrern entfernte, die hier ausstiegen, um sich am Deich vorm Lammefjord die Füße zu vertreten.

Einige Tage zuvor waren Jonas und Lex dorthin gefahren, um die Umgebung zu inspizieren und einen passenden Ort zu finden, an dem Lex sich verstecken konnte, während Jonas sich mit Firaz traf. Idealerweise sollte sie so nah wie möglich bei ihnen stehen, damit sie schnell und ungesehen hinter Firaz auftauchen und ihn mit Jonas' Pistole bedrohen konnte. Sie fanden schließlich ein nur wenige Meter entferntes Gebüsch, hinter dem sie sich verbergen konnte. Die Pistole war nicht geladen, würde ihre abschreckende Wirkung aber hoffentlich trotzdem nicht verfehlen.

Firaz hatte nervös gewirkt, als er auf Jonas zukam. Er hatte sich mehrmals umgesehen und zum ersten Mal gefordert, Jonas' Taschen und Kleidung zu durchsuchen. Jonas ließ die Visitation bereitwillig über sich ergehen, setzte sich auf die Bank und forderte Firaz dazu auf, es ihm gleichzutun. Im selben Moment kam Lex angeschlichen.

»Keine Bewegung.«

Sie flüsterte ihm ihren Befehl von hinten zu und bohrte den Pis-

tolenlauf in Firaz' Hals. Seine Miene erstarrte mitten in einem Grinsen.

»Es gibt da ein paar Sachen, die du uns erzählen solltest, bevor wir uns voneinander verabschieden.«

Jonas genoss seine Überlegenheit und die offensichtliche Angst des Dolmetschers. Er war sich gar nicht darüber im Klaren gewesen, wie sehr er sich nach Rache gesehnt hatte. An diesem kleinen, widerlichen Mann, der seinen geplanten Lebensweg zerstört hatte.

»Ich habe den dringenden Verdacht, dass dein Lager nicht weit von hier liegt. Stimmt das?«

Firaz starrte Jonas hasserfüllt an und spuckte auf den Boden.

Lex, die immer noch hinter der Bank stand, spannte den Abzug der Pistole, und Firaz zuckte zusammen. Sie beugte sich über seine Schulter.

»Wir gehen jetzt mal ganz ruhig zu unserem Auto, das du da drüben links stehen sehen kannst. Und dann erzählst du uns, wo wir hinmüssen, okay?«

Als sie beim Auto angekommen waren, übernahm Jonas die Pistole. Er schubste Firaz auf die Rückbank und setzte sich neben ihn. Lex fuhr auf die Straße und den Anweisungen von Firaz folgend Richtung Norden. Sie bogen in einen holprigen Waldweg ein und nahmen eine weitere Abzweigung. Zwischendurch kamen sie an einigen kleineren Höfen vorbei. Jonas wurde allmählich unsicher, wo Firaz sie hinführen wollte. Als sie einen kleinen Feldweg erreicht hatten und keine bewohnten Häuser mehr zu sehen waren, versuchte Firaz sich zu wehren.

Er warf sich mit aller Kraft auf Lex, und das Auto scherte scharf nach rechts aus und schlitterte gefährlich nahe an einem alten Autowrack vorbei. Lex schrie auf, konnte den Wagen jedoch wieder unter Kontrolle bringen.

Jonas schlug Firaz so brutal mit der Pistole ins Gesicht, dass die Haut aufplatzte, er vor Schmerz aufstöhnte und sich an die Wange fasste.

»Ich werde stillsitzen, verdammt. Wir müssen nach da drüben.«

Er zeigte auf ein Gebäude am Ende des Feldwegs, eine Ruine direkt am Waldrand. Lex lenkte das Auto über den matschigen Boden bis zum Haus. Der am stärksten mitgenommene Teil des Gebäudes schien eine Art Garage zu sein. Firaz nickte in deren Richtung, als sie aus dem Auto ausgestiegen waren.

Jonas reichte Lex die Pistole und ging hinein, um das Gebäude zu untersuchen. Er versank tief in dem Matsch auf dem Hof. Als er sich bis zum Eingang vorgekämpft hatte, sah er in einen großen, düsteren Raum. Innen roch es stechend nach Schimmel, und an der einen Wand konnte er alte Möbel ausmachen. Der Rest des Raums schien mit kaputten Fahrrädern, schwarzen, fast aufgelösten Plastiksäcken und anderem Müll vollgestopft. An einigen Stellen drangen ein paar Sonnenstrahlen durch das weggefaulte Dach.

Es war der richtige Ort, das wusste Jonas sofort. Er erkannte den Geruch der Waren wieder, die Firaz geliefert hatte. Er musste zugeben, dass dieser Ort ein ideales Versteck war. Hier hatte schon seit vielen Jahren niemand mehr gewohnt.

Er entdeckte einen alten Gartenstuhl mit Metallgestell. Der Sitz bestand aus jenen dünnen Gummischnüren, auf denen er damals im Garten schon als Kind nicht gern gesessen hatte. Er erinnerte sich noch genau an das Gefühl der roten Striemen auf den Oberschenkeln. Dann räumte er die Ecke frei, die am weitesten vom Eingang entfernt lag, und stellte den Stuhl an die Wand.

Er ging zum Eingang zurück und winkte Lex und Firaz herein. Mittlerweile fühlte er sich sicher und professionell. Genau auf diesem Gebiet war er schließlich Experte. Jonas band Firaz am Stuhl fest. Und Lex bohrte ihm den Lauf der Pistole in die Schläfe.

Anschließend untersuchte Jonas die Umgebung des Hauses. Er wurde schnell fündig, an einer Stelle, an der erst kürzlich gegraben worden war. Dort lagen Firaz' Waren, in Plastiktüten und Zeitungspapier gewickelt, im Waldboden vergraben. Niemand, der nicht genau wusste, wonach er suchen musste, würde hier etwas finden.

Er rief es Lex triumphierend zu.

»Seid ihr euch darüber im Klaren, was passiert, wenn ihr die Sachen anrührt?«

Firaz' Stimme war schrill.

»Ich stecke doch nicht allein dahinter, verdammt. Die Sache ist viel größer, als ihr ahnt. Es gibt da jemanden, der nicht mit sich spaßen lässt, kapiert?«

Lex ging in die Hocke, mit dem Gesicht ganz nah an dem von Firaz.

»Und du glaubst, wir könnten nicht mit den großen Jungs spielen? Du bist doch der Einzige, den wir zu nichts gebrauchen können. Dein Lager haben wir. Jetzt brauchen wir nur noch deine Kontakte, und dann kannst du dich aus dem Staub machen.«

Er spuckte ihr ins Gesicht.

»Vergiss es, du Schlampe. Wenn ihr mir etwas antut, wird er es euch tausendfach zurückzahlen.«

18

Bist du noch da?«, flötete Veronica. »Mach weiter. Deine Hand streichelt meinen Oberschenkel. Jetzt gleitest du bis nach ganz oben und spielst mit deinem Finger daran herum. Und jetzt mehr!«

Kevin Love grunzte zurück. Allmählich war sein Stöhnen ebenfalls tiefer und leidenschaftlicher geworden. Sein Körper war mittlerweile so warm und entspannt, dass ihm das Telefon beinahe aus der Hand geglitten wäre. Er wandte sich ein wenig um und sah kurz zu der Masseuse auf, die intensiv und gezielt seinen Rücken bearbeitete, ohne seinen Blick zu beachten. Ihre Körperformen waren füllig und aufreizend, so dass er sie im ersten Moment fast für eine Prostituierte gehalten hätte. Aber sie massierte ihn gekonnt und professionell im Wellnessraum neben dem Schwimmbecken des D'Angleterre. Sie wusste, was sie tat, und falls sie doch käuflich war, wäre sie garantiert nicht billig. Umso besser.

»Ich fühle, dass du schon ganz feucht bist«, säuselte er ins Telefon und legte sich wieder gerade hin. »Du bettelst mich an weiterzumachen.«

Er fuhr fort, in allen Details zu beschreiben, was er mit ihr anstellte. Veronica am anderen Ende der Leitung klang hingebungsvoll, und er ahnte nicht, ob das nur gespielt war. Natürlich war es eine Art Schauspiel, aber er war sich nicht sicher, ob sie sich darüber selbst im Klaren war. Er hatte sie schon seit vielen Jahren im Verdacht, sich perfekt in die Rollen einzuleben, die von ihr erwartet wurden, und nicht mehr unterscheiden zu können, was echt war und was nicht.

Im Grunde kümmerte es ihn auch nicht. Sie war fünfzehn Jahre jünger als er, ein ehemaliges Model. Obwohl sie die fünfunddreißig bereits überschritten hatte, war bei ihr, abgesehen von einer kleinen Brust-OP, noch nie ein Eingriff nötig gewesen, was ihm ausgezeichnet passte. Er hasste zu viel Künstlichkeit. Sie wohnte die meiste Zeit des Jahres in ihrem gemeinsamen Haus in Nizza. Er selbst zog das Leben in New York vor, wenn er nicht gerade geschäftlich unterwegs war. Nizza war ein Ort, an dem es nicht viel anderes zu tun gab, als braungebrannte Dekolletés zu begaffen und Drinks zu schlürfen. Daran war nichts auszusetzen, aber ihm persönlich war das auf Dauer zu langweilig. Wenn es Veronica zufriedenstellte, hatte er nichts dagegen, solange sie ihm zur Verfügung stand, wenn er sie brauchte. Bisher bereute er seine Entscheidung nicht, sie sich als Ehefrau zuzulegen. Und so unternahm er ein paar Mal im Jahr einen Ausflug nach Nizza. Der kurzfristige Besuch in Kopenhagen war lediglich ein Zwischenstopp.

»Nicht so sanft, Liebling«, säuselte Veronica ins Telefon. »Härter!«

Kevin Love schlug geräuschvoll den Auktionskatalog zu. Einer seiner dänischen Kontakte hatte ihm die Kataloge besorgt, und während seines Telefonats mit Veronica hatte er ein Exemplar vor sich auf dem Boden liegen gehabt und mit der freien Hand geblättert.

»Du kennst die Regeln. Ich muss mich auch um meine Geschäfte kümmern. Gib mir mal Sonny.«

Er konnte den Atem seiner Frau am anderen Ende hören. Dann herrschte nur für einen kurzen Moment Stille. Schließlich konnte er hören, wie sie das Telefon beiseitelegte.

»Den Rest erledigen wir später«, sagte er zu der Masseuse.

Sie sah ihn überrascht an.

»Sind Sie sicher? Sie könnten sich auch umdrehen?«

Er schüttelte den Kopf, versorgte sie mit reichlich Trinkgeld und wiederholte, dass sie nun gehen könne. Während sie die Tür hinter sich schloss, nahm er einen neuen Auktionskatalog aus dem Stapel. Er begann darin zu blättern, kam aber nur bis zur Seite mit den Antiquitäten und Sammlerobjekten, dann hatte er auch schon den Leibwächter in der Leitung.

»Bist du jetzt in Kopenhagen?«, fragte Sonny. »Ich dachte, die Lage wäre unter Kontrolle?«

»Ist sie auch. Sie haben Khalid tot aufgefunden. Sieht so aus, als hätte man ihn schon damals vor eineinhalb Jahren aus dem Weg geräumt. Die Leiche wurde jedoch erst jetzt gefunden. Kann sein, dass er es nicht besser verdient hat, aber sie hätten mich sofort darüber informieren müssen. So lauten die Regeln. Es besteht jedenfalls kein Zweifel daran, wer dahintersteckt. Ich habe dem Dänen seinerzeit eine Chance gegeben, die er offenbar nie hätte kriegen dürfen. Jetzt bleibe ich hier und wickle das Geschäft ganz ab, sobald mich die Nachricht erreicht, dass unsere kleine Freundin ihren Job erledigt hat.«

Es entstand eine kurze Pause. Dann fragte Sonny: »Gibt es etwas, was ich tun kann?«

»Du behältst Veronica im Auge, bis ich komme. Ich habe das Gefühl, sie hat etwas mit einem dieser braungebrannten Gigolos am Laufen, mit denen sie sich umgibt.«

»Soll ich Fotos machen?«

»Glaubst du, ich bin pervers? Es genügt, wenn du ihr einen Zeh abschneidest, sobald du merkst, dass sie sich auf Abwegen befindet.«

*

Im Schatten der Kolonnaden ließ es sich aushalten, doch kaum war Linnea nach draußen getreten, wurde sie fast von der Hitze erschlagen. Ihr stand der Schweiß auf der Stirn, aber sie ignorierte das und eilte am Pförtner vom Politigården vorbei auf den Polititorv. Für einen kurzen Moment überlegte sie, nach Hause zu gehen. Von hier aus konnte es zu Fuß höchstens zehn Minuten dauern. Dann beschloss sie, stattdessen einen Spaziergang zum Hafen zu machen. Sie konnte kaum atmen und sehnte sich nach einer kühlen Brise. Nicht allein wegen der Hitze, sondern auch um die Standpauke zu verdauen, die sie sich hatte anhören müssen.

Sie ging Richtung Wasser. Als sie den Frederiksholms Kanal erreicht hatte, kam der Sorte Diamant, ein Teilgebäude der Königlichen Bibliothek, in Sicht. Selbst am späten Nachmittag wimmelte es im Café der Bibliothek noch immer vor Touristen und Studenten. Und plötzlich verlor sie die Lust, am Wasser entlang weiterzugehen, obwohl sie schon oft dort an der Hafenfront gesessen und den Abend genossen hatte. Eine Sekunde lang dachte sie geradezu paranoid, dass man sie wiedererkennen würde, wenn sie sich an einem solchen Ort zeigte, und schob sich ihre neue Chanel-Sonnenbrille auf die Nase. Aber das war natürlich Unsinn. Niemand würde sie wiedererkennen, und selbst wenn, wäre es den Leuten vermutlich egal. Sie setzte ihren Weg fort und bog dann links in den Bibliotheksgarten ab, wo sie hoffentlich allein sein würde.

Morgen würde wahrscheinlich wieder jemand anderes die Titelseiten der Zeitungen zieren, und in diesem Augenblick hatte sie vor allem das Bedürfnis, in Ruhe nachzudenken.

»Ist das nicht Hans Christian Andersen? Den hätte ich mir aber größer vorgestellt.«

Linnea hatte gerade ihren Blackberry aus der Tasche geholt und wollte ihn einschalten, legte ihn dann aber wieder weg, als sich ein paar lärmende Touristen auf dem Kopfsteinpflaster näherten. Es waren Amerikaner, dem Dialekt nach aus dem Mittleren Westen. Garantiert hatten sie mit einem der Kreuzfahrtschiffe angelegt und nun gerade mal vierundzwanzig Stunden oder noch weniger Zeit in Kopenhagen zur Verfügung. Zum Glück kamen sie nicht auf die Idee, sich ebenfalls in den Bibliotheksgarten zu setzen. Nachdem sie die obligatorischen Fotos von der Statue geknipst hatten, gingen sie weiter, und Linnea hatte die kleine Oase hinter der Bibliothek wieder ganz für sich allein.

Wäre die ganze Situation nicht so ärgerlich für sie gewesen, hätte sie eigentlich darüber lachen können. Mittlerweile war ihr klargeworden, dass sich Nikolajsen am meisten über die Behauptung ärgerte, man hätte sie vom FBI abgeworben. Das hatte ihn offenbar stark in seiner Eitelkeit gekränkt, während sie selbst es eher amüsant fand. Es stimmte, dass sie einmal auf einem Seminar vom FBI einen Vortrag gehalten hatte. Vermutlich hatte dies den Journalisten zu einer Weiterdichtung inspiriert, nachdem er ihr Skript im Internet gefunden hatte. Aber die Behauptung mit dem Headhunting konnte gar nicht wirklichkeitsferner sein. Eigentlich war es ja auch kein großes Geheimnis, dass sie vor anderthalb Jahren nach Dänemark gekommen war. Das Rätsel lag viel mehr darin, warum sie das Land nicht längst wieder verlassen hatte.

Wurde sie nach ihrer Nationalität gefragt, dann antwortete sie immer »Dänisch«, obwohl ihr weder Frage noch Antwort sinnvoll erschienen. Sie war in Nairobi geboren worden, als ihr Vater politischer Ratgeber für irgendein Auslandsprojekt gewesen war. Ihre frühesten Kindheitserinnerungen waren alle mit Afrika verknüpft. Ihre ersten Schuljahre verbrachte sie auf einer internationalen Schule in Bangkok, nachdem ihr Vater dort eine Stellung bekommen hatte. Anschließend war die Familie dem Vater und seiner rasanten Karriere quer durch Asien hinterhergereist. Nie mehr als ein paar Jahre an einem Ort, bevor der Vater einen neuen Posten antrat. Sie selbst war größtenteils ihren verschiedenen Nannies und Ayahs überlassen worden. Womit sich ihre Mutter eigentlich die Zeit vertrieben hatte, war ihr nie richtig klargeworden.

Als Linnea in die siebte Klasse kam, waren ihre Eltern der Meinung, es wäre eine gute Idee, sie in eine dänische Schule zu schicken. Also nahm der Vater eine Stelle beim dänischen Außenministerium an. Wenn sie genauer darüber nachdachte, war die Reihenfolge wahrscheinlich in Wirklichkeit umgekehrt. In jedem Fall war die Zeit in Dänemark schnell vorbei gewesen. Weder ihre Mutter noch der Vater hatten sich dort zurechtgefunden. Dem Vater wurde schnell bewusst, dass seine neue Anstellung eine karrieremäßige Sackgasse war. Die Mutter konnte sich nicht recht mit den bescheideneren Lebensverhältnissen im neuen Land abfinden, in dem sie weder einen Koch noch einen Chauffeur oder ein Dienstmädchen hatten. Bereits ein halbes Jahr später war der Vater wieder in Seoul, und Linnea und ihre Mutter folgten ihm, sobald das Schuljahr zu Ende war. Eigentlich war Linnea froh darüber, denn auch sie gewöhnte sich in dieser Zeit nicht richtig ein. Sie kam sich wie ein Paradiesvogel vor, und die anderen Kinder sagten ihr ständig, wie merkwürdig sie Dänisch spreche.

Erst als Linnea in die Oberstufe kam, beschlossen Linneas Eltern erneut, nach Dänemark zu ziehen. Diesmal schien es ihnen wirklich ernst. Sie kauften ein Haus und engagierten eine philippinische Hausangestellte. Linnea protestierte – natürlich erfolglos – mit jenem hartnäckigen Trotz, den nur ein Teenager aufbringen konnte, fing auf dem Øregaard-Gymnasium in Hellerup an und entdeckte zu ihrer großen Überraschung, dass es ihr gut gefiel. Aller Anfang war schwer, aber sie war ausnahmsweise nicht die Einzige, die neu anfing. Bereits nach einem halben Jahr hatte sie dort mehr Freundinnen als an jedem anderen Ort der Welt, an dem sie schon gelebt hatte.

Die neue Kontinuität hielt aber nur bis ein Jahr nach dem Gymnasium an. Sie war in der 13. Klasse von zu Hause ausgezogen und teilte sich nach dem Abitur eine Wohnung mit einer Freundin. Es wurde ein Jahr mit wilden Partys, wechselnden Männerbekanntschaften und einem festen Stammtisch im Jazz House. Doch kaum war sie zu ihrem eigenen Erstaunen in Stanford angenommen worden, hieß es, auf in die USA – ohne jegliche Intention, jemals wieder nach Dänemark zurückzukehren. Abgesehen von ihren fernen Jugendjahren, hatte Linnea also keine Verbindung zu Dänemark mehr. Sie konnte auch weder unter beruflichen noch unter privaten Gesichtspunkten erkennen, was sie hier eigentlich hielt. Und noch dazu befand sie sich jetzt seit eineinhalb Jahren in der Stadt und hatte sich immer noch nicht dazu aufgerafft, in irgendeiner Weise weiterzukommen. Oder wenigstens herauszufinden, was sie eigentlich wollte.

Mit einem Mal bemerkte Linnea, dass sie über eine halbe Stunde dagesessen und nur in die Luft gestarrt haben musste. Sie stand auf, um sich ein Café zu suchen und ein Sandwich zu essen, verharrte dann aber doch kurz vor der Statue des berühmten Philosophen, dessen Name ihrem so ähnlich war. Vermutlich hätte das zu vielen schlechten Witzen Anlass gegeben, hätte sich nicht der Großteil ihrer Karriere im Ausland abgespielt, wo niemand wusste, dass Kirkegaard auf Dänisch Friedhof bedeutete.

Sie holte entschlossen ihr Handy hervor, ging auf die eingegangenen Anrufe, scrollte nach unten und rief die Nummer an. Das Telefon klingelte lange, doch schließlich meldete sich Adam aus dem Asylcenter doch noch.

»Können Sie mir ein Foto von Khalid besorgen?«

»Haben Sie denn nicht gesagt, Sie wären in dieser Sache nicht zuständig? Ich habe das Foto bereits an die Polizei gemailt. An Bodilsen, so hieß der Mann meines Wissens.«

»Dann kann es doch höchstens ein paar Sekunden dauern, es auch an mich zu schicken?«

Er zögerte eine Weile.

»Haben Sie wirklich für das FBI gearbeitet?«, fragte er schließlich.

19

Als Jonas zum ersten Mal Kevin Loves Stimme hörte, überraschten ihn der vornehme Dialekt und der sanfte Tonfall des Engländers. Im Grunde wusste er nicht, was er sich vorgestellt hatte. Aber seine Vorstellung von einem mörderischen Gangster, der alle seine Gegner kaltmachte, passte nicht recht zu der angenehmen Stimme am Telefon. Andererseits kam man ohne einen gewissen Stil wahrscheinlich nicht so weit nach oben, dachte er, nachdem er aufgelegt hatte.

Er konnte sich noch gut an die Geschichten erinnern, die im Irak über ihn kursierten. Kevin Love war der allgegenwärtige Hintermann, mit dem man es sich nicht verscherzen durfte, wenn man etwas erreichen wollte. An ihm führte kein Weg vorbei, wenn man nicht an Bürokratie, Verzögerungen oder von Explosionen zerstörten Straßen scheitern wollte. Oder wenn man irgendetwas brauchte, was über die üblichen Feldrationen hinausging. Er hatte seine Finger überall dort im Spiel, wo Geld zu holen war. Und jetzt, wo Jonas es wusste, erschien es ihm ziemlich einleuchtend, dass sie die ganze Zeit mit ihm Geschäfte gemacht hatten und Firaz nur ein Mittelsmann gewesen war. Diese neue Erkenntnis machte ihren Plan aber nicht weniger beängstigend. Ganz im Gegenteil.

Jonas hatte mehrere Tage gebraucht, eher er sich getraut hatte, die Nummer anzurufen, die sie in Firaz' Telefon gefunden hatten. Lex hatte taktisch klug gewartet und ihn nicht unter Druck gesetzt, Love zu kontaktieren. Obwohl sie es nie zugegeben hätte, wusste sie, dass sie eine Grenze überschritten hatte, das spürte er. Aber die Kettenreaktion war angestoßen worden. Und wenn das alles nicht umsonst gewesen sein sollte, musste er handeln, ehe Love selbst darauf kam, dass etwas nicht stimmte.

Drei Tage später war Jonas nach einer weiteren Nacht mit Alp-

träumen erwacht, seine täglichen fünf Kilometer gejoggt und hatte sofort zum Telefon gegriffen, als er aus der Dusche kam. Er rief von einer Prepaid Card aus an, die er sich eigens zu diesem Zweck angeschafft hatte. Es klickte ein paar Mal am anderen Ende, bis ein Freizeichen ertönte. Schon nach dem zweiten Klingeln meldete sich die Stimme.

»Wie kommen Sie an diese Nummer?«

Jonas räusperte sich und versuchte, mit fester Stimme zu reden.

»Spreche ich mit Kevin Love?«

Eine Weile lang blieb es am anderen Ende der Leitung still. Dann folgte ein tiefer Atemzug, der Ungeduld verriet.

»Ich habe wohl nicht deutlich genug gesagt, dass man unter dieser Nummer nicht anruft, ohne sich vorzustellen und sein Anliegen vorzutragen.«

Dann legte er auf. Jonas stand mit dem Telefon in der Hand da und fühlte sich wie ein Schuljunge. Er beeilte sich, die Wahlwiederholung zu drücken, und wieder war das zweifache Klicken zu hören. Diesmal ging Love schon nach dem ersten Klingeln dran.

»Ja?«

»Bitte verzeihen Sie. Jonas Holm Neergaard mein Name. Wir haben über Firaz zusammen Geschäfte getätigt. Einige Änderungen haben stattgefunden.«

Loves reservierter Tonfall stand in direktem Kontrast zu seiner behaglichen Stimme.

»Dänemark, aha. Ich höre. Und würde immer noch gern erfahren, woher Sie meine Nummer haben.«

Fast ohne Stottern erzählte Jonas die Geschichte, auf die er und Lex sich geeinigt hatten: Firaz habe nebenbei andere Geschäfte gemacht und sich dadurch Probleme mit einheimischen Gangstern eingehandelt. Die Sache sei eskaliert, weshalb er gezwungen gewesen sei, von einem auf den anderen Tag zu fliehen und weit weg von hier unterzutauchen. Vor ein paar Tagen sei er unangemeldet bei Jonas zu Hause aufgetaucht und habe ihn gebeten, die Zusam-

menarbeit mit Love zu übernehmen. Denn er sei ja bereits in die Sachlage involviert und habe die wichtigen Kontakte zu den Kunden.

Nachdem Jonas seine Erzählung beendet hatte, entstand eine längere Pause. Er konnte spüren, wie der Puls gegen seine Schläfen pochte. Dort auf dem Stuhl in der Garage hatte Firaz geschworen, er habe Love nichts von seinen Plänen gesagt, die Geschäfte ohne Jonas weiterzuführen. Aber wer konnte schon genau ahnen, welche Lügen er erzählt hatte, um sein Leben zu retten? Wenn Love etwas wusste, hatte Jonas soeben sein eigenes Todesurteil unterschrieben.

»Khalid hatte seine Gier noch nie richtig unter Kontrolle. Es wäre nicht das erste Mal, dass sie ihn in die Bredouille bringt. Aber ich hätte gedacht, er würde mehr tun, um dieses lukrative Geschäft aufrechtzuerhalten.«

Es klang fast so, als würde Love mit sich selbst reden. Jonas hielt den Atem an und wartete, dass Love weitersprach.

»Du bekommst eine Chance, eine einzige Chance. Du sorgst dafür, dass die nächste Ladung sicher in Dänemark eintrifft. Ein bisschen Praxiserfahrung kann dir nicht schaden. Erledigst du diese Aufgabe erfolgreich, können wir anschließend über die Details verhandeln. Falls es etwas zu verhandeln gibt.«

Die zuschlagende Tür versetzte Jonas zurück in die Gegenwart. Er sah auf die Waffe in seinen Händen und danach auf seine Uhr. Drei Stunden hatte er hier im Schlafzimmer gesessen und seine alte Beretta gereinigt. Erschrocken legte er die Pistole weg und war plötzlich nicht mehr ganz sicher, welchen Gedanken er da nachgehangen hatte.

Er erinnerte sich wieder, dass er sich auf das Treffen vorbereiten wollte, dass er zum Handeln gezwungen war, sich in großer Gefahr befand und sich selbst schützen musste. Aber er hatte auch das furchteinflößende Gefühl, dass seine

Gedanken immer wieder zu der Möglichkeit zurückwanderten, dem Ganzen ein Ende zu setzen. Die Pistole für das Einzige zu nutzen, was diesen Wahnsinn stoppen konnte. Gegen einen Mann wie Kevin Love war er ohnehin machtlos. Und wenn es morgen nicht vorbei war, würde es immer so weitergehen – so lange, bis er tot war. Vielleicht sogar so lange, bis auch Lex tot war. Ihnen blieb keine andere Möglichkeit, als sich der Polizei zu stellen, alles zu enthüllen und um Schutz zu bitten. Er musste Lex dazu bringen, zu verstehen, dass alles andere Wahnsinn war.

Jetzt rief sie da draußen nach ihm, aber irgendetwas brachte ihn dazu, ihr nicht zu antworten. Als ob die Sekunden, die er damit gewann, ihr nicht in die Augen zu sehen, wertvoll waren.

Ihm fiel auf, dass seine linke Hand erneut die Pistole umklammerte. Lex öffnete die Tür zum Schlafzimmer.

»Hier versteckst du dich also. Ich habe im ganzen Haus nach dir gesucht.«

Jonas stellte verständnislos fest, dass sie beinahe glücklich aussah. Sie lebten wirklich in zwei verschiedenen Welten. Sie setzte sich neben ihn und küsste ihn auf die Wange. Mit einem Mal wurde ihm von ihrem süßlichen Parfum übel.

»Alles lief eigentlich total gut! Ich bin mir sicher, dass wir ihnen noch mehr verkaufen können. Kann sein, dass wir unser kleines zusätzliches Lager bald loswerden müssen.«

Er sah sie mit einem schwachen Lächeln an.

»Wie gut, dass du zufrieden bist.«

Aber an ihr prallte aller Sarkasmus ab. Sie machte ein aufgesetzt ernstes Gesicht und ergriff Jonas' rechte Hand. Zu der Pistole, die noch immer schwer in seiner linken wog, sagte sie nichts.

»Ja, aber zunächst einmal geht es doch um ein Problem, das wir beide lösen müssen. Ich habe noch mal über unser

Gespräch heute Morgen nachgedacht. Und ich glaube, du hast recht, dass Love dich aus dem Weg räumen will. Er hat bezüglich Firaz Verdacht geschöpft, und vielleicht auch wegen unseres kleinen Nebengeschäfts.«

Sie sah nachdenklich in die Luft.

»Obwohl ich einfach nicht verstehe, wie er uns auf die Schliche gekommen sein könnte. Aber er scheint auf jeden Fall ein Mann zu sein, der alle Spuren gründlich beseitigt. Er ist eine Gefahr für dich, Jonas. Du musst etwas unternehmen.«

Jonas spürte die Hoffnung in sich wachsen. Also hatten sie doch eine Wellenlänge, wenn es ernst wurde. Lex war also keine eiskalte Verbrecherin, und er war es auch nicht. Eine ausweglose Lage, für die sie selbst nichts konnten, hatte sie dazu gebracht, unüberlegt zu handeln. Aber noch waren sie nicht so abgestumpft, noch konnten sie das Ganze aufhalten und zu ihren Handlungen stehen. Und dafür war jetzt der Zeitpunkt gekommen. Solange sie noch am Leben waren.

»Du hast recht, Lex«, sagte er leise und drückte ihre Hand. »Wir müssen etwas unternehmen.«

Sie sah ihm in die Augen.

»Gut, dann sind wir uns ja einig. Und Jonas – es ist schön zu sehen, dass du unseren Plan durchführen willst.«

Sie machte eine vielsagende Kopfbewegung in Richtung Pistole.

»Wir sind schon zu weit gegangen, als dass wir jetzt noch aufgeben könnten.«

Sie küsste ihn energisch auf den Mund und stand auf.

»Und ich muss dir einfach sagen, wie sexy du mit einer Pistole in der Hand aussiehst, Schatz.«

Sie sah ihn mit einem merkwürdigen Lächeln an, ehe sie das Zimmer verließ. Es lag eine Zärtlichkeit darin, die er lange nicht an ihr gesehen hatte. Plötzlich merkte er, wie sehr er fror, und ließ sich auf das ordentlich gemachte Bett zurückfallen. Er war so unglaublich müde. Aus der Küche hörte er, wie Lex eine Flasche Wein öffnete und dann zwei Gläser einschenkte. Er lag da und hielt den Atem an, genau wie er es als Kind immer getan hatte. Wenn er nur bis hundert zählte, ohne Luft zu holen, würde sie mit einem Glas hereinkommen und ihn ansehen, ihn richtig wahrnehmen, und verstehen …

Dann hörte er die Kellertür. Er atmete aus, war nicht einmal bis fünfzig gekommen. Er wünschte, sie wäre nicht nach unten gegangen. Nicht jetzt, da alles direkt vor seinen Augen zusammenbrach. Da Firaz' Leiche irgendwo bei der Polizei lag und wahrscheinlich längst identifiziert worden war. Und Kevin Love sicherlich bereits Pläne schmiedete, wie er seine amateurhaften und gierigen dänischen Handlanger am besten loswurde.

Und nicht zuletzt jetzt, da das schreckgeweitete Gesicht des Dolmetschers Jonas heimsuchte, ganz gleich, wo er war und was er gerade tat.

Freitag, 9. Juli

20

Die junge Frau, die von Jackson, Mississippi, über Atlanta, Georgia, geflogen war und am Freitagmorgen planmäßig um 8.15 Uhr am Kopenhagener Flughafen Kastrup landete, sah nicht aus wie eine typische amerikanische Rucksacktouristin auf Bildungsreise in Europa. Dennoch erregte sie kein großes Aufsehen. Sie hatte gerade mit ihrer dementen Großmutter ihren achtundzwanzigsten Geburtstag gefeiert. Ihre zierliche Gestalt und ihre asiatischen Züge ließen sie allerdings eher wie eine junge, unsichere Collegestudentin aussehen, die für ein Auslandssemester an einer naturwissenschaftlichen Fakultät hierherkam.

Falls sie den anderen Passagieren überhaupt auffiel, dann höchstens wegen ihres leichten Reisegepäcks: ein kleiner schwarzer Mandarina-Duck-Trolley und eine edle Schultertasche aus dunkelbraunem Leder. Als sie die Rolltreppe nach unten fuhr und sich an der Passkontrolle in der Ankunftshalle anstellte, ließ sie ihren Blick prüfend durch den großen Raum schweifen. Es waren drei Polizisten in Sichtweite, und in den Schalterhäuschen an der Passkontrolle saßen vermutlich nur wenige weitere Beamte. Keiner von ihnen schien sie groß zu beachten. Sie lächelte vor sich hin und rückte in der Schlange vor. Wenn man sich tatsächlich um die Sicherheit sorgte, war das Niveau der Zoll- und Sicherheitskontrollen an den internationalen Flughäfen erschreckend niedrig. Die Terrorgesetze der letzten Jahre hatten es zwar erschwert, Waffen im Gepäck zu transportieren. Aber sie zog es sowieso vor, nicht mit ihrer vollen Ausrüstung zu reisen.

Peggy-Lee Wu betrachtete ihr Spiegelbild in der dunklen Glaswand, die die Wartenden vom Rest des Flughafens abschirmte, und richtete ihren akkurat geschnittenen Pony. Die Schlange war zum Stehen gekommen, weil der Polizist am Schalter weiter vorn einen arabisch aussehenden Mann zu den Details seines Aufenthaltes in Dänemark befragte. Es war nicht das erste Mal, dass Peggy-Lee ihre Abstammung zum Vorteil gereichte, wenn sie an einem ausländischen Flughafen ankam. Niemand hatte genug Phantasie, um einem kleinen schlitzäugigen Mädchen etwas Böses zu unterstellen. Noch dazu, wenn es einen Rollkragenpullover und einen Faltenrock trug. Und sollte dennoch jemand auf die Idee kommen, einen genaueren Blick auf ihr Gepäck zu werfen, und dabei ihr Beautycase untersuchen, würden nur die wenigsten Zöllner die Einzelteile eines für ein Heckler & Koch PSG1A1 spezialgefertigten Hensoldt-Zielfernrohrs erkennen.

Durch ihre militärische Ausbildung war Peggy-Lee eigentlich besser mit einer M40 vertraut. Doch ihre Bedürfnisse hatten sich geändert, als sie sich selbst vor sechs Jahren aus dem US Marine Corps entließ. Für den Wechsel der Waffe gab es mehrere gute Gründe. Zum einen die alberne, kindliche Freude darüber, das Original unter den modernen Sniper-Gewehren zu verwenden. Das PSG1 war der Legende nach als Reaktion auf das Massaker bei den Olympischen Spielen in München 1972 entwickelt worden. Das Blutbad hätte verhindert werden können, so glaubte man, wenn die deutsche Polizei schnellere Waffen besessen hätte, um die Terroristen unschädlich zu machen, bevor sie ihre Geiseln ermorden konnten. Nach der Katastrophe hatte Heckler & Koch das halbautomatische PSG1 konstruiert, das sich durch eine hohe Zielgenauigkeit und Platz für mehrere Kugeln im Magazin auszeichnete. Aber Peggy-Lee war natürlich viel zu professionell, um ihre Waffe allein aus romantischen Motiven auszuwählen. Vor einigen Jahren hatte Heckler & Koch ein verbessertes Modell auf den Markt gebracht, und die Armeegewehre, die sie von früher gewohnt war, waren für lange und häufig strapaziöse Transporte und Treffsicherheit aus großer Distanz entwickelt worden. Bei ihren jetzigen Jobs waren jedoch meistens andere Anforderungen wichtig.

Peggy-Lee schwang ihre Tasche über die Schulter und lächelte den übergewichtigen Polizisten an, der sie müde zu seinem Schalter winkte. Sie reichte ihm ihren geöffneten Pass und ging davon aus, gleich in den belebten Ankunftsbereich weitergehen zu können.

»Einen Moment, Miss Koga.«

Wie die meisten Skandinavier sprach der Mann mit einem etwas holprigem Akzent, und die Hand, mit der er ihr bedeutete, zu warten, war größer als ihr Kopf. Sie spürte, wie ihr die Wärme ins Gesicht stieg, als er den Hörer hob, wusste aber nach jahrelangem Training, dass selbst der aufmerksamste Beobachter in ihrem Gesicht keine Veränderung feststellen würde. Der Mann redete in seiner merkwürdigen, schleppenden Sprache, von der sie nur einzelne Brocken aufschnappen konnte. Er lächelte nicht. Sein feistes, rotgeädertes Gesicht war ohne Mimik.

»In Ordnung, Miss, aber geben Sie in Zukunft bitte besser auf Ihren Pass acht. Er ist ein wichtiges Dokument, verstehen Sie?«

Seine Stimme war genauso ausdruckslos wie sein Gesicht, und seine Zurechtweisung wirkte nicht sehr engagiert. Sie lächelte ihn reuevoll und dankbar an. Dann nahm sie ihren Pass und eilte innerlich fluchend weiter. An einer Seite des Passes hatte sich der Leim aufgelöst. Das war das letzte Mal, dass sie bei diesen Amateuren eingekauft hatte!

Peggy-Lee Wu holte ihr iPhone hervor und prüfte den Stand ihres Kontos auf den Caymaninseln. Zufrieden stellte sie fest, dass die andere Hälfte ihres Honorars bereits wie vereinbart eingegangen war. Die ersten fünfzig Prozent wurden schon bei der Anfrage fällig.

Sie spielte schon lange in einer Liga, in der allein die Anfrage nach ihrer Arbeitskraft viel Geld kostete.

*

Jonas hatte schon seit sechs Uhr morgens an seinem Stammplatz in der Küche gesessen. Vor etwa zwei Stunden, als die ersten Vögel zu zwitschern begannen, hatte er den Versuch zu schlafen aufgegeben. Er stand völlig neben sich, und sein Körper signalisierte ihm deutlich, dass er unter Schlaf- und Essenmangel litt. Er konnte sich nur schwer konzentrieren und bemühte sich, den Text einer weiteren kryptischen Postkarte von Overbye zu entziffern, die am Kühlschrank hing. Die größten Buchstaben konnte er mit Mühe und Not entziffern, aber einen kurzen Moment später verschwammen sie bereits vor seinen Augen und bildeten neue Wörter. M-Ö-R-D-E-R, stand da plötzlich, und Jonas spürte das allzu bekannte Pochen in seinen Ohren und den bitteren Geschmack im Mund. Er blinzelte kurz und las: FEIGLING. Doch er brachte es nicht über sich, die Buchstaben noch weiter zu fixieren: JETZT BIST DU AN DER REIHE ZU STERBEN.

Jonas kniff die Augen zusammen und presste seine Handflächen gegen die Ohren. Plötzlich bildete er sich ein, Firaz' Gelächter zu hören. Erst schallte es aus dem Keller, dann aus dem Schlafzimmer, in dem Lex noch immer schlief. Als Jonas seinen Blick in den Garten schweifen ließ, um dort draußen einen realen Fixpunkt zu finden, tauchte das grinsende Konterfei des Irakers plötzlich vor seinem eigenen Spiegelbild an der Fensterscheibe auf. Er war dabei, völlig die Kontrolle über sich zu verlieren. Er hatte schon lange am Abgrund balanciert, doch jetzt hatte er das Gefühl, tatsächlich gesprungen zu sein – im freien Fall in den Wahnsinn. Und eigentlich schien ihm der Gedanke mittlerweile gar nicht mehr so erschreckend.

Außerdem waren es ja seine und Lex' eigene Handlungen, die zu diesem Leben geführt hatten, in dem er kaum noch in der Lage war, seiner Arbeit nachzugehen. Ja, fast nicht mehr imstande war, noch mit jemand anderem als Lex ein Gespräch zu führen. Und auch mit ihr kaum noch.

Jonas hob seinen Kaffeebecher, um Firaz zuzuprosten, der mittlerweile neben dem Herd stand und ihn anstarrte.

»Ganz ruhig, my man. In weniger als vierundzwanzig Stunden sehen wir uns in der Hölle wieder.«

Er erschrak über seine eigene Stimme. Sie klang heiser und höher, als er erwartet hatte. Plötzlich streckte Lex ihren Kopf zur Tür herein.

»Mit wem redest du denn zu dieser unchristlichen Zeit, Jonas?«

Sie sah verschlafen aus. Ihm wurde bewusst, dass er sie wohl zum ersten Mal im Laufe ihrer zehnjährigen Beziehung vor ihrer Morgentoilette sah, was sie sonst nie zuließ. Sie sah hübsch aus mit ihrem langen hellblonden Haar, das wirr von ihrem Kopf abstand. Ihr schwarzer Morgenmantel war selbstverständlich elegant und passte perfekt zu dem Seidenpyjama, den sie darunter trug. Er spürte, wie sich seine Liebe zu ihr mit einer großen Trauer darüber mischte, wie es mit ihnen beiden geendet war, und dass er sie mit Sicherheit nie wieder so zu Gesicht bekäme. Einen Moment lang überlegte er, ob diese ungewohnte Lex womöglich auch seiner Phantasie entsprungen sein könnte.

Aber sie sprach weiter in diesem beharrlichen, ungeduldigen Ton zu ihm, den er nur zu gut kannte.

»Antworte mir doch, Jonas. Was machst du so früh schon hier? Du brauchst vor dem Treffen Schlaf, darüber haben wir doch gesprochen.«

Jonas atmete tief ein und ließ sich fast widerwillig in die Wirklichkeit zurückreißen. Er schenkte seiner Frau ein vorsichtiges Lächeln. Offenbar wurde sie sich gerade ihrer natürlichen Gestalt bewusst. Sie strich sich mit einer Hand das Haar glatt und fuhr sich mit der anderen über das Gesicht, als wolle sie sich eine vorübergehende Maske überziehen, die sie beschützte, ehe sie ins Bad ging. Sie entfernte sich keinen Zentimeter vom Türrahmen, als wollte sie ihm ohne ihren üblichen Schutzschild nicht zu nahe kommen. Sie blickte ihn ernst an.

»Du hast dir noch gar keinen Plan überlegt, wie du den Abend lebend überstehen willst, oder?«

»Na ja … doch.«

Seine Lüge war offenbar nicht sehr überzeugend, denn sie runzelte die Stirn, und ihre grauen Augen durchbohrten ihn förmlich. Vielleicht hatte er sich auch nicht genug Mühe gegeben. Und plötzlich war ihm alles egal.

»Lüg mich nicht an, Jonas.«

Ihre Stimme klang hart.

»Du bist schon wieder dabei, alles aufzugeben. Ich sehe dir doch an, dass du nichts anderes unternommen hast, als rumzusitzen und in die Luft zu starren. Jetzt nehmen wir die Sache gemeinsam in die Hand, okay?«

Und in diesem Moment war sie wieder ganz sie selbst.

»Kümmer du dich um das Frühstück, während ich mich frisch mache, und dann gehen wir alles gemeinsam durch.«

Jonas ging in den Flur hinaus und öffnete die Haustür. Er hatte das Bedürfnis, frische Luft zu schnappen. Der Morgen war so schön, dass es ihn schmerzte. Er spürte, wie ihm Tränen in die Augen traten, und er rieb sich energisch die Augen. Er war es Lex schuldig, sich zusammenzureißen – und zu überleben. Sie waren ein Team, hatten von Anfang an alles miteinander durchgestanden. Und wenn es eins gab, was Jonas beim Militär gelernt hatte, dann war es der Grundsatz, das eigene Team nie im Stich zu lassen.

Jonas atmete tief durch und schloss die Tür wieder. Dann ging er in die Küche zurück und deckte den Tisch, setzte Kaffeewasser auf und toastete Brot. Ihn machte es merkwürdig glücklich, diese Mahlzeit vorzubereiten, und plötzlich merkte er, wie hungrig er war. Der Duft von Kaffee und warmem Brot kurbelten seine trägen Sinne an, und er leerte genussvoll einen halbvollen Karton mit Orangensaft. Als Lex zurückkehrte – nun in einem Hosenanzug, der sich eng an ihren schlanken Körper schmiegte, und mit ihrem strengen Pferdeschwanz –, hatte er das Gefühl, sie noch nie schöner gesehen zu haben. Er küsste sie und führte sie zum Tisch, voll kindlichem Stolz über sein Festessen.

Lex sah ihn verwundert an, begann dann aber sofort, ihre Überlegungen vorzutragen. Jonas hörte ihr zu und unterbrach sie nur, um nach der Butterdose oder dem Saft zu verlangen. Hin und wieder machte Lex eine Pause und bedachte ihn mit einem fragenden Blick, aber er nickte ihr nur mit vollem Mund zu, um sie zum Weiterreden zu ermuntern.

Lex erklärte, dass sie nur eine Chance hätten, sich gegen Kevin Love durchzusetzen. Sie mussten darauf spekulieren, dass er sie unterschätzte und er Jonas' militärische Ausbildung verkannte. Und er des Weiteren nicht voraussah, dass Jonas das eigentliche Ziel ihres Treffens längst ahnte. Es hatte keinen Zweck, einfach fernzubleiben, darin waren sie sich einig. Denn dann würde Jonas zum Freiwild, wohin er auch ging. Der Vorteil an einer Begegnung war, dass sie den Ort und den Zeitpunkt kannten und sich genauso gründlich vorbereiten konnten wie ihr Gegner. Und wenn Jonas dieses Zusammentreffen überlebte, hätten sie Zeit gewonnen, um zu planen, wie sie untertauchen konnten.

»Du kennst ihn ein bisschen aus dem Irak, oder?«

Jonas nickte und spürte, wie Lex' Eifer ihn allmählich ansteckte. Sie war wirklich eine Klasse für sich. Fast schien es, als übten gerade diese ausweglosen Situationen einen besonderen Reiz auf sie aus.

»Wir kennen die Zeit und den Ort, und Letzteres sogar bis ins kleinste Detail«, schloss Lex schließlich. »Jetzt müssen wir uns einen genauen Überblick über die Gebäude neben dem Lager verschaffen.«

Sie angelte einen Block aus ihrer Mappe. Danach suchte sie das Grundstück mit ihrem gemieteten Lagerraum im Refshalevej bei Google Earth. Wenn man an die Bilder heranzoomte, erhielt man einen guten Überblick über die örtlichen Verhältnisse. Dann fertigte sie eine Skizze von den Gebäuden in der unmittelbaren Nähe an.

»Was wäre das naheliegendste Versteck, wenn man jemanden treffen will, der vor dem Eingang unseres Lagers steht?«

Jonas brauchte nicht lange auf die Zeichnungen zu schauen. Er nahm Lex den Kugelschreiber aus der Hand.

»Hier oben. Das Dach der Werkstatt. Wenn man ein Gewehr hat und ein guter Schütze ist, liegt das ideal. Es ist niedrig, und man kann sich im Liegen hinter dem Mauervorsprung verstecken. Ich schätze mal, er ist so vierzig bis fünfzig Zentimeter hoch. Aber das geht natürlich nur, wenn man aus großer Distanz zielen kann.«

Jetzt lächelte Lex.

»Also müssen wir nur versuchen, ihn zuerst zu erschießen!«

21

Ein toter Blick«, murmelte Linnea vor sich hin.

Die Augen waren lediglich leere schwarze Höhlen, und trotzdem verbarg sich tief dort drinnen ein Blick. Wenn sie hineinsah, fröstelte es sie beinahe. Dasselbe galt für den Mund mit den fülligen, sinnlichen Lippen, zwischen denen die Zahnhälse sichtbar wurden und das Gesicht zu einem grotesken Lächeln mit entblößtem Kiefer und Wangenknochen verzerrten. Wie das Porträt eines Gespenstes, in dem gleichzeitig Inneres und Äußeres sichtbar wurden.

Das Gesicht wirkte tot und lebendig zugleich. Linnea war mit dem Ergebnis ihrer Arbeit sehr zufrieden. Es war noch überzeugender geworden, als sie zu hoffen gewagt hatte. Sie prüfte, ob sie auch wirklich die neueste Version des Bildes gespeichert hatte. Dann legte sie es auf den FTP-Server und verschickte eine Rundmail, dass man es sich unter Angabe des üblichen Passworts herunterladen konnte. Danach stand sie auf, um am offenen Fenster ein wenig frische Luft zu schnappen. Sie versuchte sich einzureden, dass es nicht nötig sei, rief dann aber beim Politigården an.

»Ich würde gern mit Tage Ewald sprechen.«

»Der ist gerade unterwegs.«

Linnea schwieg einige Sekunden lang, dann bat sie darum, stattdessen mit Thor M. Dinesen sprechen zu dürfen.

»Einen Augenblick, ich stelle Sie durch.«

Sie hatte überhaupt keine Lust, mit Thor zu reden. Weder jetzt noch später. Aber wenn sie sich zwischen den übrigen Ermittlern der Mordkommission entscheiden musste, die mit dem Fall vom Lammefjord beschäftigt waren, war er doch das geringste Übel. Nichtsdestotrotz war es eine unangenehme Situation. Linnea war Thor zum ersten Mal im letzten Jahr an

Heiligabend im Kulturcenter Huset in der Magstræde begegnet. Damals war sie noch nicht lange in Dänemark gewesen. Die Beerdigung des Vaters war gerade überstanden, und ihr wurde klar, dass sie aus irgendeinem Grund immer noch nicht nach San Francisco zurückgekehrt war. Sie war kurz davor, in die Wohnung in der Knabrostræde einzuziehen. Linnea hatte es bislang jedoch nicht über sich gebracht, ihrem Freund Phil, der in Berkeley eifrig an seiner Dissertation arbeitete, zu erklären, warum sie nicht zurückkam.

Den Heiligabend hatte sie allein verbracht. Ihre Mutter hatte sich geweigert, zur Beerdigung des Vaters zu kommen, und sich damit entschuldigt, dass sie nicht zu einer Reise in der Lage war, weil sie so sehr unter Schock stand. Sie wollte Weihnachten allein sein. Linnea ertappte sich zum ersten Mal bei dem heimlichen Wunsch, die Feiertage mit ihr gemeinsam zu verbringen. Wie eine richtige Familie, die zusammen glücklich war, Geschenke kaufte und Konfekt machte oder was sie sich sonst noch alles unter Nähe und Gemütlichkeit vorstellte. Wenigstens einmal im Jahr sollte man doch wohl mit denen zusammen sein, die man liebte.

Stattdessen hatte Linnea den Abend schließlich stoisch und erhaben durchgestanden. Sie aß ein lauwarmes, ansonsten jedoch phantastisches Weihnachts-Take-Away aus dem Restaurant Nouveau, das innerhalb kürzester Zeit ihr bevorzugter Ort geworden war. Und alles war im Großen und Ganzen nach Plan verlaufen, bis es Mitternacht war und sie merkte, dass sie weder müde war, noch Lust hatte, ins Bett zu gehen oder allein zu sein. Nach kurzem Zögern hatte sie das Stella-McCartney-Silbertop angezogen, das sie sich feierlich selbst geschenkt hatte, das Ganze mit ein paar Spritzern Donna Karan Gold ergänzt und sich dann auf die Straße gewagt. Ohne groß darüber nachzudenken, war sie schließlich im Kulturcenter Huset gelandet, wo sie zur Gymnasialzeit endlose Nächte im Barbue verbracht hatte. Natürlich existierte der Club nicht mehr unter diesem Namen, aber die Musik wummerte trotzdem, und die Menschen drängten sich dicht an dicht. Zu ihrer Überraschung waren die meisten Gäste in ihrem Alter und schienen nicht besonders unglücklich darüber, zu Weihnachten auszugehen, anstatt zusammen mit ihren Familien zu Hause zu feiern.

Und noch ehe Linnea es sich versah, hatte sie sich auf den größten und bestaussehenden Typen an der Bar gestürzt. Er war muskulös, ohne wie aufgepumpt zu wirken. Noch dazu tanzte er ausgesprochen gut, was ihn, soweit sie sich erinnerte, zu einer seltenen Spezies unter den dänischen Männern machte. Wie sie später herausfand, war Thor traurig darüber gewesen, Weihnachten nicht mit seiner Tochter verbringen zu können, die bei seiner Ex feierte. Aber das hinderte ihn nicht daran, es an jenem Abend richtig krachen zu lassen. Sie hatte sich zum Ziel gesetzt, ihn zu erobern, sich schließlich jedoch selbst von ihm und seinen schelmischen Augen verführen lassen.

Beim letzten Tanz hatte er ihr verraten, dass er Polizist war, und hatte sie nach ihrem Beruf gefragt.

»Anthropologin«, hatte sie geantwortet. »Aber nicht das, was man hier in Dänemark darunter versteht. Ich fahre nicht in die Welt hinaus und studiere fremde Kulturen oder so. Ich bin physische, also eigentlich forensische Anthropologin.«

»Das klingt gut – physisch!«

Und danach hatten sie nicht mehr viel Zeit mit Reden verschwendet, sondern waren zu anderen und interessanteren Methoden übergegangen, einander kennenzulernen. Das war mittlerweile lange her.

*

»Lucy Davies war der Name? Ja, hier ist Ihr Schlüssel. Das Zimmer wurde bereits im Voraus bis morgen bezahlt.«

Das Lächeln der Empfangsdame wurde breiter und etwas zu vertraulich. Das Hotel Skt. Petri hatte einen hohen Standard, ohne protzig zu sein, genau wie Peggy-Lee es bevorzugte. Über den Limousinenservice, der sie am Flughafen abgeholt hatte, konnte sie auch nicht klagen, so dass sie trotz Jetlags blendender Laune war, als sie im Hotel eincheckte. Die junge Frau an der Rezeption entsprach allen Klischees von den hübschen, blonden Skandinavierinnen, und sie lächelte dienstbeflissen.

»Und wie ich sehen kann, hat jemand dafür gesorgt, dass eine Flasche Champagner für Sie auf dem Zimmer bereitsteht.«

»Entfernen Sie die.«

»Aber … sind Sie sicher?«

»Entfernen Sie sie einfach, okay?«

Peggy-Lee schnappte sich die Schlüsselkarte aus der ausgestreckten Hand der Rezeptionsdame und ging zum Aufzug. Allmählich fing er an zu übertreiben. Es war diese Art von Ausrutschern, die sie daran zweifeln ließen, ob sie weiterhin für Kevin Love arbeiten sollte. Er war ein Emporkömmling wie sie, aber er war einfach nicht dazu imstande, sich zurückzuhalten. Meistens versuchte er es nicht einmal.

Peggy-Lee stieg im dritten Stock aus und ging zum Zimmer 307. Sie spürte, wie das Handy in ihrer Manteltasche vibrierte. Nachdem sie die Tür hinter sich geschlossen hatte, konnte sie sehen, dass alle Informationen wie vereinbart eingetroffen waren. Das wiederum gehörte zu den Gründen, warum sie immer wieder gern Aufträge von dem extravaganten Briten annahm – es gab nie Probleme mit der Bezahlung und den Anweisungen. Sie lud die Koordinaten herunter, speicherte sie in ihrem GPS und ging dann ins

Badezimmer, um Wasser in die Wanne einzulassen. Während sich die Badewanne langsam füllte, ging sie ein zweites Mal die Informationen durch, die sie erhalten hatte. Es war ein reiner Routinejob, der für heute Abend terminiert war, aber sie würde sich hüten, aus diesem Grund nachlässig zu werden. Genau, wie sie sich nie nach den Gründen fragte, warum die Menschen sie anheuerten. Alle überflüssigen Informationen oder Überlegungen konnten fatal sein. Das war einer der ersten Grundsätze, die man ihnen beim Sniper-Training im US Marine Corps eingeschärft hatte.

»Haltet nie inne und denkt darüber nach, dass ihr Menschen aus Fleisch und Blut im Visier habt. Dann habt ihr schon verloren. Sie sind nichts anderes als Zielscheiben, die sich zufällig bewegen.«

Peggy-Lee ließ sich in das heiße Wasser gleiten. Die Worte hatten brutal gewirkt, als ihr Lehrer sie damals vor bald zehn Jahren ausgesprochen hatte, aber mit der Zeit waren sie zur Routine geworden.

Und jetzt – dreiundsiebzig Volltreffer später – war Peggy-Lee Wu überzeugt davon, dass genau diese Einstellung sie in der Welt vorangebracht hatte.

22

Als Linnea gerade wieder auflegen wollte, um stattdessen woanders anzurufen, meldete sich jemand. Sie beeilte sich, sofort mit ihrem Anliegen herauszurücken, damit sie wenigstens einem längeren privaten Telefonat entging, wenn sie schon so dumm war, Thor anzurufen.

»Hast du das Bild gesehen?«

»Ja, aber was soll das überhaupt darstellen? Ist das ein Scherz?«

Spätestens jetzt merkte sie, dass sie mit Richard Bodilsen sprach, da Thor nur für ein paar Tage vertretungsweise in dem Mordfall ermittelt hatte. Aber sie hatte sich schnell wieder gefangen.

»Deshalb rufe ich ja gerade an. Das ist Khalid.«

»Das müssen Sie mir erst mal erklären.«

Wenn sie sich nicht völlig täuschte, klang er tatsächlich ein wenig neugierig.

»Das ist ein völlig neues Bild. Die Methode nennt sich *kraniofacial superimposition*«, erklärte sie. »Ausgangspunkt ist das Foto von Khalid, das in Verbindung mit seinem Asylantrag aufgenommen wurde. Anschließend habe ich einen Scan von dem Schädel verwendet, den wir im Lammefjord gefunden haben, und ihn in einem 3D-Programm an genau dieselbe Position montiert wie im Foto. Danach habe ich die beiden Bilder übereinandergelegt, und das Resultat ist dieses etwas unheimliche Foto. Haben Sie es gerade vorliegen?«

Am anderen Ende der Leitung war ein zustimmendes Brummen zu hören.

»Wie Sie sehen können, habe ich einige Pfeile ergänzt. Markierungen, die auf Übereinstimmungen hinweisen, zum Beispiel auf die sinus frontalis, also die Stirnhöhle, deren Größe und Form bei jedem Menschen einzigartig sind.«

»Sie meinen also, dass der Tote mit Khalid identisch ist?«

»Ja. Wie Sie auf dem Bild sehen können, gibt es so viele Übereinstimmungen, dass ich an Ihrer Stelle davon ausgehen würde. Eine hundertprozentige Identifizierung kann ich Ihnen jedoch nicht liefern. Dafür bräuchte man einen Zahnabdruck oder Ähnliches.«

»Nicht schlecht«, sagte er überraschenderweise. »Ich hätte nicht gedacht, dass Sie so viel herausfinden würden. Und deshalb frage ich Sie auch nicht, woher Sie das Foto haben und warum Sie es vorziehen, lieber mit Dinesen zu sprechen, anstatt mich zu informieren. Unter allen Umständen stimmt das hervorragend mit unseren Vermutungen überein. Wir haben die Akte des Mannes von der Ausländerbehörde angefordert. Und ihr Material bestätigt nur mehr, dass dies wohl kaum eine Sache ist, für die wir viele Ressourcen verschwenden sollten.«

Linnea traute ihren Ohren kaum. Sie hatte den ganzen Tag damit verbracht, ein Bild zu konstruieren, das so überzeugend war, dass die Polizei damit den Fall aufklären konnte.

»Aber es geht doch um Mord!«

»Können Sie denn mit Sicherheit ausschließen, dass es kein Selbstmord war? Soweit ich Ihrem Bericht entnehmen kann, ist der Einschusswinkel zwar ungewöhnlich, aber davon abgesehen, spricht nichts gegen die Möglichkeit, dass er es selbst getan hat. Man hat keine Tatwaffe gefunden, und wir haben keinen Grund zu der Vermutung, dass ihm jemand nach dem Leben trachtete. Aller Wahrscheinlichkeit nach wurde er nach dem Krieg von posttraumatischem Stress geplagt. Und soweit ich verstehe, gab es auch mit seinem Asylantrag Probleme. Irgendeine alte Geschichte, die zu seiner Abschiebung hätte führen können. Meiner Meinung nach erscheint ein Selbstmord unter diesen Voraussetzungen nicht besonders merkwürdig. Die Aussicht, wieder in den Irak zurückzumüssen und dort zu riskieren, als Verräter ermordet zu werden, war wohl kaum verlockend. Und in Anbetracht dessen, wo wir ihn fanden, ist es am wahrscheinlichsten, dass irgendein lichtscheues Gesindel die Waffe gefunden, eingesteckt und sich wenig darum gekümmert hat, dass dort eine tote Person lag. Wir haben die gesamte Gegend drei Tage lang mit Hunden und Freiwilligen abgesucht. Mehr Kräfte können wir in diese Sache nicht investieren, denn das Ganze scheint ja ohnehin nirgendwo hinzuführen.«

»Sie vergessen, dass er gefoltert wurde.«

»Unter Saddam Hussein wurden viele gefoltert. Und noch dazu haben sich manche Asylbewerber selbst verstümmelt, damit ihr Antrag bessere Chancen hatte.«

Doch Linnea blieb hartnäckig.

»Die Verletzungen wurden unmittelbar vor dem Eintritt des Todes zugefügt.«

Es entstand eine kurze Pause.

»Soweit ich mich erinnern kann, behaupten Sie das in Ihrem Bericht aber nicht mit derselben Sicherheit«, entgegnete Bodilsen. »Außerdem ist es doch so, jedenfalls in Dänemark, dass Mord nicht verjährt. Doch aus diesem Grund kann die Sache trotzdem in ihrer Wichtigkeit heruntergestuft werden. Momentan besteht kein Grund dazu, noch mehr Arbeit da hineinzustecken. Sie haben Ihren kleinen Pluspunkt für gute Arbeit errungen. Und ich freue mich, Ihr Bild zu dem Bericht hinzufügen zu können, damit wir die Sache mit einem Namen des Toten abschließen können.«

Und damit legte er auf und ließ Linnea mit dem Gefühl zurück, eine große Lachnummer zu sein. Khalid war Opfer eines brutalen Verbrechens geworden, aber niemand hatte vor, sich in diesem Fall zu engagieren. Der Tote war ein Flüchtling. Eine Person, die kein Land haben wollte und die aus diesem Grund auch niemand vermissen würde.

*

»Du musst einfach nur einen kühlen Kopf bewahren und darfst dich nicht ablenken lassen.«

Jonas nickte Lex zu und bemerkte, wie alle Merkregeln und Prinzipien aus seiner Ausbildung wieder auftauchten. Ihn stellte es zufrieden, dass er sein Training zu etwas gebrauchen konnte. Auch wenn der Gedanke grotesk schien, dass es diesmal ausschließlich um sein eigenes Überleben ging, dass er wusste, jemand trachtete ihm nach dem Leben, dass irgendwo ein Mörder lauerte – und der kleinste Fehler tödlich für ihn sein würde.

Natürlich hatte er im Irak auch an Kampfhandlungen teilgenommen. Doch dies war etwas ganz anderes. Jonas gab sich Mühe, sich alle Ecken und Winkel in den alten Gebäuden auf der Refshaleinsel einzuprägen. Nach und nach versah er Lex' Zeichnung mit zusätzlichen Strichen und Notizen. Er kam auf insgesamt drei mögliche Verstecke, an denen sein Henker auf ihn warten konnte. Natürlich wäre es auch eine Möglichkeit gewesen, so rechtzeitig am vereinbarten Ort einzutreffen, dass er selbst beobachten konnte, wie Kevin Love sich bereitmachte. Das war jedoch unsicher und konnte leicht schiefgehen. Jonas' Einschätzung nach war es besser, vorher zu essen und sich auszuruhen, damit er in Topform war, falls es zu einer Konfrontation käme. Dagegen würden ihm drei Stunden Wartezeit, zusammengekrümmt in einem feuchten Raum oder unter der gleißenden Sonne, bereits im Voraus die Kraft rauben. Deshalb beschloss er, auf seine gute Ortskenntnis zu setzen und darauf, dass sein Gegner so professionell war und vorhersehbar handelte.

Anschließend saßen sie eine Stunde lang zusammen und diskutierten. Lex notierte auf ihrem Block, woran Jonas denken musste, ehe er das Haus verließ. Bis zum vereinbarten Zeitpunkt blieben noch knapp vier Stunden, und sie selbst durfte nicht mehr lange hierbleiben. Sie mussten ihre Alibis im Auge behalten, falls die Polizei auf den Fall aufmerksam wurde. Außerdem mussten sie aus genau demselben Grund auch noch ziemlich viele Spuren beseitigen.

In erster Linie galt es jetzt, das Lager zu Hause zu leeren und noch so viel Geld wie möglich dabei herauszubekommen. Wenn sie anschließend untertauchten, würden sie all ihr Kapital benötigen. Die wertvollsten Dinge befanden sich noch immer im Keller, und das würde ihre Rettung werden. Vor heute Abend auf der Refshaleinsel aufzutauchen wäre einfach zu gefährlich. Sie planten, sich am darauffolgenden Tag im Sommerhaus in Faxe Ladeplads zu treffen. Lex würde noch an diesem Tag dorthin fahren und im lokalen Supermarkt Zutaten für ein romantisches Dinner einkaufen. Und dabei natürlich subtil, aber deutlich auf sich selbst und ihr Anliegen aufmerksam machen, damit man sich an sie erinnerte. In der Zwischenzeit würde Jonas – nachdem er die Begegnung hinter sich gebracht hatte – ohne das Auto zurück in das Haus in Virum kommen und dort übernachten, ohne das Licht anzuschalten. Niemand würde bemerken, dass er dort wäre. Am nächsten Morgen würde er dann den Zug zum Bahnhof nehmen, wo er sein Auto geparkt hatte, und damit zu Lex fahren. Dadurch würden sie ein paar Tage gewinnen, um einen genaueren Fluchtplan zu schmieden.

Inzwischen nickte Jonas nur noch zu den meisten Vorschlägen von Lex und kommentierte sie immer weniger. In Wirklichkeit konnte er nicht weiter denken als bis zu Punkt zwei auf Lex' Liste: die Waffe bereit machen. Die Pistole, die im Schlafzimmer lag und die er bald vorbereiten würde, um einen anderen Menschen damit zu töten. Einen Menschen, der ihm nach dem Leben trachtete, der jedoch aus ihm einen Mörder machen würde, wenn der Plan gelang.

»Du bist doch sowieso schon ein Mörder, du selbstgerechter Streber!«

Er konnte nicht herausfinden, ob es seine oder Firaz' Stimme war, die ihn aus seinen Gedanken riss. Vielleicht eine Mischung aus beiden. Jonas schielte zu Lex hinüber, die noch immer am Tisch saß und Notizen machte; ihre Wangen hatten inzwischen Farbe angenommen. So hatte er sie schon lange nicht mehr gesehen, und ihre Augen leuchteten, als sie ihn ansah. Ein weiteres Mal schockierte ihn, wie sie beinahe lustvoll an ihren privaten Sündenfall heranging. Mit jedem Schritt, den sie taten, entfernten sie sich weiter von all seinen bisherigen Vorstellungen, was richtig und falsch war. Und mit jedem dieser Schritte wirkte Lex überzeugter und unerschütterlicher.

»Wir werden das schon schaffen, Jonas. Es geht um unser Überleben.«

Sie zwinkerte ihm zu und schenkte ihm ein freches Grinsen.

»Wir sind doch das dynamische Duo. Du erinnerst dich?«

23

Auf dem Kopenhagener Rathausplatz wimmelte es von südeuropäischen und asiatischen Touristen, die eifrig fotografierten. Peggy-Lee hatte wie erwartet kein Problem damit, in der Menge abzutauchen. Und jetzt, wo sie mit der Nase über ihrem Navi hing, stach sie wahrscheinlich noch weniger heraus.

Sie folgte den Anweisungen des GPS und ging auf der stark befahrenen Straße am alten Rathaus vorbei, wo sich die Menschenmassen allmählich lichteten. Sie ertappte sich dabei, den milden Sommertag, die entspannte Ferienstimmung und all die Radler zu genießen, als sie ihren Weg in Richtung der Brücke fortsetzte. Plötzlich überkam sie der Drang, den sanften Sommerwind auf ihrer Haut zu spüren, und sie zog ihre Jacke aus. Sie dachte kurz an Mississippi und White Oaks, wo ihre Großmutter wahrscheinlich noch nicht mal aufgestanden war. Sie spürte einen lächerlichen Stich im Herzen, diesen Teil ihres Lebens nicht mit der Großmutter teilen zu können.

Yun Li Wu hatte nie gefragt, was Peggy-Lee eigentlich machte, wenn sie nicht da war. Nie hatte sie ein Wort über den plötzlichen Wohlstand verloren, der ihr zu einem Platz in dem exklusiven Pflegeheim verholfen hatte. Sie war zwar dement, aber in ihren wachen Momenten war sie sich sehr genau über die Vergangenheit ihrer Enkelin beim US Marine Corps im Klaren – und kannte auch ihre Faszination für Schusswaffen. Mit dreizehn hatte Peggy-Lee zum ersten Mal den Film *Sniper* gesehen. In einem Versuch, die Langeweile zu bekämpfen, die über ihrem öden Teenagerleben im Wohnwagenpark lag, hatte sie sich die Teilnahme an einem Videoabend erkauft, die ihr hirnloser großer Bruder mit seinen beiden ebenso hirnlosen Kumpels veranstaltet hatte. Der Preis hatte schon vorher festgestanden: den Jungen einen runterzuholen, was für ein paar Stunden Flucht aus der Wirklichkeit nicht zu viel verlangt war. Und diesmal bekam sie sogar eine Zukunftsaussicht mit dazu. Der Film erzählte von einem rauen US Marine-Scharfschützen. Als dann noch einer der Jungen erzählte, dass es den Mann tatsächlich gab, war Peggy-Lee hin und weg.

Waffen gehörten zum Alltag, und sie hatte schon oft schießen geübt. Auf Tiere und ein einziges Mal auch von einer Autobahnbrücke hinunter auf einen PKW. Sie hatte das Ansehen genossen, das ihr die Tatsache, dass sie besser treffen konnte als die Jungs, bei ihnen einbrachte. Aber dass sie daraus tatsächlich einen Beruf machen konnte – und obendrein einen, der sie aus dem elenden Nest befreite, in dem sie aufgewachsen war –, setzte eine ungeahnte Willenskraft in ihr frei. Die Autobiographie des besagten Scharfschützen war das erste Buch in ihrem Leben, das sie bis zu Ende las. In den Jahren, die vergingen, bis sie in der Sniper-Einheit der US Marines aufgenommen wurde, war ihr das zerlesene Taschenbuch fast zur Bibel geworden.

Als Peggy-Lee die Treppe an der Hafenfront erreicht hatte, schüttelte sie die Sentimentalität ab und prüfte mit ihrem Blick gründlich die Umgebung, bevor sie die Stufen hinunterging. Unter der Brücke war es kühl und dunkel, und sie bekam eine leichte Gänsehaut. Hier unten war es menschenleer, aber die ausgelassenen Stimmen der Leute und die Verkehrsgeräusche waren noch immer zu hören.

Unter der mittleren der drei Bänke fand Peggy-Lee wie vereinbart ihr Gewehr. Das PSG1 war in die gelb-schwarze Plastiktüte eines dänischen Supermarktes verpackt und zusätzlich mit Wellpappe umwickelt. Das gesamte Paket war an der Unterseite der Bank festgeklebt. Sie prüfte schnell das Klebeband, um sich zu vergewissern, dass sich niemand Fremdes daran zu schaffen gemacht hatte.

Als sie einige Minuten später mit einer Sporttasche über der Schulter wieder die Treppe hochstieg und auf die große Brücke zuging, sah sie nur wie einer der vielen Menschen auf dem Weg zum großen Hafenbad auf der anderen Seite der Einmündung aus.

*

Lex' plötzliche Stimmungswechsel konnten Jonas noch immer verunsichern. In ihren ersten gemeinsamen Jahren, als er vor lauter Verliebtheit und Unsicherheit noch völlig desorientiert war, hatte Lex' Launenhaftigkeit ihn mitunter verzweifeln lassen. Sie konnte innerhalb von wenigen Sekunden von extremer Zärtlichkeit und Hingabe auf ein ungeduldiges Blaffen umschwenken. Und Jonas verstand nur selten, was ihren plötzlichen Gefühlsumschwung ausgelöst hatte. Besonders nach dem Sex blieb er häufig mit dem Gefühl liegen, etwas falsch oder nicht gut genug gemacht zu haben. Lex dagegen war oft hemmungslos und extrem lüstern. Sie brachte ihm Dinge bei, von deren Existenz er nie etwas geahnt hätte, und sie tat es mit einer Sicherheit und Zielstrebigkeit, die ihn überraschte.

Jetzt stand sie vom Tisch auf und schob ihn so abrupt zur Seite, dass ein Saftglas zu Boden fiel und ein kleines gelbes Rinnsal sich langsam über den Fußboden in Richtung Kellertreppe schlängelte. Lex kickte das Glas mit ihrem Stilettoabsatz weg und zog Jonas von seinem Stuhl auf den Boden.

Das Glas lag nun neben dem Kühlschrank und rollte mit einem monotonen Geräusch einige Male vor und zurück. Jonas' Hinterkopf kam direkt neben der kleinen Saftpfütze zum Liegen, aber in diesem Moment war ihm das bereits egal. Seine Sinne waren in äußerster Bereitschaft. Er bildete sich sogar ein, dass er spürte, wie seine Nerven unter der Haut zu zittern begannen, wenn Lex ihn berührte.

Er konnte ihren Blick nicht einfangen, da sie in eine andere Richtung sah. Aber diesmal kümmerte ihn das nicht, und er stöhnte laut, als er schließlich in ihr kam.

Jonas blieb liegen, nachdem Lex aufgestanden war und ihre Kleidung wieder in Ordnung gebracht hatte. Jonas hatte Lust, sie wieder zu sich auf den Boden zu ziehen, ihr Haar aus dem Pferdeschwanz zu zerren, es zu zerwühlen und sie zu zwingen, dort gemeinsam mit ihm liegen zu bleiben, bis sein Herz zu hämmern aufgehört hatte. Aber er konnte sich nicht rühren. Er hatte nicht einmal die Kraft, ihren Namen auszusprechen. Und Lex war ganz offensichtlich schon wieder auf dem Weg zum nächsten Punkt auf ihrer Liste.

Eine halbe Stunde später war sie aus der Tür verschwunden. Jonas hockte noch immer in der Küche und spürte ihren trockenen Kuss auf seiner Wange. Er hatte noch Zeit, bis er sich auf den Weg zur Refshaleinsel machen musste. Bis dahin hatte er nicht viel mehr zu tun, als sich den Plan einzuprägen und zu versuchen, sich auszuruhen. Er schaltete das Radio ein und versuchte so zu tun, als wäre dies ein ganz normaler Tag. Er summte die Melodie von Robyns »Dancing on my own« mit, während er die Spülmaschine einräumte. Er musste über die Albereien der Radiomoderatoren lächeln. Ihm gelang es, diese Illusion der Alltäglichkeit genau siebenundzwanzig Minuten lang zu bewahren. Dann kamen die Nachrichten: »Ein Polizeisprecher gab heute bekannt, dass man seit dem gestrigen Aufruf zahlreiche Hinweise aus der Öffentlichkeit erhalten habe. Die endgültige Identifikation des Toten vom Lammefjord steht demnach kurz bevor.«

24

Eine Stunde später näherte Peggy-Lee sich ihrem Ziel. In der Zwischenzeit hatte sie unterwegs auch eine kleinere Handfeuerwaffe eingesammelt. Die Pistole hatte unter dem doppelten Boden eines Abfalleimers in einer nahezu verlassenen U-Bahnstation gelegen. Jetzt, da sie komplett ausgerüstet war, fühlte sie sich ruhiger.

Das gehörte zu ihren Bedingungen, um einen Auftrag anzunehmen. Solange der Auftraggeber ihre Forderungen erfüllte und für Logis, Anreise und die Bereitstellung und Beseitigung des Werkzeugs sorgte, tauchte sie auf und erledigte ihren Job. Und sie konnte es sich in der Tat erlauben, Bedingungen zu stellen, denn ihre Dienste standen inzwischen auch bei den schwersten Jungs hoch im Kurs. Es war eine Erleichterung, sich nicht auch noch selbst um alle Einzelheiten kümmern zu müssen. Ein Flugticket von Kopenhagen nach Paris, Abflug 22.15 unter dem Namen Stacey Kim, war bereits auf ihrem iPhone zum Abruf bereit, und sie hatte aus dem Hotel ausgecheckt. Wenn der Auftrag ausgeführt war, würde sie die Waffen unweit des Ortes, wo das bestellte Taxi auf sie warten würde, in einem Park hinterlassen.

Sie lebte ein Leben mit wechselnden Identitäten und unter ständiger, minutiöser Planung. Das war nicht gerade das, was sie sich vorgestellt hatte, als sie sich mit siebzehn beim US Marine Corps gemeldet hatte. Damals war sie eine überzeugte Patriotin gewesen, die ungeduldig darauf gewartet hatte, ihrem Land dienen zu dürfen. Sie hatte sofort auf dem Schießplatz brilliert und war als eine der ersten Frauen für die Ausbildung zum Sniper auserwählt worden. Ihre erste Mission hatte sie 2001 in Afghanistan angetreten. Damals waren sie und die anderen vom Gedanken besessen gewesen, nach dem 11. September Rache zu üben. Es war ein tolles Gefühl, endlich handeln zu können, zurückzuschlagen, und sie konnte davon einfach nicht genug kriegen.

Peggy-Lee ging die Umgebung des alten Lagergebäudes ab, hielt nach blinden Winkeln Ausschau und schätzte per Augenmaß die Entfernungen ab. Jetzt konnte sie das wohlbekannte Gefühl des Adrenalins spüren, das durch ihren Körper pumpte. Es fühlte sich immer gleich an, egal für wen sie arbeitete. Nach ihren Erkundungen kletterte sie eine rostige Eisentreppe hoch. Das Dach des Gebäudes gegenüber dem Eingang zum Lagerraum war für ihren Zweck ideal. Fast schon zu perfekt, dachte Peggy-Lee, während sie ihre Waffen hervorholte.

Dann begab sie sich auf den rauen Beton in ihre Liegeposition und wartete.

*

Jonas hatte die Angst fast den ganzen Tag über verdrängt, aber er wusste, dass er bereit war. Die Pistole lag neben ihm auf dem Beifahrersitz, und er griff danach, als er aus dem Auto stieg. Das letzte Stück musste er gehen, das erlaubte es ihm immerhin, ungesehen anzukommen, falls sein Gegner schon vor Ort auf ihn wartete. Er spürte bereits das Adrenalin in seinen Adern und wurde von einer nervösen Energie erfasst.

Auch wenn er von Alpträumen und Schuldgefühlen geplagt wurde, war er immerhin auch einmal Soldat gewesen und noch immer stolz darauf. Er hatte zu einem Aufklärungsschwadron gehört, das die gefahrenreichsten Orte aufsuchte und auf Stolperdrähte und deponierte Sprengsätze hin absuchte, ehe die Hauptstreitkräfte ankamen. Zu dieser Zeit hätten ihn alle als mutig und entschlossen beschrieben.

Und er spürte, wie die Kraft von damals zurückkehrte, mit jedem Schritt, mit dem er sich den Lagerräumen näherte.

*

Eine halbe Stunde später hallte der erste Schuss.

Samstag, 10. Juli

25

Irgendetwas musste sie geweckt haben. Sie versuchte die Augen zu öffnen, bereute es aber sofort wieder. Sie wollte nur noch schlafen, oder sogar sterben. Alles in ihr schmerzte, sie war außerstande, sich zu bewegen. Als sie zu schreien versuchte, kam nur ein heiseres Schluchzen dabei heraus. Ein gewaltiger Druck lastete auf ihrer Kehle, so dass sie nur in kleinen, kurzen Stößen Atem holen konnte und zu hyperventilieren begann. Die Luft war von einem süßlichen Gestank nach Blut und einem parfümierten Duft wie von Aftershave getränkt.

Peggy-Lee Wu versuchte sich zu orientieren, doch im Raum war es dunkel. Nur ein schmaler Lichtstrahl drang in eine Ecke herein. War das die Sonne, die gerade aufging? Wie lange war sie eigentlich bewusstlos gewesen? Sie hatte keine Ahnung, wo sie war, wie sie dort gelandet war und was eigentlich auf ihr lastete und sie zur Bewegungslosigkeit zwang. Es fühlte sich an, als habe sich eine Decke auf sie herabgesenkt. Der Untergrund war kalt und feucht. Ihre Arme und Beine lagen auf den Boden gepresst und wirkten taub. Als sie versuchsweise die Finger der linken Hand bewegte, kehrte langsam das Gefühl in Zeige- und Mittelfinger zurück.

Eins nach dem anderen, dachte sie und nahm die andere Hand zu Hilfe, um ihr Gefängnis zu erforschen.

Ihre Finger tasteten sich vor und nach oben. Sie fühlten zunächst Stoff, dann eine feuchte, klebrige Vertiefung, in der sie verschwanden. Peggy-Lee versuchte, ihr Gehirn zu aktivieren, und die wenigen Kräfte, die ihr noch blieben, dafür einzusetzen, alle Sinneseindrücke zu sammeln und daraus ein Bild zusammenzusetzen. Die Augen halfen ihr nicht, es war zu finster. Außerdem war ihr eines Auge fast völlig von einer Substanz verklebt, wahrscheinlich ihrem eigenen Blut. Sie war noch nicht ganz bereit. Sie musste einen Arm befreien, wenn sie aus ihrer Lage entkommen wollte.

Peggy-Lee biss sich auf die Lippe und stöhnte dumpf, während sie mit aller Kraft versuchte, ihren rechten Arm von ihrem Körper wegzudrücken. Doch nichts geschah.

»Komm schon, verdammt, komm schon, nun komm schon.«

Ihr Flüstern war wie ein Mantra, und dieses Mal gelang es ihr. Ein Arm kam frei, und ihr wurde bewusst, dass das, was sie nach unten drückte, kleiner war, als sie gedacht hatte. Ihre Hände untersuchten die Konturen. Sie spürte noch mehr Stoff, dann etwas Kühles, das sich wie Haut anfühlte, und weiter oben eine raue Fläche.

Peggy-Lee spürte Übelkeit in sich aufsteigen, als sie ganz langsam akzeptierte, was ihre Sinne ihr schon seit mehreren Minuten mitzuteilen versuchten. Es war ein menschlicher Körper, der auf ihr lag. Ein großer, schwerer und ziemlich steifer Körper.

Immerhin konnte diese Starre nur bedeuten, dass ihr Gegner nicht mehr in der Lage war, ihr etwas anzutun. Abgesehen davon, sie hier gefangen zu halten, bis sie wegen ihres hohen Blutverlustes erneut ohnmächtig wurde. Blut. Sie begriff, was ihre Finger zuvor ertastet haben mussten. Sie musste tief in seiner Wunde gebohrt haben. Die Übelkeit übermannte sie, sie konnte sich nicht länger zusammenreißen und übergab sich. Die säuerliche Flüssigkeit schoss in ihren Mund, doch sie konnte sie nirgends loswerden. Sie rang nach Luft, und Galle brannte in ihrer Luftröhre.

Es fehlte nicht viel, und sie wäre an ihrem eigenen Erbrochenen erstickt. Irgendwo in der Ferne glaubte sie ein Röcheln zu hören, aber es musste von ihr selbst stammen. Sie war gezwungen, ihren Mageninhalt in kleinen Portionen wieder herunterzuschlucken. Sie würgte und hoffte inständig, dass es diesmal unten bleiben würde.

Peggy-Lee ahnte nicht, wie lange sie unter der Leiche gelegen hatte. Oder ob der Mann schon die ganze Zeit tot gewesen war. Inzwischen war es wieder dunkel. Konnte sie denn wirklich schon einen Tag oder länger hier gelegen haben? Sie hockte neben einem verfallenen Schuppen, der noch immer viel zu nahe am Tatort lag. Noch war sie nicht weit genug von dort weg, um sich sicher zu fühlen. Aber zunächst brauchte sie Kraft, musste sich wenigstens kurz erholen, bevor sie die Jagd nach einem Versteck fortsetzte.

Erst jetzt hatte sie die Ruhe, ihre Verletzungen näher zu untersuchen. Sie konnte sich noch immer nicht daran erinnern, was genau passiert war. Nach und nach fiel es ihr wieder ein, als sie an sich hinuntersah. Ihr linker Arm war blutverschmiert, und jetzt verstand sie auch, warum. Das Schwein hatte sie angeschossen.

Peggy-Lees Beine zitterten noch immer, und sie musste sich anstrengen, damit die Übelkeit nicht erneut in ihr aufstieg. Sie hatte sich blamiert, aber noch war es nicht zu spät, um sich in Sicherheit zu bringen. Sie durfte nur nicht noch mehr Spuren hinterlassen als die, die sie aller Wahrscheinlichkeit nach bereits in dem Toilettengebäude übersehen hatte.

Es hatte sie mindestens eine Stunde und ihre letzten Kräfte gekostet, sich von dem großen Mann zu befreien. In dieser Stunde hatte sie mehr persönliche Grenzen überschritten als in den letzten zehn Jahren zusammen, obwohl das wahrlich nicht wenige gewesen waren.

Sie hatte die Leichenstarre durchbrechen müssen, um mehrere Glieder des Toten zu beugen, ehe es ihr mit einer letzten Kraftanstrengung gelungen war, sich unter ihm hervorzudrücken. Seine Arme hatten sie nur widerwillig entlassen wollen. Als sie sich endlich aus der Umklammerung des Toten befreit hatte, hatte sie ihre Tränen nicht länger zurückhalten können.

Sie hatte geflucht und geschluchzt, während sie auf allen vieren durch den stinkenden Raum gekrochen war, bis sie eine Wand erreicht hatte. Dann hatte sie sich zur Tür vorgetastet und sie halb aufgestoßen, um ein wenig Licht und frische Luft hereinzulassen. Ihr Körper hatte nur noch weggewollt, weg von der Leiche, dem Gebäude, dieser verfluchten Stadt. Aber sie musste langfristig denken und wenigstens notdürftig hinter sich aufräumen.

Sie hatte ein Stück von dem ohnehin schon zerfetzten Hemd der Leiche abgerissen, sich ein weiteres Mal gezwungen, ihren Arm unter den starren Körper zu schieben und dort, wo ihr Kopf gelegen hatte, so gründlich wie möglich zu wischen. Ihr eigenes Blut zu beseitigen, hatte sie jedoch aufgeben müssen. Nachdem sich die Körperflüssigkeiten mehrere Stunden lang vermischt hatten, war es unmöglich auszumachen, welches Blut von wem stammte. Sie musste weg, solange ihre Kräfte es noch zuließen.

Als Peggy-Lee das Knirschen von Autoreifen auf dem Kies hörte, zuckte sie zusammen. Sie hechtete hinter den Schuppen und jammerte leise, als sie mit dem Arm auf dem Asphalt aufkam. Sie war am Ende. Aber gleichzeitig war sie auch rasend wütend. Jemand musste für diese Sache bezahlen.

*

»Trostloser geht es ja gar nicht. An einem solchen Ort zu sterben!«

Die Blutspuren waren auf dem gesamten Toilettengang verschmiert, wie eine Schleifspur. Selbst ohne die Projektoren draußen und die Männer von der Spurensicherung in ihren weißen Kitteln hätte Thor M. Dinesen keinen Zweifel gehabt, wo er hinmusste. Das gelbe Klinkerhaus neben dem Bauzaun, zu dem er geleitet worden war, stand etwas abseits. Darin gab es anscheinend nur Toiletten und Duschräume. Die Nacht um sie herum war tiefschwarz, und bisher hatten sie gerade erst die allernötigsten Lichtquellen aufgebaut. Die Umgebung war in ein künstliches Licht getaucht, das alles unwirklich erscheinen ließ. Das Blut aber war real und ließ auf das brutale Geschehen schließen, das hier stattgefunden haben musste.

Thor schob sich am Fotografen der Spurensicherung vorbei. Ein zweiter Blick verriet ihm, dass die braunen Flecken an den Kacheln verschmierter Kot waren. Offenbar gab es mehr als nur eine Erklärung für den massiven Gestank an diesem Ort.

»Ich bin noch nicht fertig.«

Thor blickte zu dem Rechtsmediziner, der auf dem Boden kniete und ihm seinen wulstigen Nacken zuwandte. Er streckte ungeduldig die Hand aus, um zu signalisieren, dass es noch ein paar Minuten dauern würde. Eine Diskussion mit diesem Mann würde wenig Zweck haben, denn er erzählte grundsätzlich nichts, ehe er es selbst für richtig hielt. Und so trat Thor stattdessen einige Schritte näher, um ihm schweigend bei der Arbeit über die Schulter zu schauen.

»Pass auf!«, rief der Rechtsmediziner.

Zu seiner Verärgerung bemerkte Thor, dass er gerade in etwas getreten war, was sich bei näherer Betrachtung als Erbrochenes herausstellte. Er wollte sich gerade darüber beschweren, dass die Kollegen nicht ordentlich abgesperrt hatten. Es machte nicht gerade den besten Eindruck, wenn der leitende Ermittler an einem Tatort herumtrampelte und wichtige Spuren zerstörte. Doch dann fiel ihm auf, dass es sich um frisches Erbrochenes handeln musste. Es konnte nicht von dem Mann am Boden stammen, über den sich der Arzt gerade beugte. Denn für die Erkenntnis, dass dieser Mann schon länger tot war, bedurfte es keiner medizinischen Ausbildung. Thor reckte sich vorsichtig wieder nach vorn, aber der Gang war so schmal, dass er noch immer nichts anderes sehen konnte als die Leiche, die in einer merkwürdig verrenkten Stellung auf dem Boden lag. Also ging er stattdessen nach draußen, wo er gierig die kalte Nachtluft einsog und schließlich drauflosschimpfte: »Wer zum Teufel hat da drinnen gekotzt! So eine Sauerei!«

Die Beamten, die gerade das Gebiet absperrten, sahen ihn nervös an. Thor wusste, wie gereizt er klang, aber es gab nun mal nichts, was er mehr hasste als warten. Es gab nichts Schlimmeres, als an den Ort eines grausamen Verbrechens zu kommen, und die Situation war noch nicht unter Kontrolle. Alle eilten verwirrt umher und arbeiteten unkoordiniert in alle möglichen Richtungen, weil es noch an dem Überblick fehlte. Er verspürte den plötzlichen Drang, den Menschen um sich herum Befehle zuzubrüllen, und wusste, dass sie es im Grunde auch von ihm erwarteten, doch in diesem Moment hätte das noch keinen Sinn gehabt. Er musste warten, bis die Kollegen von der Mordkommission ankamen.

»Ein Besoffener hat die Leiche gefunden«, sagte der eine Beamte schließlich. »Er sitzt draußen im Auto, falls Sie mit ihm sprechen wollen.«

Thor warf einen Blick zurück auf das Toilettengebäude, um sich zu vergewissern, dass der Rechtsmediziner noch immer arbeitete. Ihm wäre durchaus zuzutrauen, dass er sich aus dem Staub machte, ohne zu berichten, was er herausgefunden hatte. Das war tatsächlich schon mal vorgekommen, und Thor hatte bis heute nicht durchschaut, ob lediglich Zerstreutheit oder böse Absicht dahintersteckte. Er folgte dem Beamten, der ihn zu dem Streifenwagen führte.

26

Das iPhone hatte Peggy-Lee zu einem kleinen Hafen navigiert, der sich am Ende jenes Wegs befand, an dem auch das Lagergebäude lag. Sie wartete schon seit einer Stunde darauf, dass das Auto, das sie zuvor passiert hatte, endlich wieder in Richtung Stadt zurückfuhr. Auf der elektronischen Karte hatte sie erkennen können, dass dies der einzige Weg in die entgegengesetzte Richtung war. Sie musste also das Risiko in Kauf nehmen, so lange in ihrem provisorischen Versteck hinter dem Schuppen auszuharren.

Damit sie trotz ihrer vielen Verletzungen relativ bequem liegen konnte, streckte sie sich ganz aus. Sie spürte sofort, wie das Adrenalin ihren Körper verließ und ihren Muskeln erlaubte, sich zu entspannen. Die Sonne begann sie zu wärmen, und jetzt, da ihr Puls nicht mehr in den Ohren pochte, hörte sie auch die Vögel zwitschern.

Peggy-Lee hatte ihr dünnes Wolloberteil stramm um die Wunde am Arm gebunden, damit sie keine deutliche Blutspur hinterließ. Ihre Jacke hatte sie als Kissen unter den Kopf geschoben. Für einen kurzen Moment dachte sie, dass dies nicht einmal der schlechteste Ort zum Verbluten wäre, falls es denn so weit kommen musste. Aber zuerst musste sie noch etwas Wichtiges erledigen.

Sie hatte es nie bereut, die Armee verlassen zu haben. Obwohl ihr die ganze Geheimniskrämerei bei ihrer neuen Arbeit mitunter auf die Nerven ging, hatte es insgesamt viel mehr Vorteile, sein eigener Boss zu sein. Ihr Stolz darauf, für die amerikanische Armee zu arbeiten, hatte immer mehr nachgelassen. Ihr war aufgegangen, dass ihre besonderen Fähigkeiten nicht in erster Linie der Verteidigung der Demokratie und des Landes dienten, sondern vielmehr dazu, den exklusiven Lebensstil gewisser Menschen aufrechtzuerhalten. Krieg war nichts anderes als Big Business, und so war der Entschluss langsam in ihr gereift – mit jeder internationalen Mission, bei der ihr private Unternehmer und gierige Söldner begegneten, umso mehr. Wenn sie ihr Leben ohnehin damit riskierte, Menschen für Geld umzubringen, warum sollte sie sich dann nicht selbst daran bereichern?

Und als sich ihr die Möglichkeit bot, schlug sie sofort zu. So gab sie ihren Job als staatlich finanzierte Auftragsmörderin auf und wurde stattdessen zu einer freien Agentin mit einem dicken Bankkonto. Sie war stets wählerisch dabei gewesen, welche Aufträge sie angenommen hatte, und wusste, dass sie genau aus diesem Grund so schnell in die höchste Liga dieser Branche aufgestiegen war. Deswegen – und weil sie eine der Besten auf ihrem Gebiet war.

Sie verstand noch immer nicht ganz, was in dem Lagergebäude eigentlich vorgefallen war. Jedenfalls hatte sich der Auftrag, den sie als einfachen Routinejob eingestuft hatte, zu einem Kampf um Leben und Tod entwickelt. Ihre Zielperson war auf ihre Anwesenheit vorbereitet gewesen. Noch dazu hatte der Mann gekämpft wie ein Elitesoldat. Diese Niederlage ließ nur einen Schluss zu: Das Ganze war eine Falle gewesen. Kevin Love fühlte sich von dem Wissen bedroht, das sie nach einem Dutzend Auftragsjobs über ihn und seine Geschäfte gesammelt hatte. In Wirklichkeit hatte sie gar nicht überleben sollen. Aber sie war stärker, als er dachte, und sie würde es ihm mit derselben Münze heimzahlen.

Der Zorn verlieh Peggy-Lee neue Energie. Als sie das Auto kurz darauf endlich vorbeifahren hörte, zwang sie ihren Körper erneut dazu, sich zu bewegen. Erst als sie aufstand, merkte sie, wie dehydriert sie war und dass sie für ihren weiteren Überlebenskampf dringend etwas zu essen brauchte. Ihre Schwäche war nicht verwunderlich, denn inzwischen mussten viele Stunden vergangen sein, in denen sie erst unter der Leiche eingeklemmt gelegen und sich dann freigekämpft hatte. Auf ihrer Wunschliste gab es demnach vor allem drei Punkte: ein neues Versteck und etwas zum Essen und zum Trinken. Und dann war da noch ihr Arm, der dringend verarztet werden musste.

*

Thor wusste nur zu gut, wie die Polizeibeamten und Ermittler ihn sahen: Als einen Mann Ende dreißig, der seit weniger als zehn Jahren Ermittler war und doch schon eine Art Legende unter den Mordkommissaren. Nicht in erster Linie wegen seiner Ermittlungserfolge, sondern vielmehr wegen seines schnellen Aufstiegs. Schon auf der Polizeischule hatte er beharrlich das Ziel verfolgt, zur Kriminalpolizei zu kommen. Tatsächlich wurde er auch ziemlich schnell nicht nur ein Mitglied der damaligen begehrten Abteilung A, sondern auch der zweitjüngste Vizekriminalkommissar überhaupt. Und dann gab es natürlich auch noch ein paar spektakuläre Fälle, die ihm unter seinen engen Mitarbeitern fast schon einen Heldenstatus eingebracht hatten, über die er selbst aber nur selten redete.

Manche Kollegen zogen ihn damit auf, aber eigentlich wussten nur die wenigsten, dass Thor in einer Hippie-Kommune mitten in Jütland aufgewachsen war. Das war nicht gerade eine klassische Brutstätte für Polizisten, aber Thor pflegte zu scherzen, dass er seither schon den Wunsch, sich einen Joint anzustecken, auf hundert Meter Entfernung riechen könne. Seiner besonderen Herkunft verdankte er auch die Gabe, alle zum Reden bringen zu können. Ihm fiel es leicht, das Vertrauen anderer Menschen zu gewinnen. Bereits von Anfang an hatte er ein gutes Netzwerk aus Kontakten und Informanten aufgebaut, die ihm zu einer rasanten Karriere verholfen hatten.

Dass ihn dieses Kontaktnetz einmal beinahe auch seinen Job gekostet hätte und ihm ein schweres Kreuz auferlegt hatte, an dem er noch immer zu tragen hatte, war eine andere Sache.

Der junge Mann, der auf der Rückbank des Streifenwagens saß und darauf wartete, nach Hause gebracht zu werden, erlebte wohl gerade das Gegenteil eines Highs. Vermutlich war er feiern gewesen und hatte an diesem Samstag in der Stadt ein paar Pfeifchen geraucht. Doch die Entdeckung des toten Mannes hatte ihn anscheinend aus seiner Benebelung geweckt. Und jetzt saß er nur noch bleich und nervös da.

»Ich musste einfach nur pinkeln. Hätte genauso gut auch woanders hingehen können.«

»Was hatten Sie denn ausgerechnet hier zu suchen? Sie sind doch wohl nicht den ganzen Weg bis hierher gefahren, nur um zu pinkeln?«

»Ich war im *Dragens Hule*.«

Der junge Mann sah hastig zu Thor auf. Er blinzelte gegen die grelle Innenbeleuchtung des Wagens.

»Das ist eine Konzerthalle. Genau da drüben.«

Er zeigte auf einen undefinierbaren Punkt vor sich. Thor schielte zu dem Polizeibeamten hinüber, der nickte, als wolle er bestätigen, dass sie diese Angabe schon überprüft hatten.

»Und Sie haben nichts gesehen, als Sie hierherkamen?«

»Ich sah diesen Toten, verdammt, ist das etwa nicht genug? Ich war nur auf dem Heimweg.«

»Und Sie sind sich sicher, dass er bereits tot war, als Sie kamen?«

»Wie meinen Sie das?«

Dann begriff er, was Thor mit seiner Frage sagen wollte, und begann zu protestieren. Auf seiner Stirn sammelte sich kalter Schweiß. Man konnte ihm ansehen, wie die Panik in ihm aufstieg. Es hatte keinen Zweck, ihn zu diesem Zeitpunkt zu verhören. Er stand ganz offensichtlich unter Schock. Jeder noch so mittelmäßige Anwalt hätte eine Zeugenaussage, die in einem solchen Zustand abgegeben wurde, als unrechtmäßig abgeschmettert und einen ansonsten perfekten Fall gekippt.

Thor bahnte sich vom Auto den Weg durch die Dunkelheit und zu den drei Gebäuden zurück. Seit man ihn angerufen hatte, war eine Stunde vergangen, und er hatte nur wenige Stunden im Bett gelegen. Eigentlich hatte er einen gemütlichen Abend mit Fernsehen, ein paar Flaschen belgischem Bier und einer schlafenden Tochter auf dem Schoß geplant. Stattdessen war er völlig gerädert ins Bett gefallen, nachdem er den ganzen Tag in einem Reihenhaus im Hulgårdsvej drei Zimmer in einem gruseligen lila Farbton gestrichen hatte. Die Hauseigentümerin, eine sonnengebräunte Frau Ende sechzig mit schwerem Goldschmuck an Hals und Händen, war die Witwe des Polizeihauptmanns

Greive, einem früheren Kollegen von Thor, der im Dienst getötet worden war. Unnachgiebig bat sie ihn an fast all seinen freien Tagen um einen Gefallen. Diesmal hatte sie ihm ihre überschwängliche Dankbarkeit zusätzlich dadurch bewiesen, dass sie ihn gebeten hatte, den Müll mitzunehmen, als er endlich nach Hause fahren durfte.

Und als er schließlich in einen tiefen Schlaf gesunken war, hatte das Telefon geklingelt. In der Notrufzentrale war der Anruf eines verwirrten, möglicherweise betrunkenen jungen Mannes eingegangen, der von einer Leiche berichtet hatte, über die er buchstäblich gefallen sei. Abgesehen davon, dass er irgendwo auf der Refshaleinsel ganz in der Nähe der Kläranlage war, hatte er nicht genau erklären können, von wo er anrief. Man hatte ihn gebeten, sich nicht von der Stelle zu rühren, und einen Streifenwagen geschickt. Zu diesem Zeitpunkt war es zwei Uhr nachts gewesen, und der junge Mann war den Beamten auf dem Refshalevej in Richtung Margretheholm entgegengekommen, sein Fahrrad neben sich her schiebend. Sie waren davon ausgegangen, dass er abhauen wollte, nachdem er seine Tat bereut hatte – in diesem Punkt war ihre Erklärung etwas unklar. Vermutlich hatten sie ihn ziemlich unsanft behandelt und ihn dann mitgenommen, damit er sie zu der Leiche führte. Die beiden Streifenpolizisten hatten schnell festgestellt, dass der Mann tatsächlich tot und höchstwahrscheinlich an einer Schussverletzung am Kopf gestorben war. Ein Rechtsmediziner war bereits unterwegs, und man rief die mobilen Mitarbeiter der Spurensicherung hinzu. Gleichzeitig stellte die Abteilung für personengefährdende Kriminalität am Politigården ein Team zusammen und berief den Vizekommissar Thor M. Dinesen zum Leiter der Voruntersuchung. Und das alles noch in derselben Nacht.

»Was zur Hölle ist das hier für ein Ort?«

Thor drehte sich um und begrüßte seinen Kollegen Daniel Kraus, dessen aufgedunsenes Gesicht und verquollene Augen darauf hindeuteten, dass man ihn gerade aus dem Tiefschlaf geklingelt hatte. Müde klopfte er eine Zigarette aus seinem Päckchen und zündete sie an. Mittlerweile standen überall Scheinwerfer, in deren gleißendem Licht sie lange Schatten warfen, wenn sie sich am Tatort bewegten.

»Warte mal ab. Dieser Ort ist jedenfalls perfekt für einen Mord. Es gibt hier keine unmittelbaren Nachbarn, abgesehen von einigen Proberäumen und einer Konzerthalle, die etwas weiter weg liegen, und der Kläranlage und dem Hafen mit ein paar alten Schiffwracks. Außerhalb der normalen Arbeitszeiten hält sich hier wahrscheinlich kein Mensch auf. Und wie du sehen kannst, ist es hier nachts finster wie in einem Grab. Und auch genauso heimelig, wenn du mich fragst. Das Gebäude vor uns ist eine Bootswerft für kleinere Schiffe. Und der Anbau ist das Seltsamste, was ich seit langem gesehen habe. Man denkt, es wäre eine normale Werkstatt oder so was, aber stattdessen wimmelt es dort vor Monstern.«

»Monstern?«

»Ja, verdammt. Modelle von Dinosauriern und Riesenkraken und solche Sachen, in Lebensgröße. Wirklich sehr merkwürdig. Aber lass uns reingehen und die Leiche ansehen. Der Rechtsmediziner müsste eigentlich fertig sein.«

Daniel Kraus blieb einen Moment stehen und starrte in die Dunkelheit, aber allmählich wurde auch er wach. Unter seinen schweren Augenlidern blitzte jetzt die Neugier auf – der alles bestimmende Drang, immer genau herausfinden zu wollen, was geschehen war. Das war einer der Gründe, warum Thor die Zusammenarbeit mit dem gleichaltrigen Kollegen immer mehr schätzen gelernt hatte.

»Und was ist mit dem Typen, der versucht hat, von hier abzuhauen?«

»Ich zweifle daran, dass er der Täter ist. Er war völlig bekifft und kam gerade von einem Konzert. Das können wir leicht nachprüfen. Und wenn es stimmt, glaube ich nicht, dass er etwas mit der Sache zu tun hat. Wer nimmt schon eine Pistole mit zu einem Konzert und erschießt anschließend jemanden, der ihm zufällig über den Weg läuft. Ich glaube, dass er die Leiche gefunden hat, genau wie er behauptet, und dann plötzlich in Panik geriet. Wahrscheinlich war er einfach nur verkatert und paranoid von dem vielen Haschisch, und dann hat er auch noch einen Schock erlitten. Er ist nicht unser Mann.«

27

Das ausgediente Segelboot wirkte völlig verlassen, und Peggy-Lee war anscheinend nicht die Erste, die darauf Zuflucht suchte. Die Tür war schon vor langer Zeit aufgebrochen worden, und auf den Planken lagen leere Bierdosen herum. Im ganzen Boot roch es moderig, und alles war von einer dicken Staubschicht bedeckt. Doch solange das bedeutete, dass niemand sie stören würde, passte ihr das ausgezeichnet.

Vorsichtig zog sie die zerschlissenen geblümten Gardinen vor, damit sie sich frei bewegen konnte. Sie erkundete dann die Kombüse, die direkt an die große Kajüte anschloss, die einmal als Speisesaal gedient haben musste. Peggy-Lee öffnete nacheinander jeden der kleinen Oberschränke und fegte mit ihrem unverletzten Arm Stricke, vergilbte Kreuzworträtselhefte und einen Würfelbecher zu Boden. Sie jubelte innerlich, als sie ein Plastikkörbchen mit Konserven entdeckte. Es schien, als hätten ihre Vorgänger andere Bedürfnisse gehabt als Hunger. Oder sie waren einfach nur weniger verzweifelt gewesen als Peggy-Lee. Sie prüfte das Haltbarkeitsdatum auf einer Dose, die aussah, als enthielte sie Thunfisch, und beschloss dann, sich nicht weiter mit Details aufzuhalten. Eine rostige Schere musste als Dosenöffner herhalten, und ein Glas braunes Wasser aus dem Hahn rundete die Mahlzeit ab.

Bereits nach der ersten Dose fühlte Peggy-Lee sich gestärkt und dankte den militärischen Feldrationen dafür, dass sie ihren Magen abgehärtet hatten. Nun brauchte sie all ihre Kräfte für den nächsten Punkt auf der Tagesordnung und wagte gar nicht daran zu denken, wie viel Blut sie wohl verloren hatte. Sie durchsuchte ein weiteres Mal die Schränke und fand einen kleinen Verbandskasten, der, wie sich bei näherer Untersuchung herausstellte, allerdings nur eine große Rolle Heftpflaster und eine stumpfe Schere enthielt. Keine große Hilfe. Peggy-Lee wühlte weiter, bis sie schließlich eine alte Nagelbürste sah, die sie für ihr Vorhaben verwenden konnte. Hinter einem Stapel stinkender Rettungswesten entdeckte sie eine Flasche mit einer braunen Flüssigkeit, die von den früheren Eindringlingen übersehen worden war. Sie enthielt unverkennbar starken Alkohol, der ihr ebenfalls nützlich sein konnte.

Peggy-Lee setzte sich auf das Polster am Esstisch, um vorsichtig den Verband von ihrem Arm zu entfernen. Der Stoff wollte sich nicht lösen, er hatte sich bereits mit der Wunde zu einer Kruste aus Schorf und Eiter verbunden. Sie holte tief Luft und nahm einen großen Schluck aus der Flasche. Der Alkohol brannte in ihrem Magen und hinterließ einen bitteren Geschmack im Mund. Aber er betäubte.

Die Sache würde schmerzhaft werden, doch wenn sie die Wunde nicht reinigte, hätte sie bald schon eine fiebrige Infektion und somit das nächste Problem.

Also riss sie den Stoff mit einem Ruck ab und schrie vor Schmerz auf. Sie zog ihr Oberteil aus und wankte mit der Nagelbürste in der linken Hand und der Flasche unter dem Arm zum Waschbecken. In kurzen Abständen musste sie vor Schmerz aufheulen. Dann tränkte sie die Bürste mit Alkohol, glitt auf den Boden, stopfte sich ihr Oberteil in den Mund, biss fest darauf und bürstete mit energischen Bewegungen über die Wunde. Der Schmerz war so brennend, dass sie Sterne sah und ihren Urin nicht mehr halten konnte. Er breitete sich warm in ihrem Slip aus und durchnässte ihre Strümpfe. Doch Peggy-Lee schrubbte weiter.

Bis sie das Bewusstsein verlor.

*

»Ihr könnt ihn gerne mitnehmen, ich bin fertig. Er ist schon seit mehr als vierundzwanzig Stunden tot. Seit Freitagnacht, würde ich tippen, aber Genaueres kann ich erst sagen, wenn ich die normale Obduktion durchgeführt habe.«

Thor nickte dem Rechtsmediziner zu. Inzwischen war die gesamte Abteilung versammelt. Thor hatte ungeduldig darauf gewartet, dass der Rechtsmediziner endlich fertig wurde, damit sie hineingehen und sowohl Leiche als auch Tatort eingehender untersuchen konnten. Die Techniker waren inzwischen auch fast fertig, aber weder die ausführlichsten Videoaufnahmen noch eine detaillierte fotografische Dokumentation vom Tatort konnten die Bilder ersetzen, die sich ihm bei einer gründlichen Begehung einprägten.

Zumindest war inzwischen geklärt, dass ihr haschischbenebelter Zeuge nichts mit dem Todesfall zu tun haben konnte. Kraus warf einen Blick in den Flur hinter ihnen.

»Was ist hier wohl vor sich gegangen? Haben wir es mit einem Opfer des Bandenkriegs zu tun, das entsorgt wurde? Ein Stück weiter draußen liegt ja ein Nachtclub, der bei den Rockern ziemlich beliebt zu sein scheint.«

»Er wurde auf jeden Fall hier erschossen«, erklärte der Rechtsmediziner. »Aber mehr kann ich jetzt noch nicht sagen. Die Leiche weist einige Frakturen auf, die merkwürdig sind, und das ist noch vorsichtig ausgedrückt. Ich freue mich schon darauf, sie mir näher anzusehen. Man stößt ja nur so selten auf etwas, was man vorher noch nie gesehen hat.«

»Freut mich, dass der Fall Ihr Interesse geweckt hat«, bemerkte Thor trocken.

Sie schoben sich an dem Rechtsmediziner vorbei und betraten den Korridor. Thor wandte sich Kraus zu.

»Ich glaube, die Scheiße gehört hier eher zur Standarddekoration. Aber das Blut würde ich so interpretieren, dass der Typ irgendwo draußen angegriffen wurde. Es ist wohl ziemlich aussichtslos, jetzt noch Spuren zu finden, nachdem alle hier herumgetrampelt sind. Er muss entkommen und schwer verletzt zu den Toiletten gekrochen sein, wo er dann eingeholt wurde. Das würde jedenfalls die Blutspuren erklären. Dort drinnen muss ein erbitterter Kampf stattgefunden haben.«

Es ging darum, die Muster wiederzuerkennen. Kraus sah ihn mit gerunzelter Stirn an, als versuche er, Thors Gedankengang zu folgen. Für Thor war das Aufspüren von Mustern der Schlüssel zur Aufklärung eines Falles. Diese Technik erforderte Intelligenz, Wissen und Erfahrung. Die Erfahrung brauchte man, um die Fakten zu analysieren und zu ordnen, die man sammelte – mit dem Ziel, die Zahl der

Möglichkeiten einzuschränken. Und am Ende kamen natürlich die Intuition oder das Bauchgefühl dazu, die einem letzten Endes erlaubten, alles Unwesentliche auszusortieren, damit man imstande war, das zu erkennen, was sonst niemand bemerkte. Damit man die richtigen Schlüsse schneller als andere ziehen konnte.

Thor hatte schon früh gemerkt, dass er diese Kunst bis zur Perfektion beherrschte. Aber es war viel Zeit vergangen, bis er verstanden hatte, wozu er sein Wissen anwenden konnte, und bei der Kriminalpolizei war er im richtigen Fach gelandet. Zwar hatte er nicht schon als Kind davon geträumt, zur Polizei zu gehen, und seine Eltern hatten ihn garantiert nicht dazu animiert. Ganz im Gegenteil – wenn sie die Möglichkeit gehabt hätten, dann hätten sie sicher dagegen protestiert, dass Thor sich in einem relativ hohen Alter an der Polizeischule bewarb. Doch zu diesem Zeitpunkt hatte er seit über zehn Jahren keinen Kontakt mehr zu ihnen und auch keinerlei Interesse verspürt, dass sie Einfluss auf seine Lebensplanung nahmen. Er hatte die gleiche Ausbildung und Lehre durchlaufen wie alle anderen Polizisten. Aber etwas musste doch anders sein. Obwohl er den meisten seiner Klassenkameraden sicher schon aufgrund seines Alters an innerer Reife überlegen war, war er sich bewusst, dass dies nicht allein die Ursache war. Er war einfach anders und hatte eine vollkommen andere Herkunft als die meisten, und deshalb konnte er auch andere Verbindungen herstellen und andere Schlüsse ziehen als sie.

Ihm fiel es leichter zu verstehen, dass man sein Leben auf unterschiedliche Weise leben konnte. Thor war erst anderthalb gewesen, als seine Eltern von Kopenhagen in eine große Kommune nach Mitteljütland zogen. Sie war nicht streng politisch gewesen, eher eine richtige Flower-Power-

WG, in der zu viel Tolkien gelesen und zu viel Hasch geraucht wurde. Das war auch die Erklärung dafür, dass er mit seinem zweiten Namen nach dem Mond benannt war. M stand für Måne. Soweit er sich erinnerte, hatten seine Eltern sich nie besonders viel um ihn gekümmert. Aber in der Kommune gab es stets andere Erwachsene, die für sie einsprangen. Abgesehen von einem Tag, wo seine Eltern hätten da sein sollen, jedoch versagt hatten, weil sich ihre Selbstverwirklichung längst in Pillen und Bier aufgelöst hatte. Er hatte das Chaos jener revolutionären Jahre im Guten wie im Schlechten erlebt.

Thor warf einen Blick in Richtung des Rechtsmediziners, der immer noch nicht gegangen war, als wolle er sich vergewissern, ob dieser seiner Deutung zustimmen konnte. Der Rechtsmediziner nickte und rief ihnen im Weggehen zu: »Wenn ihr mich fragt, sieht das wie eine eiskalte Hinrichtung aus.«

Sonntag, 11. Juli

28

Linnea kniete gerade auf dem Boden und wollte ihre Sandalen zubinden, als sie von dem penetranten Brummen der Türklingel aufgeschreckt wurde. Dabei rutschte ihr die Sonnenbrille aus dem Haar und fiel zu Boden. Am Vortag hatte sie sich spontan ein Paar Acne-Sandalen gekauft, bevor sie zum Rechtsmedizinischen Institut gegangen war. Sie war die Strøget entlangspaziert und hatte sich sofort in die Schuhe im Schaufenster verliebt. Erst jetzt wurde ihr bewusst, dass ihr eigentlich die Geduld fehlte für ein Schuhwerk, das wie Legionärssandalen über dem Fuß geschnürt und über dem Knöchel zusammengebunden werden musste. Sie sahen irrsinnig gut aus, eigneten sich aber kaum dafür, schnell mal den Fuß hineinzustecken und zur Tür hinauszurennen.

Die Klingel brummte erneut, und sie hob ihre Sonnenbrille auf und humpelte mit nur einer Sandale am Fuß zur Tür.

»Ich bin gleich unten«, sagte sie in die Gegensprechanlage.

»Bleib, wo du bist, ich habe Brötchen mitgebracht!«

Verwirrt drückte Linnea auf den Türöffner und ging dann ins Schlafzimmer zurück. Diesmal gelang es ihr ohne größere Probleme, auch die andere Sandale zu binden. Anschließend warf sie einen prüfenden Blick in den Spiegel. Die Verkäuferin hatte gesagt, die Sandalen seien perfekt für einen »romantischen und gleichzeitig legeren Look«, wenn man sie mit einem leichten Sommerkleid kombinierte. Linnea musste zugeben, dass die aufwendige Prozedur ihre Mühe wert gewesen war. Ein bisschen merkwürdig kam es ihr schon vor, sich derart schick zu machen, aber sie war tatsächlich genauso aufgeregt wie vor einem Date. Gestern Abend war sie völlig unerwartet von einer alten Freundin angerufen worden.

»Guess who!«, hatte die wohlbekannte heisere Stimme gerufen. »Wird es nicht langsam Zeit, dass wir beide uns endlich wiedersehen? Es ist viel zu lange her, und du kannst ja wohl kaum *noch* mehr zu tun haben als früher?«

»Alexandra? Wie geht's dir? Wie schön, von dir zu hören!«

»Wollen wir uns nicht spontan gleich morgen zum Brunch treffen? Das wäre doch viel einfacher.«

Alexandra hatte energisch und bestimmt geklungen, genau wie in alten Tagen. Ihre Art und Weise, für sie beide Entscheidungen zu treffen, hatte sich ebenfalls nicht verändert. Im Gymnasium und in der Zeit kurz nach dem Abitur waren sie die besten Freundinnen gewesen, hatten sich jedoch aus den Augen verloren, als Linnea in die USA ging. Eigentlich war sie die Einzige, die Linnea aus ihrer früheren Zeit in Dänemark wirklich vermisst hatte. Als sie wieder zurückgekehrt war, hatten sie den Kontakt über Facebook wiederbelebt und während des letzten Jahres hin und wieder einen Kommentar zum Profil der anderen geschrieben oder kurze Nachrichten ausgetauscht. Linnea hatte immer darauf gehofft, dass sie sich einmal treffen würden und alles wieder so wäre wie früher. Aber es war, als kämen sie nicht über die anfängliche Höflichkeit hinaus und schöben ein Wiedersehen vor sich her.

Und jetzt kam Lex in ihre Wohnung gewirbelt, als hätten sie sich kürzlich erst gesehen.

»Wie phantastisch du es hier hast!«, rief sie aus. »Ich habe unterwegs in Hellerup angehalten. Auf dem Strandvejen gibt es ja einen ganz guten Emmerys.«

Eigentlich hatte Linnea die Verabredung so verstanden, dass Alexandra sie abholte und sie dann in einem Café in der Nähe essen würden, aber jetzt stand sie mit Brötchen in der einen Hand und einer Tüte Fair-Trade-Kaffee und Smoothies in der anderen da. Lex hatte ihr alles in die Hand gedrückt und inspizierte bereits die Wohnung. Fast beiläufig streifte sie durch alle Räume, und Linnea konnte sich genau vorstellen, wie die Freundin alles bis ins kleinste Detail registrierte und abspeicherte. Erst stand sie an den Fenstern und sah auf die Knabrostræde hinunter, dann studierte sie den Erker und warf einen kritischen Blick ins Schlafzimmer. In einem der niedrigeren Zimmer zupfte sie ein wenig an der Tapete, um dann ganz ungeniert in einem anderen Raum in einer Umzugskiste zu wühlen.

»Tolle Location. Aus so einer alten Wohnung könnte man ja einiges machen. Ich meine, anstatt sie lediglich mit Umzugskartons zu dekorieren. Dieses Zimmer hier sähe perfekt aus, wenn man es ganz minimalistisch einrichtet, nur mit ein paar Panton-Stühlen. Und dann könnte man im Raum nebenan den totalen Kontrast schaffen, mit einem Empiresofa und Gemälden an der Wand.«

Sie wandte sich Linnea zu und lächelte aufmunternd. Das war typisch Lex. Linnea spürte, wie sehr sie die Freundin vermisst hatte. Garantiert würde Lex bei der ersten Gelegenheit über ihre Wohnung und die Tatsache lästern, dass Linnea aus Pappkartons lebte. Aber gleichzeitig war sie noch immer in der Lage, überall Potential zu erkennen, genau wie früher.

»Sag einfach Bescheid, wenn du richtig angekommen bist. Dann helfe ich dir bei den Details. Ich sehe das Ganze schon genau vor mir. Ganz dein Stil!«

Linnea nickte enthusiastisch und scheuchte Lex in die Küche, um nicht näher darauf eingehen zu müssen, wie viel Zeit sie gehabt hätte, um sich hier ordentlich einzurichten.

*

»Inzwischen sind ganze sieben Hundestaffeln auf dem Weg hierher, also würden Sie mir jetzt bitte endlich erklären, was wir genau tun sollen?«

Thor blickte den uniformierten Hundeführer an. Er rieb sich die Augen und musste sich eingestehen, dass ihm der Schlafmangel allmählich zusetzte. Es würde ein verdammt langer Sonntag werden. Er musste wenigstens irgendjemanden finden, der ihn zum Politigården zurückchauffierte, damit er eine Viertelstunde auf der Rückbank schlafen konnte.

Er geleitete den Hundeführer zu dem Toilettengebäude, von wo aus die Leiche inzwischen ins Rechtsmedizinische Institut gebracht worden war. Mittlerweile hatten auch die Techniker ihre letzten Arbeiten abgeschlossen. Die Sonne stand inzwischen hoch am Himmel und brannte auf den Tatort herunter, so dass einem der penetrante Gestank des geronnenen Bluts auf dem Betonboden sofort entgegenschlug.

»Wie Sie sehen, haben wir es hier mit einer ziemlich beträchtlichen Menge an Blut zu tun.«

Thor beobachtete den Hundeführer, der instinktiv einen Schritt zurückgetreten war.

»Ich gehe davon aus, dass es sich hierbei nicht nur um das Blut des Opfers, sondern auch um das seines Mörders handelt. Es hat einen Kampf gegeben, und der Mörder muss viel Blut verloren haben.«

»So viel Blut, dass er gezwungen ist, sich noch irgendwo hier in der Nähe aufzuhalten?«

»Tja, es ist zwar nur eine winzig kleine Chance, aber dennoch. Der Rechtsmediziner sagt, der Tod sei vor mindestens vierundzwanzig Stunden eingetreten. Eigentlich müsste der Täter längst geflüchtet sein. Aber bei einem solchen Blutverlust würde ich schätzen, dass er noch immer irgendwo liegt und sich versteckt, wenn er nicht längst selber tot ist. Und um das herauszufinden, brauche ich Ihre Hilfe.«

Der Hundeführer sah sich um und nickte.

»Momentan haben wir nur Gruppe-2-Hunde hier. Die können wir nicht einfach auf gut Glück losschicken. Wie Sie wissen, können die Polizeihunde zwar die Fährte eines Menschen aufnehmen, aber nicht die eines bestimmten Menschen. Aber wenn Sie uns mögliche Verstecke zeigen, können wir die Hunde dorthin schicken. Und in einer knappen Stunde kommen dann die Gruppe-1-Hunde an. Das sind die besten, die wir haben. Sie können sowohl Blut- als auch Spermaspuren erschnüffeln.«

Sie verließen das Toilettengebäude wieder und holten beide tief Luft. Dann sah der Hundeführer Thor an.

»Wenn sich der Mörder hier in der Nähe versteckt, werden wir ihn ganz sicher finden.«

29

Linnea war es gelungen, mit den von Lex beigesteuerten Sachen einen halbwegs akzeptablen Brunch auf die Beine zu stellen. Wider Erwarten hatte sie dafür noch nicht mal in den 7-Eleven am Højbro Plads springen müssen, in dem sie mittlerweile fast regelmäßig ihre Grundnahrungsmittel einkaufte.

Sie schwelgten in gemeinsamen Erinnerungen aus dem Café Klaptræet und dem Jazz House. Linnea hatte das Gefühl, fünfzehn Jahre zurückversetzt zu werden, und sie ertappte sich dabei, wie sie es in vollen Zügen genoss. Lex erzählte von ihrem jetzigen Job als erfolgreiche Kunstberaterin. Sie hatte sich nicht groß verändert. Ihre Kleidung war teurer und schicker geworden. Doch sie hatte schon immer einen stilsicheren und exklusiven Geschmack gehabt, der ihr Budget eigentlich übersteigen müsste, damals wie heute, und der sie attraktiver aussehen ließ, als sie, ganz objektiv betrachtet, war. Mit ihrer dominanten Art konnte sie einen schon überrumpeln, aber genau aus diesem Grund hatte Linnea sich in ihrer Nähe stets sicher gefühlt. Lex war intelligent und unterhaltsam und eine gute Organisatorin. Das führte dazu, dass man mit ihr zusammen nicht nur in guter Gesellschaft war. Nein, man fühlte sich gerade so, als sei man ein Mitglied im exklusivsten Club der Welt, der eigentlich schon längst niemanden mehr aufnahm.

»Dir könnten ein paar Beratungsstunden doch bestimmt auch nicht schaden, gratis natürlich – wenn das da alles ist, wozu du dich hinreißen lassen konntest!«

Lex zeigte auf die Wand zum Schlafzimmer. Sie hatte die vorläufig einzige Dekoration in Linneas Wohnung erblickt: eine Reproduktion von Rembrandts Anatomiebild. Es stammte tatsächlich noch aus der Zeit, als sie und Lex regelmäßig donnerstags bis samstags in die Szenebars im Zentrum von Kopenhagen eingefallen waren. Linnea war nach einem weiteren Champagnerrausch verkatert neben einem Typen aufgewacht, mit dem sie schon vor ein paar Monaten etwas angefangen und den sie eigentlich kurz darauf in die Wüste geschickt hatte. An jenem Tag war sie mit einer bis dato unbekannten Abscheu über das ziellose

Dasein, das sie lebte, aufgewacht und hatte sich davongeschlichen. Auf dem Heimweg war sie in der Ravnsborggade in einer Kiste vor den Trödelläden auf einen vergilbten Druck eben jenes Rembrandt-Gemäldes gestoßen, das in ihrer Kindheit einen solch großen Eindruck auf sie gemacht hatte. Wenn das kein Wink des Schicksals war! In einem Anfall von Sentimentalität hatte sie es gekauft. Und gleichzeitig war ihr Fund auch so etwas wie ein Alarmsignal gewesen, das sie an alte Zeiten erinnerte, als sie noch Zukunftsträume hatte. Plötzlich war es fast beschlossene Sache, in die USA zu gehen, oder zumindest hatte sie sich das Bedürfnis eingestanden, so weit wie möglich wegzukommen und etwas Vernünftiges in Angriff zu nehmen. Seit diesem Tag trug sie das Bild mit sich herum. Die Reproduktion war ein relativ billiger Kupferstich aus der Mitte des 19. Jahrhunderts, aber sie hatte sie rahmen lassen und seither an jedem Ort, an dem sie wohnte, aufgehängt – zur Verwunderung ihrer häufig wechselnden Partner.

»Deine Arbeit ist eine Sache«, hatte einer von ihnen zu ihr gesagt. »Findest du es trotzdem nicht ein bisschen morbide, sich auch in der Freizeit mit solchen Dingen zu umgeben?«

Sie war sich durchaus bewusst, dass manche sie für einen Freak hielten. Aber Linnea zeigten Fragen wie diese nur, dass diese Menschen nichts verstanden hatten. Denn natürlich war ihre Tätigkeit für sie mehr als nur eine Arbeit. Sie war eine Passion, eine Antriebskraft in ihrem Leben. Sonst hätte sie für Linnea gar keinen Wert gehabt. Sie hatte nie verstanden, wie andere es aushielten, die verschiedenen Lebensbereiche derart voneinander zu trennen. Wie konnte man denn so viel Lebenszeit auf eine Sache verschwenden, für die man nicht brannte? Witzigerweise wusste sie, dass es Lex genauso ging. Sie machte ebenfalls keine halben Sachen. Vielleicht war es in Wahrheit vor allem diese Eigenschaft, die sie bereits damals im Gymnasium miteinander verbunden hatte.

»Erinnerst du dich denn nicht mehr an das Bild?«, fragte Linnea. »Na ja, es ist bestimmt fünfzehn Jahre her …«

Sie stand auf, ging zu der Wand und zeigte auf den Anatomen, der auf der Darstellung gerade dabei war, den linken Unterarm der Leiche freizulegen.

»Eigentlich ist es ziemlich witzig, denn das Gemälde ist anatomisch nicht ganz korrekt. Laien erkennen das natürlich nicht gleich, aber auf dem Bild entspringen die Flexoren aus dem lateralen Epicondylus, obwohl es eigentlich der mediale Epicondylus sein müsste. Das ist natürlich Fachsimpelei, aber es amüsiert mich irgendwie.«

Sie wandte sich Lex wieder zu und bemerkte, dass diese ihr nicht mehr zuhörte. Sie saß noch immer auf dem Sofa und schien völlig in sich selbst versunken. Und als Lex zu ihr aufblickte, bekam Linnea mit, dass das Lächeln von ihren Lippen verschwunden war und ihre Augen feucht waren, als kämpfe sie damit, ihre Tränen zurückzuhalten.

»Stimmt etwas nicht? Ist was passiert?«

Sie ging zum Sofa und setzte sich neben Lex.

»Ich weiß nicht, vielleicht war es ein Fehler von mir. Es ist ja keine Art, dass ich dich hier einfach so überfalle. Hast du denn überhaupt Zeit?«

»So ein Quatsch! Meine Schicht fängt erst um zwölf an. Ich hatte sowieso nichts vor.«

Wie immer, hätte Linnea hinzufügen können. Ihre vielen und langen Schichten störten sie nicht, denn sie hatte ohnehin kaum ein Privatleben, für das sie ihre freie Zeit nutzen konnte. Doch sie sagte nichts. Im selben Moment brach es aus Lex heraus. Es ging um Jonas, ihren Mann. Linnea kannte ihn eigentlich nur von Facebook, wo Lex ihr

Profil regelmäßig mit neuen Bildern aktualisierte, die ihre offensichtlich sehr harmonische und glückliche Ehe zur Schau stellten. Erst nach langem Zögern rückte Lex schluchzend damit heraus, was wirklich los war. Sie hatte seit Freitagnachmittag nichts mehr von Jonas gehört, und sie waren zuvor im Unfrieden auseinandergegangen. Über irgendetwas hatten sie sich gestritten. Obwohl Lex es nicht direkt sagte, ahnte Linnea, dass eine Affäre von Lex dahintersteckte, der ihr Mann auf die Schliche gekommen war. Auch das war eigentlich typisch für sie. Sie glaubte stets, dass sie alles auf einmal haben könne, oder besser gesagt, dass sie ein Recht darauf hätte, alles zu besitzen.

»Ich habe einfach keinen blassen Schimmer, wo er sein könnte.«

»Hat er das denn schon mal gemacht?«

»Natürlich nicht! Ich habe schon bei allen möglichen Leuten angerufen und war auch in Faxe Ladeplads. Also in unserem Sommerhaus. Aber da war er nicht. Niemand hat Jonas gesehen. Es ist jetzt schon sechsunddreißig Stunden her. Ich weiß einfach nicht, was ich noch machen soll.«

Lex wischt sich die Tränen ab und setzte dann ein gezwungenes Lächeln auf, als wolle sie das Ganze dennoch abtun.

»Warum gehst du nicht zur Polizei?«

»Tu ich doch. Du bist doch die Polizei!«

»Nicht direkt.«

Linnea versuchte gar nicht erst zu erklären, dass sie zwar in der Tat viel mit der Polizei zu tun hatte, aber weder bei der Polizei angestellt war, noch ein besonderes Verhältnis zu ihr hatte. Lex hatte solche Feinheiten noch nie gut unterscheiden können. Aber jetzt, da sie ihre kontrollierte Fassade fallen gelassen hatte, war ihr deutlich anzusehen, wie sie vor Unruhe fast verging. Sie traute sich nicht, die

Polizei anzurufen, weil sie fürchtete, Jonas könne es irgendwie herausfinden und noch wütender auf sie werden, als er es ohnehin schon war. Gleichzeitig hatte sie eine Heidenangst davor, dass ihm etwas zugestoßen war oder er sich ihretwegen etwas angetan haben könnte.

»Du kennst sein Temperament ja nicht!«

Anschließend bettelte sie Linnea an, ob sie nicht ihre Kontakte anzapfen könne. Sie müsse doch jemanden bei der Polizei kennen, der herausfinden könne, ob etwas passiert sei. Ob Jonas irgendwo gefunden worden war, ob ihm etwas zugestoßen sei. Möglicherweise lag er nach einem Unfall im Krankenhaus, hatte das Bewusstsein verloren und konnte nicht sagen, wer er war. Oder wollte sie nicht kontaktieren. Linnea hatte insgeheim den Eindruck, dass Lex die Dinge dramatisierte. Am Ende versprach sie ihr aber doch, jemanden anzurufen.

»Unter der Bedingung, dass du morgen selbst zur Polizei gehst. Wenn du am Montag immer noch nichts von Jonas gehört hast, meldest du ihn als vermisst. Versprichst du mir das?«

Lex nickte eifrig und bedankte sich überschwänglich bei Linnea. Sie drückte ihr die Hand und erklärte, wie glücklich sie sei, dass sie beide sich wiedergefunden hätten. Dann nahm sie sich zusammen und stand auf.

»Du musst ja auch bald zur Arbeit!«

Sie holte ihre funkelnagelneue Marni-Tasche aus dem Flur und kramte ihr Handy hervor. Offenbar hatte sie mehrere Anrufe erhalten, die sie nicht gehört hatte. Sie warf Linnea einen hastigen Blick zu.

»Vielleicht ist es Jonas!«

Ihrem enttäuschten Gesichtsausdruck entnahm Linnea, dass es eine andere, unbekannte Nummer war. Jemand hatte sie im Laufe der letzten anderthalb Stunden, die sie zusammengesessen hatten, unzählige Male zu erreichen versucht. Lex rief die Nummer zurück und kam sofort durch. Sie gab lediglich einige ungläubige Laute von sich und wurde zunehmend blasser. Dann hielt sie eine Hand auf den Hörer und sah Linnea mit leerem Blick an. Sie starrte sie nur an, als sehe sie ihre Freundin zum ersten Mal. Linnea ging zu ihr und legte ihr eine Hand auf den Arm.

»Es ist die Polizei. Ich verstehe das nicht. Bitte sprich du mit ihnen.«

Anstatt Linnea das Handy zu reichen, stellte sie es aus und umklammerte es mit der Hand. Sie ließ sich wieder auf das Sofa fallen und starrte in die Luft.

»Sie sagen, er wäre tot.«

30

Die Tür zum Kühlraum fiel hinter Kevin Love ins Schloss, und er lief den gefliesten Korridor entlang zum Aufzug, der ihn nach oben bringen würde. Weg von dem beklemmenden, unterirdischen Raum, in dem eine Leiche neben der anderen untergebracht war. Sein Informant bei der Polizei hatte die Wahrheit gesagt, aber das war auch das Einzige, dessen Kevin Love sich sicher sein konnte. Der Tote, zu dem er problemlos gefunden hatte, warf eigentlich mehr Fragen auf, als er beantwortete. Und das war nicht gerade zufriedenstellend.

Schon am Tag zuvor hatte Kevin Love seinen Kontakt in der dänischen Rockerszene angezapft. Der Typ hatte einen guten Draht zur Polizei und schuldete ihm einen Gefallen. Deshalb war Kevin Love von einer sicheren Nummer aus auf seinem Zimmer im D'Angleterre angerufen worden. Der Kontakt sprach ein ziemlich miserables Englisch und wollte seinen Namen nicht nennen. Wahrscheinlich glaubte er, das garantiere ihm Anonymität und Sicherheit. Er hatte Kevin Loves Fragen nicht beantworten können, aber an diesem Morgen hatte er ihn erneut angerufen, merklich erregt.

»Woher wussten Sie das?«, hatte er wissen wollen. »Er wurde doch erst letzte Nacht gefunden.«

»Ich muss lediglich wissen, ob er Jonas Holm Neergaard heißt«, hatte Kevin Love gesagt. »Das ist alles.«

Der andere zögerte, ehe er fortfuhr: »Und was bekomme ich dafür, dass ich den Namen weitergebe? Die Öffentlichkeit hat bisher keine weiteren Informationen über den Toten erhalten. Die Pressekonferenz findet erst morgen statt.«

»Du kannst froh sein, dass du *nichts* dafür bekommst«, erwiderte Kevin Love langsam. »Und jetzt beantworte gefälligst endlich meine Frage!«

Nach einer ganzen Weile bestätigte der andere die Angabe und erklärte, die Leiche werde im Rechtsmedizinischen Institut aufbewahrt. Kevin Love dankte ihm kurz für die Hilfe und redete den Mann zum Abschied bewusst mit seinem vollen Namen an, damit er sich bloß nicht allzu sicher fühlte. Dann legte er auf.

Eigentlich hätte er sich damit begnügen können, dass ein Informant aus Polizeikreisen bestätigte, dass es sich bei dem gefunden Mordopfer tatsächlich um Neergaard handelte. Aber diesmal verspürte Kevin Love einen besonderen Drang, auf der sicheren Seite sein zu wollen. Insbesondere jetzt, da seine Spezialistin entgegen der Vereinbarung nichts von sich hatte hören lassen, nachdem sie die Aufgabe erledigt hatte. In dieser Sache war schon genug verpfuscht worden, und wenn es eins gab, was Kevin Love verabscheute, dann war es Stümperei. Diese Aversion war auch ein wichtiger Grund dafür gewesen, seinerzeit sein eigenes Geschäft aufzuziehen. Der Falklandkrieg hatte den Ausschlag gegeben. Normalerweise interessierte ihn Politik nur in dem Umfang, in dem sie seine Arbeit beeinflusste. Aber der Falklandkrieg war ein reiner Alptraum gewesen, der ihn ernsthaft dazu bewegt hatte, seinen Kurs zu ändern.

Das lag zum einen an der Erfahrung, dass es bei diesem Krieg um nichts anderes ging, als irgendwelche Prinzipien im Zusammenhang mit ein paar Inseln am Ende der Welt aufrechtzuerhalten. Bei der SAS hatten sie ihr Leben riskiert und dafür trainiert, der Weltelite der Fallschirmjäger anzugehören, aber mit welchem Gewinn? Seine Erlebnisse waren nicht mit seiner Auffassung vereinbar gewesen, dass alles, was man sich im Leben vornahm, ein Ziel haben sollte. Aber was warf so ein Krieg schon ab? Kein Geld, keine Ehre, nichts. Das größte Problem hatte allerdings darin bestanden, dass sie mit einer geradezu grotesk minderwertigen Ausrüstung losgeschickt worden waren. Die Stiefel der normalen Soldaten waren so desolat, dass sie beim Marschieren auseinanderfielen. Den Fallschirmspringern wurden vor ihrem Landgang Neun-Millimeter-Maschinenpistolen ausgehändigt; eine Waffe, die für Kämpfe in der Stadt hervorragend geeignet, in der offenen Landschaft jedoch nicht zu gebrauchen war. Als sie schließlich ankamen, konnten sie nichts anderes tun, als sich die argentinischen 7.62-Millimeter-Maschinengewehre und die dazugehörige Munition anzueignen. Einige verwendeten bei den Angriffen sogar Bajonette. Es war einfach zu lächerlich.

Bei ihrer Rückkehr wurde der Einsatz als großer Sieg gefeiert, und Kevin Love erhielt einen weiteren Orden für seine Paradeuniform. Doch für ihn war das Undenkbare eingetroffen. Er, der geglaubt hatte, für den Rest seines Lebens im 22. Regiment Special Air Service zu bleiben, war es leid, sein Talent zu vergeuden und sein Leben zu riskieren, weil die Einsätze von Idioten geplant wurden. Deshalb wurde er zunächst Söldner. Erst bei den South African Defence Forces, dann in Mittelamerika, dann wieder in Afrika, als Leiter des Sierra Leone Commando Service und in anderen Regionen mit instabilen Regierungen, die Bedarf an Schutz und militärischer Kompetenz hatten. Währenddessen war er stets in allerlei Nebentätigkeiten verwickelt gewesen, vom Schutz der Minenarbeiter in Ruanda über Diamantenschmuggel bis hin zu Waffen- und Rauschgifthandel im Sudan.

Am Ende hatte er sein Leben als Söldner aufgegeben, um sich den vielen noch lukrativeren Geschäften zu widmen.

*

Sie war von einem Winseln wach geworden. Eigentlich hatte sie sich in einem angenehm betäubten Zustand befunden und tief und traumlos geschlafen – wegen ihres Blutverlusts und des dickflüssigen Alkohols, an den sie sich immer mehr gewöhnte. Ihr war es gerade noch gelungen, auf die Pritsche zu klettern, bevor sie endgültig wegdämmerte. Jetzt lag sie mit einer fleckigen und stinkenden Decke über sich da und versuchte, wieder zu sich zu kommen.

Peggy-Lee zwang ihr Gehirn zum Denken, und ihr ging auf, dass sie nicht von allein aufgewacht war, sondern ein fremdes Geräusch gehört hatte. Sie hielt den Atem an und horchte, wagte aber nicht, sich aufzurichten und die Gardine beiseitezuziehen, um zu sehen, ob jemand draußen auf dem Bootssteg stand und hereinsah. Jetzt war das Geräusch wieder da, ein Winseln und ein Kratzen von etwas

Hartem auf Holz. Es wurde immer lauter, und plötzlich war es direkt über ihr.

Peggy-Lee richtete sich auf und ließ sich dann auf die Planken gleiten. Sie kroch auf allen vieren darauf entlang, bis sie zu einem Bullauge links von der Kombüse gelangte, von dem aus sie fast das ganze Deck überblicken konnte, ohne selbst gesehen zu werden. Trotzdem hechtete sie sofort von dem Fenster weg, als sie begriff, wo die Geräusche herkamen.

Nur zwei Meter von ihr entfernt stand ein großer Schäferhund auf dem Deck. Ganz offensichtlich hatte er ihre Fährte aufgenommen. Es war schneller gegangen, als sie gedacht hatte. Sie hatte gehofft, die einsame Lage des Tatorts würde ihr zu einigen Stunden Vorsprung verhelfen, ehe man die Leiche entdeckte. Aber dies war zweifelsohne ein abgerichteter Polizeihund, und sie musste sich schleunigst aus ihrem Dämmerzustand befreien und von hier wegkommen. Aber erst musste sie sich um diesen Hund kümmern, ehe er sein Herrchen alarmieren konnte.

Peggy-Lee sah sich in der Kajüte um und griff nach der Dose mit dem gekochten Schinken, öffnete sie hastig und stellte sie auf die Schwelle zur Kajüte. Dann raffte sie ihre Kleidung zusammen, band sich ihr Oberteil um die Taille, steckte ihr Portemonnaie und Telefon in die Plastikhülle einer alten Seekarte und stopfte sich das Ganze in den Hosenbund. Sie pfiff leise nach dem Hund, der die Ohren spitzte und sich dem Kajüteneingang näherte, hinter dem sie sich versteckte.

Als das Tier die Dose erreicht hatte, stand es so nah bei ihr, dass sie seinen stinkenden Atem riechen konnte. Blitzschnell stand sie auf und schlug mit der Faust auf den Schädel des Schäferhundes. Er ging mit einem leisen Jaulen zu Boden.

Peggy-Lee bedachte ihn mit einem mitfühlenden Blick, ehe sie an Land sprang. Eigentlich mochte sie Hunde.

*

»Ich muss jemanden von der Mordkommission sprechen«, sagte Linnea in ihr Handy und versuchte, den Taxifahrer zu ignorieren, der neugierig zuhörte. »Wer leitet die Voruntersuchung zu dem ermordeten Mann, den man letzte Nacht gefunden hat?«

Nur Touristen konnten auf die Idee kommen, mitten auf der Straße stehen zu bleiben. Linnea verkniff sich einen bösen Kommentar, während sie darauf wartete, dass das Taxi endlich von der Stelle kam. Ihre Schicht am Rechtsmedizinischen Institut fing in zehn Minuten an, und bei diesem Tempo war die Wahrscheinlichkeit, pünktlich zu kommen, ziemlich gering. Sie musste sich endlich ein Fahrrad zulegen, das Universalverkehrsmittel in Kopenhagen. Sie vergaß allerdings ihren Vorsatz immer wieder, weil sie so zentral wohnte, dass sie fast alles zu Fuß erreichen konnte.

»Ich stelle Sie zu Vizekommissar Thor M. Dinesen, dem Verantwortlichen bei der Mordkommission, durch.«

»Nein, warten Sie!«

Aber es war zu spät. Linnea war bereits weitergestellt worden. Sie starrte aus dem Autofenster. Endlich zerstreute sich die Ansammlung japanischer Touristen, und das Taxi konnte weiterfahren. Der Fahrer ließ das Fenster herunter und klopfte eine Zigarette aus einem Päckchen.

Als sich jemand am anderen Ende meldete, sah sie ein, dass es nun definitiv zu spät war aufzulegen. Sie zögerte einen Moment, nachdem Thor seinen Namen genannt hatte, und meldete sich dann ebenfalls.

»Du machst ja ganz schön von dir reden.«

Er klang müde.

»Was meinst du damit?«

»Die Schlagzeilen in den Zeitungen sind schwer zu übersehen. Ausgezeichnete Arbeit, die du da geleistet hast. Ich war ja nur zwei Tage in dem Fall abgestellt, aber ich habe deinen Bericht gelesen und durfte ja auch deine kleine Angebervorstellung erleben. Beeindruckend. Ich glaube kaum, dass uns die alten Rechtsmediziner so viel Arbeitsmaterial geliefert hätten.«

»Danke!«

Daraufhin entstand eine peinliche Stille, in der Linnea versuchte, sich nicht mehr darüber zu ärgern, dass der Taxifahrer rauchte. Er blies den Rauch nur halbherzig aus dem Fenster, was bei der Hitze ohnehin nicht viel geholfen hätte. Es ärgerte sie, dass sie nicht einmal mit einem so beherrschten und außerdem rein fachlichen Kompliment von Thor umgehen konnte. Nach jenem Weihnachten im letzten Jahr waren sie ein paar Monate lang ein Paar gewesen. Oder zumindest hatten sie sich regelmäßig gesehen und wahnsinnig guten Sex gehabt, bis seine sechsjährige Tochter eines Tages dabei ins Zimmer gekommen war. Es war der letzte Sonntag, den sie gemeinsam im Bett verbracht hatten, und Linnea war mit dem Versprechen gegangen, sich bald zu melden. Dann versuchte sie sich selbst davon zu überzeugen, dass sie einfach noch nicht bereit für eine neue Beziehung war. Dafür sprach auch, dass sie Phil in San Francisco noch nicht erzählt hatte, dass sie in nächster Zeit nicht gedachte zurückzukehren. Und ihre Flucht hatte auch garantiert nichts damit zu tun, dass sie nicht in der Lage war, die Ersatzmutter für Thors Kind zu spielen.

Zu allem Übel war nun auch noch er es, der das Schweigen brach.

»Was kann ich für dich tun? Ich gehe mal davon aus, dass du nicht anrufst, um einen gemütlichen Plausch mit mir zu halten?«

Linnea nahm sich zusammen und erklärte, dass sie gern etwas über jenen Jonas Holm Neergaard erfahren würde, den man tot aufgefunden hatte.

»Was ist mit ihm passiert? Wisst ihr schon was?«, fragte sie.

»Aus welchem Grund fragst du?«

»Du würdest mir damit einen Riesengefallen tun. Es ist rein privat.«

»Das überhöre ich jetzt einfach mal … aber vielleicht bist du doch nicht so hellseherisch veranlagt, wie man glauben könnte.«

»Wie meinst du das?«

»Bist du am Rechtsmedizinischen?«

»Noch nicht, aber bald, wenn wir hier nicht ständig mit Touristen kollidieren würden, die meinen, die ganze Stadt sei eine Verlängerung des Tivoli.«

»Ich bin sowieso gerade auf dem Weg dorthin. Warte einfach auf mich.«

Damit legte Thor auf.

31

Die Türen des Aufzugs öffneten sich, und Kevin Love ging sofort hinein. Ein Mann und eine Frau traten automatisch zur Seite, um ihm Platz zu machen, und stiegen anschließend aus. Er drückte auf den Knopf und bemerkte, dass sie draußen stehen blieben und ihn anglotzten. Die Frau sagte etwas zu ihm, was er nicht verstand. Er drehte sich um und starrte sie an. Dann wiederholte sie das Gesagte auf Amerikanisch.

»Entschuldigung, aber wer sind Sie? Haben Sie eine Genehmigung, sich hier aufzuhalten?«

Die Frau trug einen Kittel und gehörte vermutlich zu den hiesigen Rechtsmedizinerinnen. Sie war ausgesprochen klein. Vielleicht wirkte das aber auch nur so, weil sie in Begleitung eines ziemlich großen Mannes war. Er trug keinen Kittel und machte Anstalten, wieder in den Aufzug zurückzukehren. Vermutlich wollte er ihn festhalten. Aber Kevin Love wechselte nur seine Blickrichtung und starrte den Mann eindringlich an, damit er ruhig blieb, um dann erneut die Frau zu fixieren.

»Ich bin nur auf dem Weg nach draußen.«

Kevin Love versuchte weiter, den Mann mit seinen Blicken einzuschüchtern. Eigentlich sah er aus wie ein Polizist, schien aber mit der Situation überfordert und zog sich wieder zurück. Dann glitt die Tür zu, und Love sah nur noch sein eigenes verschwommenes Spiegelbild auf den Stahlwänden des Aufzugs.

Immerhin hatte er sich davon überzeugen können, dass der Tote mit jenem Mann identisch war, auf den er seine Killerin angesetzt hatte. Plötzlich kam ihm der Gedanke, dass der Tote auf Englisch vermutlich Jonah heißen würde. Ein Unglücksvogel, den man sich so schnell wie möglich vom Hals schaffen sollte. Was er versäumt hatte. Und jetzt wurde er mit einer Reihe von Fragen konfrontiert. Beispielsweise, warum die Expertin, die er für die Aufgabe angeheuert hatte, nicht wie vereinbart Bescheid gegeben hatte, dass sie den Auftrag durchgeführt hatte. War sie noch immer in Kopenhagen? Und was bezweckte sie mit ihrem Verhalten? Der Fall war alles andere als abgeschlossen, und die Einschätzung, dass seine Anwesenheit erforderlich war, hatte sich somit als korrekt erwiesen. Denn wenn ihn sein Gefühl nicht völlig täuschte, so war das eigentliche Geschäft auch nach Neergaards Tod nicht endgültig abgewickelt. Die Sache musste näher untersucht werden, und das Auktionshaus, das er im Blick hatte, wäre ein guter Ausgangspunkt.

Einige Angaben waren noch nicht abschließend bestätigt, aber momentan deutete seine gründliche Lektüre der Auktionskataloge darauf hin, dass das Unmögliche eingetreten war: Neergaard war offenbar schlau genug gewesen, ihn bei ihren gemeinsamen Geschäften zu hintergehen. Sein Tod war also wahrlich selbstverschuldet gewesen. Und vor diesem Hintergrund musste er auch überlegen, ob nicht vielleicht mehr als eine Person aus dem Weg geräumt werden musste, um die ganze Angelegenheit endlich abzuschließen.

Kevin Love warf einen hastigen Blick auf den uniformierten Mann, der vor der Tür des Fahrstuhls auftauchte, als dieser im Erdgeschoss hielt. Zunächst begriff er nicht, was der Mann zu ihm sagte, doch dann wechselte auch er ins Englische.

»Darf ich fragen, was Sie hier suchen?«

Die beiden aus dem Keller mussten einen Wachmann alarmiert haben. Offensichtlich war er, von einer schweren Taschenlampe abgesehen, unbewaffnet. In diesem sozialdemokratischen Kinderparadies durften sich wahrscheinlich nicht einmal die privaten Sicherheitsleute bewaffnen.

»Ich suche genau das«, sagte Kevin Love, griff nach der Securitas-Krawatte des Wächters und zog so kraftvoll daran, dass dieser in den Aufzug stolperte und gegen die Wand hinter Love knallte. Ein kräftiger Tritt in die Kniekehle ließ den Wachmann auf dem Boden des Fahrstuhls zusammensacken, und Kevin Love drückte schnell noch den Knopf zum Kellergeschoss. ehe er über den Mann hinwegstieg. Er verließ den Aufzug und ging gemächlich die letzten Schritte zum Ausgang des Rechtsmedizinischen Instituts.

*

»Wie gut, dass du nicht bei der Polizei bist. Du kannst ja noch nicht mal einen Mann ausfindig machen, der direkt unter deinem eigenen Büro liegt. Und noch dazu nicht mehr davonlaufen kann!«

Thor grinste Linnea an, die eine Sekunde brauchte, um zu begreifen, dass er auf das vorausgegangene Telefonat anspielte. Die kühle Luft im Leichenschauhaus war ausnahmsweise einmal angenehm, verglichen mit der drückenden Hitze draußen. Die Temperatur in den drei Räumen des Leichenschauhauses betrug konstant vier Grad, weshalb es als Kühlraum diente, in dem die Toten vor und nach der Obduktion aufbewahrt wurden. Erst wenn die Todesursache zweifelsfrei geklärt war, wurde die Leiche freigegeben und konnte vom Bestatter abgeholt werden.

Linnea schloss die schwere Stahltür hinter sich. Thor suchte auf den weißen Kachelwänden nach der richtigen Nummer. Sie spürte, wie ihr nach der klebrig-heißen Taxifahrt endlich ein wenig kühler wurde. Zu ihrer eigenen Verwunderung war ihr Umgang mit Thor unverkrampfter, als sie es erwartet hatte. Allerdings konnte das auch daran liegen, dass es ihnen bisher gelungen war, eine professionelle Distanz zu wahren und lediglich Belanglosigkeiten auszutauschen. Sie gingen an den vielen Rolltischen aus rostfreiem Stahl vorbei. Auf den meisten lagen mit weißen Laken bedeckte Leichen. Die alten Kühlfächer waren aus hygienischen Gründen längst abgeschafft und durch die Obduktionspritschen ersetzt worden, an deren einem Ende sich ein

Ablauf befand, der genau über die Waschbecken passte. Das erleichterte die Reinigung, und die Leiche konnte problemlos zwischen Obduktionsraum, CT- oder MRI-Scanner und Leichenhaus hin und her transportiert werden.

»Kennst du ihn?«

»Nicht richtig. Er war mit einer Frau verheiratet, mit der ich mal sehr eng befreundet war.«

Sie waren vor einem der Tische stehen geblieben. Thor prüfte den Identifikationszettel am großen Zeh der Leiche, um sicherzugehen, dass es die richtige war, ehe er Linnea das Laken entfernen ließ. Das Erste, was ihr auffiel, war die notdürftige Art und Weise, mit der man die Leiche wieder zusammengenäht hatte. Man hatte sie vom Hals bis zur Leiste aufgeschnitten und anschließend wieder geschlossen, mit groben Stichen, die nicht gerade schön aussahen. Einen Moment lang musste sie wegsehen, unangenehm berührt davon, dass sie ein Verhältnis zu dem Toten gehabt hatte, wenn auch nur indirekt.

»Er ist also heute Vormittag obduziert worden«, sagte sie.

»Ja, aber ich dachte, du würdest ihn vielleicht gerne selbst sehen, so neugierig, wie du klangst. Sie sind gerade fertig geworden.«

Linnea warf noch einen schnellen Blick auf die Leiche. Sie starrte in das Gesicht und stellte fest, dass sie Jonas Holm Neergaard zum ersten Mal in der Realität begegnete. Sie wollte gar nicht erst darüber nachdenken, welchen Eindruck der Mann ihrer Freundin auf sie gemacht hätte, wenn seine Augen lebendig gewesen wären anstatt gebrochen und matt wie jetzt. Objektiv betrachtet, hatte er vermutlich gut ausgesehen. Dann zwang sie sich, professionell zu sein, und beugte sich über den Leichnam. Trotz der Kälte verströmte er bereits einen schwachen Verwesungsgeruch. Unter normalen Bedingungen konnte es mehrere

Tage dauern, bis der eigentliche Zerfall einsetzte, aber an einem Sommertag wie diesem war das natürlich anders. Dasselbe galt für die Totenstarre, die üblicherweise nach einem Tag am weitesten ausgeprägt war und zwei bis drei Tage anhielt. Wenn der Tote in einer körperlich guten Verfassung war, konnte sie etwas früher eintreten, was dem muskulösen Oberkörper nach zu urteilen bei diesem Toten bestimmt der Fall war. In manchen Fällen sogar schon nach einer halben Stunde, wenn der Verstorbene kurz vor seinem Tod körperlich stark aktiv gewesen war. Die abnehmende Todesstarre deutete in dem vorliegenden Fall darauf hin und gab Anlass zum Nachdenken.

»Ist deine Neugier damit gestillt?«

Sie nickte und bat Thor, ihr zu helfen, den Toten umzudrehen. Dabei rutschte ihm das eine Bein aus der Hand, so dass es über die Tischkante hinwegbaumelte. Linnea legte es kommentarlos wieder zurück auf den Tisch. Die Haut wies rötlich-violette Flecke auf, die bereits vollständig ausgebildet waren, was gut zu dem festgestellten Todeszeitpunkt passte, der eineinhalb Tage zurücklag. Nach zwölf Stunden waren die Totenflecke am deutlichsten, und ihr Fehlen an Rücken und der gesamten Rückseite der Leiche ließ darauf schließen, dass sie unmittelbar nach dem Tod viele Stunden an derselben Stelle auf dem Bauch gelegen hatte.

Linnea beeilte sich, die Leiche mit Thors Hilfe wieder umzudrehen und zu bedecken. Dann trat sie einen Schritt vom Tisch zurück.

»Vermutlich wurde er durch einen Kopfschuss getötet«, sagte sie. »Sieht so aus, als befände sich im Brustkorb ein weiteres Einschussloch.«

»Der Rechtsmediziner meint, der erste Schuss würde von einer Pistole stammen, der zweite von einem Gewehr.«

»Das ist ungewöhnlich.«

»Die Techniker haben uns versprochen, morgen so schnell wie möglich eine detailliertere ballistische Analyse zu liefern.«

Anschließend erklärte Thor, dass der Tote vollständig bekleidet gewesen sei, als man ihn gefunden habe. Er habe keinen Personalausweis bei sich getragen, weshalb sie erst die Datenbank der Abteilung für vermisste Personen bei der Reichspolizei konsultieren und von einem Rechtsodontologen eine Zahnkarte ausarbeiten lassen mussten, mit der sie ihn identifizieren konnten. Diese Vorgangsweise führte mitunter erst nach Wochen zu einem passenden Ergebnis, aber glücklicherweise hatte ein Kollege von der Spurensicherung das Handy des Opfers am Tatort gefunden. Und es hatte nicht lange gedauert, bis man den Namen des Vertragspartners ermittelt habe. Nur deshalb wussten sie bereits, wer der Tote war.

Thors Handy klingelte.

»Ein bisschen mysteriös ist der Fall trotzdem«, sagte er, während er in seinen Taschen nach seinem Handy suchte. »Allein die merkwürdige Lage, in der die Leiche gefunden wurde. Die Rechtsmediziner haben lange darüber gerätselt, ohne eine Erklärung zu finden. Seine Handgelenke sind gebrochen, wofür es kaum einen ersichtlichen Grund gibt. Noch dazu lag der Körper in einer Art Fechterstellung, wie man sie sonst eigentlich nur von Brandopfern kennt.«

Endlich fand er das Handy und ging zur Tür. Linnea blieb mit dem Rücken zur Leiche stehen und winkte Thor noch einmal zu sich.

»Mir erscheint es eigentlich ganz einleuchtend, warum die Leiche so merkwürdig aussieht«, sagte sie. »Die Knochen wurden post mortem gebrochen. Jemand hat nach seinem Tod mit ihm gekämpft!«

32

Einen Tatort zu untersuchen ist wie seine Jungfräulichkeit zu verlieren«, hatte eine norwegische Kollegin auf einem Seminar gesagt. »Es ist nur einmal möglich.«

Sah man von der Anzüglichkeit der Aussage ab, hatte sie natürlich recht. Man bekam nur einmal die Chance, einen Tat- oder Fundort zu untersuchen. Denn ganz gleich, wie vorsichtig man vorging und wie viel man absperrte, der Vorgang als solcher führte doch immer dazu, dass man die Spuren verunreinigte oder verwischte. Nichtsdestotrotz steuerte Thor ein weiteres Mal die Refshaleinsel an, nachdem er das Rechtsmedizinische Institut verlassen hatte. Die Techniker hatten ihre Arbeit beendet, die Spuren gesammelt und dokumentiert. Die eigentliche Analyse und Bearbeitung würden allerdings noch etwas Zeit in Anspruch nehmen. Er besaß nicht viel Material, mit dem er weiterarbeiten konnte, bis die Techniker ihre Ergebnisse lieferten. Und die Hunde hatten keine verwendbaren Spuren vom Täter gefunden. Er wusste nicht genau, was er hier zu finden hoffte, aber es passte ihm gut, für eine Weile allein zu sein. Ihm war nicht ganz wohl bei dem Gedanken, wie glücklich er gewesen war, nach so langer Zeit wieder in Linneas Nähe zu sein.

Bei Tageslicht sah das Gelände auffallend anders aus. Zugänglicher, und zugleich noch einsamer als in der Dunkelheit, als er vor nur zwölf Stunden das erste Mal hierher gerufen worden war. Die Refshaleinsel war ein merkwürdiger Ort. Bis vor zehn Jahren hatte das Gelände zu B&W gehört, doch das Werftensterben hatte eine große, offene Wunde am Rand von Kopenhagens Hafen daraus gemacht. Im Gegensatz zu den mondäneren Grundstücken auf Holmen mit ihren Werbeagenturen und Kunstschulen lag es zu weit außerhalb, um zahlungsstarke Investoren anzulocken. Und die Zeit jener Kleinindustrie, die sich früher in solchen alten Gebäuden angesiedelt hätte, war ebenfalls vorbei. Jetzt gab es hier nur noch Ödnis, Becken mit rostzerfressenen Booten und Gebäude, die so massiv abgeschirmt und eingezäunt waren, dass man sich gar nicht erst vorstellen mochte, was hinter ihren Mauern vorging. Warum man genau hier eine Hinrichtung stattfinden ließ, war unschwer nachzuvollziehen.

Thor versuchte zu erkennen, ob irgendwo verlassene Autos standen, die aussahen, als hätten sie keinen Besitzer mehr. Denn irgendwie mussten Täter und Opfer ja hierhergekommen sein. Sie hatten alle Taxiunternehmen überprüft, doch niemand hatte in der Nacht zum Samstag zu diesem Zeitpunkt in der Gegend Fahrten registriert. Wie also waren sie hierhergelangt? Waren sie möglicherweise sogar zusammen gekommen, und nur einer von ihnen hatte den Ort wieder verlassen? Andererseits gab es auf dem Refshalevej viele Möglichkeiten, ein Auto zu verstecken – wenn nicht sogar unmittelbar zwischen den vielen Autowracks, die auf den Grundstücken ringsherum vor sich hin rosteten. In diesem Fall würden sie den Wagen früher oder später finden.

Thor parkte vor der kleinen Bootswerft und betrat das Gelände. Es war mit Rücksicht auf die weiteren Ermittlungen abgesperrt. Die Tür im Drahtzaun stand jedoch offen, so dass er das Absperrband zur Seite ziehen und hineingehen konnte. Die Sonne brannte schon seit dem Morgen unerbittlich. Hitze schlug ihm entgegen, als er auf den kleinen Betonplatz zwischen den drei Gebäuden zuging, der mit Planken und Stacheldraht umzäunt war. Als er zwischen dem Toilettengebäude zur Linken und der Bootswerft mit der angebauten Werkstatt zur Rechten stand und gegen die Sonne blinzelte, konnte er sich nur schwer vorstellen, dass hier vor nicht mal eineinhalb Tagen ein Mord geschehen war und es hier noch am Morgen vor Ermittlern der Mordkommission, Hundestaffeln und Kriminaltechnikern nur so gewimmelt hatte. Ihm fiel auf, wie still es war. Dabei war er lediglich zwanzig Minuten von der Innenstadt Kopenhagens in ein früheres Industriegebiet gefahren.

Er ging zu dem Toilettengebäude hinüber und zögerte einen Augenblick, ehe er eintrat. Das Licht funktionierte nicht mehr, so dass der Korridor im Halbdunkel lag. Er konnte noch die Blutspuren erahnen. Wenigstens war der Tote kein Unbekannter mehr. Vor einigen Stunden hatte Thor ein kurzes Telefonat mit seiner Frau Alexandra Neergaard geführt.

»Wissen Sie, was er Freitag auf der Refshaleinsel vorhatte?«, hatte er sie gefragt.

Aber sie hatte darauf keine Antwort gewusst. Sie war schweigsam gewesen und hatte immer nur wiederholt, dass sie nicht verstehen könne, was passiert sei. Sie schien ihm eine starke Frau zu sein, die ihr Schicksal sicher würde meistern können. Aber sie kam ihm auch eine Spur arrogant vor, obwohl er das nicht gern über eine Frau dachte, die gerade auf eine solch grausame Weise ihren Mann verloren hatte.

»Er ist nachmittags von zu Hause losgefahren«, hatte sie erklärt. »Er wollte zu unserem Haus in Faxe Ladeplads.«

»Sie haben ein gemeinsames Ferienhaus?«

»Ja, eigentlich gehört es mir. Es müsste mal wieder neu gestrichen werden. Wir waren schon lange nicht mehr da.«

»Wann haben Sie zum letzten Mal von ihm gehört?«

Sie fing erneut an zu weinen. Ihm wurde klar, dass er mit

einer ausführlichen Befragung eigentlich erst später beginnen dürfte. Sie hatte die Nachricht vom Tode ihres Mannes eben erst erhalten und stand noch immer unter Schock. Aber es war wichtig, dass sie schnell zu neuen Erkenntnissen gelangten.

»Hat er sich zwischendurch irgendwann bei Ihnen gemeldet?«

Sie verneinte. Anscheinend hatte sie erst im Laufe des Samstags mit einem Anruf von ihm gerechnet, und zu diesem Zeitpunkt war er bereits tot gewesen. Thor hatte das Telefonat beenden wollen, sich dann aber dennoch die Frage erlaubt, ob Jonas irgendwelche Feinde hatte. Sie hatte das abgestritten, der bloße Gedanke daran hatte sie schockiert. Doch dann hatte sie, fast wie zu sich selbst, etwas geflüstert, was er kaum hören konnte.

»Entschuldigung, ich habe Sie nicht ganz verstanden.«

»Ach nichts, ich rede nur vor mich hin. Es ist Unsinn.«

»Das macht nichts, alles kann von Bedeutung sein.«

»Aber es ist schon so lange her. Am Ende hat sich ja rausgestellt, dass an der Sache nichts dran war.«

Und dann erzählte sie halb widerwillig, halb peinlich berührt darüber, dass sie die Sache ausgeplaudert hatte, von damals, als Jonas im Irak war, damals, als er Leutnant gewesen und in Basra stationiert war. Es habe Anschuldigungen gegeben, irgendetwas mit einem Skandal wegen der Behandlung Gefangener, Folter, illegale Verhörmethoden, solche Dinge. Man habe in der Sache ermittelt und sei zu dem Ergebnis gekommen, dass Jonas nichts vorzuwerfen sei. Aber es gebe ja immer Leute, die Unmut hegten oder dennoch meinten, es sei ein Unrecht begangen worden. Und damit war Alexandra Neergaard plötzlich verstummt, und er hatte kein Wort mehr aus ihr herausbekommen.

»Ist da jemand? Hier spricht die Polizei!«

Ein plötzliches Geräusch hatte Thor dazu veranlasst, sich hastig aufzurichten. Er hatte gerade auf dem Boden gekniet, um die Blutspuren ein weiteres Mal zu verfolgen und sich vorzustellen, was hier irgendwann in der Nacht von Freitag auf Samstag passiert sein könnte. Mitunter konnte ein Tatort alles darüber erzählen, was zu dem Zeitpunkt geschah, an dem die Gewalt ausbrach und die Situation eskalierte. Das setzte jedoch voraus, dass man imstande war, genau nachzuhorchen. Und Thors Versuch zu verstehen, was für ein grausames Schauspiel an diesem Ort stattgefunden hatte und warum, war soeben von einem fremden Geräusch gestört worden.

»Kommen Sie raus, hier ist die Polizei!«

Er trat auf den kleinen Platz und musste erneut gegen die Sonne blinzeln. Das Geräusch war aus dem ersten Stock gekommen, oben bei der Bootswerft. Momentan war nichts zu sehen und nichts mehr zu hören, aber er war sich sicher. Es hatte wie das Klappern eines Fensters geklungen, aber es war völlig windstill, und aus irgendeinem Grund zweifelte er daran, dass eine Katze oder eine Ratte die Lärmquelle war. Nein, er war nicht allein am Tatort.

Thor sah sich genau um und ging dann auf das Werftgebäude zu. Neben dem Eingang befand sich eine Außentreppe aus Stahl, die zu dem Anbau mit der Werkstatt führte. Er hatte eine vage Idee, dass das Geräusch von hier gekommen sein könnte, dass es möglicherweise von jemandem stammte, der gerade die Treppe rauf- oder runtergegangen war. Vorsichtig legte er eine Hand auf die Türklinke, drückte sie herunter und stellte fest, dass die Tür unverschlossen war.

Er spürte seinen Puls schneller werden. Hier sollte eigentlich abgeschlossen sein, dessen war er sich ziemlich sicher.

Dann trat er die Tür mit voller Kraft weit auf und warf sich auf die Seite.

Jemand schlug nach ihm, aber er konnte sich rechtzeitig ducken. Er ging in die Knie, konnte jedoch Kraft sammeln, um nach dem anderen zu treten, als dieser erneut zum Schlag ausholen wollte.

Jetzt schnellte Thor vor und sah, dass sein Gegner ein Mann Mitte fünfzig war, der einen schmutzigen Overall trug. Er wollte gerade etwas aus seiner Tasche ziehen, als Thor blitzschnell nach einem Hammer von der Arbeitsbank neben sich griff.

Der Mann schrie lauthals, als ihn der Hammer mitten auf den Handrücken traf, und ließ den Schraubenschlüssel fallen, nach dem er in seiner Tasche gesucht hatte. Schon in der nächsten Sekunde hatte Thor den Mann in die Knie gezwungen und gegen die Wand gepresst.

»Wir beide haben wohl ein Wörtchen miteinander zu reden!«, sagte er.

*

Linnea ging im Fælledpark spazieren, um etwas frische Luft zu schnappen. Am Institut herrschte eine hektische Stimmung, nachdem ein Wachmann überfallen worden war. Vermutlich von demselben Eindringling, dem kurz zuvor auch sie und Thor begegnet waren.

Ihre Gedanken wanderten zu den sich überstürzenden Ereignissen der letzten Tage zurück. Nicht zuletzt dachte sie an Lex, die sie seit vielen Jahren nicht mehr gesehen hatte und der sie sich plötzlich wieder so nah fühlte. Ihre alte Vertrautheit war sofort wieder da gewesen, gerade so, als hätten sie das Gymnasium erst kürzlich verlassen. Natürlich war in der Zwischenzeit viel passiert, von dem ihr Lex so atemlos berichtet hatte, als müssten sie innerhalb eines Vormittages alles Versäumte aufholen. Als Linnea in die USA gereist war, hatte Lex ein weiteres Jahr damit verbracht, Geld zu verdienen, um auf eine Kunstschule in London zu gehen. Dort hatte sie ein paar Jahre gelebt, bis sie nach Hause musste, um ihre Mutter zu pflegen. Diese hatte infolge der Scheidung und der Verurteilung ihres Mannes wegen Steuerhinterziehung versucht, Selbstmord zu begehen.

Das alles klang ziemlich abenteuerlich, doch Linnea hatte den Eindruck, dass Lex durch ihre Erfahrungen reifer geworden war. Damals, als sie zusammen durch dick und dünn gegangen waren, war Lex jedenfalls oft eher nachlässig mit der Wahrheit gewesen. Es ging dabei zwar immer nur um Kleinigkeiten, wie etwa, seit wann sie irgendwen kannte, ob die Türsteher sie am Wochenende ins Jazz House Montmartre gelassen hatten oder nicht, oder wie viele von Kieślowskis Filmen sie tatsächlich gesehen hatte. Es waren lediglich kleine Unwahrheiten, die sich leicht mit einem schlechten Gedächtnis verwechseln ließen und die in Wirklichkeit nur Linnea bemerkte, weil sie Lex fast täglich in Aktion erlebte. Einmal hatte Linnea ihr deutlich erklärt, dass sie nicht in all ihre Geschichten hineingezogen werden wollte. Über die kleinen Lügen jedoch hatte sie sich nie groß aufregen können. Sie entschuldigte es damit, dass Lex in ihrer Kindheit so sehr vernachlässigt worden war. Sie selbst hatte sich immer auf die Freundin verlassen können.

Die Lex, die sie heute wiedergetroffen hatte, war noch dieselbe Person, und dennoch wirkte sie verändert. Sie war reifer geworden, ernster. Und dann musste ausgerechnet ihr so etwas Schreckliches, Tragisches widerfahren. Der Gedanke war kaum zu ertragen.

33

Die Knochensammlung zählte über zweitausend Skelette. Linnea staunte über den Umfang. Es war eine veritable Biobank mit Skelettgewebe, die fast achttausend Jahre zurückging. Die Exponate reichten von den ältesten archäologischen Funden in Dänemark über die ausgestorbenen Nordmänner auf Grönland bis ins 19. Jahrhundert hinein. Diese Sammlung musste geradezu einzigartig auf der Welt sein. Und Linnea war dankbar dafür, dass sie später, wenn im Rechtsmedizinischen Institut keine dringenden Aufgaben mehr anfielen, an ihrem Ausbau mithelfen durfte. Denn dafür hatte die Abteilung für Forensische Anthropologie gerade Fördermittel erhalten. Die ganze Sammlung sollte mit elektronischen Strichcodes versehen und in einer Datenbank archiviert werden, um der internationalen Forschung zu dienen. Diese Aufgabe war für Linnea nicht nur ein willkommener Zeitvertreib bei einer ruhigen Sonntagsschicht, sondern zugleich eine äußerst erfüllende Tätigkeit. Denn im Gegensatz zu der eher allgemeinen pathologischen Arbeit, die eine Vertretungsstelle am Rechtsmedizinischen Institut bot, waren hier tatsächlich ihre fachlichen Qualifikationen gefragt.

Die Sammlung befand sich unter dem Keller des Panum Instituts, und Linnea war sich schmerzlich bewusst, dass draußen die Sonne schien und eher zu Eis und leichten Sommerkleidern einlud als zur Registrierung spätmittelalterlicher Schädel. Sie wollte gerade von ihrem Arbeitstisch aufstehen, warf aber zuerst einen Blick auf ihren Blackberry. In Gedanken war sie schon dabei, eine SMS an Lex zu formulieren, um zu hören, ob sie sich nicht heute Abend nach ihrer Schicht sehen wollten. Sie musste ihr ja berichten, was sie über Jonas herausgefunden hatte. Außerdem wären ein wenig Trost und Gespräche vielleicht genau das, was die Freundin jetzt brauchte.

Sie schickte die Nachricht und checkte dann ihre Mails. Die älteste stammte von Anne-Grethe Topsøe vom Auktionshaus Ellemose. Zuerst verstand Linnea nicht, worum es eigentlich ging. Dann fiel ihr ein, dass sie am Dienstag auf gut Glück ein Foto von der Tontafel an sie geschickt hatte, in der Hoffnung auf einen Experten, der ihnen mit Details behilflich sein konnte. Darüber hinaus hatte sie es bei einem weiteren Auktionshaus, einem wissenschaftlichen Mitarbeiter am Nationalmuseum und einem freien Dozenten der Kopenhagener Uni verursacht. In Anbetracht der Ferienzeit war es kein Wunder, dass nur einer geantwortet hatte.

Hastig überflog sie die Mail. Anne-Grethe Topsøe erklärte kurz, der Gegenstand sei eine Tontafel mit Keilschrift, vermutlich aus der dritten Dynastie von Ur, also etwa aus dem Jahr 1900 vor unserer Zeitrechnung. Es sei schwer, die Inschrift nur anhand des Fotos zu deuten, aber das Siegel auf der einen Seite stamme aus einem Tempel in Umma im Süden des heutigen Irak. Der Text auf der anderen Seite gebe vermutlich an, dass es sich um eine Quittung für eine Lieferung von Rohr für Schreibwerkzeuge handele. Nichts Aufsehenerregendes, also eine jener Tontafeln, die man zu Tausenden in den Ruinen alter babylonischer Städte gefunden habe. Für ein Museum keine Seltenheit, und einem privaten Sammler wäre sie vermutlich zwei- bis dreitausend Kronen wert. Und Linnea sei jedenfalls herzlich eingeladen, mit der Tontafel in ihrem Auktionshaus vorbeizukommen.

Linneas erster Gedanke war, die Mail sofort in den Papierkorb zu verschieben. Sie war neugierig gewesen, weil die

Tafel etwas mit dem toten Iraker zu tun hatte, und sie hatte ein gewisses Rachebedürfnis gegenüber Bodilsen verspürt. Doch inzwischen kam ihr die ganze Angelegenheit nicht mehr besonders relevant vor, besonders vor dem Hintergrund, dass Lex' Mann ermordet worden war. Schließlich legte sie die Mail in einem Ordner ab. Sie wurde das Gefühl nicht los, dass sie mit dieser Sache noch nicht abgeschlossen hatte.

*

Der Mann in dem ölverschmierten Overall fluchte, machte aber keine weiteren Anstalten, sich aus Thors Griff zu befreien.

»Was zum Teufel haben Sie hier zu suchen?«

»Nichts.«

»Sie sind also ganz zufällig mit einem Schlüsselbund vorbeigekommen und haben sich durch die Polizeiabsperrung geschlichen? Entweder Sie erzählen mir jetzt sofort alles, oder wir fahren zusammen zum Politigården. Dann können wir mit dem Staatsanwalt darüber reden, welche Strafen auf Gewalt gegen Polizisten im Dienst stehen.«

Thor trat ein Stück von dem Mann zurück, der aufstand und versuchte, so zu tun, als sei gar nichts passiert. Er streckte die Hand nach seinen Schlüsseln aus, doch Thor schüttelte den Kopf. Dann erzählte der Mann ehrlich, dass er es sich zur Gewohnheit gemacht habe, die Bootswerft zu beaufsichtigen, da in der Gegend neuerdings zu den merkwürdigsten Zeitpunkten zwielichtige Aktivitäten stattfänden.

»Meistens am frühen Abend. Vielleicht auch später.«

»Jemand, der einzubrechen versucht hat?«

»Noch nicht. Sie waren immer drüben bei den Lagerräumen auf der anderen Seite. Aber man weiß ja nie. Ich wollte nur sichergehen.«

»Das ist aber verdammt nett von Ihnen. Und jetzt hauen Sie ab, ehe ich es noch bereue. Die Schlüssel lege ich draußen hin, wenn ich hier fertig bin.«

Der Mann starrte Thor wütend an und machte sich dann aus dem Staub, nachdem er versichert hatte, er könne nichts über die Zeit von Freitagabend und später sagen, in der Neergaard getötet worden war.

Er blickte auf die Schlüssel und entschied, dass er sich nun, wo er schon mal hier war, auch gleich genauer umschauen konnte. Er war ziemlich überzeugt, dass man den Ort nur aufgrund seiner einsamen Lage gewählt hatte. Wer eine öde Gegend suchte, war hier genau richtig. Vermutlich war dies das einzige Kriterium des Mörders für die Wahl des Tatorts gewesen, auch was die Bootswerft betraf. Es war ein kleines Unternehmen, das am Wochenende garantiert verlassen lag und wo auch nicht unbedingt an jedem Werktag gearbeitet wurde.

Die Schlüssel passten auch für die Werkstatt im Anbau, und Thor inspizierte sie. Sein Puls raste nach dem plötzlichen Überfall noch immer. Außerdem musste er ständig an Linnea denken, und das erleichterte ihm die Konzentration auch nicht gerade. Er hätte gedacht, dass er diesen Teil seiner Gefühle längst abgeschaltet hatte, aber offenbar bedurfte es nicht viel, um sie wieder zu aktivieren.

Er riss sich zusammen und begann sich umzusehen. Bei Tageslicht wirkte der Ort weniger befremdlich als in der letzten Nacht. Nun begann er zu ahnen, dass es sich offenbar um das Atelier eines Künstlers handelte. Große Deckenlampen versorgten den Raum mit Licht, und es gab kleine Arbeitsstationen, an denen man Dinge aus Ton modellieren oder Feinkeramik bearbeiten konnte. In den Regalen ringsherum lagen Dinge, die aussahen wie Tintenfischarme und Gipsabdrücke von Tieren, und mitten im Raum stand ein halber mehrere Meter langer Pterodaktylus. Er durchquerte eine improvisierte Küche am Ende des Raums, in der ein halbleeres Glas Kohlwürste und ein paar Dosen Bier standen, die vor sich hin gärten. Dann fiel ihm auf, dass es noch eine weitere Tür gab, zu der die Schlüssel passten und die aufs Dach hinaufführte. Er überlegte eine Sekunde, ob es die Mühe wert war, lief dann aber doch die wenigen Stufen nach oben. Das Dach war flach, und man konnte von dort aus die Kläranlage und die alten Werftgebäude überblicken. Sogar die Türme der Stadt konnte er auf der anderen Seite des Hafeneinlaufs pittoresk in den vor Hitze diesigen Himmel ragen sehen. Thor konnte aber keine Anzeichen dafür erkennen, dass jemand das Dach für seine Mittagspause oder als schöne Aussicht nutzte. Vielleicht hatte man einfach keinen Sinn mehr für das Schöne, wenn man sich in diesem entlegenen Winkel der Stadt aufhielt.

Nachdem er das Dach besichtigt hatte, rief er einen Bekannten an, der beim Militärgericht der dänischen Streitkräfte arbeitete. Er überzeugte den Mann am anderen Ende der Leitung davon, dass zwar Sonntag sei, er ihm allerdings einen großen Gefallen schulde, den einzulösen er hier und jetzt verpflichtet sei. Thor klappte zufrieden das Handy wieder zu und steuerte erneut die Treppe an. Einer plötzlichen Eingebung folgend, ging er jedoch erst bis zur Kante und blickte von dort auf das Toilettengebäude gegenüber. Von hier hatte man tatsächlich einen ungehinderten Blick auf die gesamte Umgebung.

Er ging in die Hocke und schaute über den kleinen Mauervorsprung, der rings um das Dach verlief. Hier konnte man sich im Liegen perfekt verstecken, wollte man jemanden irgendwo auf dem Gelände beobachten, ohne gesehen zu werden. Hastig stand er wieder auf. An den Ecken des Dachs hatte sich Schmutz angesammelt, der vom Regen dorthin gespült worden war. Er blieb als dünne Schicht aus Staub und Erde liegen, von der er soeben einen Teil abgetragen hatte. Und einen Meter rechts von ihm war dasselbe der Fall. Als ob dort erst kürzlich jemand gelegen hatte.

Er beeilte sich, die Stelle zu markieren, an der er selbst Spuren hinterlassen hatte, und ging dann denselben Weg zur Treppe zurück, den er gekommen war. Die Frage war, ob die Spuren auf dem Dach noch immer sichtbar waren, weil sie keine Bedeutung hatten. Oder ob jemand versäumt hatte, sie zu beseitigen, nachdem er hier auf der Lauer gelegen hatte. Zum Beispiel der Mörder, der es nach dem Kampf, der sich offenbar in dem Toilettengebäude abgespielt hatte, nicht mehr geschafft hatte, zurückzukehren und sie zu verwischen. Aber wer hatte in diesem Fall überlebt – das ursprünglich vorgesehene Opfer oder der Täter?

Thor rief die Spurensicherung an.

»Wir brauchen eine gründlichere Untersuchung. Ich möchte, dass alle Gebäude am Tatort durchkämmt werden. Auch die umliegenden. Ich warte hier auf Sie.«

Dann stieg er die Treppe hinunter und steuerte auf die Lagergebäude zu, von denen der Mann im Overall gesprochen hatte.

34

»Wie wäre es mit einem Bellini?«

Linnea war kaum zur Tür hereingekommen, als Lex sie auch schon in die Küche führte.

»Oder ist das pietätlos? Ehrlich gesagt, könnte ich gut einen Drink vertragen. Und ich freue mich so schrecklich, dass du da bist!«

Lex schob die Pfirsiche in den Entsafter, drückte auf einen Knopf und goss den Saft aus dem Auffangbecher in zwei langstielige Gläser, die sie Linnea reichte. Linnea, die erschöpft war von ihrer langen Schicht, lächelte Lex müde an und nahm die Gläser entgegen. Sie tauschten ein wissendes Lächeln aus, denn sie waren sich beide bewusst, dass dieser Willkommensdrink keinesfalls zufällig gewählt war, sondern einen Gruß aus alten Zeiten darstellte. Eine Reminiszenz an jenen Sommer, in dem Linnea und Lex nur Champagnercocktails tranken, ganz gleich, wie schmuddelig die Kneipen waren, in denen sie manchmal gelandet waren. Wenn man es nicht besser wusste, hätte man meinen können, der Tod ihres Mannes habe Lex kaum getroffen. Aber Linnea kannte sie gut genug, um hinter die Fassade zu blicken und bis zu ihrer Trauer vorzudringen. Sie war gerade erst Witwe geworden, und vermutlich war ihr Zustand eine Mischung aus einem schweren Schock und der Unmöglichkeit, das Geschehene zu begreifen.

»Kann ich dir irgendwie helfen?«

»Sieh dich doch ein bisschen um. Ich erledige noch schnell die letzten Kleinigkeiten. Erst sollten wir was essen, und dann können wir reden.«

Damit schob Lex Linnea aus der Küche und kümmerte sich weiter um das Essen.

Linnea nippte an ihrem Drink und sah sich in den beiden Zimmern um, die zum Garten hinausgingen. In einem war an einem runden Arne-Jacobsen-Tisch für das gemeinsame Essen gedeckt. Sie war mit dem Taxi direkt von der Arbeit zu Lex nach Virum gekommen. Anfangs war sie enttäuscht gewesen, als der Fahrer in eine langweilige Straße im typischen Vorortstil mit Wohnblöcken direkt neben der S-Bahn einbog. Wie sich dann herausstellte, lagen diese jedoch neben immer größer werdenden teuren Einfamilienhäusern. Und schließlich entdeckte sie, dass der Weg nicht zufällig Skovridergårdsvej, also Förstereiweg, hieß. Vom Wohnzimmer des eingeschossigen Hauses aus konnte man tatsächlich den nahe gelegenen Geelwald sehen.

Lex lebte ausgesprochen gut, so war es bei ihr und ihrer Familie immer gewesen. Linnea hatte ihr angesehen, dass sie fast den ganzen Tag geweint hatte, trotz des frischen und perfekten Make-ups. Und alles nur, um ihrer Rolle als lächelnde Gastgeberin gerecht zu werden, selbst in einer solch schwierigen Situation.

*

An diesem Abend sah das Kastellet mit seinen roten Gebäuden zwischen den Wallgräben und den vielen Touristen in den engen Gassen wie ein kleines Freilandmuseum aus. Die gesamte alte Festungsanlage gehörte noch immer den dänischen Streitkräften und beherbergte unter anderem den Militärischen Nachrichtendienst und das Militärgericht.

Thor durchquerte gerade den kleinen Park bei der Sankt Albans Kirche und dem Freiheitsmuseum. Er war etwas zu früh und nutzte die Zeit für ein weiteres Telefonat.

»Können Sie die Anfrage denn nicht sofort ans FBI weiterleiten?«, fragte er, nachdem man ihn durchgestellt hatte.

»Wollen Sie die Sache etwa so aufblasen? Normalerweise warten wir immer auf Inter- und Europol, und außerdem arbeitet sonntags niemand.«

»Sie wissen doch selbst, wie wahnsinnig langsam die sind. Ich zweifle ja auch daran, dass etwas dabei herauskommt, aber ich will nichts unversucht lassen. Bei diesen Ermittlungen sind wir mit Spuren nicht gerade reich gesegnet.«

»Dinesen, Sie waren schon immer ein ungeduldiger Geist. Und noch dazu haben Sie das einzigartige Talent, die Zeit anderer Leute zu stehlen!«

Thor bedankte und verabschiedete sich. Er hatte soeben mit seiner Kontaktperson vom Center für nationale Ermittlungen gesprochen. Das NEC hatte ein Büro im Politigården und war beispielsweise für die Kommunikation mit den ausländischen Verbindungsoffizieren vom FBI zuständig. Thor hatte jedoch auf der privaten Leitung angerufen, um den Prozess zu beschleunigen. Das Institut für Rechtsgenetik hatte seine Untersuchungen inzwischen in Rekordzeit abgeschlossen und die DNA-Proben analysiert, die in der Nacht am Tatort gesammelt worden waren. Nachdem man das genetische Material des Toten und einige andere irrelevante Spuren isoliert hatte, musste eines der DNA-Profile mit ziemlicher Sicherheit dem Mörder gehören. Die DNA ergab keinen Treffer in den Polizeiregistern. Deshalb hatte Thor die Daten an so viele internationale Kooperationspartner wie möglich schicken lassen. Also musste er jedem einzelnen Beteiligten Dampf unter dem Hintern machen, damit seine Anfragen nicht auf irgendeinem Schreibtisch liegen blieben, bis die Ferienzeit vorbei war. Außerdem hatte er Daniel Kraus und zwei weitere Kollegen damit beauftragt, einige von Neergaards ehemaligen Regimentskameraden aus der Livsgardens-Kaserne und aus der Zeit im Camp Dannevang zu kontaktieren. Denn abgesehen von dessen Arbeitskollegen in der Security-Firma war das der einzige Umgangskreis von Jonas, an den sich seine Frau erinnern konnte. Bis jetzt hatten sie immer noch keinerlei Hinweise auf ein Tatmotiv.

»Du hast mir ein Eis zum Nachtisch versprochen!«

»Gleich, mein Schatz. Ich muss nur kurz auf jemanden warten.«

Maja drückte erneut seine Hand, um ihn daran zu erinnern, dass er sein Wort unbedingt halten müsse, und Thor lotste seine Tochter zu der Bank, die er als Treffpunkt vereinbart hatte. Maja war sieben, gerade erst mit der ersten Klasse fertig, und war schon jetzt furchtbar genervt, Ferien zu haben. Sie sagte, dass sie sich langweile, und das hing sicherlich auch damit zusammen, dass ihre beste Freundin erst in einer Woche aus den Ferien zurückkommen würde. Catherine, Thors Ex, war in dieser Sache keine große Hilfe. Seit ihrer ziemlich aufreibenden Scheidung vor drei Jahren gelang es ihnen kaum noch, ein vernünftiges Gespräch von mehr als fünf Minuten zu führen. Obwohl sie sich das Sorgerecht teilten, schien sie ziemlich froh darüber, Maja so oft wie möglich bei ihrem Vater abliefern zu können. Dafür war Thor im Grunde genommen auch dankbar, denn er wollte so viel Zeit wie möglich mit seiner Tochter verbringen, obwohl es hin und wieder nicht ganz leicht war, ein beinahe alleinerziehender Vater zu sein.

35

»Du bist dir schon darüber im Klaren, dass das, was ich hier tue, völlig regelwidrig ist? Ich setze meinen Arsch aufs Spiel.«

»Wenn ich auch nur auf das kleinste Detail stoße, das für euch von Relevanz sein könnte, dann gebe ich es euch sofort weiter. Versprochen! Ich mache nur eine Hintergrundrecherche, sonst nichts.«

Thor konnte sehen, dass seine Antwort den anderen nicht so überzeugte, wie er geplant hatte. Aber sie wussten beide, dass sie sich in der Grauzone namens Freundschaftsdienst bewegten und es nie schaden konnte, einen persönlichen Kontaktmann in einer anderen Abteilung zu haben. Asbjørn Vogler war Teil der Nachforschungsabteilung, die für militärische Strafsachen zuständig war – von den Ermittlungen bis hin zum endgültigen Urteil. Sie bearbeiteten alle Fälle, die Angehörige des Militärs betrafen, auch wenn diese gegen das Zivilgesetz verstoßen hatten. Da das Militärgericht direkt dem Verteidigungsministerium unterstellt war, gab es immer ein Zuständigkeitsgerangel mit der Polizei, das offizielle Eingaben in lange bürokratische Kriege verwandelte. Thor hatte Asbjørn auf einer UN-Mission im Kosovo kennengelernt. Bei dem Einsatz hatte es sich um eine Zusammenarbeit von der UNMIK, der Polizei vor Ort, und der KFOR, der Asbjørn zu dieser Zeit angehörte, gehandelt. Es war in den Jahren nach dem Bürgerkrieg, als Thor wie so viele andere dänische Polizisten dort war, um die örtliche Polizei bei der Identifikation der Opfer aus den zahlreichen Massengräbern zu unterstützen. Der ganze Kosovo erschien ihm wie eine einzige korrupte Räuberhöhle, in der Gleichgesinnte wie Asbjørn schwer zu finden waren. Die Wirtschaft war korrupt und von Freundschaftsdiensten und Bestechung dominiert, und in dem gesamten Gebiet wimmelte es nur so vor Kriegsverbrechern. Sie hatten einander bei einer größeren Festnahmeaktion am Rande von Priština kennengelernt, bei der vier serbische Kriminelle verhaftet worden waren. Thor hatte die Razzia geleitet, bei der sie ohne größere Zwischenfälle vier Orte gestürmt hatten, um die Gesuchten dort aufzugreifen. Als er anschließend entdeckte, auf welchen Unmengen von Waffen und Munition die vier gesessen hatten, war er schockiert. Für

Asbjørn hingegen war es bereits die zweite Mission, und er wusste zu berichten, dass das keinesfalls ungewöhnlich war. Hier trugen alle Waffen, und die Serben waren seiner Meinung nach ziemlich durchtrieben.

»Schieß los! Was hast du für mich rausgefunden?«

»Keine besonders schönen Sachen. Aber alle Anklagen wurden wegen der dünnen Beweislage fallengelassen. Das heißt, niemand wurde für etwas verurteilt.«

»Aber du meinst schon, dass an den Anklagen etwas dran sein könnte, auch wenn sie nie vor einen Richter kamen?«

Asbjørn nickte und reichte ihm einen Umschlag, der Auszüge aus der alten Ermittlungsakte enthielt.

»Und Neergaard war involviert?«

»Er war zwar nicht der verhörende Offizier, aber die Sache ist passiert, als er im Camp Dannevang war. In den meisten Fällen war er der Zweitkommandierende. Er kam also in der militärischen Rangfolge direkt nach Hauptmann Overbye.«

Asbjørn zögerte einen Augenblick, ehe er fortfuhr.

»Es ist immer leicht, ›Folter‹ zu rufen und aufzuschreien und sich darüber einig zu sein, dass das etwas Schreckliches ist und man es nie so weit kommen lassen darf. Die Dinge stellen sich jedoch als viel komplexer dar, wenn man selbst in eine solche Situation gerät. Denk daran, dass die Bush-Regierung die ›ausgeweiteten Verhörmethoden‹ im Irak sogar offiziell sanktioniert hatte.«

»Meinst du damit Abu-Ghureib?«

Thor hatte sich einen Scherz erlauben wollen, doch der andere schüttelte nur irritiert den Kopf.

»Neergaard und die Einheit, der er angehörte, waren dafür zuständig, die Iraker zu verhören und Nachforschungen anzustellen. Welche Dörfer in der Gegend ihnen gegenüber feindlich eingestellt waren und so weiter. Sie verhörten auch Iraker, die sie gefangen genommen hatten. Meistens fand die Befragung in einem Gefängnishof im Freien statt, mit Sandboden und Steinwänden. Oder in irgendeiner Baracke. Man muss sich das ziemlich primitiv vorstellen. Sie arbeiteten unter viel zu hohem Zeitdruck. Sie hatten nur zwölf Stunden Zeit, um zu entscheiden, ob sie eine Person freiließen, die im Prinzip sofort nach draußen gehen und eine Bombe am Straßenrand zünden und weitere Kameraden in den Tod reißen konnte. Oder ob das Verhör eine ausreichende Grundlage bot, um sie weiter festzuhalten oder sie in ein britisches Gefangenenlager zu überstellen. In manchen Fällen sogar in irakische Gefängnisse, bei denen niemand sagen konnte, welcher Behandlung sie dort ausgesetzt waren.«

»Soll das heißen, dass sie die Leute tatsächlich gefoltert haben?«

»So lautet zumindest die Anklage.«

Asbjørn stand auf und entschuldigte sich damit, dass seine Familie wartete. Thor dankte ihm vielmals und lächelte über seinen Freund, der seiner Meinung nach durch seine Arbeit Tür an Tür mit dem Nachrichtendienst von einer krankhaften Paranoia angesteckt worden war.

Er öffnete den Umschlag und zog die Papiere heraus. Es waren Auszüge aus dem Entwurf zu der Anklageschrift, die man damals ausgearbeitet hatte. Man hatte sie aber nie verwendet, weil der höchste Militärrichter offenbar entschieden hatte, dass die Vorwürfe vor einem Gericht keinen Bestand haben würden, oder möglicherweise auch, weil die Sache eine politische Brisanz entwickelt hatte. Besonders nach dem Fall Hommel, bei dem eine dänische Nachrichtenoffizierin wegen unmenschlicher Verhörmethoden verurteilt wurde. Er hatte den Verdacht, dass das Militär immer noch zwischen der neuen Linie, alle Grenzüberschreitungen hart zu bestrafen, und dem Wunsch, alles so schnell wie möglich zu vertuschten, schwankte. Er blätterte wahllos in den Unterlagen und entdeckte recht schnell, dass einige der Aussagen von genau den Leuten abgegeben worden waren, mit denen sie heute gesprochen hatten, also den Kameraden, die mit Neergaard zusammen im Irak gewesen waren. Einer von ihnen war der frühere Hauptmann Overbye, den Asbjørn ebenfalls erwähnt hatte. Aber die Angaben, die dieser während der damaligen Untersuchung gemacht hatte, stimmten nicht ganz überein mit dem, was er heute erzählt hatte.

Plötzlich verspürte Thor ein Kribbeln, ein Gefühl, dass er etwas auf der Spur war.

»Welches willst du?«

Thor sah zu Maja auf, die mit einem Eis in jeder Hand vor ihm stand. Das eine war mit einem Schaumkuss und Marmelade dekoriert. An dem anderen hatte Maja der roten Spur auf ihrer Nase nach bereits geleckt.

»Ich nehme das da«, entschied er und zeigte auf das mit dem Schaumkuss.

»Ich will die kleine Meerjungfrau sehen!«

Thor versuchte gar nicht erst, ihr zu erklären, dass die Meerjungfrau zurzeit einen Ausflug nach China machte, um auf der Expo den dänischen Pavillon zu schmücken, und dass auf dem Stein im Wasser nun an ihrer Stelle das Werk eines chinesischen Künstlers zu bewundern war. Stattdessen faltete er die Papiere zusammen, steckte sie in die Innentasche seiner Jacke, stand auf und nahm Majas ziemlich klebrige Hand. Sie gingen in Richtung Langelinie. Ihm fiel auf, dass die Refshaleinsel direkt gegenüberlag, auf der anderen Seite des Hafens.

*

Während des Essens unternahm Linnea mehrere Versuche, das Gespräch auf Jonas' Tod zu lenken, aber es war nicht leicht, darüber zu reden. Außerdem schien Lex zum ersten Mal an diesem Tag nicht weinen zu müssen. Was nicht bedeutete, dass sie nicht über Jonas sprach. Ganz im Gegenteil, sie schwelgte in Erinnerungen darüber, was für eine schöne Zeit sie gehabt hatten. Und sie kam immer wieder darauf zurück, wie sie sich in einem Wintersportdomizil begegnet waren, in dem sie mit ein paar Freunden Urlaub gemacht und er an der Bar gejobbt hatte.

»Das war wirklich richtig romantisch! Er war mir natürlich aufgefallen, weil er so gut aussah. Aber eines Abends rettete er mich vor einem total ekligen Typen, der die ganze Woche an mir geklebt hatte und der mich einfach nicht in Ruhe lassen wollte. Ich beschwerte mich an der Bar über diesen Typ, und am nächsten Tag war er aus dem Hotel geflogen und ohne jede Vorwarnung nach Hause geschickt worden. Jonas verlor natürlich kein Wort darüber, aber ich wusste, dass er dahintersteckte. Und ich dachte: so ein Mann, der würde alles für den Menschen tun, den er liebt.«

Lex lächelte Linnea schief an und fügte hinzu: »Und das kann ich von meiner eigenen Familie ja nicht gerade behaupten. Na ja, am nächsten Tag jedenfalls habe ich ihn den anderen als den Mann vorgestellt, mit dem ich den Rest meines Lebens verbringen möchte. Und ich meinte es ernst.«

Man konnte nicht genau wissen, wie viel von ihrer Geschichte stimmte. Linnea erinnerte sich noch deutlich daran, wie Lex ihrer Mutter erzählt hatte, dass sie gleich am Einführungstag am Gymnasium gewusst habe, dass Linnea die Freundin fürs Leben sei. In Wirklichkeit hegte Linnea den Verdacht, dass Lex nur deshalb nicht von ihrer Seite gewichen war, weil sie zufällig erfahren hatte, dass Linneas Vater Diplomat und damit hin und wieder bei Empfängen eingeladen war, bei denen mitunter auch Angehörige des Königshauses auftauchten. Trotzdem hatte Lex sich in der folgenden Zeit als loyale und treue Freundin erwiesen. Linneas Gedanken wurden durch ein Handyklingeln unterbrochen.

»Entschuldige mich bitte, aber das wird wohl was Geschäftliches sein«, sagte Lex.

»Und ich dachte, nur ich würde die ganze Zeit arbeiten! Du solltest die Sache jetzt wirklich mal etwas ruhiger angehen, Lex.«

»So ist das eben als Selbständige.«

Lex lächelte abwehrend, stand auf und ging in das andere Zimmer, um den Anruf entgegenzunehmen. Linnea blieb sitzen und überlegte einen Moment, ob sie noch was essen sollte, ließ es dann aber sein. Sie suchte den Blickkontakt zu Lex, um sich von ihr zeigen zu lassen, wo die Toilette war, aber ohne Erfolg. Also stand sie auf, ging in den Flur und sah sich um. Sie öffnete vorsichtig alle drei Türen, die jedoch zu einem Büro, einem Gästezimmer und dem Schlafzimmer führten. Dann versuchte sie es bei einer vierten Tür, hinter der eine Treppe lag, die in einen Keller führte. Vorsichtig schaltete sie das Licht ein und ging die Treppe hinunter. Es schien zumindest keine normale, verstaubte Kellertreppe zu sein, also bestand vielleicht die Chance, dass es dort unten eine Toilette gab. Doch als sie unten ankam, bot sich ihr ein ganz anderer Anblick.

Selbst im Halbdunkeln konnte sie erkennen, dass der Raum riesig war. Er musste weit über die Grundfläche des Hauses hinausgehen und zum Teil unter dem Garten liegen. Sie drückte auf einen Lichtschalter, woraufhin der Raum von einer Reihe kleiner Strahler erleuchtet wurde. Sie trat ein paar Schritte vor und stellte fest, dass es typisch für Lex war, einen solchen Raum einzurichten, der wie ein Museumssaal oder Ausstellungsraum aussah.

»Was sagst du zu einem Latte? Oder möchtest du lieber einen Cappuccino?«, hörte Linnea Lex von oben rufen und knipste das Licht aus. Schnell lief sie die Treppe hinauf und ging zu Lex, die in der Küche damit beschäftigt war, eine Espressomaschine mit Bohnen zu füllen.

Linnea war eigentlich neugierig zu erfahren, was das für ein geheimnisvoller Raum im Keller war und wofür er benutzt wurde, aber im Moment war ein anderes Problem viel dringlicher.

»Wo versteckst du bloß dein Badezimmer?«

36

Noch immer sprachen alle von der Mordkommission, obwohl sie mittlerweile offiziell »Abteilung Mord der Einheit für personengefährdende Kriminalität« hieß. Diese Abteilung war für alle Fälle von Mord, Gewalt und Sexualverbrechen zuständig. Dazu gehörte außerdem eine spezielle Abteilung für Brandstiftung. Wer auf die geschmacklose Idee gekommen war, ausgerechnet ihren Flur auf dem Politigården blutrot zu streichen, wusste Thor nicht. Natürlich sollte es dazu dienen, in diesem labyrinthischen Bau die Unterscheidung der einzelnen Abteilungen zu erleichtern. Aber eigentlich fand man sich schnell in den Rotunden und Sackgassen des Gebäudes zurecht.

Thor öffnete die Tür zu Tage Ewalds Büro und fragte: »Wolltest du gerade gehen, oder hast du eine Minute?«

»Tja, eigentlich sollte ich überhaupt nicht hier sein, aber du weißt ja, wie das ist.«

Thor holte sich einen Stuhl und setzte sich.

»Ich habe gerade den Bericht vom Militärgericht durchgelesen«, begann Thor. »Es geht um einen vermeintlichen Fall von Folter, in den das dänische Bataillon in Basra 2006 verwickelt war. Einer der involvierten Offiziere heißt Jonas Holm Neergaard. Und das ist der Mann, den wir heute Morgen auf der Refshaleinsel gefunden haben.«

»Folter?«

»So würden die Streitkräfte das allerdings nicht nennen. Du weißt, die Armeeleute sind mit diesen Dingen sehr vorsichtig. Jedenfalls haben sie damals aber versucht, zwei Soldaten zu überführen, darunter auch Neergaard, und zwar wegen ›Pflichtversäumnis von besonderer Schwere‹ nach Paragraph 15 des Militärgesetzes. Sie hatten den irakischen Gefangenen in mehreren Fällen Essen und Trinken verweigert und ihnen befohlen, ›gesetzlich nicht zugelassene, stressverursachende Körperhaltungen‹ einzunehmen. Beispielsweise stundenlang zu knien, während man sie anschrie, und solche Sachen. Es existieren aber auch Andeutungen von gröberen Vergehen, Schläge mit Gewehrkolben auf die Fußsohlen, Verbrennungen durch Zigaretten und Ähnliches, aber das hat man anscheinend wieder aus der Anklageschrift entfernt. Offenbar gab es darüber nur lose Gerüchte, während es für die anderen Vorfälle Zeugen gab.«

Der Polizeibeamte zuckte mit den Schultern, als wolle er signalisieren, dass das zwar interessant klinge, er aber nicht begreife, was es mit ihm zu tun habe.

»Bei allen Verhören war natürlich ein irakischer Dolmetscher anwesend. Seine Zeugenaussage hatte in dem Verfahren zentrale Bedeutung, da er überall dabei gewesen war. Und sie wurde nicht weniger wichtig dadurch, dass er sie ganz plötzlich zurückzog und damit großen Einfluss darauf hatte, dass es nie zu einer fertigen Anklageschrift kam. Sein Name ist Firaz Khalid. Schon mal gehört?«

Ewald gab einen beeindruckten Pfiff von sich.

»Die Leiche vom Lammefjord!«, sagte er dann. »Die beiden kannten sich? Gibt es etwa eine Verbindung zwischen den beiden Morden?«

»Ich weigere mich, zu akzeptieren, dass es sich dabei um einen Zufall handelt, und werde die Sache ab sofort übernehmen. Diese Ermittlungen müssen als Gesamtkomplex behandelt werden. Ich hätte dich gerne als Verbindungsglied in der Gruppe. Du warst dabei, als das Skelett gefunden wurde, und kennst alle Details. Ich spreche sofort mit Lange.«

Thor stand auf und war bereits auf dem Weg zur Tür, als Ewald sich räusperte.

»Was wird denn dann aus Richard Bodilsen? Was, glaubst du, wird der Polizeidirektor mit ihm machen?«

»Das ist mir völlig gleich. Meinetwegen kann Lange ihn beurlauben, am liebsten gleich bis zu seiner Pensionierung! Dieser Mann war schon immer eine wandelnde Katastrophe. Soweit ich weiß, hat er doch nichts anderes getan, als alle davon überzeugen zu wollen, dass Khalids Fall keine Mordsache ist. Einfach weil er keine Lust hatte, seinen Arsch zu bewegen. Wahrscheinlich hat er insgeheim darauf gehofft, dass es sich um einen Steinzeitmenschen handelt. Morgen fahren wir zusammen zum Lammefjord und sehen uns den Ort an. Ich will mir einen Eindruck verschaffen. Auf dem Weg dorthin kannst du mich dann über den Stand eurer Ermittlungen informieren. Die beiden Morde hängen ganz sicher zusammen.«

In dem Moment klingelte Thors Handy. Das Display verriet ihm, dass es Kamma Greive war. Es hatte keinen Zweck, den Anruf zu ignorieren.

»Wann kommst du und kümmerst dich um die Holzvertäfelung?«

»Tut mir leid, aber es geht gerade nicht. Ich rufe dich später zurück.«

»Es sieht einfach schrecklich aus, und ich erwarte in drei Tagen Gäste.«

Thor legte trotzdem auf und steckte das Handy mit einem kaum hörbaren Seufzer in die Tasche. Ewald starrte ihn an.

»Was war das denn?«

Thor blickte ihn resigniert an.

»Ach, das ist eine alte Geschichte«, sagte er dann. »Für die ich immer noch bezahle.«

Dann eilte er aus dem Büro und hinterließ einen merklich verwirrten Tage Ewald.

*

Als sie auf dem großen Børge-Mogensen-Sofa im Wohnzimmer saßen, weil es im Garten am Abend doch noch zu kühl war, hatte Lex Linneas Hände in ihre genommen und begann zu erzählen.

»Sie wollen mir nichts sagen. Ich frage immer wieder, was genau passiert ist. Wer es getan hat. Aber ich spüre, dass sie mich nur hinhalten. Und sie wollen nicht mal sagen, wann sie ihn freigeben, damit ich mich um die Beerdigung kümmern kann. Dürfen die das denn überhaupt?«

Lex blickte Linnea mit dunklen ernsten Augen an. Sie rieb sich das Muttermal unter dem linken Auge, und Linnea fiel ein, dass sie diese Angewohnheit immer schon gehabt hatte, wenn sie nervös war oder unter Druck stand.

»Ich fürchte, ja. Jedenfalls so lange, bis die Sache endgültig aufgeklärt ist. Jonas' Tod wird als Mordfall eingestuft.«

Linnea schwieg. Jetzt war sie mit dem herausgerückt, wovor es ihr so gegraust hatte, und Lex starrte sie verständnislos an.

»In solchen Fällen gehen sie normalerweise ziemlich sparsam mit Informationen um, selbst gegenüber den Angehörigen. Eigentlich verletze ich meine Schweigepflicht, wenn ich dir erzähle, was ich weiß. Diese Dinge sind vertraulich.«

»Aber Mord? Ich verstehe das nicht richtig.«

Linnea nahm sie behutsam in den Arm.

»Ist dir vielleicht etwas eingefallen?«, fragte sie dann. »Gab es jemanden, der einen Grund hatte, ihm den Tod zu wünschen?«

Lex richtete sich blitzschnell auf, und ihre Augen funkelten böse, als sie Linneas Andeutung widersprach. Dann sank sie wieder in sich zusammen und lehnte sich bei Linnea an.

»Haben sie etwas über mich gesagt? Wir hatten uns ja gestritten, bevor er von zu Hause losfuhr. Vielleicht glauben sie, ich hätte was mit der Sache zu tun?«

»Nein, natürlich tun sie das nicht.«

Linnea sah sie an und zögerte einen Moment.

»Aber sie haben etwas von einem Skandal im Irak erwähnt. Irgendeine alte Sache mit Foltervorwürfen.«

Diese Information war offensichtlich zu viel für Lex, denn im selben Moment begann sie lauthals aufzuschluchzen. Sie sah zu Linnea auf und fing bitterlich an zu weinen.

»Sie können diese Sache doch nicht wieder aufwühlen. Er wurde doch freigesprochen! Und genau daran ist er zerbrochen. Seit er aus dem Irak zurückkam, ging es ihm nie wieder richtig gut. Weißt du, wie viele Nächte er nicht geschlafen hat deswegen? Und was hat er zum Dank bekommen? Eine Anklage! Du musst ihnen sagen, dass es nicht stimmt. Versprich mir das!«

Linnea tat ihr Bestes, um die Freundin zu trösten. Doch Lex hörte nicht auf zu weinen und zwischendurch schluchzend zu fragen, was die Polizei Linnea noch alles erzählt hatte. Sie wollte alles darüber wissen, wo Jonas gefunden worden und was mit ihm geschehen war. Sie bestand darauf, so viele Details wie möglich aus den Ermittlungen zu erfahren. Linnea erzählte so viel, wie sie für verantwortbar hielt. Denn eigentlich durfte sie nicht das Mindeste weitergeben, auch nicht an eine Angehörige. In diesem Augenblick jedoch entschied sie, dass die Solidarität mit der Freundin schwerer wog. Zunächst hatte sie Lex so viel wie möglich ersparen wollen, aber diese erkundigte sich immer wieder nach Einzelheiten und schien sich erst zu beruhigen, als sie das Gefühl hatte, alles zu wissen, was auch Linnea über den Fall wusste. In der Zwischenzeit hatten sie die Flasche Wein geleert, und Lex fragte, ob sie eine weitere Flasche öffnen solle. Linnea kam kurz in Versuchung, lehnte dann aber doch ab.

»Ich rufe mir lieber ein Taxi. Und du siehst auch aus, als würdest du gleich vor Müdigkeit umfallen.«

Sie nahm Lex' Hand in ihre.

»Es sei denn, du hättest gern, dass ich hier übernachte. Das wäre kein Problem.«

»Das ist lieb von dir, das musst du nicht. Aber es war schön, dass du heute Abend hier warst.«

Als sie auf das Taxi warteten, wurden sie plötzlich beide schweigsam, so als bereuten sie die neugewonnene Intimität. Vielleicht war es aber auch nur die Erschöpfung nach all den gefühlsgeladenen Momenten, die sie gerade gemeinsam durchlebt hatten.

Als Linnea im Flur ihre Jacke nahm, sah sie den Gegenstand, der unter dem Rokokospiegel lehnte. Sie beugte sich vor, um ihn zu betrachten.

»Die ist schön, oder?«, meinte Lex.

»Wo hast du die denn her?«, wollte Linnea wissen und blickte Lex verwundert an.

Es war eine Tontafel von der gleichen Art, wie sie in Linneas Büro lag. Lex nahm sie und hielt sie hoch. Die Tafel war auf einen kleinen Sockel montiert, damit sie aufrecht stehen konnte. Sie war etwas größer als Linneas Exemplar. Die Keilschrift und die Zeichnung einer Gottheit oder Person auf der anderen Seite waren jedoch viel deutlicher darauf zu erkennen.

»Die hat Jonas aus dem Irak mitgebracht.«

Plötzlich sah sie aus, als würde sie gleich wieder zu weinen anfangen.

»Sie haben alle so was mit nach Hause gebracht. Alle kauften dieselben Souvenirs. Ich glaube, sie ist wahnsinnig alt.«

In dem Moment kam das Taxi, und Lex stellte die Tontafel ab, damit sie sich zum Abschied umarmen konnten. Linnea ging zu dem Wagen hinaus und stellte fest, dass es doch spät geworden war. Sie durfte auf keinen Fall vergessen, Thor von dieser Tafel zu erzählen. Vielleicht half ihm die Information weiter, dass es sich anscheinend um ein typisches Souvenir für Soldaten handelte, die im Irak gewesen waren.

Montag, 12. Juli

37

Es war das erste Mal, dass Linnea vom Anblick einer Leiche übel wurde. Nicht mal im Studium war ihr das passiert. Von Anfang an war sie fasziniert gewesen von der Wissenschaft, die sie sich ausgesucht hatte.

Sie konnte sich noch genau daran erinnern, wie sie gemeinsam mit ihrer Seminargruppe bei der ersten Identifizierung im Labor zusehen durfte. Im Studium wurde in Zusammenarbeit mit dem örtlichen Santa Clara County Medical Examiner's Office ein Programm angeboten, das angewandte humane Osteologie mit konkreten Rechtsfällen und Ermittlungen verband. Dabei handelte es sich vor allem um Fälle nicht identifizierter Leichen. Die Regale im Labor waren voller Pappkartons, die Skelette von Menschen enthielten, die niemand vermisste und deren Identität noch immer unbekannt war. Männer in Schutzanzügen waren damit beschäftigt, unter einer Dunstabzugshaube das Fleisch von den Knochen zu entfernen, und in einer Ecke stand eine Kaffeemaschine und blubberte vor sich hin. Linnea hatte sofort das Gefühl gehabt, endlich einen Ort gefunden zu haben, an dem sie sich heimisch fühlte. Selbst als sie gebeten wurde, an einem Tisch zu helfen, an dem man gerade die Leiche einer Frau untersuchte, die mehrere Tage tot in ihrer Wohnung gelegen hatte, war ihr nicht schlecht geworden. Dabei hatte es so ausgesehen, als bewege sich der Mund der Frau. Als würde sie gerade etwas essen oder etwas sagen wollen. Einer der Laborangestellten hatte über Linnea gelacht, als sie sich näher zur Toten herabbeugt und entdeckt hatte, dass der Grund dafür Maden waren. Es waren so viele, dass sie im Mund um einen Platz kämpften, wodurch sich die Zunge der Toten bewegte.

Aber das hier war trotzdem etwas anderes.

»Kannst du sie nicht davon überzeugen, ihn freizugeben?«, war das Letzte, was Lex am Abend zuvor gesagt hatte. »Damit er beerdigt werden kann. Können sie denn nicht verstehen, dass ich ihn gern zurückhätte!«

Doch als Linnea die Leiche des Mannes ihrer Freundin nun erneut untersuchte, wusste sie, dass es nur einem überdurchschnittlich versierten Bestatter gelingen würde, die Leiche wieder halbwegs präsentabel aussehen zu lassen. Wie üblich war der Körper zu Beginn der Obduktion mit einem langen Schnitt, der vom Kinn bis zum Becken reichte, geöffnet worden. Das war die Aufgabe des Obduktionsgehilfen, der die Leiche anschließend mit groben Stichen wieder zusammengenäht hatte, nachdem man die Organe herausgenommen und obduziert und anschließend wieder in der Leiche platziert hatte. Aufgrund der Schusswunde am Kopf war auch die Kopfhaut durch einen Schnitt von einem Ohr zum anderen teilweise abgezogen worden. Die Blutungen auf und unter der Kopfhaut waren als Folge von stumpfer Gewalt häufig zu finden. Ebenso wie die Frakturlinien und Brüche, die durch die Einschuss- und Austrittsöffnungen verursacht worden waren und zum Glück relativ einfach kaschiert werden konnten.

Linnea hatte unzählige Leichen in verschiedenen Verwesungsstadien zu Gesicht bekommen. Jonas Holm Neergaards Leiche hatte sie bereits am Vortag kurz gesehen. Aber dass sie die Leiche heute einer dezidierten Untersuchung unterziehen musste, war etwas ganz anderes. Und obendrein war der Fall persönlich geworden. Erst gestern Abend noch hatte Lex ihr ein Foto nach dem anderen von diesem Mann gezeigt und ihr von der schönen Beziehung und ihrer gemeinsamen Geschichte erzählt. Er war nicht länger nur ein zufälliges Opfer oder ein Studienobjekt, von dem sie sich distanzieren konnte. Nun war sie auch »befangen«, wie es im Autorisationsgesetz hieß, und hatte daher kein Recht mehr, einen Untersuchungsbericht zu erstellen. Sie entschuldigte es vor sich selbst damit, dass sie trotz allem nicht die reguläre rechtsmedizinische Untersuchung durchgeführt hatte.

Linnea wandte sich dem Computer zu, der neben dem Waschbecken an der Wand stand, und studierte zunächst das etwas abstraktere und dadurch weniger intime CT-Scanning, das die Kollegen am Tag zuvor gemacht hatten. Diese Computertomographie war eine Art Röntgenbild, die einen Querschnitt der Leiche zeigte. Man führte sie vor der Obduktion der Leiche durch. Sie offenbarte eine Menge Details, die sich mit dem bloßen Auge nicht erkennen ließen. Beispielsweise hatte man anfangs angenommen, Neergaard sei von einem Nackenschuss getroffen worden. Bei einem aufgesetzten Schuss wären allerdings deutliche Schmauchspuren auf der Haut zu sehen gewesen. Und selbst bei einer größeren Schussdistanz wären die Spuren zwar nicht vorhanden, aber die Austrittsöffnung hätte größer sein müssen als das Einschussloch und außerdem an den Rändern aufgerissen. Erst nach dem CT und der anschließenden Obduktion hatte der genaue Hergang festgestanden. Es wurde deutlich, dass es sich in Wirklichkeit um einen aufgesetzten Kopfschuss handelte, bei dem die Kugel oben in den Schädel eingetreten war und den Körper durch den Nacken wieder verlassen hatte. Wie Linnea bereits wusste, war es keine Seltenheit, dass Einschusslöcher aufgrund der Todesstarre nur äußerst schwierig zu entdecken waren. Wenn man starb, erstarrten die Muskeln, und die vielen verschiedenen Schichten, die die Oberfläche des Körpers ausmachen, verschoben sich untereinander. Dadurch konnte das Loch eines Projektils schon nach wenigen Stunden sehr klein und oberflächlich aussehen. Zudem war die Haut so elastisch, dass ein Einschussloch wesentlich kleiner erscheinen konnte als das eingeschlagene Projektil.

»Wie wäre es mit einem Eistee?«, fragte Thor, der den Kopf zur Tür hereingestreckt hatte.

»Großartig, gern!«

Linnea nahm die Gelegenheit zu einer Pause dankend an. Sie streifte die Gummihandschuhe ab und die Maske vom Gesicht und trat auf den Flur hinaus.

»Na, hast du etwas Neues entdeckt?«

»Das kann man wohl sagen.«

*

An seinem Mittagessen war an sich nichts auszusetzen gewesen: zur Vorspeise Austern, Fines de Claire, und anschließend ein zartes Cochon-Duroc-Filet. Allerdings war der teuerste Grand Cru auf der Weinkarte ein Chambertain Domaine Leroy von 2001. Und wenn dies nicht schon die Provinzialität des Restaurants enthüllte, dann tat es spätestens der überzogene Preis von 12.000 Kronen. Für diese Summe hätte es mindestens ein 2002er sein müssen. Kevin Love freute sich darauf, dass er Kopenhagen spätestens in ein paar Tagen den Rücken kehren konnte.

Nachdem er das Le Sommelier in der Bredgade verlassen hatte, machte er sich auf den Weg ins Auktionshaus Ellemose. Sein Kontakt in Kopenhagen hatte bereits einen Teil der Vorarbeit erledigt und mehr als angedeutet, dass Love in den letzten Jahren um ziemlich viel Geld betrogen worden war. Zwar hatte er die ganze Zeit seine zwanzig Prozent

Beteiligung an den Einnahmen von den großen Verkäufen in Skandinavien erhalten. Aber jetzt, da er sich entschieden hatte, das Geschäft abzuwickeln, hatte er eine abschließende Revision durchgeführt und war dabei zu äußerst überraschenden Ergebnissen gekommen. Zum einen waren bei Sotheby's in London ziemlich viele antike Kunstschätze verkauft worden. Außerdem gingen Gerüchte um, dass der Verkäufer Däne sei. Love selbst hatte einen weiteren Teil der entsprechenden Ware im Katalog vom Auktionshaus Ellemose in Dänemark entdeckt. Vermutlich hoffte man, dass er es hier nicht bemerken würde. Die Sachen mussten aus ein und derselben Quelle stammen, was bedeutete, dass es eine Menge Verkäufe gab, über die er nie informiert worden war. Und an deren Ertrag er folglich auch nie beteiligt worden war. Er spürte eine zunehmende Genugtuung darüber, wie er seine Zusammenarbeit mit Neergaard beendet hatte.

Kevin Love betrat das Auktionshaus und sah sich routinemäßig im Raum um. Hinter der Theke stand ein junges Mädchen mit blondiertem Haar an einem Computer bereit, um eventuellen Bietern behilflich zu sein. Dieses junge Ding zu manipulieren wäre fast zu einfach. Mangelnde Herausforderungen bereiteten ihm keine Freude. Andererseits hatte er natürlich auch Wichtigeres zu tun, als hier seine Zeit zu vergeuden. Man hatte ihn übers Ohr gehauen, daran bestand kein Zweifel. Doch die Frage war, wie sehr Neergaard daran beteiligt gewesen war und ob er alleine war oder einen Mitspieler hatte. Dass er überhaupt noch am Leben war, hatte Kevin Love nur seinem ewigen Motto zu verdanken: Ein Mal ist ein Zufall, zwei Male sind ein Zusammenhang und drei eine Verschwörung. Wie auch immer, das Mädchen hier würde ihm garantiert alles ausspucken, was er wissen musste.

»Wie kann ich Ihnen helfen?«

»Sie könnten damit anfangen, mir eine Adresse herauszusuchen.«

Kevin Love lächelte die junge Frau an.

»Und danach habe ich sicher noch ein paar weitere Fragen, bei deren Beantwortung Sie mir bestimmt ebenfalls gerne behilflich sein werden.«

38

Mein erster Gedanke war natürlich, dass ihn der Täter erst ermordet hat und anschließend zurückgekehrt ist, um die Leiche weiterzuverstümmeln.«

»So ähnlich deutet es auch Nikolajsen in seinem Bericht an. Aber warum? Ich könnte verstehen, wenn es sich um einen symbolischen Akt handelt, um irgendetwas auszudrücken. Aber dies ist ja etwas, was wir erst bei einer näheren Untersuchung herausgefunden haben.«

Linnea nickte eifrig. Thor hatte sie gebeten, die Leiche von Jonas Holm Neergaard noch einmal zu untersuchen. Denn es gab noch immer offene Fragen, darunter die merkwürdigen Frakturen, für die nicht einmal Svend-Erik Nikolajsens ausführliche Obduktion eine zufriedenstellende Erklärung gefunden hatte. Er war ein hervorragender Rechtsmediziner, aber eben kein forensischer Anthropologe. Deshalb hatte Thor über die offiziellen Kanäle Linnea angefragt, damit sie den Leichnam noch einmal untersuchte.

»Genau das ist es«, antwortete sie. »Irgendwas passt nicht. Deshalb habe ich mir die CT-Scans noch einmal gründlich angesehen. Und ich habe eine Theorie, was passiert sein könnte. Der wichtigste Ausgangspunkt ist natürlich, dass die Frakturen post mortem zugefügt wurden.«

Thor stellte seinen halbleeren Becher beiseite, und sie gingen noch einmal in den Obduktionssaal. Obwohl es eine forensisch-anthropologische Untersuchung war, fand sie am Rechtsmedizinischen Institut statt. Drüben am Panum gab es nämlich kein Lüftungssystem, was eine Voraussetzung für den Umgang mit noch nicht skelettierten Leichen war. Sie warf Thor einen Kittel und eine Mundbinde zu, und er fügte sich in die neue Rolle als Pathologe ein. Auf dem Computer zeigte Linnea ihm die Scans. Sie scrollte nach unten, bis sie die richtigen Bildausschnitte und Vergrößerungen fand, die sie zuvor erstellt hatte.

»Wie du hier erkennen kannst, hat er Frakturen auf beiden Seiten. Jemand muss ganz einfach die Handgelenke gepackt und so kraftvoll nach hinten gebogen haben, dass sie gebrochen sind. Eine ähnliche Fraktur findet sich am rechten Fuß, und außerdem wurden auch zwei Rippen gebrochen. Das entspricht ziemlich genau den Symptomen, die man nach einer typischen Schlägerei oder brutalen Bestrafung vorfindet.«

»Sieht man mal davon ab, dass dieses Opfer bereits tot war, als es geschah.«

»Ganz genau. Und das war es auch, was mich dazu veranlasst hat, es noch einmal genau zu untersuchen.«

Sie dirigierte Thor zurück an den Tisch. Nach den vielen Stunden Arbeit an der Leiche war sie wieder in der Lage, eine professionelle Distanz einzunehmen und zu ignorieren, dass hier der Mann ihrer Freundin auf dem Stahltisch vor ihr lag. Sie nahm die rechte Hand der Leiche hoch und zeigte sie Thor.

»Wonach schaut man als Erstes, wenn man das Opfer eines Gewaltverbrechens untersucht?«

»Was sich unter den Nägeln versteckt.«

»Genau. Hier können sich Hautreste und anderes verbergen, wenn das Opfer versucht hat, den Angriff abzuwehren. Und wie du siehst, sind die Nägel fast sauber. Und das brachte mich auch auf die Idee, dass diese Verletzungen zwar wie die Folgen einer brutalen Schlägerei aussehen, er sich aber nicht groß gewehrt hat. Der Kampf hat mit anderen Worten nicht nur vor, sondern vor allem nach dem Tod stattgefunden.«

Sie zögerte einen Augenblick und fuhr dann fort: »Ich stelle mir das mögliche Szenario so vor: Wir haben zwei Personen und zwei Tatorte. Er wurde ein Stück von seinem Fundort entfernt erschossen, und zwar aus großer Distanz, mit einem Gewehr. Anschließend ist er an den Ort geflüchtet, wo er gefunden wurde. Der Mörder ist ihm gefolgt. Und dann muss der tödliche Schuss gefallen sein, aus nächster Nähe, mit einer Pistole. All das kannst du im Obduktionsbericht nachlesen. Die Analyse der Schussverletzungen und die Schmauchspuren sprechen für sich. Falls ihr die Tatwaffe findet, wird der Lauf vermutlich Spuren von Blut und Gewebe aufweisen, so dass man sie leicht identifizieren kann.«

Sie blickte Thor kurz an und setzte ihre Ausführungen fort: »Wenn ich mich nicht völlig irre, ist der andere Schuss gefallen, als sie miteinander gekämpft haben. Ich stelle mir das ganz konkret so vor, als hätten sie sich dabei umklammert. Du weißt schon, in einer Art Ringerstellung. Und dann muss es dem Mörder gelungen sein, seinem Opfer die Pistole an den Kopf zu setzen und es zu erschießen.«

»Und er war auf der Stelle tot.«

»Daran besteht kein Zweifel. Aber hier kommt das eigentlich Interessante: Anschließend muss das Opfer über den Täter gefallen sein, der wiederum unter dem Gewicht zu Boden ging. Vermutlich suchst du also eine Person, die viel schmächtiger gebaut ist als Neergaard. Es ist garantiert nicht schön, wenn dieser Mann auf einen fällt und man selbst klein und schmächtig ist und noch dazu erschöpft von einem erbitterten Kampf.«

»Aber wie lassen sich dann die gebrochenen Handgelenke erklären?«

»Ich glaube, dass der Täter unter dem Toten gefangen lag. Denk nur mal an die große Menge Blut am Tatort. Der Täter wurde bei dem Kampf wahrscheinlich auch angeschossen und hat viel Blut verloren. Vielleicht hat er aus diesem Grund sogar das Bewusstsein verloren und ist erst viel später wieder zu sich gekommen. Und zu diesem Zeitpunkt hatte die Totenstarre bereits eingesetzt.«

Thor runzelte die Stirn.

»Du meinst, der Mörder lag unter dem Toten gefangen und musste ihm die Handgelenke brechen, um sich zu befreien? Das klingt ziemlich phantastisch.«

Linnea zuckte mit den Schultern.

»Die Todesstarre ist leicht zu lösen, aber es bedarf enormer Kräfte, um einen Knochen zu brechen. Aber das ist vermutlich die einzige realistische Erklärung für die Frakturen. Und wenn du sie akzeptierst, weißt du jetzt zwei weitere Dinge über deinen Mörder. Das eine ist, dass der Betreffende überaus kaltblütig ist, denn es erfordert ziemlich gute Nerven, aus so einer Situation herauszukommen. Stell dir nur mal vor, du wachst unter einem toten Mann auf, der dich im Schwitzkasten hat!«

»Und das andere?«

»Ist das nicht offensichtlich? Bei allem, was ich gegen Chauvinismus und allgemeine Vorteile habe, bin ich bei einer so kleinen und schmächtigen Person doch nicht im Zweifel. Du suchst nach einer Frau.«

*

»Mein Beileid. Darf ich hereinkommen?«

Die Frau zögerte, und er konnte ihr ansehen, dass sie ihm am liebsten die Tür vor der Nase zugeschlagen hätte. Aber dann öffnete sie die Tür doch ganz, und Kevin Love durfte eintreten. Dabei hielt er ihr diskret einen Blumenstrauß hin, denn es war immerhin ein Kondolenzbesuch.

»Wir können uns in den Garten setzen. Einen Drink?«

Er nickte Alexandra Neergaard ruhig zu und sah sie in der Küche verschwinden, nachdem sie ihm den Weg auf die große Terrasse gezeigt hatte. Er ahnte, dass es ihr in erster Linie darum ging, ihn so schnell wie möglich wieder loszuwerden. Ihn daran zu hindern, im Haus herumzuschnüffeln. Aber das war zu erwarten gewesen. Dagegen erstaunte es ihn, dass sein verstorbener Geschäftspartner mit einer solchen Frau verheiratet gewesen war. Sie sah akzeptabel aus, besonders von hinten, da ihr Hüftschwung ein wenig auffälliger als diskret war. Aber in erster Linie war er sofort von ihren Augen gefesselt gewesen. Und ihm war sofort klargeworden, dass sie nicht das unschuldige Frauchen war, das von den Geschäften des Mannes nichts ahnte. Vielleicht sogar ganz im Gegenteil.

Auf dem Weg durch das Wohnzimmer ging ihm auf, dass dies eine interessante Herausforderung werden könnte. Er war froh, dass die kleine Garrotte in seiner Hosentasche bereitlag, und seine Finger wanderten immer wieder zu der Schnur und dem kleinen Holzstock. Er betrachtete Alexandra Neergaard mit großem Interesse, als sie wieder zu ihm auf die Terrasse kam. Sie tat es ihm gleich. Er zweifelte nicht daran, dass sie genau dasselbe überlegte wie er: ob es nicht leichter und einfacher wäre, sich des Gegenspielers hier und jetzt zu entledigen. Aber er war sich bei ihr nicht sicher, ob sie im Ernstfall tatsächlich kaltblütig genug wäre.

»Ihr Mann und ich haben lange eine gute Zusammenarbeit zur gegenseitigen Zufriedenheit gepflegt.«

»Ich weiß, und ich habe mir gedacht, dass sie an dieser Stelle nicht zu enden braucht.«

Alexandra Neergaard ließ sich neben Love auf der Holzbank nieder, so dass sie sehr nahe beieinander sitzen würden, wenn er nicht wegrückte. Doch er blieb sitzen und registrierte mit Begeisterung, dass sie mit ihm flirtete. Innerhalb von Sekunden hatte sie von mörderischer Kaltblütigkeit auf verführerische Unterwerfung umgeschaltet. Und er wusste genau, dass es diesmal nicht an seinem Überzeugungsvermögen lag. Er wusste, dass ihr völlig klar war, was er hier bei ihr in Virum suchte, und auch, welche Rolle er beim Tod ihres Mannes gespielt hatte. Nichtsdestotrotz saß sie hier und machte ihm schöne Augen; sie war schnell darin, sich mit den neuen Machtverhältnissen in ihrem Spiel zu identifizieren. Er war gekommen, um sich zu vergewissern, dass alle Spuren des gemeinsamen Geschäfts beseitigt waren. Jetzt musste er zu seiner großen Überraschung erkennen, dass er in Wirklichkeit mit jemand ganz anderem zusammengearbeitet hatte, als er gedacht hatte. Diese Frau war seine Geschäftspartnerin gewesen, und zwar viel mehr als nur ein »stiller Teilhaber«, wie es so schön hieß.

Sie sah zu ihm auf.

»Wir haben so ein gutes Netzwerk aufgebaut. Es wäre eine Schande, wenn das alles zusammen mit Jonas verschwinden würde. Haben Sie jemals in Betracht gezogen, eine andere Partnerin in das Geschäft einzubinden?«

Sie setzte sich zurecht, und Kevin Love wahrte noch immer sein neutrales Gesicht.

»Aber ich möchte auch etwas davon haben. Jonas hat oft davon gesprochen, dass der Ertrag vielleicht ein wenig anders verteilt werden müsste. Denn immerhin tragen wir ja das ganze Risiko.«

Er sah die ehrgeizige Frau an, ohne eine Miene zu verziehen, dabei amüsierte es ihn.

»Meinerseits besteht kein Bedarf an einer Diskussion, wer das größte Risiko trägt. Die Bedingungen haben wir längst geklärt«, sagte er dann.

39

Dir ist schon bewusst, dass wir eine psychisch labile Person grob verunglimpfen, wenn sie nichts mit der Sache zu tun hat?«

»Doch, das hat er, und ich weiß es.«

Daniel Kraus nickte langsam und trank einen Schluck Kaffee. Dann reichte er die andere Tasse Thor, der sie entgegennahm, obwohl er nicht die Absicht hatte, noch mehr von dem braunen Gebräu zu trinken.

»Oder bist du etwa anderer Meinung? Die drei Männer sind in den Fall aus dem Camp Dannevang verwickelt. Ein irakischer Dolmetscher und zwei dänische Offiziere, des Weiteren vier mündige Soldaten, die lediglich verschwommene Zeugenaussagen abgeben. Der Dolmetscher und einer der Offiziere wurden ermordet aufgefunden. Zwar liegen zwischen den beiden Todesfällen eineinhalb Jahre, aber wir finden die Leichen in ein- und derselben Woche. Und der andere Offizier von damals sitzt dort drinnen und will nichts sagen.«

»Und das Wenige, was er gesagt hat, war ganz offensichtlich gelogen.«

Thor nickte. Bisher war das Verhör ziemlich unbefriedigend verlaufen. Wenn der frühere Hauptmann Uffe Overbye Jakobsen überhaupt etwas gesagt hatte, hatte er lediglich bereits feststehende Tatsachen geleugnet. Er hatte bestritten, dass man ihn beschuldigt hatte, seinerzeit im Irak an der Folterung von Gefangenen teilgenommen zu haben. Außerdem behauptete er, den ermordeten Jonas Holm Neergaard nicht näher zu kennen, und weigerte sich zuzugeben, dass er seit seiner Rückkehr vom letzten Einsatz in psychologischer Behandlung war. Er wollte schlichtweg nichts erzählen, nicht einmal, als sie ihm Dokumente gezeigt hatten. Allerdings konnte man schwer beurteilen, ob das verdächtige Verhalten des Mannes tatsächlich damit zu erklären war, dass er etwas zu verbergen hatte und sehr genau wusste, dass es oft am besten war, zu schweigen.

Thor und Daniel Kraus hatten Uffe Overbye am Vormittag unangemeldet aufgesucht. Sie wollten mit ihm über seine Zeit im Irak sprechen, in der er und ein Verhöroffizier eng mit Neergaard zusammengearbeitet hatten. Während sie noch auf das Ergebnis der DNA-Analyse warteten, war es am aussichtsreichsten, sich zunächst im persönlichen Umfeld des Verstorbenen umzuhören. Doch das ging gehörig schief, oder verlief zumindest anders als erwartet.

Uffe Overbye hatte ihnen selbst die Tür geöffnet, in kurzen Hosen und einem legeren Sommerhemd. Er hatte sich sofort geweigert, sie zu einem Gespräch ins Haus zu lassen, und stur darauf beharrt, nichts sagen zu wollen. Er wusste genau, dass er der Polizei lediglich seinen Namen und sein Geburtsdatum nennen musste, solange er nicht als Tatverdächtiger verhaftet worden war. Fast schien es, als hätte er sich in dieser Angelegenheit rechtlich beraten lassen. Als er dann auch die Tür zuschlagen wollte, schob Thor seinen Fuß dazwischen.

»Können wir nicht kurz hereinkommen und uns ein wenig umsehen? Ein Anruf, und ich habe einen Durchsuchungsbefehl. Nicht, dass Sie irgendwelche Waffen oder andere Dinge bei sich herumliegen haben, zu deren Besitz Sie gar nicht befugt sind?«

Daraufhin hatte Uffe Overbye die Tür hinter sich geschlossen und war mit ihnen gekommen.

»Wie konntest du das wissen?«, hatte Kraus ihm auf dem Weg zum Wagen zugeflüstert.

»Nicht schwer zu erraten, das haben die doch alle.«

Anschließend hatten sie allerdings nicht mehr viel aus ihm herausbekommen. Er war insofern kooperativ, als er zum Politigården mitkam und während des ganzen Gesprächs brav sitzen blieb. Dass er kooperierte, konnte man nicht gerade behaupten.

»Wenn er nichts sagt, müssen wir ihn wieder laufen lassen. Wir können ihn nicht festnehmen und ihn die üblichen vierundzwanzig Stunden hierbehalten. Nicht, wenn wir nichts gegen ihnen vorzuweisen haben, und schon gar nicht, wenn er in einem solch labilen Zustand ist.«

Thor nickte. Wie immer war Kraus in der Lage, die Dinge vernünftig und wohlüberlegt zu analysieren, obwohl auch er einen Durchbruch haben wollte.

»Ganz deiner Meinung. Und wir hätten sofort eine Klage wegen unverantwortlicher Behandlung eines psychisch Kranken am Hals, kaum, dass wir ihn haben laufen lassen. Er benimmt sich jedenfalls wie einer, der unter einem Granatenschock leidet, oder wie auch immer die Psychologen das nennen. Aber wir sollten ihm eine letzte Chance geben, uns etwas zu erzählen. Wie gut kennst du dich mit kognitiven Befragungsmethoden aus?«

Statt einer Antwort hielt Kraus die Hand hoch und zeigte mit dem Zeigefinger und dem Daumen einen Abstand von etwa einem halben Zentimeter an.

»In Schweden hat man damit schon phantastische Ergebnisse erzielt. Du weißt schon, außer bei pathologischen Lügnern oder denjenigen, die gründlich von ihren Anwälten geschult wurden, geht es niemals darum, *ob* ein Verdächtiger anfängt zu reden, sondern nur, *wann* er es tut.«

Kraus blickte ihn noch immer verständnislos an.

»Es ist die Aufgabe des Verhörleiters, den Verdächtigen glauben zu lassen, er wisse, dass er der Täter sei, und zwischendurch anzudeuten, woher er es weiß. Aber man erzählt nie direkt alles, was man weiß, und man fragt nie direkt nach etwas.«

Kraus hob die Augenbrauen und tat übertrieben beeindruckt. Dann leerte er seine Kaffeetasse und stand auf.

»Vielen Dank für den Vortrag. Dann lass uns mal loslegen.«

*

»Sie interessieren sich für antike Gegenstände?«

Linnea wandte sich dem jungen Mann zu, der trotz der Hitze Anzug und Hemd trug. Allerdings keine Krawatte, was vermutlich ein kleines Zugeständnis an die hohen Temperaturen war.

»Ja, vor allem für Dinge aus dem Nahen Osten. Ich habe in Ihren Katalogen im Internet gesehen, dass Sie einiges davon verkauft haben. Aber zurzeit scheinen Sie nichts im Angebot zu haben?«, erwiderte Linnea.

Sie folgte ihm zum Tresen neben dem Eingang, wo er sofort etwas in seinen Computer eingab. Auf dem Weg vom Rechtsmedizinischen Institut nach Hause war Linnea zum Auktionshaus Ellemose in der Bredgade gegangen. Die Räume hatten hohe Decken, die Wände waren voller Gemälde. Ringsherum standen Vitrinen mit Schmuck und Antiquitäten, die man vor den anstehenden Auktionen in

Augenschein nehmen konnte. Hier gab es Kunst von einem Kaliber, wie man sie normalerweise nur im Museum fand. Kaum zu fassen, dass sich all dies tatsächlich in Privatbesitz befand und nur für kurze Zeit von der Öffentlichkeit bestaunt werden durfte, ehe es für sechsstellige Summen unter den Hammer kam.

Die Idee, hierherzukommen und ein wenig zu recherchieren, war Linnea zufällig gekommen. Die Entscheidung, selbst etwas unternehmen zu müssen, war hingegen schon seit dem Abend zuvor in ihrem Kopf gereift. Obwohl das nicht gerechtfertigt war, hatte sie ein schlechtes Gewissen gegenüber Lex. Es fühlte sich nicht richtig an, dass sie die Leiche von Jonas Holm Neergaard erst untersucht und noch dazu ein zweites Mal obduziert hatte. Zu einem Zeitpunkt, als die Freundin vom Tod ihres Mannes schwer getroffen war und obendrein darum bettelte, ihn endlich beerdigen zu dürfen. Sie empfand sich selbst als Verräterin, und sie hatte ein Bedürfnis danach, etwas wiedergutzumachen und zu helfen. Als sie Thor am Vormittag ihre Ergebnisse vorgetragen hatte, hatte sie ihm auch von der Tontafel erzählt und dass diese vermutlich ein Souvenir aus dem Irak sei. Er hatte dem Ganzen jedoch keine größere Bedeutung beigemessen. Er verfolgte bereits eine vielversprechende Spur. Ihm zufolge hatte der Fall seinen Ursprung wahrscheinlich in einer Verschwörung unter einer Gruppe früherer Soldaten im Irak, die in einen Folterskandal verwickelt waren, den man unter den Teppich gekehrt hatte. Dass auch der tote Iraker ein Souvenir aus seiner Heimat mit nach Dänemark gebracht hatte, sei doch nicht verwunderlich, meinte er.

»Aber warum lag es in seinem Grab?«

Darauf hatte Thor auch keine Antwort gewusst. Mit Sicherheit, so erklärte er, gebe es aber eine Verbindung zwischen den beiden Morden. Linnea war der Meinung, dass sie auch Nachforschungen über die Tontafel anstellen müssten. Sie weigerte sich, an die Erklärung zu glauben, dass Jonas nur wegen eines heimlichen Folterskandals ermordet worden war. Lex hatte ihr alles über den alten Fall erzählt und berichtet, dass Jonas damals in allen Anklagepunkten freigesprochen worden sei. Dadurch fiel es ihr schwer zu glauben, er wäre ermordet worden, weil er geheimes Wissen über den Skandal besaß. Falls Jonas sich tatsächlich etwas hatte zuschulden kommen lassen und in kriminelle Machenschaften verwickelt gewesen war, hätte Lex ihr davon erzählt. Doch mit dieser Argumentation konnte Linnea Thor nicht überzeugen. Natürlich war sie weder Detektivin noch Ermittlerin, aber sie fühlte sich von der Tatsache provoziert, dass die Polizei eine Spur ignorierte, weil sie nicht in ihre vorgefertigte Theorie zu dem Fall passte. Wenn die Tontafel Linnea helfen konnte, etwas über den Mord an dem Iraker herauszufinden, was die Polizei noch nicht wusste, konnte das vielleicht wiederum zu neuen Erkenntnissen über Jonas' Tod führen.

»Es ist richtig, dass wir in früheren Auktionen recht viel davon im Angebot hatten. Zurzeit jedoch scheint nichts Neues in Aussicht zu sein«, sagte der junge Mann und riss Linnea aus ihren Gedanken.

»Dann sollte ich mich vielleicht bei denjenigen erkundigen, die schon was verkauft haben? Vielleicht haben sie noch mehr anzubieten.«

»Das lässt sich leider nicht bewerkstelligen«, erklärte der Mann. »Sowohl Käufer als auch Verkäufer bleiben anonym.«

Linnea schenkte ihm ihr lieblichstes Lächeln, für das er nicht unempfänglich schien, aber es änderte nichts daran. Sie bat darum, stattdessen mit Anne-Grethe Topsøe sprechen zu dürfen, mit der sie bereits korrespondiert hatte. Er nickte freundlich, verließ den Tresen, um seine Vorgesetzte zu holen.

Linnea blätterte so lange in dem aktuellen Auktionskatalog. Als die junge, blonde Angestellte am anderen Computer zu einem Ehepaar gerufen wurde, das einen wertvollen Teppich begutachtete, blickte Linnea sich hastig um und beugte sich über den Tresen.

Zu ihrer Enttäuschung war auf dem Bildschirm nur die Homepage des Auktionshauses zu sehen. Doch dann entdeckte sie das Icon für den Verlauf. Ihr junger Helfer hatte sich nicht aus dem Intranet ausgeloggt, sondern die Seite nur minimiert. Sie schnappte sich schnell die Maus und öffnete die Seite erneut. Genau wie erhofft, hatte er nach kürzlich verkauften Gegenständen aus der Gruppe »Ethnografica« gesucht. Anonymität hin oder her, das Auktionshaus musste schließlich eine Buchhaltung führen, und hier waren die Namen von Käufern und Verkäufern jeder einzelnen Auktion zu sehen. Sie traute sich nicht, die Excel-Tabellen genauer durchzulesen, aber das war auch nicht notwendig. Zwei Dinge fielen ihr nämlich sofort ins Auge: Mehrere der Gegenstände waren von ein und derselben Person gekauft worden, deren Namen sie überraschenderweise kannte. Und ein noch viel größerer Teil stammte auch von ein und demselben Verkäufer. Das ging allerdings nur aus einer Steuernummer hervor. Sie war sich nicht sicher, ob sie damit etwas anfangen konnte.

»Kann ich Ihnen helfen?«

Das blonde Mädchen war wieder an seinem Platz und starrte Linnea an, die sich noch immer über den Tresen beugte.

»Ich überlege nur ... ob Sie vielleicht eine Visitenkarte für mich hätten?«

Das Mädchen holte eine Karte und reichte sie Linnea, die sich höflich bedankte und hoffte, dass sie sich nicht allzu verdächtig gemacht hatte. Dann nahm sie ihren Blackberry und mailte sich die Steuernummer zu, um der Spur später nachzugehen.

40

Das Büro lag im ersten Stock. Linnea holte die kleine Tontafel aus ihrer Tasche und setzte sich gegenüber von Anne-Grethe Topsøe. Linnea erklärte der Expertin vom Auktionshaus Ellemose, das Stück sei Teil einer größeren Sammlung, die sie zu verkaufen überlege. Sie nahm die Tontafel in die Hand, betrachtete sie interessiert und sagte dann, dass sie froh sei, sie in der Realität zu sehen. Denn nun könne sie auf jeden Fall bestätigen, dass das Stück echt sei.

»Ich bin mir nur nicht ganz sicher, wo die Tafel genau herstammt«, sagte Linnea versuchsweise.

»Solange die Dinge nicht gestohlen oder illegal aus dem Irak ausgeführt wurden, spricht jedenfalls nichts gegen einen Verkauf.«

»Aber genau das weiß ich ja gerade nicht.«

Anne-Grethe Topsøe lächelte beruhigend.

»Das muss nicht unbedingt ein Problem darstellen. Es gibt viele Dinge, die nicht genau dokumentiert werden können, aber deshalb kann man die Leute nicht ohne weiteres kriminalisieren. Man kann den Dingen ja nicht ansehen, ob sie frisch ausgegraben wurden oder nicht.«

»Ist es denn nicht illegal, damit zu handeln?«

»Wie gesagt, es ist eine Grauzone. Selbstverständlich würden wir nichts Illegales tun. Genau wie die meisten anderen Länder hat auch Dänemark eine UN-Konvention gegen den illegalen Handel mit Kulturerbe unterzeichnet. Das bedeutet, dass man einen Kunsthändler oder ein Auktionshaus wegen Hehlerei anzeigen kann, wenn sie etwas Gestohlenes verkaufen. Aber die Beweislast dafür liegt bei dem Land, aus dem die Dinge gestohlen und illegal ausgeführt wurden. Und darüber hinaus muss die dänische Polizei einem beweisen, dass man sich die Dinge im bösen Glauben angeschafft hat. So etwas lässt sich selten zweifelsfrei feststellen.«

Sie zeigte auf einen Empiretisch, der in einer Ecke des Zimmers stand.

»Nehmen Sie nur mal die chinesischen Keramikfiguren, die dort drüben auf dem Tisch stehen. Wir haben sie gerade neu hereinbekommen. Damit ließen sich berühmte Menschen ungefähr achthundert Jahre vor Christus beerdigen, um im Totenreich Soldaten und Bedienstete dabeizuhaben. Meistens werden sie in China illegal ausgegraben und dürfen von dort auch nicht ausgeführt werden. Anschließend werden sie aber nach Russland oder Hongkong geschmuggelt, wo man sie ganz legal erwerben und mit nach Dänemark nehmen kann. Natürlich ist das illegal, weil man sie nicht gerade im guten Glauben kauft. Aber darüber können wir im Prinzip nichts sagen, wenn ein Kunde zu uns kommt und so etwas verkaufen möchte. Wir können uns eigentlich nichts anderes erlauben, als dem Kunden zu glauben, der behauptet, es sei ein Erbstück, das schon seit Generationen im Besitz der Familie ist.«

Sie schob die Tontafel wieder zurück zu Linnea und lächelte professionell.

»Sie sind herzlich willkommen, mit der ganzen Sammlung bei uns vorbeizuschauen, oder wir können einen Gutachter zu Ihnen schicken. Wenn Sie interessante Dinge anzubieten haben, spricht unsererseits nichts dagegen, sie zu verkaufen.«

*

»Wie Sie sehen können, mangelt es uns nicht an Sicherheitsleuten.«

Der Schwarze, dessen Händedruck sanft war und zugleich Stärke vermittelte, hatte sich als Lenny Strange vorgestellt, seines Zeichens Special Agent of the Diplomatic Security Service. Er hielt den Blickkontakt etwas länger, als Thor es normalerweise bevorzugt hätte, während er auf eine Treppe zeigte. Sie mussten an einem weiteren Wachmann vorbei, obwohl Thor bereits zweimal durchsucht worden war, seit er das Gittertor der amerikanischen Botschaft in der Dag Hammerskjölds Allé passiert hatte. Er war noch nie zuvor in dem Gebäude gewesen und gehörte zu den wenigen Beamten bei der Kopenhagener Polizei, die nicht einmal im Laufe ihrer Karriere dorthin abkommandiert wurden, um die Botschaft gegen die vielen Demonstrationen zu schützen, die immer wieder im Diplomatenviertel in Østerbro stattfanden.

Sein NEC-Kontakt am Politigården hatte überraschend schnell ein Treffen arrangiert. Oder besser gesagt, er hatte Thor angerufen und ihm mitgeteilt, dass man seitens der Botschaft ein Treffen wünsche. Dankbar hatte Thor die Gelegenheit wahrgenommen, vom Politigården wegzukommen, wo sie Uffe Overbye ohnehin bald würden gehen lassen müssen. Overbye hätte garantiert Klarheit in die Sache bringen können. Aber er wollte mit nichts herausrücken. Ob er eigentlich selbst involviert war, konnte man schwer sagen. Um das zu erfahren, würden sie ihn wohl mehr unter Druck setzen müssen.

»Ich nehme an, Sie wissen, warum ich Sie hergebeten habe?«

»Vermutlich wegen der DNA-Probe, nach der das FBI gestern auf unseren Wunsch hin seine Register durchsucht hat. Ich verstehe nicht ganz, warum das nicht über die üblichen Kanäle läuft, aber ich schätze es natürlich, dass Sie der Sache Priorität einräumen.«

Mittlerweile saßen sie in einem Büro mit einem Ledersofa und zwei Sesseln samt einem altmodischen Schreibtisch, auf dem ein Laptop und ein Computer standen. Ein Schild an der Tür informierte darüber, dass dies das Regional Security Office war. Lenny Strange stand auf, ging zu einem Glasschrank und fragte, ob Thor an einem Drink interessiert sei, doch der lehnte dankend ab.

»Lassen Sie es mich so ausdrücken: Ich wollte lieber persönlich mit Ihnen über die Sache sprechen. Außerdem wurden Teile dessen, was ich Ihnen gleich erzählen werde, als geheim eingestuft. Keine hohe Geheimstufe, aber hoch genug, um mich darauf verlassen zu müssen, dass dieses Gespräch unter uns bleibt, und Ihnen keine Kopien von irgendwelchen Dokumenten aushändigen zu können.«

»Was soll das heißen? Haben Sie etwa jemand Passendes gefunden?«

Thor riss die Augen auf, doch Lenny Strange signalisierte ihm mit einer Geste, er solle sich beruhigen. Der Amerikaner konnte natürlich nicht wissen, dass dies alles andere als eine Routineanfrage gewesen war. Die DNA-Spur war der wichtigste Fund vom Tatort auf der Refshaleinsel, und Thor war überzeugt, dass seine Deutung der Situation korrekt war. Sie konnte von niemand anderem als dem Mörder stammen.

»Warten Sie erst mal ab, was ich Ihnen zu erzählen habe.«

Lenny Strange klappte seinen Laptop auf. Das Dokument, das er Thor zeigen wollte, war bereits geöffnet.

»Die DNA-Probe weist eine Übereinstimmung mit einer Person namens Peggy-Lee Wu auf. Und das sogar mit einer Diskriminanz von 1:1 000 000. Was meines Wissens bedeutet, dass die Chance einer Übereinstimmung zwischen Ihrer Spur und dem Profil eine Million Mal größer ist als zu einer zufällig ausgewählten Person. Das muss man als einen perfekten Treffer bezeichnen.«

Thor war bereits aus seinem Sessel aufgesprungen.

»Ich muss schnell zum Politigården zurück. Wir müssen sofort die Fahndung nach dieser Person einleiten. Können Sie mir ein Bild von ihr mailen?«

»Ich muss Sie bitten, sich erst mal wieder zu setzen und mich ausreden zu lassen.«

»Kann ich denn nicht wenigstens einen meiner Kollegen informieren?«

»In ein paar Minuten können Sie gern anrufen, wen Sie wollen. Aber lassen Sie mich Ihnen zunächst von Ihrer Verdächtigen erzählen. Ich bin mir sicher, dass es Sie interessieren wird. Ob es Sie in Ihren Ermittlungen weiterbringt, ist allerdings eine andere Frage.«

41

Lenny Strange sah Thor aufmerksam an und brachte ihn dazu, sich wieder zu setzen.

»Wie gesagt, darf ich Ihnen nicht alles erzählen. Und zu einem Teil des Materials habe nicht einmal ich Zugang, aber ich glaube auch nicht, dass das hier und jetzt relevant ist. Peggy-Lee wird 1982 geboren, ist zu einem Viertel Chinesin und in unseren Archiven zu finden, weil sie als 17-Jährige bei den US Marine Corps angeheuert hat. Bereits beim Einführungstraining brilliert sie auf dem Schießplatz und erhält daher eine Spezialausbildung zum Sniper.«

»Also zum Scharfschützen?«

Lenny Strange nickte lediglich und las weiter aus seinem Dokument vor.

»2001 wird sie zum ersten Mal zu einem Kampfeinsatz geschickt, als Teil der ersten großen Invasionseinheit in Afghanistan. Der Einmarsch hatte das Ziel, die Taliban zu stürzen, Mitglieder von Al-Qaida zu jagen und die Aufständischen zu stärken. 2003 wird sie wieder aus Afghanistan abgezogen. So wie ich es interpretieren würde, wird sie im Prinzip gegen ihren Willen zurückgeschickt, weil sie psychisch labil scheint. Was die Armee jedoch nicht daran hinderte, sie bereits im selben Jahr auf eine neue Mission zu schicken. Man brauchte einen erfahrenen Sniper für einen Einsatz, bei dem die US Special Forces in ein Rebellengebiet geschickt wurden und dem kolumbianischen Militär helfen sollten, ihre Ölpipelines zu schützen.«

»Und das, obwohl sie als instabil galt und deshalb aus Afghanistan abberufen wurde?«

»Ja, ich weiß, was Sie jetzt denken. Ein Präzisionskiller am Rande des Nervenzusammenbruchs? Ich weiß nicht, ob man einen Anlass sah, ihren Zustand neu zu beurteilen. Mit Sicherheit weiß ich jedoch, dass damals viele Fehler begangen wurden und man verzweifelt Leute brauchte, weil die meisten ja in Afghanistan als unabkömmlich galten. In jedem Fall gibt es über die Mission in Kolumbien keine Anmerkungen in ihrer Dienstakte. Als sie am Ende des Jahres wieder abgezogen wird, beschließt man sofort, dass sie für den Einmarsch in den Irak bestens geeignet sei. Hier diente sie ein halbes Jahr. Ich kann nicht näher darauf eingehen, bei welchen Einsätzen. Das ist auch nicht so wichtig wie die Tatsache, dass sie im April 2004 starb. Vermutlich am 17., aber das genaue Datum ist nicht bekannt.«

Thor schwieg einen Moment.

»Das verstehe ich nicht ganz. Das Profil entspricht genau dem unseres Mörders, aber sie ist tot? Da muss ein Fehler passiert sein. In den Armeearchiven kann etwas nicht stimmen.«

»Ihr Tod steht außer Zweifel. Ihre Leiche wurde zusammen mit der Leiche eines Söldners von Blackwater gefunden. Die Nachforschungen haben ergeben, dass eine Auseinandersetzung wegen der Erschießung eines Aufständischen hinter ihrem Tod steckte.«

Er ließ Thor einen kurzen Blick auf die Datei werfen, aus der er gerade vorlas, und dieser machte eine verzweifelte Geste mit dem Armen.

»Aber das ergibt doch keinen Sinn.«

Lenny Strange lächelte.

»Sie wissen doch, was Sherlock Holmes sagt: ›Wenn man das Unmögliche ausgeschlossen hat, muss das, was übrigbleibt, die Wahrheit sein, so unwahrscheinlich sie auch klingen mag.‹ Aber natürlich haben Sie recht, es ergibt keinen Sinn. Sie wissen genauso gut wie ich, dass man bei einer DNA-Übereinstimmung von der niedrigsten Akzeptanzgrenze dafür spricht, wie sehr zwei Fragmentlängen voneinander abweichen dürfen. Und das kann natürlich zu Irrtümern führen. Man kann von verschiedenen Standards ausgehen, was ebenfalls zu falschen Schlüssen führt. Nicht zuletzt könnte auch Ihre Probe verunreinigt sein. Ich würde vorschlagen, Sie bitten Ihr Labor, eine neue Probe zu erstellen, ehe wir alle Hebel in Bewegung setzen, um nach einer toten Heckenschützin zu suchen!«

»Oder aber sie ist gar nicht tot.«

»Diese Möglichkeit halte ich für noch unwahrscheinlicher.«

Er stand auf und ging erneut zum Barschrank und holte zwei Gläser heraus.

»Sind Sie immer noch sicher, dass Sie keinen Drink möchten?«

*

Sie lächelte ihn verführerisch an. Sie war auf jeden Fall gut im Improvisieren, und Kevin Love überlegte kurz, wie alles ausgegangen wäre, wenn sie beide von Anfang an zusammengearbeitet hätten. Dem Haus der Neergaards nach zu urteilen, hatten sie mit ihren Geschäften mehr als genug verdient. Vermutlich würde sich bei einer genaueren Prüfung herausstellen, dass sie nicht nur versucht hatten, ihn zu betrügen, sondern auch noch ziemlich erfolgreich dabei gewesen waren. Ihn überraschte es sehr, dass es überhaupt so weit hatte kommen können.

Kevin Love hatte sich im Irak auf seine bisher lukrativsten Geschäfte gestürzt. Sie versprachen enormen Profit, sogar noch viel mehr als im ehemaligen Jugoslawien. Hier wimmelte es wie in keinem anderen Krieg nur so vor Söldnern und Menschen, die Waren in großem Stil liefern konnten. Und das in einem wahnsinnig reichen Land, das man nicht nur ausgiebig plündern konnte, sondern das durch das Öl-für-Geld-Programm bereits im Vorfeld von Korruption durchsetzt und in die Methoden westlicher Pfuscherei eingeweiht war. Ganz zu schweigen von den Bestechungsgeldern, Verschwendungen und Schwindeleien im Zusammenhang mit dem Wiederaufbau, bei dem ortsansässige Gangster und amerikanische Entsandte mit Koffern voller Geld eine unheilige Allianz eingingen. Die Plünderung archäologischer Ausgrabungsstätten und Museen war daher nur ein Geschäftszweig unter vielen, die Kevin Love entdeckte, als er den Kontakt zu einem Iraker vor Ort vermittelt bekam, dem er nur ein wenig auf die Sprünge helfen musste, ehe sie das große Geld scheffeln konnten. Nachdem er den Iraker in seiner eigenen Arbeitsweise geschult hatte, war dieser zu einem Bestandteil von Loves Imperium aus wechselseitigen, aber voneinander unabhängigen Geschäften geworden. Der Iraker handelte auf eigene Faust und musste sich von Kevin Love nichts genehmigen lassen – er hätte auch gar keine Zeit, bei Hunderten von Operationen, in die er rund um die Welt verwickelt war –, hatte jedoch einen Teil seines Gewinns abzugeben. Im Gegenzug konnte er, wenn notwendig, von Kevin Loves Netzwerk profitieren. Wenn der Iraker seinen Handel trieb, konnte er damit drohen, dass er unter dem Schutz von Kevin Love stand. Und wenn er jemanden für eine Spezialaufgabe brauchte, konnte er auf einen der vielen anderen Männer zurückgreifen, die auf dieselbe Weise für Love arbeiteten. Das System funktionierte perfekt. Kevin Love erzielte einen enormen Gewinn, war tatsächlich aber nur wenig eingebunden und daher schwer für irgendetwas zur Verantwortung zu ziehen. Dass der Iraker sein Geschäft nach Dänemark verlagerte, war seine Sache. Doch als Neergaard mitteilte, dass er das Geschäft des Irakers übernommen hatte und weiterführte, hätte Kevin Love reagieren müssen.

Als er seinen Gedankengang beendet hatte, wandte er sich an die Frau neben sich.

»Was haben Sie sich eigentlich vorgestellt?«

Eigentlich war das alles furchtbar banal, dachte Kevin Love und stand auf, nachdem die Diskussion überstanden war. Letztendlich ging es immer nur um Geld. Und ein Problem, das sich mit Geld zunächst nicht lösen ließ, war mit einer größeren Summe irgendwann doch aus der Welt geschafft.

»Eins müssen Sie noch bedenken.«

Alexandra Neergaard erhob sich schnell und legte ihm eine Hand auf den Arm.

»Wir haben all das zusammen angestoßen. Ich weiß über alles Bescheid, was vor sich gegangen ist. Es müsste also auch in Ihrem Interesse sein, wenn ich zufrieden bin?«

Kevin Love nickte ihr zu. Kaum zu glauben, aber er war sich sicher, dass sie ihm drohen und ihn verführen wollte. Sie hatte ihn tatsächlich beeindruckt. Er ließ sich von ihr aus dem Garten geleiten, bemüht darum, sich seine Enttäuschung nicht anmerken zu lassen. Vielleicht war sie ihm nicht besonders unähnlich, vielleicht war das alles nur Teil des Spiels gewesen. Aber plötzlich erinnerte ihn diese Situation sehr an seinen eigenen Vater, der im Grunde genommen dieselben windigen Geschäfte gemacht hatte wie er. Allerdings von seinem Ecktisch in der Oxford Bar aus. Ob es darum ging, Hehlerware zu verkaufen und den Handel über ein paar abgestandenen Bierresten abzuschließen oder an den Brennpunkten der Welt internationalen Schmuggel und Waffenhandel zu betreiben, machte eigentlich keinen großen Unterschied. In beiden Fällen hing alles von der Erkenntnis ab, dass derjenige, der die Menschen am besten einschüchterte, in dieser Welt alles erreichen konnte, und dass man sich anderen Menschen gegenüber alles erlauben konnte, um sein eigenes Ziel zu erreichen.

Er spielte erneut mit der Garrotte in seiner Tasche, mehr denn je versucht, das Ganze hier und jetzt abzuschließen.

Sie die Schnur um den Hals spüren zu lassen und zuzuziehen. Diese Frau war nicht nur anspruchsvoll, sondern auch gefährlich. Als er die Einfahrt erreicht hatte, drehte er sich ein letztes Mal um.

»Sie hören von mir.«

Am Wagen angekommen, suchte er in seinem Handy sofort nach seinem dänischen Kontakt. Er war nicht sonderlich glücklich darüber, die Aufgabe von einem Ortsansässigen übernehmen zu lassen, denn das Risiko war trotz allem größer. Aber allem Anschein nach war seine beauftragte Expertin vorübergehend außer Gefecht gesetzt, und die Angelegenheit musste schnellstmöglich über die Bühne gebracht werden.

Dienstag, 13. Juli

42

Das Institut für Militärpsychologie gehörte zur Akademie der dänischen Streitkräfte und befand sich auf der Ryvangs Allé zwischen den Stadtteilen Østerbro und Hellerup. Thor hatte zunächst vorgehabt, dorthin zu fahren. Dann hatte er es sich aber doch anders überlegt und im Institut angerufen. Er war zu verschiedenen Nebenstellen weiterverbunden worden, bis er schließlich eine distanzierte Psychologin in der Leitung hatte.

»Ich darf mich nicht im Einzelnen zu den Fällen äußern«, erklärte Irene Martinez sofort. »Aber ich kann Ihnen gern allgemein etwas über unsere Arbeit erzählen, falls Ihnen das hilft. Ich vermute, Sie meinen eine posttraumatische Belastungsstörung?«

Eigentlich zweifelte Thor daran, dass Uffe Overbye tatsächlich der Mörder war.

Auf der morgendlichen Konferenz mit der gesamten Abteilung mit Ausnahme von Tage Ewald, der gerade im Kriminaltechnischen Center im Slotsherrevej war, hatte man Overbye nahezu einstimmig zum Hauptverdächtigen erkoren. Und Thor war es schwergefallen, dagegenzuargumentieren, dass das verdächtige Verhalten und seine Verbindung zu dem Getöteten ihn in den Fokus rückten.

»Was unternehmen Sie, wenn Soldaten aus dem Irak oder aus Afghanistan zurückkehren und das Erlebte nicht verarbeiten können? Also wenn sie durchdrehen, oder wie auch immer Sie das nennen mögen?«

Er konnte förmlich sehen, wie sie die Nase über seine

Wortwahl rümpfte, und ertappte sich dabei, dass es ihn insgeheim freute.

»Wir haben unterschiedliche Angebote. Es gibt natürlich die Kameradenhotline, bei der man anrufen und mit anderen heimgekehrten Soldaten sprechen kann. Außerdem bietet die Svanemølle-Kaserne auch ein Krisentelefon an. Üblicherweise wendet man sich aber an einen der diensthabenden Psychologen der Streitkräfte.«

Die Frau machte eine Pause, fuhr dann aber fort, da Thor weiterhin schwieg.

»In den meisten Fällen raten wir dem Betreffenden, sich zunächst an den Hausarzt zu wenden, damit er eine antidepressive Therapie in die Wege leiten kann. Denn meistens ist genau das erforderlich. Handelt es um einen Fall, bei dem frühere Soldaten involviert sind, sollten Sie sich aber unter allen Umständen an das Militärgericht der Streitkräfte wenden.«

»Das habe ich bereits getan. Aber ich rufe nicht zum Spaß an. Wir ermitteln gerade in zwei Mordfällen, die beide unaufgeklärt sind. Ein oder mehrere Mörder laufen also frei herum. Sie würden mir viel Mühe ersparen, wenn Sie mir erzählen könnten, ob Sie Unterlagen zu einem gewissen Jonas Holm Neergaard und einem Uffe Overbye Jakobsen vorliegen haben. Beide waren im Irak stationiert.«

Die Psychologin wiederholte, sie könne sich nicht zu einzelnen Fällen äußern und auch nicht dazu, ob es zu den betreffenden Namen überhaupt einen Vorgang gebe. Doch während sie sprach, konnte er hören, wie sie mit der Tastatur klapperte, und bemerkte, dass sie bei dem letztgenannten Namen kurz zögerte, was ihn vermuten ließ, sie habe etwas gefunden. Aber sosehr er sie auch drängte, sie weigerte sich, ihm etwas zu sagen. Schließlich gab er auf.

»Okay. Aber können Sie mir denn wenigstens sagen, ob

ein solcher Mann zu einer Gefahr für seine Umwelt werden kann? Ich meine, ist Ihr System denn wirklich so feinmaschig, dass Sie alles im Griff haben, wenn wirklich mal Probleme auftauchen? Oder besteht das Risiko, dass sich unter den psychisch kranken Ex-Soldaten auch ein potentieller Mörder befindet?«

»Nun sind sie ja nicht notwendigerweise psychisch krank. Sie waren einem extremen Druck ausgesetzt, wie ich bereits erwähnt habe, und allein das kann eine Behandlung erforderlich machen.«

»Aber Sie haben mir nicht auf meine Frage geantwortet, ob Sie die Lage im Griff haben.«

Sie schwieg einen Moment.

»Zurzeit gibt es ungefähr zwanzigtausend dänische Soldaten, die aktiv an einem Auslandseinsatz beteiligt waren. Zwischen sechs und dreizehn Prozent haben im Anschluss daran psychische Probleme bekommen. Uns fehlen schlichtweg die Mittel, alle von ihnen im Auge zu behalten, falls Sie darauf hinauswollen. Außerdem sollten Sie wissen, dass das dänische Behandlungssystem die individuelle Selbstbestimmung in den Vordergrund stellt. Dieselbe Haltung vertritt auch das Verteidigungsministerium, dem wir unterstehen. Möchte der Soldat nicht an Gesprächen mit einem Psychologen teilnehmen, so ist das sein gutes Recht.«

»Und diese Meinung teilen Sie nicht.«

Auf seine letzte Bemerkung ging sie nicht ein, aber das war im Grunde genommen auch egal. Sie hatte seine Frage ausreichend beantwortet. Soweit er sie verstanden hatte, konnten sowohl Neergaard als auch Overbye ungehindert mit schweren psychischen Störungen, gleich welchen Namens, herumlaufen, ohne dass es jemandem auffiel. Und zumindest Overbye schien Teil des offiziellen Systems zu sein.

Je tiefer sie gruben, desto interessanter wurde er für ihre Ermittlungen. Seine Behauptung, er habe nach dem Verfahren am Militärgericht keinen Kontakt mehr zu Neergaard gehabt, hatten sie bereits mit der Liste der eingegangenen Anrufe auf Neergaards Handy widerlegen können. Auch aus Kraus' Untersuchungen zu Neergaards ökonomischen Verhältnissen hatte sich eine interessante Verbindung zu Overbye gezeigt.

»Vermutlich werden Sie erneut von mir hören«, sagte er, legte jedoch nicht gleich auf, da er mitbekam, wie sie kurz den Atem anhielt und zögerte.

»Gibt es etwas, was Sie gern ergänzen würden?«

»Nur, dass Sie vorsichtig sein sollten. Die Personen, mit denen Sie da zu tun haben, können eben extrem sensibel sein.«

Dann legte sie auf, und Thor bereute nun doch, dass er nicht zum Institut für Militärpsychologie gefahren war. Wenn die Menschen direkt belagert wurden, fiel es ihnen meistens schwerer, stur auf ihrer Schweigepflicht zu beharren.

*

Linnea war den Hinweisen nachgegangen, auf die sie beim Auktionshaus Ellemose gestoßen war. Auf der Seite des Handelsregisters hatte sie sowohl den Firmennamen als auch die Adresse zu der Steuernummer herausgefunden, hinter der sich der Verkäufer der meisten Gegenstände verbarg. Zunächst hatte sie im Internet die Adresse recherchiert, hinter der sich nur eine Lagerhalle verbarg, wodurch sie nicht viel schlauer wurde. Sie wollte erfahren, wer als Besitzer der Firma registriert war, aber das nahm Zeit in Anspruch. Informationen über Firmeninhaber waren zwar für jedermann zugänglich, kosteten jedoch eine Gebühr, deren Eingang das Handelsregister erst verzeichnen musste, bevor man die gewünschten Angaben per E-Mail verschickte. Ihre zweite mögliche Spur war der Käufer der Ware, der sich zu Linneas Erstaunen als alter Bekannter herausstellte. Sie hatte ihn leicht ausfindig machen können, denn er wohnte noch immer am selben Ort wie damals.

Aber das muss bis morgen warten, sagte Linnea zu sich selbst.

Sie seufzte und schaltete den Computer aus. Sie konnte sich nicht mal dazu aufraffen aufzustehen. Sie saß nur da und starrte aus dem Fenster. Das Treffen mit Lex hatte ihre Gedanken auf ihre eigene Situation gelenkt, und jetzt musste sie an die Beerdigung ihres Vaters vor mehr als anderthalb Jahren auf dem Holmens Friedhof denken. Sein Tod war der Grund, dass sie überhaupt nach Dänemark zurückgekehrt war. So einfach war das. Und gleichzeitig doch so kompliziert.

Nachdem sie in die USA gezogen war, hatte Linnea nur wenig Kontakt zu ihren Eltern gehabt. Man konnte nicht sagen, dass sie ein schlechtes Verhältnis hatten – die Frage war eher, ob es überhaupt ein Verhältnis zwischen ihnen gab. Nach der Pensionierung des Vaters von seinem letzten Botschafterposten in Oslo hatten sich die Eltern in der Normandie niedergelassen. Dort hatten sie eine alte Apfelplantage gekauft und die dazugehörigen Gebäude instand gesetzt. Linnea hatte nie richtig verstanden, was sie dort, so weit entfernt von allem, zu tun gedachten. Die Eltern selbst wussten es anscheinend auch nicht, denn soweit sie den sporadischen Telefonaten mit ihrer Mutter entnehmen konnte, hatte sich der Vater häufiger in Paris als im Haus bei Évreux aufgehalten. Und in Paris war der Vater dann auch am 21. November 2007 bei einem Verkehrsunfall tödlich verunglückt.

»Ist dir klar, wie spät es ist?«, hatte Linnea gefragt, als der Anruf der Mutter sie in einem Hotelzimmer in San Diego geweckt hatte, wo sie gerade an einer Konferenz zum Thema Katastrophenbereitschaft teilnahm.

»Er ist tot«, hatte die Mutter nur gesagt.

»Wovon redest du?«

Anschließend hatte sie für einige Sekunden geschwiegen, die sich wie eine Ewigkeit anfühlten.

»Vater? Ist etwas mit Vater passiert?«

»Er ist tot«, hatte die Mutter wiederholt.

Linnea hatte im Hotelzimmer mit dem Telefonhörer in der Hand in die Nacht gestarrt. Die Nachricht kam völlig unerwartet, aber genauso unerwartet erschien es ihr, dass es sie berührte. Dass sie etwas fühlte. Sogar traurig darüber wurde. Sie legte auf, ging ins Badezimmer, um sich kaltes Wasser ins Gesicht zu klatschen, und setzte sich wieder auf die Bettkante, um die Mutter anzurufen.

Diese meldete sich sofort und begann unzusammenhängend zu erklären, dass der Vater auf der Pariser Stadtautobahn zu Tode gekommen war. Nicht weit von der Porte Dauphine war er frontal gegen einen Betonpfeiler geprallt. Zu dieser Zeit hatte kaum Verkehr geherrscht, und die Polizei ging davon aus, dass er unter Alkoholeinfluss gestanden hatte. Darüber würde die Obduktion Auskunft geben. Außerdem hatte er nicht allein im Wagen gesessen. Die Polizei habe sie informiert, dass er in Begleitung einer Frau gewesen sei. Aber darüber, wer sie war und ob sie verletzt worden war, hatten die Beamten der Mutter nichts sagen wollen.

»Sie wollten mich ihn nicht sehen lassen«, hatte die Mutter wieder und wieder gesagt. »Sie wollten mich ihn nicht sehen lassen.«

Mehr hatte Linnea nicht aus ihrer Mutter herausbekommen, und mehr hatte sie auch danach nie über die mysteriösen Umstände des Unfalls erfahren. Später behauptete die Mutter einfach, die Sache mit der Frau sei ein Missverständnis gewesen. Sie habe die erste Nachricht der Polizei lediglich falsch interpretiert, da sie zu sehr unter Schock gestanden habe. Seither weigerte sie sich, darüber zu sprechen, und Linnea entschied sich, nicht weiter nachzuhaken.

Als sie erfuhr, wo der Vater beerdigt werden wollte, war sie sehr überrascht. Ihre gesamte Kindheit hindurch hatte er sich herablassend über das provinzielle Dänemark geäußert. Und abgesehen von den kurzen Perioden, in denen er seine Meinung plötzlich geändert hatte, hatte er in diesem Land nicht einmal wohnen wollen. Und dann wollte er ausgerechnet dort beerdigt werden.

Das erwies sich als Problem für Linnea. Zu dieser Zeit arbeitete sie für Forensic Consult in San Francisco, eine der vielen Firmen, die für private Auftraggeber rechtsmedizinische und kriminaltechnische Arbeiten übernahmen. Linnea hatte seit drei Jahren in dieser Firma gearbeitet und die Nase ziemlich voll. Der Lohn war geradezu provozierend gut, und über die beruflichen Herausforderungen konnte sie eigentlich auch nicht klagen. Als einzige forensische Anthropologin in der Firma war sie mit abwechslungsreicheren Fällen betraut als an den meisten anderen Arbeitsstellen, wo sie sich hätte bewerben können. Aber sie begann das Gefühl zu verlieren, dass ihre Arbeit wichtig war. Dass ihre Arbeit etwas veränderte oder jemandem oder etwas zugutekam. Sie hatte nur keine bessere Idee, was sie sonst machen sollte. Und als ihr Chef ihr mitteilte, dass sie keinesfalls so kurzfristig freinehmen könne, um nach Dänemark zu reisen, war ihr die Entscheidung also nicht unbedingt schwergefallen.

»Ich verstehe ja, dass es eine schwierige Situation für Sie ist«, hatte er gemeint. »Und es tut mir wirklich leid, aber das ist nun mal der Preis dafür, ganz oben dabei zu sein. Wir sind auf unserem Gebiet Marktführer, und Sie sind eine unserer führenden Expertinnen. Ich kann Sie nicht einfach jetzt, wo wir so viel zu tun haben, gehen lassen. Das ist einer der Gründe, dass Sie so gut bezahlt werden. Damit wir mehr von Ihnen verlangen können.«

»Lassen Sie mich nur kurz fragen, ob ich Sie richtig verstanden habe«, hatte Linnea gefragt. »Sie wollen mir für die Beerdigung meines Vaters nicht freigeben?«

»Das kann ich nicht. Und das müssen Sie verstehen.«

Daraufhin hatte Linnea gekündigt. Sie hatte damit gerechnet, die Entscheidung früher oder später zu bereuen. Geglaubt, dass sie noch am gleichen Abend ihren Chef anrufen und ihm erklären würde, sie habe unüberlegt gehandelt, es nicht so gemeint. Doch sie hatte nicht angerufen. Hatte nicht panisch gedacht, einen Fehler gemacht zu haben. Alles, was sie gespürt hatte, war Erleichterung – und eine tiefe Verwunderung darüber, dass sie nicht schon längst gekündigt hatte.

Natürlich war die Beerdigung eine schmerzliche Angelegenheit gewesen. Nachdem Linnea sie überstanden hatte, hatte sie keinen besonderen Grund gesehen, wieder nach San Francisco zurückzugehen. Es gab nichts, was sie dort wirklich hielt. Ihre Unentschiedenheit hatte sich so sehr in ihr festgesetzt, dass es fast absurd war, und dazu geführt, dass sie in Dänemark hängen geblieben war.

Schließlich riss Linnea sich zusammen und erhob sich von ihrem Bürostuhl. Jetzt war es aber wirklich Zeit, nach Hause zu gehen.

43

Du kannst froh sein, dass der Anruf bei mir gelandet ist und nicht beim Chefankläger.«

»Eine Beschwerde vom Institut für Militärpsychologie?«

»Du weißt es also schon. Eine übereifrige Psychologin, die meint, sich in die Arbeit der Polizei einmischen zu müssen.«

»Ich hätte dich darauf vorbereiten sollen. Ich habe heute Vormittag mit einer Psychologin von dort gesprochen«, erklärte Thor. »Natürlich hat sie eine Schweigepflicht und wollte mir keine Auskunft geben. Trotzdem rief sie kurze Zeit später wieder an und sagte, sie müsse meine Anfrage ihrem Chef melden. Offenbar ist das die übliche Vorgehensweise. Gleichzeitig hatte sie Uffe Overbye in ihren Akten gefunden und meinte, mich warnen zu müssen. Nachdem er 2006 aus dem Irak nach Hause zurückkehrt ist, war er mehrmals wegen Zwangsgedanken und einer klinischen Depression an einen Psychologen verwiesen worden, hat die Behandlung aber jedes Mal abgebrochen. Er ist eine tickende Zeitbombe. Letzteres sind natürlich meine Worte, nicht ihre.«

»Dann verstehe ich allerdings nicht, warum du nicht direkt zur Festnahme schreiten willst?«

Thor setzte sich auf seinem Stuhl zurecht. Er war nicht der Einzige, der froh darüber war, dass man ihnen Lene Mikkelsen als Polizeianwältin zugeteilt hatte. Ihr Vorgänger Heino Bülow, der ein halbes Leben diese Stelle innegehabt hatte, war inzwischen Chef der Anklagebehörde, nachdem man diese neue Position im Zuge der Polizeireform eingerichtet hatte. Er saß nun in der höchsten Führungsebene der Polizei, und mit der Zeit hatten viele das Gefühl, dass ihm die eigentliche Ermittlungsarbeit fremd geworden war. Lene Mikkelsen war da ganz anders. Als sie nach nur wenigen Jahren im Polizeidienst und frisch vom Jurastudium als Polizeianwältin eingestellt wurde, waren alle zutiefst skeptisch gewesen. Und dass sie noch dazu jung und blond war, hatte das Vertrauen in ihre Fachkompetenz nicht gerade gestärkt. Doch sie hatte alle mit ihrer Auffassungsgabe und Intelligenz und nicht zuletzt mit ihrer verlässlichen Integrität überzeugt. Thor hatte mehr als einmal erlebt, dass sie ihn zurechtwies, obwohl sie fast zehn Jahre jünger war als er. Und auch, dass sie ihm einen Ermittlungsschritt verwehrte – und später hatte er ihr mit ihrer Einschätzung insgeheim immer recht geben müssen.

»Wir müssen Uffe Overbye verhaften, damit wir ihn als Beschuldigten vernehmen können«, erklärte Lene Mikkelsen. »Zum einen wegen seiner Verbindung zu dem Mord an Jonas Holm Neergaard, zum anderen aber auch, um den Fall Firaz Khalid aufzuklären.«

Sie sah Thor an, der zögernd nickte. Irgendetwas störte ihn an der Richtung, in die sich der Fall entwickelte. Zwar deutete vieles auf eine Schuld von Uffe Overbye hin, aber nicht genug, um Thor zu überzeugen. Er fürchtete, dass sie sich mangels besserer Alternativen zu sehr auf ihren einzigen Verdächtigen versteiften. Sie brauchten dringend neue Anhaltspunkte. Ihre bisher beste Spur war die DNA-Probe gewesen, und damit waren sie völlig gescheitert. Man konnte vieles bewerkstelligen, aber eine tote amerikanische Präzisionsschützin als Mörderin war nicht gerade wahrscheinlich. Obendrein behauptete das Rechtsgenetische Institut, die DNA-Probe sei zu klein, um daraus eine weitere zu isolieren. Wenn Thor keinen Verdächtigen fand, mit dem man die Ergebnisse vergleichen konnte, waren die technischen Untersuchungen schlimmstenfalls nutzlos.

»Ich habe mir deine vorläufigen Berichte natürlich angesehen«, fuhr Lene Mikkelsen fort. »Und ich teile deine Bedenken nicht ganz. Aber vielleicht könntest du versuchen, mir den Fall noch einmal aus deiner Sicht darzulegen?«

Thor nickte und holte die Ausdrucke hervor, die er am Vormittag als PDF erhalten hatte. Er breitete sie auf dem Schreibtisch vor Lene Mikkelsen aus, die bereitwillig ihren Computer und ihre Kaffeetasse aus dem Weg räumte. Er versuchte, den verlockenden Duft des frischen Parfüms an ihrem sonnengebräunten Hals zu ignorieren und sich auf seine Darlegung zu konzentrieren.

»Hierbei handelt es sich um die gespeicherten Teledaten von Neergaard, die ich angefordert habe«, erklärte er schließlich, als er sich wieder auf der sicheren Seite des Schreibtischs befand. »Wie du weißt, muss ein Handy Verbindung zu einem Mast haben, wenn es Daten sendet oder empfängt. Es kann lange dauern, diese Informationen auszuwerten, aber es lässt sich doch bewerkstelligen. Und selbst wenn sie nicht ganz genau sind, stehen doch meistens mehrere Masten in der Nähe, so dass man seinen Wegen halbwegs folgen kann. Wenn du dir die von mir markierten Daten anschaust, wirst du sehen, dass es sich um eine Rückmeldung von Masten im Odsherred-Gebiet handelt.«

»Im Lammefjord, meinst du? Und zu einem Zeitpunkt, der mit der Ermordung des Irakers übereinstimmt?«

Thor nickte.

»Er kann zu der relevanten Zeit an den Tatort gekoppelt werden. Ich bezweifle, dass es sich dabei um einen Zufall handelt. Und dann liegt der Gedanke an eine Verschwörung, deren Ursprung in den alten Foltervorwürfen liegt, ziemlich nahe. Khalid war ja der damalige Dolmetscher, der seine Zeugenaussage zurückzog. Neergaard und Overbye waren die beiden Offiziere, die das Verhör durchführten. Vielleicht war der Dolmetscher auf die Idee gekommen, sie zu erpressen?«

»Das stärkt aber doch wohl nur den Verdacht gegen Uffe Overbye?«

Thor nickte.

»Wenn man den Gedanken weiterverfolgt, so stellte Neergaard nach dem Dolmetscher die größte Gefahr dafür dar, dass der Fall erneut aufgerollt wurde. Unter allen Umständen bedeutet das, dass Overbye über seine eigene Rolle in dem ganzen Verlauf gelogen hat. Er besitzt wertvolles Wissen über den Fall, und er will nicht kooperieren. Aber hat er Neergaard wirklich getötet? Die Psychologin sagt immerhin, er sei instabil.«

Lene Mikkelsen lächelte ihn an.

»Und du meinst, man müsse sich im psychischen Gleichgewicht befinden, um jemanden zu töten? Ich muss immer wieder an den Bericht der forensischen Anthropologin denken. Du hast zwar erwähnt, dass sie dir gegenüber von einer Frau gesprochen hat. Doch in ihrem Bericht will sie sich darauf nicht festlegen. Und ihre Untersuchung der Verletzungen, die dem Opfer nach dem Tod beigefügt wurden, scheint mir doch ziemlich eindeutig auf einen professionellen Täter hinzuweisen. So etwas zeugt doch von einer außergewöhnlichen Kraft und einem eiskalten Kalkül. Und das deutet ehrlich gesagt nicht gerade auf ein schmächtiges Mädchen hin.«

»Was meinst du mit professionell?«

Thor lehnte sich überrascht auf dem Stuhl zurück.

»Wer wird professionell zum Töten ausgebildet?« Sie lächelte ihn aufmunternd an. »Na, ein Soldat!«

Thor versuchte noch zu erklären, dass er die Ermittlungen gerne weiterhin auch in andere Richtungen verfolgen würde, aber Lene Mikkelsen raffte bereits seine Papiere zusammen. Sie war ganz offensichtlich zufrieden damit, einen Kurs festgelegt zu haben.

»Ich schreibe dir einen Beschluss, damit du Uffe Overbye festnehmen und sein Haus durchsuchen kannst. Und ruf mich an, wenn du etwas findest.«

*

»Ist da jemand?«

Schon als Linnea die Treppe hinaufging, wusste sie, dass etwas nicht stimmte. Sie hielt mitten auf einer Stufe inne, dann begriff sie, was es war. Die Eingangstür war lediglich angelehnt. Sie lief die letzten Stufen zu ihrer Wohnung hinauf und stieß die Tür auf.

In höchster Alarmbereitschaft betrat sie den Flur. Nicht ein Laut war zu hören. Dann ging sie in das erste Zimmer. Ihr Herz klopfte wie wild, während sie von Zimmer zu Zimmer hastete. Doch es schien niemand mehr da zu sein, und alles sah genauso aus, wie sie es am Morgen verlassen hatte.

Sie atmete erleichtert auf, bekam dann jedoch erneut Herzrasen bei dem Gedanken, wie dumm sie gewesen war. Sie hätte bereits im Treppenhaus die Polizei rufen sollen, anstatt zu riskieren, dass sich der Einbrecher noch immer in ihrer Wohnung befand. Er hätte sie niederschlagen oder im schlimmsten Fall sogar umbringen können. Sie ging noch einmal zur Tür, die aufgebrochen worden war, und zwar nicht gerade elegant. Wahrscheinlich hatte jemand ein Brecheisen oder Ähnliches benutzt, um sie aufzustemmen. Linnea beschloss auf der Stelle, das alte Schloss nicht nur erneuern, sondern auch noch ein zusätzliches Sicherheitsschloss einbauen zu lassen.

Unruhig untersuchte sie die ganze Wohnung. Sie konnte

nicht erkennen, dass etwas gestohlen worden war, und war erleichtert darüber, ihr MacBook heute auf der Arbeit vergessen zu haben. Sonst würde es jetzt unter Garantie fehlen, und auch wenn es nicht viele persönliche Daten enthielt, gab es dennoch heikle Dokumente in Verbindung mit ihrer Arbeit, die nicht in fremde Hände gelangen durften.

Sie holte eine Flasche Barolo und ein Glas aus der Küche, warf sich aufs Sofa und schloss die Augen. Der Blackberry lag direkt neben ihr, aber sie verwarf den Gedanken, jemanden anzurufen. Was hätte sie schon sagen sollen? Dass jemand bei ihr eingebrochen war, aber nichts gestohlen hatte? Auf einen solchen Fall würde die Polizei garantiert nicht viel Energie verschwenden. Es würde höchstens zu einer Anzeige gegen unbekannt kommen, um die Versicherung zufriedenzustellen. Und auf einen solchen Aufwand hatte sie keine Lust, nur um sich das defekte Schloss erstatten zu lassen. Stattdessen rief sie Lex an, die aber nicht ans Telefon ging. Linnea hatte im Laufe des Tages bereits mehrmals versucht, sie zu erreichen. Vielleicht hatte sie ganz einfach den Stecker herausgezogen, um mit ihrer Trauer allein zu sein.

Sie ließ den Blackberry wieder aufs Sofa fallen. Plötzlich ging ihr auf, dass es sich nicht um einen gewöhnlichen Einbruch handeln konnte, wenn nichts gestohlen worden war. In der Wohnung und den Umzugskartons fand sich doch die ein oder andere Wertsache. Zum Beispiel die beiden Minipod-Lautsprecher, die aus Mangel an Regalen auf dem Fensterbrett standen. Plötzlich verspürte sie Unbehagen. Der Einbrecher hatte etwas Bestimmtes gesucht und war unverrichteter Dinge wieder abgezogen. Dieser Einbruch war nicht zufällig, sondern gezielt gegen sie gerichtet gewesen.

Sie stand auf und begann, die Wohnung ein weiteres Mal

zu durchsuchen. Nachdem sie gründlich den Inhalt einer Kommode durchwühlt und jedes Blatt auf ihrem Küchentisch umgedreht hatte, bemerkte sie endlich, dass eine Sache tatsächlich fehlte: ihre zusätzliche Schlüsselkarte für das Panum Institut, die neben ihrer Matratze im Schlafzimmer gelegen hatte. Sie riss das Bettzeug herunter und hob die Matratze an, aber sie war eindeutig nirgendwo dazwischengerutscht.

Die Schlüsselkarte war weg.

44

Um 17.03 Uhr hatte der Streifenpolizist Rasmus Villadsen den ersten Schuss gemeldet. Als er den Notruf über den Polizeifunk abgesetzt hatte, klang er zunächst völlig verwirrt. Nachdem er sich dann beruhigt hatte, konnte er berichten, dass nur ein einziger Schuss gefallen sei, als er und seine Kollegin Gertrud Friis den Vægterparken 12 erreicht hatten, um Uffe Overbye zu verhaften. Bei dem Vorfall sei jedoch niemand zu Schaden gekommen.

»Halten sich an dieser Adresse noch andere Personen auf?«, fragte ihn der Beamte, der die Meldung entgegennahm.

»Uns wurde im Vorfeld berichtet, dass er eine Frau und zwei Kinder hat, aber wir haben niemanden gesehen. Wir haben lediglich geklingelt, und kurz darauf hat er auf uns geschossen. Was zum Teufel sollen wir jetzt tun?«

Thor überholte die anderen Fahrzeuge auf der Langebro und zog dann quer rüber, um auf dem Amagerboulevard abzubiegen. Die anderen Verkehrsteilnehmer hupten ihn erschrocken an. Er hatte kein Blaulicht, hätte aber auch gar keine Zeit gehabt, es aufs Dach zu setzen, da es galt, den Wagen zu beschleunigen und auf die Amagerbrogade zu fahren. Wenn es ihm gelänge, ungehindert von einer Kreuzung zur nächsten zu rasen, müsste er in wenigen Minuten da sein. Er fluchte vor sich hin. Es war erst einen Augenblick her, dass derselbe Polizeibeamte ihn angerufen und mitgeteilt hatte, dass er und die Kollegin nun angekommen seien und geklingelt hätten. Niemand hätte geöffnet, obwohl sie überzeugt waren, dass jemand zu Hause sei. Er hatte sie gebeten, zu ihrem Streifenwagen zurückzukehren und seine Ankunft abzuwarten, aber sie hatten offenbar nicht auf ihn gehört.

Er griff nach dem Funkgerät.

»Haltet euch bitte einfach nur fern«, sagte er. »Sorgt dafür, dass die Nachbarn in ihren Häusern bleiben, und verhaltet euch ruhig.«

»Werden Sie das Sondereinsatzkommando anfordern?«

Thor seufzte.

»Wir können nicht einfach drauflosballern, wenn da drinnen im Haus vielleicht Kinder sind. Natürlich fordere ich es an.«

Er fluchte noch einmal und rief dann den Chef der Abteilung an, um eine Genehmigung für das Einsatzkommando einzuholen. Das war eine reine Formsache, denn die Kollegen waren bereits in dem Moment in Alarmbereitschaft versetzt worden, als die beiden Kollegen im Streifenwagen mitgeteilt hatten, sie stünden unter Beschuss. Schlimmer konnte es gar nicht laufen.

Sie hatten im Vorfeld diskutiert, ob es notwendig sei, bei der Verhaftung von Anfang an Spezialkräfte hinzuzuziehen. Thor hatte so überzeugend dagegen argumentiert, dass sich Kraus und Ewald einverstanden erklärt hatten, darauf zu verzichten. Er war der Meinung gewesen, dass es ein unnötiges Risiko darstellte. Das Sondereinsatzkommando der Polizei war eine Antiterroreinheit. Sie war nach den blutigen Ereignissen bei der Olympiade 1972 eingerichtet worden. Nach den Terrordrohungen der letzten Jahre hatte man die finanziellen Mittel für die Einheit erhöht. Mittlerweile handelte es sich um eine professionelle Abteilung mit einer festen Mannschaft aus Präzisionsschützen und anderen speziell ausgebildeten Kräften. Früher hatte man einfach nur die härtesten Männer aller Abteilungen zusammengetrommelt. Die Einheit war dem Nachrichtendienst der Polizei unterstellt, wurde aber auch für Spezialaufgaben der normalen Polizei eingesetzt, wie beispielsweise die Festnahme von schwerbewaffneten Verdächtigen. Aber Thor wollte um alles in der Welt die Eskalation einer Situation vermeiden, die im Ausgangspunkt nur ein theoretisches Risiko darstellte, problematisch zu verlaufen. Er hatte ursprünglich damit gerechnet, dass Uffe Overbye freiwillig mitkam. Wenn es etwas gab, dass Overbyes labiles Gemüt erregte, dann doch wohl der Anblick schwerbewaffneter Spezialtrupps in Kampfkleidung.

Stattdessen hatte Thor beschlossen, so diskret wie möglich vorzugehen und einen normalen Streifenwagen zu schicken. Und dennoch war die Sache gründlich schiefgelaufen.

Der Vægterpark lag nahe der sich im Bau befindlichen neuen Metrostation hinter dem Kastrup Strandpark. Das Viertel erinnerte mehr an ein soziales Wohnungsbauprojekt. Besonders im Vergleich zu den anderen Reihenhäusern der Gegend, die vorausschauende Immobilienspekulanten in der Hoffnung errichtet hatten, dass die künftige Infrastruktur und die Bebauung von Ørestad die Preise schon noch in die Höhe treiben würden. Die Gegend wirkte ruhig, als Thor ankam, und nichts deutete darauf hin, dass sich hier noch vor wenigen Minuten dramatische Szenen abgespielt hatten.

An einer Ecke parkte ein Streifenwagen. Das Risiko, Unschuldige zu gefährden, war offensichtlich minimal.

»Er hat aus dem ersten Stock geschossen, aber seither haben wir ihn nicht mehr gesehen.«

»Mit einer Pistole?«

Der Beamte nickte zunächst, zuckte dann aber mit den Schultern.

»Zumindest gehe ich davon aus. Ich bin kein Experte auf diesem Gebiet. Ich bin vorher noch nie beschossen worden.«

Erst jetzt fiel Thor auf, wie bleich der Mann war. Seine Kollegin kommunizierte gerade im Streifenwagen über Funk. Es war kaum davon auszugehen, dass sie in einer besseren Verfassung war.

»Es wird nichts passieren«, sagte Thor schließlich. »Aber ich brauche eure Hilfe.«

Er beugte sich über den Beifahrersitz seines Wagens, öffnete das Handschuhfach und suchte fieberhaft darin herum. Er hatte die schlechte Angewohnheit, seine Waffe nicht am Körper zu tragen. Stattdessen legte er sie an den merkwürdigsten Orten ab und hatte dann Schwierigkeiten, sie wiederzufinden. Früher oder später würde sein regelwidriger Umgang mit der Waffe wohl eine Verwarnung zur Folge haben, oder sogar Schlimmeres.

Endlich fand er das Pistolenholster und zog die Waffe heraus. Es war eine Heckler & Koch USP Compact 9 mm, die Standardwaffe der Polizei mit dreizehn Schuss im Magazin. Sie hatte vor einigen Jahren die alte Walther PPK abgelöst, da man ihr eine größere Durchschlagskraft attestierte. Anfangs war Thor der neuen Seitenwaffe gegenüber skeptisch gewesen. Doch nachdem er fleißig damit auf dem Schießübungsplatz trainiert und sie schließlich auch bei einem echten Einsatz hatte ziehen müssen, war er von den Vorteilen der neuen Pistole überzeugt.

Der Streifenpolizist starrte auf die Pistole, die Thor gerade hinten in seinen Hosenbund steckte, so dass sie unter dem Hemd versteckt war. Er hoffte sehr, dass er sie nicht anwenden musste. In jedem Fall war es entscheidend, dass die Waffe nicht zu sehen war.

»Sie haben doch nicht etwa vor, da reinzugehen? Was ist denn mit dem SEK?«

»Wenn sich einer von denen hierher verirrt, müsst ihr ihn auf der Stelle aus dem Weg zerren, ohne dass man euch sieht. Ihr sorgt dafür, dass niemand, und ich sagte *niemand*, auch nur in die Nähe des Hauses kommt.«

45

Die Korridore lagen verlassen da, und die stickige, warme Luft deutete darauf hin, dass die letzten Kollegen bereits am Nachmittag gegangen waren. Während des gesamten Fußwegs zum Panum Institut hatte Linnea versucht, jemanden bei der Abteilung für Forensische Anthropologie zu erreichen oder eine Nummer der Firma Securitas herauszufinden, die für die Sicherheit des Gebäudes zuständig war, doch vergebens. Die Wachleute drehten ihre festen Runden, und Linnea kannte ihr Einsatzschema nicht. Hätte es sich um einen zufälligen Einbruch bei ihr zu Hause gehandelt, wüsste der Dieb nicht, wozu die Schlüsselkarte passte. Aber Linnea konnte sich selbst nicht ganz davon überzeugen. Inzwischen vermutete sie einen Zusammenhang zwischen dem Diebstahl und der Tatsache, dass sie begonnen hatte, in dem Mordfall herumzuschnüffeln.

Sie hastete zu ihrem Büro mit dem selbstgebastelten Namensschild und stellte erleichtert fest, dass die Tür verschlossen war. Alles schien noch genauso, wie sie es verlassen hatte. Sie führte ihre Karte durch den Magnetleser und öffnete die Tür.

Zunächst glaubte sie, es sei nichts angerührt worden, dann entdeckte sie jedoch, dass ihr Laptop weg war. Sie ging zum Schreibtisch und setzte sich. Die Papiere lagen wild darauf verstreut. So sah es eigentlich immer aus, weshalb sich unmöglich feststellen ließ, ob jemand darin herumgewühlt hatte oder nicht. Aber mitten in all dem Chaos hatte sie stets einen Platz für ihr MacBook freigeschaufelt, der jetzt leer war. Verdammter Mist!

Höchstwahrscheinlich schützte das Passwort die vertraulichen Angaben, die sich darauf befanden. Es handelte sich dabei zwar nicht um größere Geheimnisse, aber alle Materialien in Verbindung mit der Arbeit am Rechtsmedizinischen Institut waren vertraulich. In erster Linie, um Angehörige und Opfer davor zu schützen, dass unschöne Bilder oder heikle Details bei den Medien oder auf irgendeiner Homepage landeten. Ebenso Informationen, die für laufende Ermittlungen von Bedeutung waren, wie beispielsweise Obduktionsberichte in Verbindung mit Mordfällen.

Sie starrte aus dem Fenster und dachte, dass sie sich wahrscheinlich eine Verwarnung einhandeln würde, weil sie nicht gut genug auf ihre Sachen aufgepasst hatte. Sie beschloss, ihr Büro gründlich zu durchsuchen, um herauszufinden, ob außer dem Computer noch etwas anderes verschwunden war. Aber zuerst musste sie die Polizei anrufen. Als sie gerade dabei war, die Nummer zu wählen, sah sie im Augenwinkel eine Bewegung im Fenster. Sie legte das Handy beiseite und blickte verwundert auf.

Doch sie konnte draußen nichts erkennen. Dann erstarrte sie. Sie begriff, dass es sich bei der Bewegung um eine Reflexion im Fenster gehandelt haben musste. Hinter ihr stand jemand.

Sie drehte sich hastig um.

»Was haben Sie hier zu suchen?«

Aber sie bekam keine Antwort und konnte auch nicht rechtzeitig erkennen, wer sich auf sie stürzte. Linnea wurde von einem Schlag getroffen, dann wurde sie vom Stuhl gestoßen und landete auf dem Fußboden.

Ihr gelang es gerade noch, sich abzustützen, damit sie nicht mit dem Kopf auf den Boden knallte.

»Was machen Sie hier?«

Sie spuckte ihre Worte in einer Mischung aus Ohnmacht und Wut aus, stützte sich mit den Händen auf dem Boden ab und wollte aufspringen, um sich auf den unbekannten Angreifer zu stürzen. Doch im selben Moment wurde sie von einem neuen Hieb getroffen. Diesmal prallte ihr Kopf mit einem dumpfen Knall auf den Boden, und kurz war sie vom Schmerz gelähmt. Sie konnte sich nicht mehr bewegen, war aber immerhin noch bei Bewusstsein.

Sie glaubte zu ersticken, versuchte, sich zu befreien, wurde jedoch brutal festgehalten. Ein Knie in ihrem Rücken hielt sie am Boden.

»Lassen Sie mich los!«

Aber ihre Worte wurden von dem Klebeband erstickt, das im selben Moment um ihren Mund und ihren Nacken gewickelt wurde. Sie stöhnte laut auf und versuchte erneut, sich zu befreien, als das Klebeband auch um ihre Augen gewickelt wurde. Immerhin blieb aus Versehen unten ein kleiner Schlitz offen, durch den sie ein wenig spähen konnte. Anschließend wurde sie erneut brutal von dem Knie auf den Boden gepresst. Ihr Arm wurde nach hinten gebogen, und sie spürte, wie ein Fingernagel an ihrem Fuß entlang kratzte. Kurz darauf wurden auch ihre Arme mit Klebeband auf ihren Rücken gefesselt. Dann spürte sie einen plötzlichen Ruck in ihren Beinen, und sie wurde an den Füßen weggezogen. Sie wand sich erneut, damit ihr Gesicht nicht über den Boden schleifte, und schäumte vor Wut. Sie hatte das Gefühl, keine Luft mehr zu bekommen, und wollte mit den Beinen zappeln, die jedoch in einem eisernen Griff gefangen waren.

Die Tür zum Büro wurde geöffnet. Einen kurzen Moment geschah nichts, dann wurde Linnea weiter über den Flur gezogen. Sie gab es auf, sich zu wehren. Stattdessen versuchte sie, ihre Hände hin und her zu drehen. Sie war sich sicher, dass sie zumindest eine Hand würde befreien können.

Wenn sie ausreichend Zeit bekäme.

*

»Wenn das Sondereinsatzkommando kommt, sagt ihr denen einfach, wo ich bin.«

Noch bevor die Polizisten protestieren konnten, ging Thor schon auf die Reihenhäuser zu. Er war angespannt, jeder Nerv in seinem Körper schien nach Bewegung zu schreien. Zu versuchen, das alles so schnell wie möglich hinter sich zu bringen, ehe der Mann dort drinnen vollkommen durchdrehte. Offenbar war Overbye tatsächlich extrem labil. Thor konnte nicht verstehen, warum niemand dafür sorgte, dass frühere Soldaten mit Kriegstraumata und Schlimmerem keine Waffen besitzen durften.

Gleichzeitig kreiste in seinem Kopf die ganze Zeit ein einziger, unerträglicher Gedanke: Was, wenn seine Frau und die Kinder zu Hause waren? Konnte Uffe Overbye auf die Idee kommen, sie als Geiseln zu nehmen? Innerlich betete er, dass sie bei dem guten Wetter gerade einen Ausflug machten, während er mit angespannten Schritten zur Rückseite der Reihenhäuser ging. Overbye hatte die Beamten an der Vorderseite des Hauses beschossen, aber da sie ihn seither nicht mehr gesehen hatten, konnte er sich im Prinzip überall befinden. Immerhin schworen die Polizisten, dass er das Haus nicht verlassen hatte, das hätten sie bemerkt.

Thor ging an der Rückseite der Häuserreihe entlang, bis er das Nachbarhaus der Overbyes erreichte. Dort versteckte er sich hinter dem Fertigbaugartenhäuschen, das in jedem dieser Gärten stand. Die Hecke zum Nachbarn war noch so neu, dass er leicht unten durchkriechen konnte, doch wenn Overbye zufällig gerade den hinteren Garten beobachtete, würde er sofort entdeckt werden. Und so war es auch.

»Ich schieße!«

Thor warf sich rücklings in die Hecke.

»Verdammt«, murmelte er.

Er tastete nach seiner Pistole, und es dauerte einen Moment, bis er sie aus seinem Hosenbund gezerrt hatte. Dann ging er hinter dem Schuppen in Deckung.

»Legen Sie Ihre Waffe weg. Ich komme gleich zu Ihnen, um mit Ihnen zu reden.«

Keine Antwort.

»Bleib, wo du bist«, drang es schließlich aus dem Haus. »Ich schieße!«

Thor sah auf seine Pistole. Im Grunde genommen war sie ihm in dieser Situation keine große Hilfe. Laut Dienstvorschrift sollte man immer erst einen Warnschuss abgeben, aber er wusste genau, dass nichts eine angespannte Situation so sehr eskalieren lassen konnte wie ein Schuss. Außerdem lag es in der Natur des Schusses, dass er sich nicht in Luft auflöste, ganz gleich, ob er auf eine Person oder in den Himmel gefeuert wurde. Ein Projektil findet immer ein Ziel – schlimmstenfalls mit fatalen Konsequenzen.

»Sind Sie allein?«, rief er dann. »Es ist noch nicht zu spät, Uffe. Legen Sie die Waffe weg! Sind Sie allein?«

46

Sein Instinkt ließ ihn nur selten im Stich, und das war auch diesmal so.

Kevin Love hatte sich gerade heruntergebeugt, um einen Fleck von seinem linken Schuh zu entfernen, als ihm das Pling des Aufzugs verriet, dass er in der richtigen Etage angekommen war. Als sich die Tür öffnete, war er noch dabei, seine Schuhspitzen einer kritischen Betrachtung zu unterziehen. Eigentlich müssten sie noch ein gutes Jahr taugen, aber er konnte seinem Schuhmacher in der St. James's Street genauso gut gleich eine Nachricht schicken. Er kannte seine Maße seit mehr als zehn Jahren und konnte im Laufe weniger Wochen ein Paar Schuhe von einer Qualität herstellen, die eigentlich unbezahlbar war – und natürlich musste man sich dieses Handwerk etwas kosten lassen. Doch John Lobb hatte auch alles Recht dazu, solche Preise zu verlangen, da sein Name seit 1849 für die höchste Schuhmacherkunst stand. Seine Schuhe zogen Politiker und Schauspieler von überall her an, und Kevin Love scherzte gern damit, dass er denselben Schuhmacher hatte wie James Bond.

Er blieb im Aufzug stehen und starrte auf den Hotelgang vor sich. Er war sich unsicher, was er gerade wahrgenommen hatte. Nichts von dem, was er sah, unterschied sich von den anderen Malen, als er den Aufzug hinauf zu seinem Zimmer im dritten Stock des D'Angleterre genommen hatte. Die Türen glitten wieder zu, und er drückte auf den Knopf, um sie wieder zu öffnen und für einen weiteren Moment die Umgebung zu beobachten. Der Flur lag verlassen da, es war nichts zu hören und niemand zu sehen, abgesehen von einer ungeöffneten Flasche Champagner vor einem Zimmer. Vermutlich war sie in einem romantischen Anflug von einem Paar bestellt worden, das inzwischen zu einer konkreteren Form der Liebe übergegangen war.

Dann trat er endlich aus dem Lift und hörte, wie sich die Türen hinter ihm schlossen. Erst da fiel ihm auf, dass tatsächlich etwas nicht stimmte. Dass sein Instinkt zu Recht von etwas alarmiert worden war. Einem gedämpften Atem.

Doch da war es bereits zu spät.

»Bloody hell!«

Er fluchte, als er umgestoßen wurde und mit dem Kinn zuerst auf dem Teppichboden aufschlug. Direkt vor seinem Auge konnte er den Schriftzug »Pol Roger 1999« lesen und begriff, dass das die Champagnerflasche sein musste, die er um Haaresbreite mit der Stirn zertrümmert hätte.

»Nenn mir einen guten Grund dafür, dass ich dich nicht auf der Stelle umbringe!«

Es war eine weibliche Stimme, und wenn ihn nicht alles täuschte, gehörte sie Peggy-Lee Wu, auch wenn er sie nur vom Telefon kannte. Dann waren es also ihre Schenkelinnenseiten, die er an seinem Nacken spürte, und ihre schlanken Beine, die seinen Oberkörper energisch zu Boden pressten.

»Was solltest du davon haben? Ich habe einen Auftrag für dich.«

»Ich werde nicht mehr für dich arbeiten. Mit dir bin ich fertig. Und du wirst auch bald fertig sein. Und zwar für immer!«

Er erstarrte kurz, als er spürte, wie eine Pistolenmündung gegen seinen Hinterkopf gedrückt wurde, doch dann entspannte er sich wieder. Er war in seinem Element und zweifelte nicht daran, wie er die Angelegenheit lösen konnte. Er wartete, bis die Pistole ein weiteres Mal bedrohlich gegen seinen Schädel gedrückt wurde. Dann krümmte er seinen Körper zusammen, rollte sich halb herum und packte mit festem Griff Peggy-Lees Hand mit der Pistole.

Er befand sich nun in derselben Position wie zuvor, nur lag er jetzt auf dem Rücken, hatte somit Peggy-Lees Schritt über sich und ihre Augen, die vor Hass funkelten. Er betrachtete sie verblüfft. Ihr Körper war sehnig wie der einer Spitzensportlerin. Ihm fiel auf, dass sie erstaunlich hübsch gewesen wäre, hätte sie nicht aus professionellen Gründen ihr Bestes getan, unauffällig auszusehen.

Sie versuchte ihn mit ihren Schenkeln einzuklemmen, aber mit einer Bewegung, die man kaum als Kraftanstrengung bezeichnen konnte, warf er sie von sich, nahm ihr die Pistole weg und griff mit der anderen Hand die Pol-Roger-Flasche und die beiden langstieligen Gläser. Dann wandte er sich zu ihr.

»Sollten wir nicht lieber zum geschäftlichen Teil übergehen, anstatt hier einen solchen Zirkus zu veranstalten?«

*

Der Raum war fensterlos, und das Licht war nicht eingeschaltet. Als die Tür langsam ins Schloss fiel, konnte Linnea in dem Licht, das vom Flur hereindrang, einen kurzen Blick auf den Raum erhaschen. Sie hatte zu erraten versucht, wo man sie hinbrachte, als sie über den Flur geschleift wurde. Aber es war ihr schwergefallen, alles mitzubekommen, da sie nur durch den schmalen Schlitz sehen und die ganze Zeit darauf achten musste, sich nicht das Gesicht aufzuschürfen. Die Wände des Raums, in dem sie sich nun befand, waren mit schwarzen Tafeln bedeckt, auf die man Hüftschalen, Schädel und andere Knochen in unterschiedlichen Varianten geklebt hatte. Eine Wand war komplett mit Pappkartons voller Knochen zugestellt. Sie war also in das osteologische Labor geschleppt worden.

Linnea wurde noch ein kurzes Stück gezogen, dann ließ man ihre Beine los. Sie drehte sich leicht zur Seite und versuchte, etwas von ihrem Angreifer zu erkennen, doch sie konnte nichts anderes sehen als ein Paar dunkle Hosenbeine, das sich entfernte.

Sie krümmte sich schnell ein wenig zusammen und holte zu einem Tritt aus. Beim ersten Mal verfehlte sie ihr Ziel, beim nächsten traf sie genau. Mit einem wilden Rasseln fielen die Knochen in sich zusammen. Es musste sich um ein vollständiges Skelett handeln, das im Laufe des 19. Jahrhunderts zu Unterrichtszwecken verwendet worden war. Der Schädel rollte quer durch den Raum und wurde erst an der Tür aufgehalten, wo Linneas Angreifer ihn mit einem wütenden Tritt stoppte.

Mit zwei Schritten war er wieder bei ihr, genau wie Linnea es geplant hatte. Diesmal wurde sie noch tiefer in den Raum hineingeschleift, damit sie keinen weiteren Lärm verursachen konnte. Aber jetzt war Linnea zum Angriff bereit.

Im dem Moment, als ihr Bein wieder losgelassen wurde, gelang es ihr endlich, ihre rechte Hand zu befreien. Sie griff in ihre Jackentasche und angelte das Pfefferspray heraus. Immerhin war sie intelligent genug gewesen, es zu Hause einzustecken. Sie krümmte sich ein weiteres Mal zusammen, drehte sich auf die Seite und sprühte los.

Ein Brüllen ertönte, und Linnea bekam erst einen Tritt in den Magen verpasst, dann noch einen. Dann hörte sie hastige Schritte, und die Tür wurde zugeschlagen.

Sie war allein im Dunkeln. Draußen auf dem Flur konnte sie ein Husten hören und versuchte, ihre Chancen einzuschätzen. Das Pfefferspray war noch auf eine Distanz von fünf bis sechs Metern wirksam. Die Dosis Capsaicin, die sie abgefeuert hatte, dürfte genug gewesen sein, um Orientierungslosigkeit, extreme Schmerzen in den Augen und eine Reizung der Schleimhäute zu verursachen. Wenn ihr Angreifer es eingeatmet hatte – und es klang ganz danach –, würde er noch ein paar Stunden darunter zu leiden haben.

So hatte sie wenigstens Zeit gewonnen.

47

Er wagte es, den Kopf ein Stückchen vorzustrecken. In den Fenstern war niemand zu sehen. Hatte Overbye möglicherweise doch die Flucht nach vorn durch die Haustür angetreten?

Thor umklammerte seine Pistole fest mit beiden Händen und stürmte zur Terrasse. Er stemmte sich mit seinem ganzen Gewicht gegen die Tür, die zum Glück nicht verschlossen war, und fiel vornüber ins Wohnzimmer.

Im selben Moment fiel ein Schuss, gefolgt von einem gewaltigen Klirren. Er warf sich auf den Boden. Suchte mit der Pistole im Anschlag das Zimmer ab, doch er war allein. Dann stand er auf. Lief zu einer Tür, die zur Küche führte.

Nichts. Auch hier war niemand. Sein Herz klopfte so wild, dass es alles zu übertönen schien, und er überlegte, ob er überhaupt hören konnte, wenn sich jemand von hinten anschlich.

Dann drehte er sich blitzschnell um. Mit der Pistole vor sich in den ausgestreckten Armen ging er zur zweiten Tür, die vermutlich in einen weiteren Wohnraum führte. Sie war angelehnt.

Er zögerte eine Sekunde, während der er das Gefühl hatte, dass ihm bald das Herz heraussprang. Im Mund spürte er einen metallischen Blutgeschmack. Er platzierte seinen Fuß auf der Schwelle der Tür und stieß sie auf.

Er sah in den Lauf einer Pistole, die direkt auf ihn gerichtet war. Eine einzige, kleine Bewegung des Fingers, der auf dem Abzug ruhte, und er wäre tot.

Thor bewegte sich nicht und hatte das Gefühl, dass die Zeit stehen blieb. Dann ließ er seine Hände sinken und wollte schon seine Pistole auf den Boden legen.

Doch plötzlich begriff er, dass Uffe Overbye die Pistole gar nicht auf ihn gerichtet hatte. Sie zielte zwar auf ihn, aber er war nicht das Ziel. Overbye hatte kein Ziel.

»Können Sie mich nicht einfach in Ruhe lassen?«

Mittlerweile war er auf den Boden gesunken. Seine Augen waren geschlossen, und Tränen liefen ihm über die Wangen. Die Pistole hielt er noch immer in den Händen. Vorsichtig trat Thor einen Schritt zur Seite. Der andere bewegte sich nicht. Dann noch einen Schritt.

»Ich will einfach nur allein sein!«

Er redete immer weiter vor sich hin, und Thor versuchte ihm beruhigend zu antworten, während er sich ihm langsam näherte. Overbye hatte lediglich auf den Fernseher geschossen, der auf einem Sofatisch an der Wand stand, und der Bildschirm war in tausend kleine Scherben zersprungen, die über den Boden verteilt lagen. Er umklammerte seine Pistole, als wolle er sich überwinden, seinem Leben ein Ende zu setzen.

Im nächsten Moment holte Thor zu einem Tritt aus, und dann geschah alles auf einmal.

Overbye schrie, als die Pistole aus seiner Hand geschleudert wurde, und Thor warf sich über ihn, um sicherzugehen, dass er keine weiteren Waffen besaß. Gleichzeitig wurde die Haustür eingetreten und eine Stimme verkündete per Lautsprecher die Ankunft der Polizei. Das Sondereinsatzkommando war eingetroffen.

»Übernehmt ihn«, sagte Thor. »Er ist unbewaffnet.«

Ein uniformierter Polizist mit Visier und Helm war zur Tür hereingetreten. Er senkte seine MP5, auf der ein Zielfernrohr und eine Schulterstütze montiert waren, was mitten in dem tristen Wohnzimmer völlig deplatziert wirkte. Überflüssigerweise zeigte Thor ungeduldig auf den Mann auf dem Boden, der keinen Ton von sich gab.

Thor rannte nun die Treppe hinauf. Er murmelte Stoßgebete vor sich hin, während er im oberen Stock von Zimmer zu Zimmer lief, bis er zu einer verschlossenen Tür gelangte. Vielleicht das Badezimmer. Sein Herz machte einen Satz.

»Ist euch etwas zugestoßen?«

Doch niemand antwortete. Thor wiederholte seine Frage. Dann wurde endlich der Schlüssel im Schloss umgedreht, und die Tür öffnete sich vorsichtig. Dort stand ein Mädchen im Alter von fünf oder sechs Jahren und starrte ihn an. Es hätte Maja sein können. Dann tauchte der kleine Bruder hinter dem Mädchen auf, und auf dem Boden des Badezimmers saß eine blonde Frau und verbarg ihr Gesicht zwischen den Händen.

»Papa ist mal wieder komisch«, sagte das Mädchen schließlich.

Thor flüsterte, es sei alles okay, und sie könnten jetzt ruhig wieder herauskommen. Danach lehnte er sich gegen die Wand im Flur und sank in die Knie, bis er irgendwann bemerkte, dass ein Beamter vor ihm stand und sich fragend über ihn beugte.

»Nehmt ihn mit zum Politigården«, sagte Thor dann. »Ich glaube, er ist bereit auszupacken!«

*

Auf dem Flur waren Schritte zu hören, und fast im selben Moment gelang es Linnea endlich, sich das Klebeband vom Mund zu reißen. Sie unterdrückte einen Schrei, als sie dabei einen Teil ihrer Haare mit ausriss. Sie war bereits wieder auf den Beinen, als die Tür aufging.

»Was ist passiert?«

Linnea stand mit einem soliden Schenkelknochen in der Hand bereit und schwang ihn drohend über ihrem Kopf. Der Securitas-Mann in der Tür sah sie entsetzt an. Sie schob sich an ihm vorbei und starrte auf den Flur hinaus, doch es war niemand zu sehen. Wie viel Zeit war vergangen, seit sich die Tür des Labors hinter ihrem Angreifer geschlossen hatte? Anschließend hatte sie schätzungsweise eine Viertelstunde gebraucht, um die andere Hand ganz zu befreien, sich mit viel Geduld gewappnet und sich auf eine erneute Konfrontation vorbereitet. Sie wusste, dass sie sich nicht aus eigener Kraft befreien konnte, und ihr Blackberry lag noch immer in ihrem Büro. Sie konnte sich lediglich bewaffnen, für den Fall, dass der Angreifer zurückkam. Doch mittlerweile hatte der Betreffende wohl ausreichend Vorsprung, um unbemerkt zu entkommen.

»Ich arbeite hier.«

»Ich weiß.«

Der Wachmann starrte sie an. Vermutlich war sie ihm an einem der vielen Abende aufgefallen, an denen sie lange arbeitete, weil sie sowieso nichts hatte, für das es sich lohnte, nach Hause zu gehen.

Sie fasste sich an die Stirn und bemerkte, dass sie blutete. Als sie aus dem Büro geschleift worden war, hatte sie sich bei der Kollision mit dem Türrahmen wohl eine Platzwunde an der Augenbraue eingehandelt.

Endlich löste der Wachmann sich aus seiner Erstarrung.

»Ich rufe die Polizei, und Sie müssen sofort in die Notaufnahme.«

»Warten Sie mal kurz.«

Sie nahm das Taschentuch entgegen, das er ihr reichte, und stoppte die Blutung über dem Auge vorübergehend, damit sie zumindest etwas sehen konnte.

»Ich gehe davon aus, dass es hier Überwachungskameras gibt?«

Der Wachmann nickte.

»Dann müssten wir sehen können, wer mich überfallen hat.«

»Es gibt nur an den Eingängen Kameras, also bin ich nicht sicher, ob das so weiterhilft.«

»Er ist mit Hilfe meiner Schlüsselkarte hereingekommen, demnach müsste es ein gutes Porträt geben, wenn wir Glück haben.«

Widerwillig gab der Mann ihrem Drängen nach, sofort zu prüfen, ob er zu den Aufnahmen des heutigen Abends Zugang hatte. Aber nur unter der Voraussetzung, dass sie sofort ins Krankenhaus fuhr, wenn sie die Aufnahmen gesehen hatte. Außerdem versprach sie ihm auch, die Polizei zu rufen.

Es war reiner Zufall gewesen, dass er auf seiner üblichen Runde hier vorbeigekommen war, bei der er mindestens zweimal ihre Etage im Panum durchqueren musste. Da die

Alarmanlage nicht angesprungen war, wurde weder die Polizei noch jemand anderer alarmiert. Eigentlich hätte es Linnea ausgezeichnet gepasst, wenn das auch so geblieben wäre, da ja die ganze Misere im Grunde ihre eigene Schuld war. Streng genommen war es nicht erlaubt, mehr als eine Schlüsselkarte zu besitzen, genau aus dem Grund, Situationen wie diese zu vermeiden.

Der Wachmann setzte sich an Linneas Schreibtisch und loggte sich in das Intranet seiner Firma ein, nachdem er mit seinem Call Center konferiert hatte.

Währenddessen durchwühlte Linnea einen Schrank auf dem Flur, bis sie fand, was sie suchte. Dann ging sie in die Damentoilette, wo sie sich im Spiegel betrachtete. Die Wunde über der linken Augenbraue blutete noch immer ziemlich stark, und sie befeuchtete ein Tuch und tupfte einen Großteil des Bluts ab. Die Platzwunde war etwa zwei Zentimeter lang. Der Wachmann hatte völlig recht. Sie sollte in ein Krankenhaus fahren. Aber sie hatte jetzt keine Zeit zu verlieren und wollte so schnell wie möglich die Aufnahmen sehen.

Hastig wusch Linnea die Wunde mit etwas Wasser und Seife aus. Es brannte ein wenig. Anschließend streifte sie sich Gummihandschuhe über, desinfizierte die chirurgische Nadel und starrte sich erneut im Spiegel an. Dann biss sie die Zähne zusammen und begann zu nähen. Vier Stiche genügten. Sie stieß beim Nähen ein lautes Stöhnen aus, das fast wie ein Brüllen klang.

»Was ist denn hier los?«

Der Wachmann stand in der Tür zur Toilette und starrte schockiert auf Linnea. Sie wandte sich vom Spiegel um, während sie angestrengt versuchte, einen Knoten zu binden, und jedes Mal zusammenzuckte, wenn sie den Faden festzog.

»Hat man Ihnen denn nie beigebracht, dass man anklopft, bevor man eine Damentoilette betritt?«

48

Das Geld müsste inzwischen eingegangen sein. Schau doch mal auf deinem Konto nach.«

Kevin Love machte eine Kopfbewegung zu dem Computer, der auf dem kleinen Tisch am Fenster zum Kongens Nytorv stand.

Genau wie das Sprichwort vom Fuchs besagte, der mehr als einen Ausgang kennt, konnte man auch eine Auftragskillerin nicht einfach mir nichts, dir nichts entwaffnen. Love starrte erst auf den Lauf der halbautomatischen Pistole, der auf ihn gerichtet war, dann auf Peggy-Lee, die zugleich zart und doch furchteinflößend wirkte. Sie ging zum Computer und ließ ihre Finger über die Tastatur tanzen, um sich zu vergewissern, dass der versprochene Vorschuss tatsächlich auf ihr Konto auf den Caymaninseln überwiesen worden war. Sie hatte sich mit dem Ziel, ihn zu töten, ins Hotel eingeschlichen. Und er kam nicht umhin, ihre Entschlossenheit zu bewundern. Sie hatte sich mit den Armen und Beinen unter die Fahrstuhldecke geklemmt und dort wie eine Spinne gelauert, um auf ihn herunterzuspringen, sobald er aus dem Fahrstuhl trat.

»Du kannst die Höhe der Summe als einen Bonus verstehen, mit dem ich meinen guten Willen bezeuge.«

Sie nickte langsam und ohne ihn anzusehen. Ihm war dennoch klar, dass sie bei seiner kleinsten Bewegung wieder ihre Pistole parat haben würde. Man durfte sie nicht unterschätzen. Nur mit Mühe und Not war es ihm gelungen, sie davon zu überzeugen, dass der Auftragsmord an Jonas Holm Neergaard keine Falle gewesen war. Er hatte jedoch den Fehler begangen, sie nicht ausreichend über die Zielperson aufzuklären und ihr zu erzählen, dass es sich bei Neergaard um einen durchtrainierten ehemaligen Soldaten handelte. Die mangelnde Vorbereitung hätte fast zu einem fatalen Ausgang geführt. Er hatte ihr Leben leichtsinnig aufs Spiel gesetzt, und nun war er ihr etwas schuldig.

»Die Waffe und das Hotelzimmer werden gerade organisiert. Kein Grund zur Sorge also.«

Endlich wandte sie ihren Blick vom Bildschirm ab und sah ihm zum ersten Mal direkt in die Augen.

»Ich mache mir grundsätzlich niemals Sorgen.«

Sie ließ zu, dass er zum Computer kam. Als er sich über sie beugte, entging ihm nicht, dass seine Nähe sie instinktiv zusammenzucken ließ. Dann öffnete er die Bilddatei, die er auf *flickr* gespeichert hatte.

»Dir bereitet es sicher keine Probleme, dass dein Ziel eine Frau ist?«

Sie schüttelte nur den Kopf, während sie eingehend die Fotos betrachtete, die er gestern mit dem Handy aufgenommen hatte. Er hatte nicht damit gerechnet, dass es so schwer werden würde, die Angelegenheit abzuschließen und die Spuren zu beseitigen. Hatte geglaubt, es würde genügen, Jonas Holm Neergaard kaltzumachen. Doch dann hatte sich herausgestellt, dass die Sache damit keineswegs bereinigt war. Als er den Kontakt zu Peggy-Lee verloren hatte, hatte er überlegt, einen seiner Rockerkontakte mit dem letzten Job zu beauftragen. Aber es war ihm viel lieber, ihr diese Aufgabe anvertrauen zu können. Zum einen erhielt er dadurch die Chance, das Vertrauen zu ihr wiederherzustellen, zum anderen war er von ihrer Effektivität überzeugt, die zu bezweifeln sie ihm nie auch nur den kleinsten Anlass geboten hatte. Er wischte sich den Schweiß von der Stirn, ohne sie anzusehen. Er war trotz allem froh, dass er sich schließlich doch entschieden hatte, in Kopenhagen zu bleiben, bis alles ordentlich abgewickelt war. Noch mehr Fehler durfte er sich auf keinen Fall erlauben.

»Ich fliege am Mittwochabend«, sagte er dann. »Darf ich vorschlagen, dass du die Dokumentation für mich hochlädst, sobald die Aufgabe gelöst ist?«

Peggy-Lee nickte und stand auf. Sie hatte die Pistole noch immer fest im Griff. Da sie kein Wort sagte, ging er davon aus, dass sie nur auf dem Weg zum Bad war, aber zu seiner Überraschung steuerte sie direkt auf die Zimmertür zu. Im nächsten Moment war sie auch schon verschwunden, und er blieb allein im Zimmer zurück. Und zum ersten Mal seit vielen Jahren mit dem Gefühl, soeben an die Wand gespielt worden zu sein.

*

»Die Person, die da kommt, das müssen Sie sein, oder?«, sagte der Wachmann.

Linnea nickte. Die Bilder vom Haupteingang am Blegdamsvej hatten sie gesehen, jetzt gingen sie die Bänder vom Eingang an der Nørre Allé durch, der am besten beleuchtet war. Deshalb waren sie davon ausgegangen, dass der Einbrecher nicht von hier gekommen war. Es waren Bilddateien in niedriger Auflösung, die nach Stunden eingeteilt waren. Sie spulten zu den Abschnitten vor, die nach siebzehn Uhr aufgenommen worden waren. Es ging relativ schnell, weil das Bild die ganze Zeit dasselbe zeigte: einen abgeschlossenen, leeren Eingang. Das Panum Institut füllte fast das gesamte Dreieck zwischen dem Tagensvej, dem Blegdamsvej und der Nørre Allé aus und war nicht gerade ein Ort, an den die Menschen außerhalb der Öffnungszeiten pilgerten. Die erste Person, die auftauchte, war Linnea selbst, die aus einem Taxi stieg und sich mit ihrer Karte Zugang zum Gebäude verschaffte.

»Das kann nicht sein«, sagte sie. »Er muss kurz vor mir gekommen sein.«

»Aber die letzte halbe Stunde vor Ihrer Ankunft haben wir bereits durchgesehen.«

»Dann suchen Sie die vorherigen Dateien heraus.«

Der Wachmann beugte sich über die Tastatur und suchte weiter, während Linnea ihr Handy nahm, um die Polizei anzurufen. Doch sie überlegte es sich anders und rief stattdessen direkt bei Thor an. Der Überfall setzte ihr mehr zu, als sie zunächst gedacht hatte. Und nun waren ihr alle Vorsätze, sich ihm nicht mehr anzunähern, egal. Sie hatte ein Bedürfnis nach Trost. Nachdem sie es nervenaufreibend lange hatte klingeln lassen, meldete Thor sich endlich. Sein knapper und ernster Tonfall signalisierte, dass er gerade wichtigere Dinge zu tun hatte. Deshalb verkniff sie sich jeden Ansatz, wie ein kleines, schutzbedürftiges Mädchen zu klingen, und erklärte stattdessen nüchtern, was vorgefallen war.

»Ich schicke einen Streifenwagen vorbei. Das war sicher ein Junkie auf der Suche nach Stoff. Die brechen doch in alle Gebäude ein, die nur im Entferntesten an ein Krankenhaus erinnern.«

»Aber verstehst du denn nicht, dass er sich mit meiner Schlüsselkarte Zutritt verschafft hat?«

»Dann hast du sie vielleicht irgendwo verloren?«

»Die Karte lag bei mir zu Hause herum. Und man kann ihr nicht ansehen, dass sie zum Panum gehört.«

Einen Augenblick wurde es still in der Leitung.

»Das heißt, der Junkie hat bei dir zu Hause eingebrochen?«

Sie beschloss, ihm erst später zu erklären, was genau geschehen war. Sie erzählte ihm, dass sie gerade die Videobänder der Sicherheitsfirma durchging. Der Täter musste irgendwo darauf zu sehen sein. Sie scheuchte den Wachmann weg, damit sie besser durch die Aufnahmen scrollen konnte.

»Beim nächsten Mal musst du ihm einfach rechtzeitig eins überziehen!«

Sie lächelte vor sich hin, als ihr klarwurde, dass Thor auf seine unbeholfene Weise versuchte, sie aufzumuntern.

»Zuerst musst du ihn direkt am Solarplexus treffen. Gerade genug, damit er nach Luft ringt. Und ihm dann ins Gesicht sehen, um herauszufinden, wie er reagiert. Das ist die Pointe: Wenn er unverändert aussieht, hast du verloren. Aber normalerweise wird der Betreffende so schockiert sein, dass du den Kampf in diesem Moment bereits gewonnen hast. Denn dann hast du seine Selbstsicherheit erschüttert.«

»Und vermutlich auch sein kardiovaskuläres System«, murmelte sie und war beinahe gerührt über seine ungeschickte Art der Fürsorglichkeit.

»Genau. Denn das gibt einem das vorübergehende Gefühl, als Verlierer aus dem Kampf hervorzugehen. Und das erfüllt fast jeden mit Panik. Danach kannst du die Nieren in Angriff nehmen, oder gleich die Nase. Das tut saumäßig weh, da bleibt kein Auge trocken.«

»Das müsstest du als alter Boxer ja am besten wissen.«

»So alt bin ich nun auch wieder nicht. Davon abgesehen, klingt deine Schilderung übrigens so, als solltest du zusehen, schnell ins Krankenhaus zu kommen.«

»Jetzt fang du nicht auch noch damit an!«

Dann verstummte sie. Thor fragte, was los sei, doch sie war zu sehr auf den Bildschirm konzentriert, um ihm zu antworten. Sie hatte während des Gesprächs weiter zurückgespult, bis endlich eine Person auftauchte. Sie trat direkt in den Aufnahmewinkel der Kamera und ging zielgerichtet zum Haupteingang, wo sie die Schlüsselkarte durchzog. Anschließend hielt sie kurz inne, als sei sie nicht ganz sicher, wie das System funktionierte, bis die Glastür schließlich aufglitt. Das war etwa vierzig Minuten vor Linneas Ankunft, was bedeutete, dass sich ihr ungebetener Gast viel Zeit genommen hatte, um das Büro zu durchsuchen.

Wahrscheinlich gab es die Aufnahmen in einer höheren Auflösung als in der komprimierten Datei, in der sie der Wachmann heruntergeladen hatte. Das würde allerdings nichts daran ändern, dass man die Person nicht genau erkennen konnte. Alle Bilder waren von hinten aufgenommen worden, und eine dunkle Kapuze bedeckte ihre Haare. Linnea hätte den Gang und das Bewegungsmuster der Person analysieren und bei einem direkten Vergleich eine Identifizierung möglich machen können. Aber da sie keinen Verdächtigen hatte, nützte ihr das momentan nichts.

Eine Sache konnte sie jedoch ohne Probleme erkennen.

»Es ist eine Frau!«

»Wovon redest du?«

Doch Linnea legte das Handy zur Seite. Sie hatte soeben noch etwas entdeckt. Eine Sache, die sie schon die ganze Zeit irritiert hatte, als sie den Schreibtisch untersucht hatte. Doch sie war nicht darauf gekommen, was es war. Jetzt fiel ihr auf, dass nicht nur ihr Computer fehlte. Der Eindringling hatte noch etwas mitgehen lassen.

Mittwoch, 14. Juli

49

Die Häuser am Christiansholms Parkvej in Klampenborg wurden im Volksmund als englische Reihenhäuser bezeichnet. Und tatsächlich erinnerten die weißgekalkten Häuschen, die eine Küche im Souterrain und einen Wintergarten nach hinten hinaus besaßen, tatsächlich an eine Straße in Kensington. Obwohl die Immobilienpreise ihren Zenit längst überschritten hatten, konnten vermutlich selbst die kleineren Häuser in dieser Gegend leicht einen Verkaufspreis von acht bis zehn Millionen Kronen erzielen. Dafür boten sie auf der ruhigen Straßenseite die Morgensonne und eine Aussicht auf den kleinen Park am Schloss Christiansholm und auf der anderen Seite den Jægersborg Tierpark und den Strand Bellevue in fußläufiger Nähe. In diesen Häusern wohnten die Wohlhabenden, die nicht zu den dezidierten Snobs am Strandvej gehören wollten. Und Linnea wunderte es nicht im Geringsten, dass sich Christian Schimmelmann hier niedergelassen hatte.

»Du hast Glück, dass du mich erwischst. Ich wollte gerade los.«

»Skagen ruft?«

Schimmelmann nickte überrascht und bat Linnea dann in sein Wohnzimmer. Es war fast fünfzehn Jahre her, dass sie den Mann mit dem rotgeäderten Gesicht und den fleischigen Lippen zuletzt gesehen hatte. Aber er hatte sich sofort an sie erinnert, als sie anrief. Er war der Vater einer ehemaligen Schulkameradin vom Øregaard Gymnasium. Keine enge Freundin, weshalb sich Linnea lediglich an eine

Begegnung mit dem Vater erinnerte. Damals hatte dieser für seine Tochter eine völlig übertriebene Abiturfeier veranstaltet, an deren Ende er versucht hatte, zu Linnea ins Bad einzudringen, weil sie so eine »freche kleine Göre« sei. Sie hatte die Tür einen kleinen Spalt weit geöffnet und sie dann mit aller Kraft wieder zugeschlagen, woraufhin er vor Schmerz aufgeheult, seine malträtierte Hand zurückgezogen und sie auf der Toilette in Ruhe gelassen hatte.

Aber das war lange her, und jetzt brauchte sie ihn, um ihn auszuhorchen. Sein Name war im Computer vom Auktionshaus Ellemose als Käufer eingetragen gewesen. Es passte zu ihm, eine exklusive Sammlung von irgendetwas zu pflegen. Und da all seine alten Juristenkameraden sicher beeindruckende Kollektionen von Wein, Whisky oder Zigarren besaßen, hatte er sich natürlich etwas Originelleres einfallen lassen müssen.

»Was sagst du zu meiner Kollektion? Damit können sich nicht viele messen. Hier in Dänemark jedenfalls auf keinen Fall, und in Europa auch kaum.«

»Das ist ja ein richtiges Museum!«

Er nickte und führte sie selbstzufrieden im Wohnzimmer herum, während er erklärte, im Obergeschoss gäbe es noch mehr zu sehen, falls sie interessiert sei. Sie vermutete, dass dort auch das Schlafzimmer lag, und ging nicht weiter darauf ein. Die Ausstellungsstücke standen überall. Unter anderem auch kleine Tontafeln im gleichen Stil wie diejenige, die sie gefunden hatte, aber eindeutig von einer besseren Qualität. Sie waren größer, intakter und die Bilder darauf interessanter: von Göttern oder Herrschern aus dem alten Sumer, Mesopotamien und Babylon.

»Hier fängt die Welt an. Die ersten Zivilisationen, die erste Schriftsprache. Ist es so verwunderlich, davon fasziniert zu sein?«

Linnea hatte nicht das Gefühl, dass er wirklich eine Antwort von ihr erwartete. Wahrscheinlich brauchte er nicht einmal ein Publikum, um in seinem selbstzufriedenen Pathos zu schwelgen.

»Ist es schwer, an so etwas heranzukommen? Ich meine, hier in Dänemark?«

»Das kommt darauf an, wofür du dich genau interessierst.«

Er ging zu einem Schreibtisch am Fenster, öffnete ein Sony Netbook und gab die Adresse einer Homepage ein.

»Wenn es sich lediglich um Souvenirs handelt, ist es ganz einfach.«

Er zeigte ihr verschiedene Homepages, museumresource.com und ancientsurplus.com. Hier wurden unter anderem mesopotamische Tontafeln mit Keilschriften angeboten, die teilweise nur vierhundert Dollar kosteten, genau wie Ushabtien, magische Statuen aus altägyptischen Gräbern, oder Opfergaben aus Ton mit einer Abbildung der babylonischen Göttin Ishtar für fünfhundert Dollar. In London oder New York dagegen würden sie mehrere Tausend kosten. Den Angaben zufolge wurden hier »überschüssige Sammlungen« nicht näher benannter Museen verkauft, und der Handel sei ethisch korrekt. Alles wurde per Post verschickt, zusammen mit einem Zertifikat, das »lebenslange Echtheit« garantierte, was auch immer das heißen sollte.

Er zwinkerte ihr zu.

»Wenn du aber an die echten Leckerbissen herankommen willst, solche Sachen, wie ich sie hier stehen habe, musst du natürlich an ganz anderen Orten suchen. Das kann ich dir gleich sagen. Es ist hervorragende Ware im Umlauf, und es geht dabei um viel Geld.«

*

»Sie sollten besser sofort herkommen.«

»Ist was passiert?«

»Das kann man wohl sagen. Er hat versucht, sich umzubringen.«

»Verdammt!«

Thor rannte mit dem Handy in der Hand los, nachdem ihn der leitende Wachmann der Gefängnisabteilung angerufen hatte. Das Gefängnis des Politigården zählte zu den strengsten Haftanstalten des Landes. Hier wurden die wirklich schwierigen Fälle untergebracht. Jene Gefangene, die zu gewalttätig und bedrohlich waren, um sie in den Banden- und Rockerabteilungen der normalen Gefängnisse unterzubringen. Nach einigen Monaten im Politigården waren sogar die abgestumpftesten unter ihnen geläutert genug, um wieder an ihre normale Verwahrungsstätte zurückgebracht werden zu können. In den fünfundzwanzig Zellen saßen auch besonders fluchtgefährdete Gefangene, weshalb Uffe Overbye hier gelandet war. Gleich nach seiner Ankunft hatte man ihn in eine Observationszelle gesteckt, einen kleinen Raum, der aus nicht viel mehr bestand als vier dicken Wänden und einer Tür mit bruchsicherem Glas. Der Gefangene konnte nichts tun, als auf einer Pritsche oder einem kleinen Schemel zu sitzen. Und die Gefängniswärter konnten ihn so rund um die Uhr beobachten. Hätte man Overbye dort behalten, hätte nicht viel passieren können. Aber leider war er dort nur vorübergehend untergebracht worden.

Thor fingerte nervös an seinem Handy, während er hinüberrannte. Das Gefängnis lag im anderen Gebäude des Politigården in der Otto Mønstedsgade, und er war gezwungen, den Polizeichef sofort von dem Vorfall in Kenntnis zu setzen. Er beeilte sich, Lange beim Laufen zu erklären, was er selbst gerade erst erfahren hatte: Overbye hatte einen

Selbstmordversuch unternommen, unmittelbar nachdem er in dem kleinen, eingezäunten Bereich auf dem Dach des Gebäudes Hofgang gehabt hatte. Irgendwie war es ihm gelungen, eine Gabel von einem Servierwagen auf dem Korridor zu stehlen und sie mit in die Zelle zu schmuggeln, wo er anschließend versucht hatte, sich damit die Pulsadern aufzubohren.

Beim Gedanken daran wurde Thor übel. Er mochte sich gar nicht vorstellen, was einen Menschen dazu trieb, eine so schmerzhafte Form des Suizids zu wählen.

»Er muss sofort zu einem Arzt.«

»Der ist bereits unterwegs, aber die Verletzungen scheinen zum Glück ziemlich oberflächlich zu sein.«

»Das spielt keine Rolle. So lautet die Vorschrift. Und anschließend muss er in die Sicherungszelle, wenn der Arzt damit einverstanden und keine weitere Behandlung nötig ist.«

Thor nickte. Eigentlich hatte er mit einer Zurechtweisung von Polizeichef Lange gerechnet, aber bisher war dessen Tonfall in Anbetracht der Umstände sowohl zivil als auch konstruktiv geblieben. Sicherungszellen waren normalerweise für Häftlinge vorgesehen, die so gewalttätig waren, dass man keine andere Wahl hatte, als sie zu fixieren. In den Zellen stand eine Pritsche mit Lederschnüren, mit denen man den Häftling festbinden konnte. Auch diejenigen wurden hier untergebracht, die gefährdet waren, sich selbst etwas anzutun. Und vielleicht war das in diesem Fall auch keine schlechte Idee.

»Wie sieht Ihre weitere Strategie aus?«, fuhr Lange fort. »Wir könnten einen Ermittlungsdurchbruch gut gebrauchen.«

»Wie meinen Sie das?«

»Na, Sie betrachten diesen Selbstmordversuch doch nicht etwa als Geständnis?«

Thor unterdrückte einen Seufzer.

»Eher im Gegenteil. Wie soll er denn einen Mord begehen, wenn er nicht mal imstande ist, auf sich selbst aufzupassen.«

Thor schluckte seine Wut herunter. Sie hatten einen Verdächtigen, der sich der Verhaftung widersetzt hatte und durchgedreht war, weil er ein psychisches Wrack war. Und weil er nun befürchtete, dass die Polizei und die Justizbehörde die alten Foltervorwürfe ein weiteres Mal aufrollen würden. Thor hatte eindringlich versucht, sowohl den Staatsanwalt als auch Lange davon zu überzeugen, dass ihnen die Sache zu entgleiten drohte, wenn sie sich ausschließlich auf Overbye versteiften. Und jetzt tat der Polizeichef gerade so, als sei er derjenige gewesen, der die ganze Zeit darauf hingewiesen hatte, was für ein labiler Mensch Overbye war, der in erster Linie eine Gefahr für sich selbst darstellte, nicht aber für andere.

»Wie auch immer. Kümmern Sie sich darum, dass dieser Fall schnell zu einem Abschluss kommt.«

Und damit war das Telefonat beendet. Thor stand mit anderen Worten nicht nur wieder ganz am Anfang, sondern hatte obendrein auch noch wertvolle Zeit vergeudet. Dennoch war er sich sicher, dass seine ursprüngliche Theorie von einem Zusammenhang mit den Ereignissen im Irak noch immer stimmte. Aber es musste noch eine andere Verbindung geben.

Er musste alles noch einmal von vorn durchdenken, alle Involvierten und ihre Rolle in diesem Drama von Neuem betrachten.

*

»Der Kunstraub ist heutzutage ein riesiger Markt, und es sind keineswegs irgendwelche reichen Kunstsammler in der Schweiz oder Menschen wie ich, die diese Diebstähle in Auftrag geben.«

Christian Schimmelmann ergänzte seinen Satz mit einem dröhnenden Lachen, das möglicherweise selbstironisch sein sollte. Linnea nahm an, dass er übertrieb, um sich vor ihr interessant zu machen.

»Meistens sind es kriminelle Banden, die Kunstwerke stehlen und sie zum Zweck der Geldwäsche weiterverkaufen. Wenn man Ware an ein Auktionshaus liefert oder dort ersteigert, erfährt nämlich niemand, wer man ist. Damit ist das Geld, das man erhält, sozusagen legalisiert. Denn es lässt sich nicht mehr beweisen, dass es aus einem illegalen Geschäft stammt. Und es ist leichter, gestohlene Kunst am Zoll vorbeizuschmuggeln, als gestohlenes Geld in andere Länder zu überweisen.«

Linnea fand es widerlich, wie stolz dieser Mann darauf zu sein schien, Teil des Schwarzmarkts für Kunst und Kulturerbe zu sein. Aber sie wusste, dass er mit allem, was er sagte, recht hatte. Sie hatte selbst ein wenig im Netz gesurft und herausgefunden, dass allein bei Interpol über 13 000 Malereien, Skulpturen und Ikonen als gestohlen gemeldet waren, darunter Museumswerke von Goya, Bruegel, Tizian und Turner. Im *Art Loss Register* waren zehnmal so viele Diebstähle eingetragen. Nach dem Zusammenbruch der Sowjetunion hatten organisierte kriminelle Banden dort große Mengen an Kunst gestohlen. Mittlerweile waren auch Banden aus Südeuropa, die Mafia und südamerikanische Drogenkartelle involviert. Hinzu kam neuerdings auch, dass viele Kulturschätze aus Afghanistan und dem Irak von Aufständischen geraubt und weiterverkauft wurden, um damit ihre Waffen und Terroraktionen zu finanzieren.

»Aber das muss doch entdeckt werden«, sagte sie. »Man kann doch wohl nicht so große Sammlungen mit illegaler Kunst besitzen, ohne dass es jemand herausfindet?«

Schimmelmann schüttelte den Kopf.

»Nur Leute, die prahlen, werden entdeckt. Warum, glaubst du, habe ich dich all das sehen lassen? Weil ich dich kenne. Du hast nicht vor, es weiterzuerzählen. Ein norwegischer Bekannter musste eine riesige Sammlung von magischen Schalen aus Mesopotamien abliefern, mit denen man damals glaubte, böse Geister einfangen zu können. Er besaß mehrere Hundert davon, die wahrscheinlich aus Plünderungen im Irak während des ersten Golfkriegs stammten. Und warum wurde seine Sammlung entdeckt? Weil er sie ans British Museum auslieh, als er zu eitel wurde und der ganzen Welt zeigen wollte, was er besaß.«

Er ließ seinen stolzen Blick erneut über seine wertvollen Antiquitäten schweifen.

»Außerdem ist es natürlich so, dass man diese Sachen unmöglich genau rückverfolgen kann. Sie kommen ja von überall her. Man denke nur mal an die enormen Plünderungen im Irak in der Zeit direkt nach dem Einmarsch der Amerikaner 2003. Das Nationalmuseum in Bagdad wurde fast vollständig geplündert, und die Ausgrabungen der versunkenen assyrischen Paläste in Babylon wurden ganz ungehindert geräumt – und das teilweise direkt neben der amerikanischen Basis. Natürlich wurden auch viele Soldaten mit Gegenständen erwischt, die sie nach ihrem Einsatz nach Hause schmuggeln wollten, aber das sind nur Kleinigkeiten. Ich wette, dass sich ringsherum überall große Lager befinden, die nur darauf warten, verkauft zu werden, sobald sich der erste Sturm gelegt hat.«

Schimmelmann schien angesichts dieses Gedankens schon ganz enthusiastisch. Linnea stand auf und bedankte sich für seinen Vortrag. Sie hatte genug von seinen widerlichen Geschichten, war sich aber nicht sicher, ob sie dadurch viel schlauer geworden war. Sosehr sie auch nachgebohrt hatte – er wollte nicht damit herausrücken, wo er selbst seine Ware bezog, abgesehen von den Auktionshäusern natürlich. Er deutete lediglich an, dass er auch persönliche Verbindungen hatte, ohne näher darauf eingehen zu wollen.

Sie ging in den Flur, um ihre Jacke zu holen. Schimmelmann folgte ihr und erging sich sicher in Phantasien über ihr dünnes Sommerkleid. In einem Punkt war der mühsame Ausflug nach Klampenborg aber doch hilfreich gewesen: Sie glaubte nicht mehr daran, dass die Tafel aus dem unfreiwilligen Grab des Irakers lediglich ein Souvenir war. War er möglicherweise in den Handel mit diesen Kunstschätzen in Dänemark verstrickt gewesen? Und bedeutete das, dass auch Jonas Holm Neergaards Tod etwas damit zu tun hatte? Sie schob den Gedanken von sich. Einerseits war sie noch immer der Meinung, etwas unternehmen zu müssen. Andererseits bewegte sie sich mit ihrer investigativen Arbeit, von der sie in Wirklichkeit nicht viel verstand, ohnehin schon auf dünnem Eis.

Sie drehte sich zu Schimmelmann um, der keine Anstalten machte, ihr die Tür zu öffnen.

»Hatten wir nicht noch eine Sache offen von unserem letzten Treffen?«, fragte er dann. »Obendrein bist du mir doch jetzt wohl einen Gefallen schuldig.«

»Wollten Sie nicht gerade nach Skagen fahren?«

Linnea schob sich an ihm vorbei und öffnete die Tür.

»Sie sollten lieber zusehen, dass Sie loskommen, wenn Sie noch vor Anbruch der Dunkelheit da sein wollen. Sonst finden Sie den Weg zu Ruths Hotel nicht mehr und der Sternekoch hat schon Feierabend gemacht. Und Sie wollen doch wohl nicht Ihren geliebten Krabbencocktail verpassen?«

50

Jetzt schuldest du mir eine richtig gute Erklärung!«, fluchte Linnea.

Sie konnte ihren lauten Ausbruch nicht zurückhalten, und eine vorbeifahrende Radlerin sah sich verwundert nach ihr um. Auf ihrem Rückweg von Klampenborg hatte sie im Rechtsmedizinischen Institut vorbeigeschaut und war gerade zu Fuß auf dem Weg über die Fredensbrücke gewesen, als der Blackberry piepte. Sie überflog die eingegangene Mail auf dem Weg zum Sølvtorv. Es handelte sich um das Ergebnis ihrer Anfrage beim Handelsregister, wo sie nach dem Eigentümer der Firma gefragt hatte, deren Steuernummer sie beim Auktionshaus Ellemose ausgespäht hatte. Sie musste sich zunächst durch eine Reihe von öffentlichen Rechnungen und Mitteilungen über das Registrierungsdatum der Firma und spätere Änderungen scrollen, bis sie endlich zu der Angabe über den Eigentümer gelangte. Das waren zwei Namen, die unter der gleichen Adresse registriert waren. Sie fluchte erneut, überquerte die Straße und ging in den Botanischen Garten, wo sie sich hinter dem Palmenhaus auf eine Bank setzte, um in Ruhe nachzudenken.

Linnea hatte Lex schon gestern den ganzen Tag zu erreichen versucht, so auch an diesem Vormittag, bevor sie zur Arbeit gegangen war. Sie hatte sich Sorgen gemacht, weil sie nichts von ihr gehört hatte und nicht wusste, wie es ihr ging. Aber diesmal hatte sie einen ganz anderen Grund, warum sie die Freundin erreichen musste. Denn die Mail vom Handelsregister besagte, dass die Firma, die höchstwahrscheinlich mit illegal erworbenem Kulturerbe handelte, Lex und Jonas gehörte. Vielleicht hatte sie eine leise

Vorahnung gehabt, ohne es wahrhaben zu wollen. Zum einen wegen des geheimnisvollen Kellers unter dem Haus, zum anderen wegen der Tontafel, die wahrscheinlich keineswegs nur ein Souvenir war. Linnea wurde das Gefühl nicht los, dass Lex sie nur ausgenutzt hatte, um an Informationen zu gelangen. Möglicherweise hatte Lex befürchtet, dass die Polizei bei den Ermittlungen zu Jonas' Tod auch dem halbseidenen Geschäft auf die Spur kam, das die beiden betrieben hatten.

Sie war wütend und fühlte sich zugleich hintergangen. Erst überlegte sie, Christian Schimmelmann anzurufen und ihn zu dem Geständnis zu bewegen, dass er auf Lex und Jonas angespielt hatte, ließ es dann aber doch sein. Wer wusste schon, was Lex ihr noch alles nicht erzählt hatte. Plötzlich kam sie sich wie eine naive Idiotin vor. Vor lauter Freude darüber, wieder eine Freundin zu haben, hatte sie sich manipulieren lassen. Auf dem Handy erreichte sie Lex noch immer nicht, und als sie es auf dem Festnetz versuchte, war dort besetzt. Also war Lex immerhin zu Hause und konnte ihr Rede und Antwort stehen.

Sie ging direkt zum Nørreport und hielt ein Taxi an, um nach Virum zu fahren. Wie so oft kannte der Taxifahrer den Weg nicht. Sie verkniff sich den Kommentar, warum er sich nicht einfach ein Navi zulegte. Immerhin hatte er allein auf die Autobahn nach Helsingør gefunden, wusste dann aber nicht, welche Abfahrt er nehmen sollte. Nachdem sie sich vergewissert hatte, dass der Fahrer begriffen hatte, wo er abbiegen musste, schaute sie auf ihr Handy. Noch immer keine Nachricht von Lex.

Enttäuscht richtete sie sich wieder in ihrem Sitz auf. Sie blickte aus dem Fenster und ließ sich vom Nachmittagsverkehr ablenken. Sie war wahnsinnig wütend auf Lex, weil diese sie so hintergangen hatte. Gleichzeitig musste sie sich eingestehen, dass sie sich große Sorgen um die Freundin machte. Immerhin waren Lex und Jonas in illegale Geschäfte verwickelt, und vielleicht hatten sie sich einfach nur in etwas hineingeritten, was sie nicht mehr überschauen konnten.

»Wir sind jetzt auf dem Kongevej. Sagen Sie Bescheid, wann wir abbiegen müssen?«

»An der nächsten großen Kreuzung links, dann sind wir auf dem Skovridervej.«

Als sie ankamen, sprang Linnea aus dem Auto und versicherte dem Taxifahrer, in fünf Minuten wieder zurück zu sein. Noch bevor er protestieren oder Geld verlangen konnte, war sie zum Haus gerannt. Sie konnte sehen, dass Lex' Auto in der Garage stand, und sie wunderte sich, dass die Tür nicht geöffnet wurde, obwohl sie wieder und wieder klingelte. Sie winkte dem Fahrer zur Beruhigung zu und ging dann hinter das Haus. Vielleicht saß Lex bei dem schönen Wetter auch nur im Garten.

Doch da war niemand. Die Terrassentür war verschlossen. Linnea versuchte ein weiteres Mal, Lex telefonisch zu erreichen, aber diesmal sprang sofort die Mailbox an. Sie klopfte energisch an die Terrassenfenster. Mittlerweile hatte sie immer mehr das Gefühl, dass etwas nicht stimmte. Sie holte tief Luft. Sie hob die massive Sonnenliege vorn hoch und rollte sie auf die Terrasse.

Dann rammte sie die Liege mit aller Kraft gegen die Terrassentür. Ihr Gesicht schirmte sie mit einer Hand ab. Das Glas zersprang in tausend kleine Stückchen, die ihr um die Ohren flogen.

51

Natürlich muss ich mit ihm sprechen. Er steht immerhin unter Mordverdacht!«

Der Arzt starrte Thor entgeistert an und schüttelte dann den Kopf.

»Erstens entscheide ich darüber, und nicht Sie, und zweitens können Sie nicht mit ihm sprechen, weil er gar nicht dazu in der Lage ist. Momentan wissen wir nicht einmal, ob er jemals wieder das Bewusstsein erlangt.«

»Das verstehe ich nicht. So viel Blut kann er doch gar nicht verloren haben.«

»Momentan sind wir dabei, seine geschädigte Leber zu retten. Er ist gründlich gewesen. Bevor er versucht hat, sich die Pulsadern aufzubohren, hat er eine Überdosis Paracetamol geschluckt. War er denn gestern oder heute bei einem Arzt?«

Thor nickte düster.

»Bevor er zu uns in die Haft kam. Weil er einen Schock erlitten hatte.«

»Dann hat er dort anscheinend ein paar Gläser Tabletten mitgehen lassen. Er wollte sichergehen, dass ihm der Selbstmord gelingt, und Ihre Fragen sind wohl das Letzte, was ihn dort, wo er jetzt ist, interessiert.«

Anschließend verschwand der Arzt den Flur entlang und ließ Thor mit dem Gefühl zurück, ein abgestumpfter Idiot von Polizist zu sein.

Lange hatte es sich doch anders überlegt und Thor zum Rigshospital geschickt, damit er Uffe Overbye befragte, sobald es möglich war. Der Selbstmordversuch konnte durchaus als Schuldeingeständnis aufgefasst werden. Wenn Overbye nie wieder aufwachte, würden die Ermittlungen möglicherweise eingestellt. Nachdem er verhaftet worden war, hatte man sein Haus durchsucht und dort eine Waffe vom gleichen Kaliber gefunden wie die, mit der Neergaard erschossen worden war. Aber das kriminaltechnische Center musste erst noch untersuchen, ob Overbyes Pistole tatsächlich die Tatwaffe war. Thors Meinung nach gab es, abgesehen von ihrer gemeinsamen Vergangenheit, nicht viel, was die beiden Männer miteinander verband. Zwischen ihnen hatten keine finanziellen Transaktionen stattgefunden, was die Erpressungstheorie ein wenig unwahrscheinlicher machte. Neergaards Fall war anders gelagert. Zwischen ihm und dem ermordeten Khalid gab es definitiv eine Verbindung. Zum einen verrieten die Telefondaten, dass sie bereits wenige Monate nach Khalids Ankunft in Dänemark im Juli 2007 und bis zu seinem Tod etwas mehr als ein Jahr danach in Kontakt gestanden hatten. Zum anderen waren bedeutende Summen von Neergaards Konto auf ein ausländisches Konto eingegangen, das Khalid gehörte.

Thor stellte sich neben die Aufzüge und rief Daniel Kraus an. Dieser war gerade dabei, die Akten noch einmal von vorne durchzugehen.

»Was tun wir jetzt?«

»Ich bin noch immer davon überzeugt, dass der Irak die wichtigste Verbindung darstellt«, sagte Thor. »Ob Khalid bewusst nach Dänemark kam, weil er etwas gegen Neergaard und die anderen in der Hand hatte, weiß ich nicht. Vielleicht war es reiner Zufall, dass sie sich wiedertrafen. Aber Khalid war damals der Hauptzeuge, und es war entscheidend für den Fall, dass er sein Wissen zurückhielt. Vermutlich hat er Neergaard später erpresst, und zwar nicht gerade um kleine Summen. Und irgendwann wurde es dem dann zu viel.«

»Einverstanden. Aber wie erklärst du dir den Mord an Neergaard?«

Thor seufzte. Genau das war das Problem.

*

Im Haus sah alles genau aus wie beim letzten Mal, als Linnea Lex besucht hatte. Abgesehen davon, dass Lex nicht da war und sich die Zeichen mehrten, dass Linnea die Terrassentür völlig umsonst zerschmettert hatte. Jedenfalls war nirgends eine schwerverletzte Lex zu finden, die darauf wartete, in letzter Sekunde gerettet zu werden. Dennoch war sich Linnea immer noch sicher, dass etwas nicht stimmte. Irgendetwas war nicht so, wie es sein sollte, aber sie konnte nicht genau sagen, was. Draußen hupte das Taxi.

»Ich komme gleich«, murmelte sie.

Anschließend ging sie in den Flur. Ihr war der Raum im Keller wieder eingefallen, in den sie sich beim letzten Mal verirrt hatte. Diesmal stand die Tür angelehnt, als habe jemand den Keller in großer Hast verlassen. Sie tastete nach dem Lichtschalter, fand ihn aber nicht. Sie holte ihr Handy heraus und schaltete die integrierte Taschenlampe ein, aber die Beleuchtung war eher dürftig. Sie schlich die Treppe hinunter und betrat den großen Raum.

Sie spürte sofort, dass sich etwas verändert hatte. Ihre Schritte hallten stärker wider. Sie schlich zu der einen Wand, tastete erneut mit der Hand darauf entlang und fand einen Lichtschalter. Nach einem kurzen Zögern drückte sie darauf und war überrascht. Der Raum war vollkommen leer. Beim letzten Mal hatten noch einzelne Gegenstände herumgestanden und Umzugskartons, die offenbar gerade befüllt oder ausgepackt wurden. Ihr erster Gedanke war richtig gewesen. Es handelte sich tatsächlich um einen Ausstellungsraum. Und die Sitzecke mit der kleinen Bar diente anscheinend dazu, beim Verkaufsgespräch entspannt zu sitzen und einen Drink nehmen zu können.

Linnea ging hinüber und ließ sich in einem Sessel nieder. Langsam dämmerte ihr, dass es vermutlich ziemlich viel gab, was sie nicht über Lex wusste. Und das, obwohl sie zu den wenigen Menschen gehörte, denen die Freundin erlaubt hatte, ein wenig hinter die Fassade zu blicken, die Lex und ihre Familie so eifrig aufrechterhielten. Offenbar war es geradezu eine Familientradition, über seine eigenen Verhältnisse zu leben und sich in erster Linie darum zu kümmern, was man vor den anderen darstellte.

Dass man den eigenen hohen Ansprüchen nicht immer gerecht werden konnte, war vermutlich auch der Grund dafür, dass Lex früher so selten Linnea oder andere Klassenkameraden zu sich nach Hause eingeladen hatte. Im Laufe ihrer Freundschaft hatte Linnea sich langsam ein realistischeres Bild von Lex' Familienverhältnissen machen können, teils durch kleine Bemerkungen und teils durch Anfälle plötzlicher Vertraulichkeit, die immer dann kamen, wenn sie in den frühen Morgenstunden gemeinsam nach Hause gewankt waren.

Soweit Linnea verstanden hatte, verabscheute Lex ihren Vater. Sie beschrieb ihn als charmanten Schwindler, dessen primäre Antriebskraft ein konstantes Streben nach oben darstellte. Er stammte aus einer einfachen Arbeiterfamilie, hatte jedoch schon früh bemerkt, dass sich der Erfolg früher oder später einstellte, wenn er ihn schon vorher ausstrahlte. Er war immer tadellos und teuer gekleidet und trat sehr überzeugend als gewiefter Geschäftsmann mit großem Potential auf. Das hatte auch die Ehe mit Lex' Mutter ermöglicht. Sie kam aus einer weitaus höheren sozialen Schicht als er. Das half ihm zu einem guten Namen und Kapital für seine vielen unterschiedlichen Projekte, die der Familie über einen kürzeren Zeitraum hinweg auch tatsächlich Wohlstand einbrachten.

»Appearance is everything«, hatte Lex ihren Vater mit übertrieben dänischem Akzent nachgeäfft, als sie Linnea vom Motto ihres Vaters erzählt hatte, das er auch an seine Töchter weitergegeben hatte. Lex und ihre Schwester gingen in die vornehmsten Schulen und gehörten immer zu den Bestgekleideten. Schon von kleinauf wurden sie darauf gedrillt, vor ihrer Umwelt zu verbergen, wie es in Wirklichkeit um die Familie stand. In Wahrheit war Lex' Vater kein guter Geschäftsmann, und die Familie stand oft am Rande des Ruins. Die Mutter hörte dennoch nie auf, heillos in den Vater verliebt zu sein, und unterstützte ihn treu bei all seinen Geschäften, obwohl es sie allmählich den Kontakt zu ihrer eigenen Familie kostete. Denn die hatte schon bald keine Lust mehr, das ausschweifende Leben ihres Ehemannes mitzufinanzieren.

Auch wenn sich Lex von ihrem Vater und seinen Methoden distanzierte, hatte Linnea schon damals gedacht, dass Lex seine Art, die Wirklichkeit ein wenig auszuschmücken, übernommen hatte. Und vermutlich auch seinen verzweifelten Glauben, dass sich eine Sache bewahrheitete, wenn man nur fest genug daran glaubte und sowohl sich selbst als auch andere davon überzeugen konnte.

Das Taxi hupte schon wieder, und Linnea riss sich los. Sie sah sich ein letztes Mal in dem Raum um. Er war so leer, dass man fast meinen könnte, Lex sei geflüchtet. Aber das konnte nicht stimmen, denn im übrigen Haus deutete nichts auf einen solchen Aufbruch hin. Eher schien es so, als sei nur der Kellerraum geräumt worden, um die Dinge an einen anderen Ort zu bringen oder die Spuren zu beseitigen. Mittlerweile zweifelte sie nicht mehr daran, dass Lex und ihr Mann in den illegalen Handel mit Antiquitäten und Kulturerbe verstrickt gewesen waren.

Nach allem, was Linnea im Laufe der letzten Tage herausgefunden hatte, überraschte sie das eigentlich nicht. Offenbar wurde in Dänemark praktisch nichts dafür getan, die UNESCO-Konvention gegen den Handel mit illegalem Kulturerbe zu erfüllen. Und damit war Dänemark ein Paradies für Menschen, die ein Vermögen damit verdienten, gestohlene Kunstschätze und illegal ausgegrabene antike Funde an Sammler und Museen weiterzuverkaufen. Darüber hinaus hatte das Land erst vor kurzem, mit fünfzehnjähriger Verspätung, das sogenannte UNIDROIT-Gesetz unterschrieben, das festlegte, dass gestohlene Kulturgüter noch fünfzig Jahre nach dem Diebstahl zurückgefordert werden konnten. Mit dieser Verzögerung hatte Dänemark jahrelang dafür gesorgt, den illegalen Handel zu einem der lukrativsten Märkte der organisierten Kriminalität zu machen.

Vielleicht war der ermordete Iraker ein Gehilfe von Lex und Jonas gewesen. Oder er hatte die Kontakte gehabt und die Ware besorgt, mit der sie handelten. Das luxuriöse Heim verdeutlichte jedenfalls, dass es ein einträgliches Geschäft gewesen sein musste.

Sie nahm ihren Blackberry und rief Thor an.

»Ich habe jetzt keine Zeit, mit dir zu sprechen.«

»Du musst! Lies mal deine Mails und ruf mich dann zurück.«

Linnea ging zu dem ungeduldig wartenden Taxifahrer zurück. Kaum dass sie sich hineingesetzt hatte, rief Thor bereits zurück. Er hatte hektisch geklungen, als sie ihn angerufen hatte, aber der Polizist und die Neugier in ihm hatten gesiegt und er hatte sich das angesehen, was sie ihm geschickt hatte. Teils waren es Bilder von der Tontafel, teils

Notizen von ihren Besuchen im Auktionshaus Ellemose und Christian Schimmelmann. Und zu guter Letzt hatte sie auch die Mail vom Handelsregister weitergeleitet, obwohl sie davon ausging, dass die Polizei diese Sache längst selbst herausgefunden hatte. Sie erklärte Thor, was sie in Virum gefunden hatte. Thor klang müde, als er noch einmal von der vermuteten Verschwörung im Irak erzählte, die seiner Meinung nach hinter dem Mord an Khalid und schließlich auch dem Mord an Jonas steckte.

Linnea protestierte.

»Aber damals kam es doch gar nicht zum Prozess. Das hat Lex mir selbst erzählt. Natürlich erzählt sie viel, wenn der Tag lang ist, aber diese Sache kann man doch wohl untersuchen. Und wenn Jonas damals freigesprochen worden ist, kann es doch auch keine Konspiration geben.«

»Allerdings hat sie selbst mich genau darauf aufmerksam gemacht.«

Linnea zögerte.

»Was? Das kann nicht sein.«

»Vielleicht kennst du deine Freundin weniger gut, als du glaubst.«

52

Normalerweise kehrte Peggy-Lee Wu nie zu einem Tatort zurück. Aber in diesem Fall hatte es vielleicht sogar einen geradezu therapeutischen Effekt. Außerdem musste sie zwangsläufig ihrem Zielobjekt folgen. Als sie sah, wie das Auto in einigem Abstand vor ihr hielt, wendete Peggy-Lee ihren gemieteten Golf und parkte ein gutes Stück weiter entfernt. Sie zog es vor, das letzte Stück zum Lagergebäude zu Fuß zu gehen, damit sie unbemerkt blieb und den Kampfablauf selbst bestimmen konnte.

In fünf Stunden würde sie in einem Flugzeug sitzen – diesmal mit dem Ziel Lissabon. Und sie musste sich eingestehen, dass sie sich freute, diese verzwickte Angelegenheit endlich hinter sich zu bringen. Nur selten hatte sie so ungeduldig darauf gewartet, einen Auftrag abzuschließen, und selten war sie persönlich so sehr involviert gewesen. Aber bald war es geschafft. Peggy-Lee lächelte vor sich hin, als sie die Autotür schloss. Bevor sie aus der Garage der Mietwagenfirma gefahren war, hatte sie noch schnell ein paar Mails von ihrem iPod verschickt, die für alles Weitere sorgen würden.

Sie bewegte sich langsam auf die Gebäude vor ihr zu. Eigentlich war dies ein idealer Ort, um ihren Job zu erledigen. Kein Mensch war zu sehen, lediglich ein einsames Taxi auf dem Weg in die Stadt war an ihr vorbeigefahren. Außerdem kannte sie das Gebäude inzwischen nur allzu gut.

Peggy-Lee blieb ein paar hundert Meter vor dem Lagergebäude stehen und kontrollierte ein letztes Mal ihre Waffen. Sie dachte kurz an Kevin Love. Er hatte sie davon überzeugt, dass er nicht versucht hatte, sie umzubringen, aber trotzdem hatte er eine Lektion verdient. Es hatte fast so geklungen, als hätte er komplett vergessen, dass er auf sie angewiesen war und nicht umgekehrt.

Dann holte sie ihr iPhone heraus und erledigte die letzten Details. Sie hatte einen Großteil des Gesprächs im D'Angleterre mit ihrem Telefon aufgezeichnet. Den ersten Abschnitt hatte sie von einer anonymen Adresse aus an die Polizei geschickt, zusammen mit einer Nachricht: Wenn sie interessiert wären, mehr zu hören, könnten sie den Mann, der auf der Aufnahme einen Auftragsmord bestellt hatte, heute Abend am Flughafen festnehmen. Den Rest der Datei hatte sie auf eine Seite geladen, zu der Kevin Love wie besprochen für einen bestimmten Zeitraum Zugang hatte, um sich zu vergewissern, dass sie den Auftrag erfüllt hatte. Wenn sie in ein paar Stunden fertig wäre, würde sie die Bilder von der Toten auf der gleichen Seite ablegen. Mit etwas Glück würde er genau in dem Moment, in dem die Polizei kam, um ihn abzuholen, mit dem gesamten Beweismaterial in den Händen dasitzen.

Ihr tat es fast leid, dass sie zu dieser Zeit schon längst selbst über alle Berge sein würde und nicht beobachten konnte, wie das Grinsen aus seiner Visage verschwand.

*

Der Taxifahrer hatte immer misstrauischer in den Rückspiegel geblickt, je weiter sie den Refshalevej hinausfuhren. Aber Linnea hatte ihn mit gutem Gewissen ignoriert, weil er unterwegs bereits ganz frech eine Bezahlung für die Fahrt nach Virum verlangt hatte.

Sie konzentrierte sich darauf, herauszufinden, wo sie eigentlich genau hinmussten. Die Adresse lautete Refshalevej 315, aber die Gegend war ziemlich einsam und unregelmäßig bebaut, so dass die Orientierung schwerfiel. Es war die Firmenadresse, die Linnea aus dem Handelsregister hatte, und sie nahm an, dass es sich um den Lagerraum handelte, in dem Lex und Jonas einen Großteil ihrer Hehlerware aufbewahrten. Das war natürlich nur eine gewagte Vermutung, aber der Keller in Virum hatte ausgesehen, als sei er gerade leergeräumt worden, so dass Linnea fast damit rechnete, Lex hier draußen anzutreffen.

Als sie endlich ankamen, zweifelte sie nicht mehr daran. Die zwei länglichen Gebäude sahen bei oberflächlicher Betrachtung aus wie verlassene Industriegebäude. Die improvisierten Schilder an den verschiedenen Eingängen verrieten jedoch, dass sich in den Bereichen, die noch nicht dem Verfall überlassen waren, Übungs- und Lagerräume befanden. Vor der Nummer 315 stand lediglich ein Schild mit der Hausnummer, aber davor parkte ein Lieferwagen.

»Warten Sie hier bitte ein paar Minuten.«

»Dann müssen Sie erst für die Fahrt bezahlen.«

Linnea sah den Taxifahrer müde an und reichte ihm wortlos ihre Mastercard. Mit einem Mal begriff sie, dass Jonas hier in der Nähe ermordet worden sein musste. Sie war zwar nicht selbst am Tatort gewesen, aber sie hatte die Polizeiberichte gelesen, bevor sie die erweiterte anthropologische Untersuchung von Jonas' Leiche hatte durchführen müssen. Vielleicht waren es die Gebäude auf der anderen Straßenseite. Hatte er seinen Mörder etwa hier im Lager getroffen? Und war dann dorthin geflüchtet, wo ihn der Mörder schließlich eingeholt hatte? So könnte es sich abgespielt haben.

»Bitte rufen Sie die Polizei an, wenn ich nicht in fünf Minuten wieder hier bin.«

»Das können Sie doch selbst tun.«

»Und bitten Sie darum, mit Vizepolizeikommissar Thor M. Dinesen sprechen zu dürfen.«

Der Taxifahrer nickte gleichgültig und reichte ihr die Karte zurück. Sie ging zu dem Lieferwagen und warf einen Blick durch das Seitenfenster. Auf dem Beifahrersitz lag die graue Marni-Ledertasche, mit der sie Lex noch am Sonntag gesehen hatte. Sie spürte erneut Wut in sich hochkommen. Sie hatte gedacht, dass sie die Freundin retten müsste, doch die setzte einfach ihre Geschäfte fort, als sei nichts passiert. Dann hörte sie plötzlich, wie der Taxifahrer wendete und Gas gab.

»Idiot!«

Offenbar war seine Geduld am Ende gewesen. Sie holte ihr Handy heraus, um ein neues Taxi zu rufen, überlegte es sich dann aber anders. Erst wollte sie sich ein wenig umsehen. Soweit sie es durch die Rückscheibe erkennen konnte, war der Wagen leer, und er parkte vor einem verschlossenen Tor, das sich nicht öffnen ließ.

Also ging sie um das Gebäude herum. An einem Fenster auf der Rückseite blieb sie stehen und versuchte hineinzusehen. Das Fenster war von außen so schmutzig, dass sie unmöglich etwas erkennen konnte, und sie holte ein Taschentuch heraus und wischte über die Scheibe.

Im selben Moment hörte sie Schritte.

»Lex, bist du das?«

53

Jetzt nimm endlich ab«, murmelte er.

Aber Linnea ging nicht ans Telefon. Nach ihrem Gespräch hatte er ihr einen Auszug aus dem Protokoll seines Gesprächs mit Alexandra Neergaard geschickt, um ihr zu beweisen, dass er nicht einfach etwas erfunden hatte. Aufgrund ihrer Zweifel hatte er die Seiten anschließend erneut durchgelesen. Erst Linneas Ungläubigkeit hatte ihn dazu gebracht, sich alles noch einmal genauer anzusehen, und mit einem Mal war es ihm eiskalt den Rücken heruntergelaufen.

Erst jetzt, als er das Protokoll noch einmal las und sich in Erinnerung rief, wie das Gespräch verlaufen war, ging ihm auf, dass irgendetwas gehörig falsch lief. Damals war er nicht misstrauisch gewesen, weil es keinen Grund dafür gegeben hatte. Das war natürlich ein Fehler gewesen. Er hatte die Frau des Ermordeten automatisch wie ein Opfer behandelt, statt ihr gegenüber auf der Hut zu sein. Der unglücklichen Witwe war der Folterskandal im Irak keineswegs ausversehen herausgerutscht, wie er nun im Rückblick erkannte. Ganz im Gegenteil, sie hatte die Information ganz bewusst bei ihm platziert. Und das obendrein auf eine so intelligente Weise, dass sie ihn glauben machte, er hätte es ihr selbst entlockt.

Die Frage war nur, warum Alexandra Neergaard das getan hatte. Wovon hatte sie ihn mit diesem Manöver ablenken wollen? Warum hatte sie die Polizei auf einen vermeintlichen Mörder angesetzt, von dem sie genau wusste, dass er nicht schuldig war, und damit riskiert, die Person zu decken, die ihren Mann tatsächlich umgebracht hatte? Er konnte sich nur einen einzigen Grund vorstellen: Die Enthüllung des wahren Täters musste etwas mit ihr zu tun haben. Beispielsweise, wenn ihr Mann wegen des Handels mit dem illegalen Kulturerbe ermordet worden war, von dem Linnea erzählt hatte. Es war leicht vorstellbar, dass sie sich mit gefährlichen Typen eingelassen hatten, es Meinungsverschiedenheiten gegeben hatte und ihr Mann deshalb hingerichtet worden war. Genau wie seinerzeit auch der Iraker.

*

»Ist da jemand?«

Linnea öffnete die Tür einen Spalt weit, konnte in der dahinterliegenden Dunkelheit jedoch nichts erkennen. Sie war sich sicher, drinnen kurz zuvor Schritte gehört zu haben, aber jetzt war es wieder still. Sie stieß die Tür ganz auf und ließ sie offenstehen, damit Licht von draußen in den

Raum fiel. Es war der Hintereingang zum Lagergebäude. Linnea nahm an, dass er anstelle der großen Pforte an der Vorderseite benutzt wurde, wenn man keine größeren Waren ins Gebäude zu schaffen hatte.

»Lex, bist du hier?«

Linnea rief noch einmal nach der Freundin. Als sie weder eine Antwort erhielt noch ein Geräusch hörte, ging sie ein paar Schritte und stand mit einem Mal mitten im Lagerraum. Er erinnerte an ein normales Warenlager mit verschiedenen Abteilen aus Holzplanken und Hasendraht, in denen Pappkartons und größere Transportkisten aus Holz standen. Einige davon waren geöffnet, und Linnea hatte fast das Gefühl, in Aladins Höhle gelandet zu sein.

Zwar gab es hier kein glänzendes Gold und Edelsteine, dafür aber Steinfiguren, Tontafeln, bemalte Holzkisten und Schmuck, der sicher eingepackt zwischen Stroh und zusammengeknülltem Zeitungspapier lag. Die Holzkisten ähnelten Sarkophagen, die jedoch anders aussahen als die, die sie aus Ägypten kannte. Zwischen den Zeitungsseiten mit arabischer Schrift lagen kleine Skulpturen, die eine Mischung aus Menschen und Tieren darstellten. Linnea nahm eine nach der anderen heraus und betrachtete sie in dem schwachen Licht. Die meisten Figuren hatten schon vor langer Zeit einen Arm oder Kopf verloren, wohingegen man an einigen feinen, guterhaltenen Exemplaren sogar noch einen Hauch von Farbe erkennen konnte. Und schließlich gab es haufenweise von den kleinen Tontafeln, wie sie sie neben der Leiche im Lammefjord gefunden hatte. Sie fuhr mit dem Finger über die Keilschrift auf einer der größten Tafeln.

Irgendwie konnte sie in dem Moment nachvollziehen, warum die Menschen davon fasziniert waren. Dass man Lust bekam, so etwas zu besitzen, anstatt es sich nur im

Museum anzusehen, dass man selbst ein Teil der Geschichte werden wollte. Aber sie hatte kein Verständnis dafür, dass man die Ausgrabungsstätten und Museen plünderte, um diese Stücke weiterzuverkaufen. Und an einem solchen Verbrechen hatten Lex und Jonas mitgewirkt. Linnea legte die kleinen Tontafeln wieder zurück. Sie empfand mit einem Mal eine Abscheu gegenüber der Faszination und der Macht, die sie auszuüben schienen.

Plötzlich nahm sie erneut Schritte wahr. Sie drehte sich hastig um. Das Gegenlicht blendete sie, aber sie konnte im Türrahmen eine Frau erkennen.

»Lex?«, fragte sie. »Hast du mich vielleicht erschreckt!«

Doch dann trat die Frau ganz in den Raum, und Linnea begriff sofort, dass es nicht ihre Freundin war. Sie war kleiner und hatte asiatische Züge. Linneas Aufmerksamkeit war allerdings eher auf etwas Glänzendes gerichtet, das die Frau in der Hand hielt.

Linnea versuchte, sie mit ihrem Blick zu fixieren, doch im selben Moment sprang die Frau auf sie zu.

*

Die Autofahrer hupten nervös. Thor machte eine entschuldigende Handbewegung und drängte mit seinem Honda weiter auf die Gegenfahrbahn. Es gelang ihm, sich zwischen einem Lastwagen und einem uralten Toyota wieder einzufädeln und die Kreuzung am Christian Møllers Plads zu überqueren. Seine riskante Aktion wurde von einem infernalischen Hupkonzert begleitet. Kurze Zeit später hatte er auch die nächste Kreuzung hinter sich gebracht und war in den Kløvermarksvej eingebogen, wo er endlich wieder freie Fahrt hatte und sich etwas entspannen konnte.

»Verdammt noch mal!«

Die Mappe mit den Papieren war ihm vom Schoß gerutscht, und er wollte sie gerade aufheben, als ihm plötzlich auffiel, dass er die Torvegade bereits so weit entlanggefahren war, dass er sich fast auf der vierspurigen Kreuzung Richtung Amagerbrogade befand. Er schlingerte ein wenig, bekam dann aber gleichzeitig das Lenkrad und die Mappe in den Griff, die sich seitlich hinter der Kupplung verklemmt hatte. Er war verantwortungslos gefahren, aber jetzt, wo es fast nur noch geradeaus ging, hielt sich das Risiko zum Glück in Grenzen. Auf dem Beifahrersitz hatte er seinen aufgeklappten Laptop stehen und das Mailprogramm geöffnet, und zwischen seinen Beinen lagen die Auszüge des Verhörprotokolls. Er hatte versucht, während der Fahrt in beidem zu lesen, was ihm auch tatsächlich gelungen war, bis der Verkehr chaotischer geworden war. Jetzt versuchte er erneut, Linnea anzurufen, kam jedoch nicht durch.

»Jetzt nimm schon ab!«, fluchte er.

Als sie ihn aus Virum angerufen hatte, hatte sie gesagt, dass sie gerade auf dem Weg zur Refshaleinsel sei. Dort hoffte sie Alexandra Neergaard zu finden, in den Lagerräumen, die sie und ihr Mann gemietet hatten. Jetzt war Thor ebenfalls auf dem Weg dorthin. Er versuchte die Schilder im Auge zu behalten, damit er nicht aus Versehen nach Margretheholmen oder zum Amagerværket abbog. Seiner Einschätzung nach war es schneller, den etwas längeren Weg um Christianshavn und Holmen zu nehmen, wo weniger Verkehr herrschte und die Straßen breiter waren. Linneas Zweifel hatten ihn dazu veranlasst, seine Notizen aus dem Verhör noch einmal durchzugehen, und ihre Mail hatte seinen Verdacht nur bestärkt. Daran war ein Foto von der Tontafel angehängt, die am Abend zuvor aus ihrem Büro gestohlen worden war. Einer der Gegenstände, mit denen Neergaard und seine Frau offenbar gehandelt hatten. Er wurde den Verdacht nicht los, dass es Alexandra Neergaard selbst gewesen war, die erst in Linneas Privatwohnung und dann an ihrem Arbeitsplatz eingebrochen war, um herauszufinden, was die Polizei über ihre Geschäfte wusste. Und natürlich, um mögliche Spuren zu beseitigen.

Allmählich dämmerte ihm, dass sie eine außergewöhnlich rücksichtslose Frau sein musste. Linnea hatte sich auf den Weg gemacht, um sie mit ihrem Verdacht zu konfrontieren. Thor fürchtete jedoch, dass sie immer noch davon ausging, Alexandra Neergaard sei eine gute Freundin. Sie würde nicht auf die Idee kommen, dass sie ihr tatsächlich gefährlich werden konnte.

Und damit begab sie sich direkt in die Höhle des Löwen.

54

»Das kommt davon, wenn man mit den großen Jungs spielt«, sagte die Frau auf Englisch.

Linnea presste ihren Mund zusammen. Sie traute sich nicht, etwas zu sagen, dabei hätte sie zu gern um Gnade gefleht oder um Hilfe gerufen. Doch sie fürchtete, dass das Messer, das fest gegen ihren Hals gepresst war, schon bei der kleinsten Bewegung durch ihre Haut dringen und ihre pulsierende Halsschlagader durchtrennen würde. Sie spürte, wie es an ihren Beinen warm wurde, aber sie konnte nicht unterscheiden, ob es ihre Blase war, die vor Angst nachgegeben hatte, oder ob die Nerven in ihrem Körper brannten.

»Pst, Süße. Wenn du dich entspannst, wird alles schnell vorbei sein. Und du kannst dich darüber freuen, dass dein Tod einen mächtigen Mann stürzen wird.«

Mit der freien Hand hielt die Frau ein Handy. Filmte sie etwa alles? Verzweifelt dachte Linnea, dass die Frau mit dem Messer sie in der Dunkelheit mit jemand anderem verwechselt haben musste. Aber das war inzwischen auch schon egal. Selbst wenn sie nicht das vorgesehene Opfer war, hatte sie bereits viel zu viel gesehen und würde nicht mit dem Leben davonkommen.

Linnea schloss die Augen und erwartete ihr Ende, doch im selben Moment ertönte ein Schrei.

Sie spürte das Messer noch fester an ihrem Hals, und jetzt schrie sie selbst auch. Doch mehr passierte nicht. Und plötzlich fiel ein Körper auf sie.

Linnea riss die Augen auf und sprang zur Seite. Das Messer landete mit einem Klirren auf dem Betonboden, und ihre Angreiferin ging zu Boden. Linnea war gerade noch rechtzeitig ausgewichen, um nicht von ihr mitgerissen zu werden.

Dann starrte sie voller Schreck direkt in Lex' Augen.

»Was hast du hier zu suchen?«, zischte Lex.

In der einen Hand hielt sie noch immer die schwere Steinfigur, mit der sie die andere niedergeschlagen hatte.

»Du hast mir das Leben gerettet!«

Linnea stieß einen erleichterten Seufzer aus. Noch nie war sie so froh gewesen, einen anderen Menschen zu sehen. Lex nickte ihr zu und zeigte auf eine Tür am Ende des Lagerraums. Linnea warf einen schnellen Blick zu der Frau auf dem Boden und stellte fest, dass sie an der Stirn blutete. Sie lag vollkommen still da, als Lex erst mit dem Fuß das Messer wegstieß und es dann aufhob. Anschließend stieg Linnea über die Frau hinweg und folgte erleichtert Lex' Aufforderung zu verschwinden. Sie ging in Richtung der Tür, auf die Lex zeigte, und die Freundin folgte ihr.

»Das muss die Frau gewesen sein, die Jonas umgebracht hat«, sagte Linnea dann.

Sie wollte gerade erklären, wie sie selbst zu dem Schluss gekommen sei, dass es eine Frau sein musste, als sie Jonas' Leiche untersucht hatte, verkniff es sich dann aber. Lex antwortete lediglich: »Gut geraten!«

Linnea wunderte sich über ihren Tonfall und drehte sich in der Türöffnung um, um Lex zu fragen, was sie damit meinte. Zu spät bemerkte sie, wie Lex die Hand hob, die Steinfigur schwang und Linnea damit einen Schlag auf den Hinterkopf versetzte.

Dann nahm sie nichts mehr wahr.

*

Ihr Mund war voller Blut, und Peggy-Lee begriff erst nach einer Weile, dass der warme Fleischfetzen in ihrer Mundhöhle ein Stück von ihrer eigenen Zunge sein musste. Ihr Kopf dröhnte, und einen Moment lang fiel es ihr schwer, klar zu sehen.

Sie blieb kurz auf dem kalten Betonboden liegen und untersuchte alle Muskeln und Gelenke. Sie seufzte erleichtert. Sie war zwar von einer Sekunde auf die andere weg gewesen, aber offenbar rechnete niemand damit, dass sie so schnell wieder aufwachte. Jedenfalls hatte man sie ohne Aufsicht und Fesseln hier zurückgelassen. Ihr Jagdmesser war weg, aber die blonde Schlampe hatte sich natürlich nicht die Mühe gemacht, sie nach weiteren Waffen abzusuchen.

Peggy-Lee setzte sich halb auf, spuckte ein wenig Blut aus und streichelte liebevoll über ihre halbautomatische Kel-Tec P-32, die noch immer im Holster unter dem Rock steckte. Nebenan hörte sie ein hektisches Rumoren und hätte am liebsten den Kopf geschüttelt, aber er schmerzte noch zu sehr. Dachte dieses Weib wirklich, ein einziger Schlag reiche aus, um Peggy-Lee Wu außer Gefecht zu setzen?

Es war jedenfalls nicht das erste Mal, dass sie von den Toten wiederauferstand. Ihre kleine Nummer damals im Irak war ein Musterbeispiel dafür gewesen: Sie hatte schon lange nach einer Möglichkeit gesucht, zu verschwinden, als sie bei einer Patrouille von zwei Black-Water-Leuten aufgehalten wurde. Peggy-Lee hatte einen Aufständischen aus dem Verkehr gezogen, mit dem die beiden ein krummes Ding gedreht hatten, wie sich nun herausgestellt hatte. Offenbar hatten die beiden daraufhin geplant, sie aus dem Weg zu räumen, was sie natürlich vereitelt hatte. Es hatte sich als doppeltes Glück erwiesen, dass eins der beiden korrupten Schweine eine Frau gewesen war, die Peggy-Lee in Größe und Statur ähnlich war. Peggy-Lee hatte der Frau ins Gesicht gespuckt, um es anschließend mit Kugeln zu durchsieben und die Uniform mit ihr zu tauschen. Die Frau war ohnehin in Atome gesprengt worden, nachdem Peggy-Lee die Leichen in ein Minenfeld transportiert hatte. Somit konnten selbst die eifrigsten Pathologen der Armee, die routinemäßig alle toten Soldaten obduzierten, nichts Verdächtiges mehr finden. Die Kleidung war daher nur ein Detail, allerdings ein entscheidendes – und Gewissenhaftigkeit war schon immer ihr besonderes Kennzeichen gewesen.

Anschließend war Miss Peggy-Lee Wu offiziell ein Teil von Präsident Bushs peinlicher Irak-Statistik geworden. Ihre posthumen Stellvertreter waren so umtriebig gewesen, dass ihr die ganze Aktion obendrein genug Geld eingebracht hatte, um das Land unbemerkt zu verlassen und in Ruhe neue Pläne zu schmieden.

Sie stand langsam auf und nahm die Pistole aus dem

Holster. Dann ging sie den Geräuschen nach. Peggy-Lee Wu zu unterschätzen war lebensgefährlich.

*

Als Thor aus dem Wagen stieg, brannte die Nachmittagssonne nicht mehr, aber die aufgestaute Hitze des Tages wurde noch immer vom Asphalt und den umliegenden Gebäuden abgestrahlt. Alles schien ruhig, abgesehen von einem einzelnen geparkten Lieferwagen gab es in dem Gebiet kein Anzeichen von Leben. Als er den Refshalevej entlanggerast war, waren ihm einige Fahrzeuge entgegengekommen, die Richtung Stadt fuhren. Vermutlich der Verkehr von den verschiedenen kleineren Industriebetrieben, die gerade Feierabend gemacht hatten.

Die Gegend wirkte erneut wie eine Ödnis auf ihn, ohne Leben und ohne Anwohner. Vielleicht war er etwas zu vorschnell seiner Eingebung gefolgt und wie ein Henker hierhergefahren, bloß weil Linnea mal wieder eine neue Idee aufgebracht hatte und seither nicht ans Telefon ging. Überhaupt ärgerte er sich darüber, wie viel Raum Linnea in seinem Kopf immer noch einnahm. Er hatte versucht, sich einzubilden, dass er sich lediglich ganz normale Sorgen machte, als sie ihn anrief und von dem Einbruch erzählte. Aber er hätte sich selbst schlecht gekannt, wenn er nicht schnell durchschaut hätte, dass seine Motive in Wahrheit andere waren.

Als er das Gebäude betrachtete, fiel ihm auf, dass die große Pforte nur angelehnt war, unten war ein schmaler Spalt zu erkennen. Zögernd näherte er sich.

Streng genommen sollte er sich hier besser nicht allein aufhalten, aber es wäre einfach zu albern gewesen, Kraus und Ewald aus ihrer Arbeit am Politigården zu reißen, nur um am Ende lediglich ein paar leere Lagerräume vorzufinden. Er ging zum Tor und wollte es aufziehen.

In dem Moment bemerkte Thor, dass drinnen jemand war. Er kniete sich hin, legte den Kopf an die Türöffnung und versuchte zu lauschen.

Da ertönte ein herzzerreißender Schrei.

55

Um sie herum war es stockdunkel, und sie rang verzweifelt nach Luft. Wenn sie versuchte, durch die Nase einzuatmen, kam nur ein pfeifender Laut aus ihrer Kehle, und den Mund konnte sie gar nicht öffnen.

Linnea wimmerte und versuchte, den Kopf zu bewegen. Ihr Herz raste, und ihr war schwindelig. Sie hörte ein fremdes, unterdrücktes Gurgeln, das aus ihr selbst kommen musste. Ihre Nasenflügel weiteten sich, als sie versuchte zu atmen. Doch es half nichts. Sie bekam einfach keinen Sauerstoff, er drang nur bis zur ihrer Kehle, die wie zugeschnürt war. Und sie konnte auch nichts sehen.

Man hatte ihr etwas über den Kopf gezogen. Eine Tüte. Sie war kurz davor zu ersticken.

Sie wälzte sich auf dem Boden herum, konnte jedoch weder Arme noch Beine richtig bewegen. Sie war an Händen und Füßen gefesselt, vermutlich mit Klebeband. Und so konnte sie sich nur von der einen Seite auf die andere rollen. Sie spürte, wie ihre letzten Kräfte schwanden. Wenn sie doch nur Luft bekäme.

Sie bewegte ihren Kopf hin und her, bis er gegen etwas stieß. Der dumpfe Schmerz breitete sich kreisförmig über ihre Stirn aus. Verzweifelt versuchte sie, durch die Nase zu atmen, während sie sich zur Ruhe zwang. Sie schnappte noch immer nach Luft, jetzt aber ruhiger, langsamer.

Es war nur die Panik gewesen. Sie war eingesperrt, gefesselt und wusste nicht, wo sie war. Und das hatte ihr den Atem geraubt. Angstattacken und die Klaustrophobie. Sie musste jetzt einfach nur ruhig bleiben.

Sie zwang sich, ganz still zu liegen. Zählte bis drei, ehe sie durch die Nase einatmete. Zählte bis drei und atmete aus. Zählte bis drei und atmete ein. Sie spürte, wie ihre Muskeln sich entspannten. Allmählich wurde sie ruhiger und konnte ihre Situation durchdenken.

Sie versuchte, ihre eine Hand zu befreien, doch die Fesseln saßen zu stramm. Das Klebeband schnitt sich tief in ihre Haut, ihre Füße waren schon ganz taub. Selbst wenn sie sich irgendwann befreien konnte, würde sie vielleicht nicht sofort laufen können.

Auch über dem Mund hatte sie Klebeband. Sie begann wieder nach Luft zu ringen, so dass ihr Kehlkopf erneut pfiff und sie winselte wie ein verletztes Tier.

Dieses Mal hatte sie sich jedoch schnell wieder unter Kontrolle. Ihr Herz klopfte noch immer heftig, aber das war nur das Adrenalin in ihrem Körper. Ein gutes Zeichen, denn es bedeutete, dass sie Energiereserven hatte und damit schneller reagieren und denken konnte. Was dringend nötig war, wenn sie überleben wollte.

Sie blinzelte. Jetzt merkte sie, dass es nicht vollkommen dunkel war. Die Tüte war um ihren Hals geknotet. Zu fest, als dass sie sich selbst daraus hätte befreien können, ganz gleich, wie sehr sie ihren Kopf hin und her drehte. Die Tüte war schwarz, aber durch die Struktur drang ein wenig Licht. Linnea begriff, dass es eine Stofftasche sein musste, keine Tüte, sonst wäre sie längst erstickt.

Sie spürte, dass ihre Kopfhaut feucht war, wusste aber nicht, ob es Blut oder Schweiß war. Sie musste sich irgendwo im Inneren des Gebäudes befinden, vermutlich in einem Teil des Lagers. In ihrem Kopf dröhnte der Schmerz, der aber genauso gut von der alten Wunde über dem Auge kommen konnte, die wieder aufgeplatzt war.

Plötzlich vernahm sie ein heiseres Brüllen und unterdrücktes Keuchen. Die beiden Frauen schienen wie rasend miteinander zu kämpfen, bis zum bitteren Ende. Dann fiel etwas zu Boden. Ein metallisches Klirren war zu hören. Eine Pistole, die aus einer Hand geschlagen worden und heruntergefallen war. Linnea hörte auch, wie sie über den Boden gekickt wurde.

Sie versuchte, sich ein wenig mehr auf die Seite zu rollen, und stellte fest, dass sie mühsam vorwärtsrobben konnte, wenn sie ihre Beine ein wenig anzog und sich damit abstieß, wie ein Trockenschwimmer.

Nebenan erklangen ein weiteres dumpfes Stöhnen und dann ein hastiges metallisches Schaben.

Die Pistole wurde wieder aufgehoben.

*

Als der Schuss fiel, warf Thor sich fluchend auf den Boden. Sein Herz raste. Er wusste nicht, was er davon halten sollte. Befand sich Linnea dort drinnen? War ihr etwas zugestoßen?

Dann kam er wieder auf die Beine. Er zählte bis drei und rannte los. Vier Schritte, dann warf er sich hinter den Lieferwagen, damit er in der Deckung zu seinem Auto gelangen konnte. Der Schuss war im Inneren des Gebäudes abgefeuert worden und hatte vermutlich nichts mit seiner Anwesenheit zu tun. Wenn er Glück hatte, war er noch nicht entdeckt worden. Und je länger das so blieb, desto größer war seine Chance, die Situation in den Griff zu bekommen.

Lautlos öffnete er die Autotür und griff in das Handschuhfach. Er fluchte. Nichts. Verzweifelt wühlte er alles einmal durch, doch ohne Erfolg.

Endlich fiel ihm ein, wo er seine Heckler & Koch zuletzt hingelegt hatte, und holte sie aus dem Seitenfach. Sicherheitshalber ließ er die Tür offenstehen. Dann nahm er sein Handy und flüsterte die Adresse hinein, nachdem er zum Politigården durchgekommen war.

»Verstärkung und einen Krankenwagen«, fügte er noch schnell hinzu. »Es könnte Verletzte geben.«

Anschließend stellte er sein Telefon auf lautlos. Er suchte erneut hinter dem Lieferwagen Deckung, dann nahm er die Pistole und spannte den Hahn. Die Waffe war einsatzbereit.

Noch immer konnte er nichts anderes hören als seinen eigenen, schweren Atem, den er zu kontrollieren versuchte. Mit einem Mal wirkte alles ruhig und friedlich. Der Gedanke, dass er sich getäuscht hatte, war zu verlockend: dass es gar keinen Schuss gegeben hatte.

Die Pistole fest im Griff, rannte er wieder zum Tor, setzte sich einen Augenblick daneben und spähte durch den Schlitz, konnte aber nichts erkennen. Draußen war es zu hell.

Er wartete einige Sekunden. Schließlich hatten sich seine Augen halbwegs an die Dunkelheit gewöhnt, und er konnte mit Sicherheit ausschließen, dass sich jemand in dem Raum aufhielt, der direkt dahinterlag. Er schob das Tor ein Stückchen auf, bis er sich hindurchzwängen konnte. Dabei stieß er mit dem Rücken dagegen, wodurch es weiter aufging und dabei laut knarrte.

Leise fluchend sprang er zur Seite und drückte sich gegen die Wand. Bei geöffnetem Tor war der ganze Raum erleuchtet. Direkt neben dem Eingang standen lediglich einige Umzugskartons, die vermutlich gerade abgeladen worden waren. Er hob die Pistole in Hüfthöhe und bewegte sich langsam auf die offene Tür am Ende des Raums zu, die weiter ins Lager hineinführte und neben dem Tor der einzige weitere Zugang zum Raum war. Er stellte sich direkt neben den Türrahmen und presste sich gegen die Wand.

Er hielt die Pistole in der ausgestreckten Hand. Der Schweiß rann ihm in Strömen von der Stirn. Hastig wischte er ihn sich mit dem Handrücken weg.

Dann zählte er erneut bis drei und stürmte in den Raum.

56

Ihre Haut war bereits wund, aber durch das stramme Klebeband waren ihre Glieder so taub, dass sie kein Gefühl mehr dafür hatte, wie stark sie blutete. Der Betonboden war rau wie Sandpapier. Dadurch war es Linnea gelungen, das Band, mit dem ihre Hände gefesselt waren, teilweise aufzuscheuern.

Da ein direkter Fluchtversuch mit ihren Fesseln aussichtslos schien, hatte sie sich auf den Rücken gerollt und sich darauf beschränkt, ihre Hände gegen den Boden zu reiben. Sie hatte die Zähne zusammengebissen, als allmählich auch die Haut in Mitleidenschaft gezogen wurde und die Wunden an ihren Handwurzeln immer tiefer wurden. Aber schließlich riss das Klebeband tatsächlich ein Stück ein. Nicht genug, um die Hände zu befreien, doch immerhin so viel, dass sie die Finger an beiden Händen bewegen konnte.

Anschließend war Linnea seitwärts auf dem Boden entlanggerobbt und hatte sich dabei auch noch die Haut an den Ellbogen und Knien abgeschürft. Irgendwann konnte sie sich endlich so weit bewegen, dass sie mit den Fingern an ihre Tasche gelangte. Sie konnte sie problemlos öffnen. Die Hände hineinzustecken und an den Inhalt zu kommen war allerdings schwieriger. Hinzu kam die Angst über das, was nebenan passierte. Die Geräusche, die zu ihr herüberdrangen, wurden immer unheimlicher. Wer auch immer von den beiden den Kampf gewann, würde sich garantiert als Nächstes Linnea vornehmen.

Endlich fand Linnea, was sie suchte. Sie unterdrückte einen kleinen Jubelschrei und gleich im nächsten Moment einen entnervten Seufzer, denn sie hielt nicht ihr Pfefferspray in der Hand, sondern lediglich einen Deozerstäuber. Dabei hatte sie ihre ganze Hoffnung darauf gesetzt, wenigstens eine Waffe zu ihrer Verteidigung zu haben. Frustriert kippte sie den gesamten Inhalt der Tasche auf den Boden und durchwühlte ihn. Doch Fehlanzeige, kein Pfefferspray.

Erst war sie resigniert, griff dann aber doch nach dem Deo. Anschließend durchsuchte sie den Tascheninhalt fieberhaft noch einmal, bis sie triumphierend ein Einwegfeuerzeug in der Hand hielt, das sie sich kürzlich zusammen mit den Zigaretten gekauft hatte. Unter großen Mühen gelang es ihr, das Deo in der einen Hand zu halten und das Feuerzeug in der anderen. Dann schmiss sie sich auf die Seite.

Wenn sie jetzt nur keinen Krampf in den Fingern bekäme, wäre sie zumindest ein wenig gewappnet, wenn die Siegerin des Kampfes nebenan die Tür öffnete, um ihr den Garaus zu machen.

Gut möglich, dass ihre Erfolgsaussichten nicht gerade rosig waren, aber dieser improvisierte Flammenwerfer würde ihre Chancen doch immerhin etwas erhöhen.

*

Thor stand im Türrahmen und hatte den Eindruck, der ganze Raum wäre mit Blut verschmiert.

Er ließ seine Pistole sinken und versuchte, den Anblick zu verarbeiten, der sich ihm bot. Er begriff nicht, warum er das Blut nicht schon von weitem gerochen und nur diesen einen Schrei gehört hatte.

Dann presste er die Finger der linken Hand auf die Augen, merkte, wie es schwarz wurde, und versuchte sich erneut zu konzentrieren. Er stand in einem Gang. Rechts führte eine geöffnete Tür zum eigentlichen Lagerraum, weiter vorn zu einer anderen Tür auf der linken Seite. Sie musste zu dem Raum mit dem Fenster gehören, durch das er von außen hineinzusehen versucht hatte. Und in dem Raum, in den er gerade hineinblickte, lagen zwei Personen in einer tödlichen Umarmung verschlungen.

Die oben liegende Gestalt erkannte er als Alexandra Neergaard wieder. Er konnte nicht sehen, ob nur ihre Haare blutverklebt waren oder ob sie der Schuss an der Schläfe getroffen hatte. Er eilte zu ihr und tastete nach ihrem Puls. Dann fiel sein Blick auf die Pistole am Boden.

Er stieß sie mit dem Fuß außer Reichweite. Dann drehte er Alexandra auf die Seite. Blut sickerte aus ihrem Mund, und er wusste nicht, wie er ihr helfen konnte. Mit Mühe und Not befreite er sie von dem Arm, der über ihr hing. Er gehörte der Frau, die unter Alexandra lag. Er erstarrte, und sein Mund wurde trocken. Doch dann begriff er, dass es nicht Linnea war.

Die Frau hatte asiatische Gesichtszüge, soweit er es erkennen konnte, denn auch sie war blutverschmiert. Konnte das etwa doch die Heckenschützin sein, deren DNA man gefunden hatte, obwohl Lenny Strange von der Botschaft gesagt hatte, sie sei seit mehreren Jahren tot? Ob das Blut in ihrem Gesicht ihr eigenes war oder Alexandras, war nicht zu sagen. Dann bemerkte er, dass an der Seite etwas aus ihr herausragte. Der Schaft eines Messers. Er wagte es nicht, das Messer herauszuziehen, weil er fürchtete, dass es ihre Lungen verletzt haben könnte.

Er trat ein paar Schritte zurück und forderte per Handy einen weiteren Krankenwagen an. Anschließend beugte er sich erneut über Alexandra. Er musste versuchen, ihre Blutungen zu stoppen. Doch im dem Moment nahm er einen unterdrückten Schrei wahr.

Er richtete sich auf, atmete tief ein und hob erneut seine Pistole. Doch nichts war zu sehen. Und es war auch wieder ganz still.

Er ging hastig zu der auf dem Boden liegenden Pistole und hob sie auf. Er steckte sie ein und eilte den Gang entlang in die Richtung, aus der er den Schrei gehört zu haben glaubte. Als er die nächste Tür erreichte, konnte er sehen, dass jemand, mit dem Rücken zu ihm, in dem Raum dahinter lag. Mit einer schwarzen Stofftasche über dem Kopf. Linnea!

»Linnea, ich bin es«, rief er. »Thor!«

Er bemerkte, dass ihre Hände nicht gefesselt waren und im selben Moment eine Spraydose auf den Betonboden fallen ließen.

Thor beugte sich zu ihr und befreite sie von der Stofftasche. Linneas Augenhöhlen waren rot von dem geronnenen Blut, das von ihrer Schläfe nach unten gelaufen war. Sie öffnete die Augen, sah ihn dankbar an und sagte: »Jetzt würde ich eigentlich doch gern ins Krankenhaus.«

57

Der Lärm der großen Rotoren übertönte alles. Linnea konnte sehen, wie der Narkosearzt in der Kabine damit beschäftigt war, Lex zu versorgen, und wie der Helikopter dann langsam vom Refshalevej abhob. Der Narkosearzt hatte Linnea erklärt, dass der Hubschrauber sehr schnell flog und sie spätestens in fünf Minuten auf dem Dach des Rigshospitals landen würden. Und in einer Viertelstunde würden sie Lex in der Notaufnahme der Akutstation weiterbehandeln können.

»Wie stehen ihre Chancen?«

»Besser, als wenn sie auf einen normalen Krankenwagen warten müsste.«

Nun schaute Linnea dem roten Helikopter hinterher, der am Himmel über ihr immer kleiner wurde. Wenn Lex ihren massiven Blutverlust als Folge der Schussverletzung überlebte, hatte sie das nur Thors Geistesgegenwart und dem Hubschrauber der Kopenhagener Klinikvereinigung zu verdanken. Der Arzt hatte bereits vor Ort ihre Blutungen gestoppt, und im Helikopter konnte die Erstversorgung weitergeführt werden, bis sie im Krankenhaus ankam.

Linnea wandte sich Thor zu und fasste sich an den Kopf, den der Arzt notdürftig verbunden hatte. Sie war dankbar, ihn zu sehen. Nicht allein, weil er sie gerettet hatte, sondern auch, weil sie ihn vermisst hatte.

»Wer ist die andere Frau?«, fragte sie dann. »Sie muss Lex hierher gefolgt sein. Der Überfall auf mich war eine Verwechslung. Meinst du nicht?«

»Ich habe wirklich keine Ahnung.«

Thor seufzte, und ein leichtes Lächeln umspielte seine

Lippen. Er streckte die Arme aus, umarmte Linnea und sah sie mit einem zärtlichen Blick an.

»Sie hatte einen Pass bei sich, der auf den Namen Stacey Kim ausgestellt ist. Aber ihr DNA-Profil entspricht dem einer verstorbenen amerikanischen Heckenschützin namens Peggy-Lee Wu.«

Linnea erzählte ihm, dass der Arzt die Frau kurz untersucht hatte und dass sie aufgrund ihrer Stichverletzungen zwar viel Blut verloren, aber im Gegensatz zu Lex ziemlich gute Überlebenschancen hatte. Erst bei einer gründlicheren Untersuchung würde man feststellen können, ob lebenswichtige Organe verletzt worden waren, aber ihr Zustand wirkte stabil.

Thor zuckte mit den Schultern.

»Ich vermute, dass sie eine Art Auftragskillerin ist«, sagte er dann. »Vielleicht wurde sie von einem Hintermann angeheuert, der sowohl Jonas als auch Alexandra Neergaard loswerden wollte. Aber genau weiß ich es nicht. Wir müssen zusehen, das Ganze endlich richtig aufzuklären. Wir werden das Geschäft der Neergaards einer gründlichen Untersuchung unterziehen. Und wenn die Frauen überleben, werden wir sie schon früher oder später zum Reden bringen. Die Verbindung zum Mord an Firaz Khalid ist offensichtlich, mit Sicherheit waren sie Geschäftspartner.«

Linnea nickte und musste an Lex denken, die sich wahrscheinlich gerade im Landeanflug auf die Klinik befand. War es womöglich denkbar, dass Lex tief in ihrem Inneren gewusst hatte, dass Jonas' Leben auf dem Spiel stand, oder hatte sie seinen Tod sogar bewusst mit eingeplant, um das schwächste Glied in der Kette loszuwerden? Der Gedanke war nicht auszuhalten. Ihre Ambitionen hatten fatale Folgen für das Leben mehrerer anderer Menschen gehabt. Linnea seufzte, schaute Thor an und meinte: »Blut fordert Blut, wie schon Macbeth sagte.«

*

Das Stimmengewirr schlug Linnea entgegen wie ein Chaos, in dem sie sich nicht orientieren konnte. Anfangs hatte sie Schwierigkeiten, überhaupt etwas zu verstehen, selbst wenn sich die Leute ihr direkt zuwandten und sie fragten, wie es ihr ginge. Als sie das Lagergebäude erneut betrat, kam ihr ein Gesicht nach dem anderen entgegen. Und plötzlich bemerkte sie, dass der Ort vollkommen seinen Charakter geändert hatte. Vor einer halben Stunde hatte sie dort drinnen gelegen und lediglich gewusst, dass ihr Leben vermutlich von der Gnade eines durchgeknallten Mörders abhing. Und jetzt war er plötzlich in einen Tatort verwandelt, an dem es vor Fotografen, Technikern und anderen Polizisten nur so wimmelte.

»Sind Sie sicher, dass es Ihnen gutgeht?«

Linnea nickte in Richtung des Fragenden, der bereits weiterging.

»Ein bisschen Kopfschmerzen und ein paar Hautabschürfungen, das ist alles.«

Sie bewegte die Lippen, zweifelte aber daran, dass sie überhaupt einen Ton hervorbrachte. Wahrscheinlich war sie in einen Schockzustand gefallen. Sie nahm die Eindrücke nur oberflächlich in sich auf. Als sie Thors Fragen beantwortete und sich von den Ärzten untersuchen ließ, hatte sie sich wie unter einer schützenden Glasglocke befunden. Aber jetzt schienen ihre Sinne wieder zu erwachen und zu erfassen, was eigentlich vorgefallen war.

Sie ging weiter in das Lagergebäude hinein. Menschen eilten geschäftig an ihr vorbei.

»Halt! Sie müssen einen Schutzanzug tragen!«

Ein Mann stoppte sie auf halbem Weg. Sie starrte ihn an und erkannte ihn erst langsam als einen Kollegen von der Spurensicherung. Als ihm auffiel, dass sie sozusagen ein Teil des Tatorts war, winkte er sie durch. Vermutlich würde sie später ihre Kleidung abliefern und sich selbst einer Untersuchung durch die Kollegen aussetzen müssen. Erst jetzt wurde ihr bewusst, dass sie auf ganz andere Weise an einem Fall teilhatte als je zuvor.

Dieses Verbrechen war keines, das sie in ihrer Funktion als Forscherin und forensische Anthropologin einer objektiven Untersuchung unterziehen konnte. Sie selbst war Zeugin und teilweise auch Opfer eines grausamen Verbrechens geworden, das sie kaum fassen konnte.

Linnea musste einen Moment warten, bis sie den großen Raum betreten konnte, da die Techniker noch dabei waren, ihre Sachen zusammenzupacken. Nach allem, was Linnea zunächst gehört und dann gesehen hatte, musste ein erbitterter Nahkampf stattgefunden haben. Dabei war es der Killerin vermutlich gelungen, eine Pistole zu ziehen. Und Lex hatte trotzdem versucht, sie zu erdolchen, wohl wissend, dass ihr Angriff höchstwahrscheinlich einen Schuss zur Folge haben würde. Das grenzte schon fast an Kamikaze, erklärte aber auch, wie es Lex fast gelungen wäre, die andere umzubringen, obwohl diese allem Anschein nach eine professionelle Killerin war.

Vielleicht war sie ganz einfach durchgedreht, aber Linnea zweifelte daran. Wahrscheinlicher schien, dass Lex viel stärker war, als Linnea je gedacht hätte. Offenbar war sie in Wahrheit eine völlig andere Person als die, die Linnea zu kennen geglaubt hatte. Das warf natürlich auch die Frage auf, welche Rolle sie bei den Ereignissen der letzten Tage gespielt hatte. Vermutlich hatte Lex schon immer gewusst, wer der Tote aus dem Lammefjord war. Und Linnea wurde den Gedanken nicht los, dass ihre Freundin auch in diesen Mord unmittelbar verwickelt war.

Dann durfte Linnea endlich den großen Raum betreten. Plötzlich begann ihr Herz erneut heftig zu schlagen, und sie spürte ein Rauschen in den Ohren. Die Panik war wieder da. Sie zwang sich, ruhig zu atmen, während sie in den Raum starrte. Die Trage, auf die die andere Frau – die nach Thors Vermutung Peggy-Lee hieß – gelegt worden war, stand noch da, aber sie war leer.

Linnea machte auf dem Absatz kehrt, um die Polizisten draußen zu warnen, lief jedoch direkt in Thors Arme.

»Bist du taub geworden? Ich habe schon mehrmals nach dir gerufen.«

Dann bemerkte er ihren verstörten Blick.

»Der Krankenwagen ist gerade gekommen«, erklärte er. »Sie haben sie nach draußen gebracht. Was dachtest du denn? Sie ist doch viel zu schwach, um aus eigener Kraft irgendwo hinzugehen.«

Linnea drehte sich erneut um und ging dann weiter in den Raum hinein. Thor rief ihr hinterher.

»Und du musst auch mit ins Krankenhaus!«

Sie nickte, blieb stehen und starrte auf das viele Blut auf dem Boden, das ihr erst jetzt richtig auffiel. Als Thor sie befreit und nach draußen gebracht hatte, hatte sie davon nichts bemerkt. Jetzt war die große Lache auf dem Boden kaum zu übersehen, in der sich das Blut der beiden schwerverletzten Frauen gemischt und eine Art makabren Rohrschachtest gebildet hatte. Allein bei dem Gedanken daran, was hier passiert war, lief es Linnea eiskalt den Rücken herunter.

Thor trat zu ihr und legte den Arm um sie. Bereitwillig ließ sie sich von ihm hinaus zum Krankenwagen führen.

58

Verbinden Sie mich mit jemandem von der abdominalchirurgischen Abteilung!«

Die Stimme des Sanitäters, der mit der Klinikzentrale sprach, weckte Linnea wieder aus ihrem Dämmerzustand. Der Sanitätshelfer saß am Steuer. Sie selbst hockte ein wenig eingeklemmt zwischen ihm und dem anderen Sanitäter auf der Vorderbank. Auf dem Monitor konnte sie die Meldungen sehen, die zwischen der Wachzentrale und dem Krankenwagen hin und her geschickt wurden.

»Wie weit ist es noch?«, fragte sie.

Der Sanitäter sah sie an.

»Sind Sie sicher, dass es Ihnen gutgeht? Vielleicht sollte man Sie wegen des Verdachts auf Gehirnerschütterung untersuchen.«

Sie starrte ihn verwundert an. Er hatte es tatsächlich gewagt, sie mit seinen braunen Augen anzuflirten, als er ihr einen Platz auf dem Beifahrersitz angeboten hatte.

Sie wollte ihm gerade säuerlich mitteilen, dass sie die erforderliche Diagnose problemlos selbst stellen konnte und auf keinen Fall eine Gehirnerschütterung hatte, als sie bemerkte, worauf er anspielte. Er zeigte mit einem ironischen Grinsen nach draußen, wo bereits der Haupteingang des Rigshospitals am Blegdamsvej zu erkennen war. Sie musste unterwegs eingeschlafen sein.

»Fahr direkt da rüber, wir wollen sie ja nicht verlieren.«

Der Rettungssanitäter gab eifrig Zeichen, um seinen noch jüngeren Gehilfen zu dem Hof hinter dem Hauptgebäude zu dirigieren, wo es zur Notaufnahme und der Intensivstation des Rigshospitals ging. Hinten im Rettungswagen lag Peggy-Lee auf einer Trage unter der Aufsicht eines Anästhesisten der Intensivstation. In der Notaufnahme hielt sich ein spezielles Trauma-Team bereit, das genau für solche Notfälle ausgebildet war: ein Narkosearzt, ein Unfallchirurg, eine spezialisierte Krankenschwester sowie zwei Radiologen.

*

»Sie kommen allein zurecht?«

Der Sanitäter wartete Linneas Antwort gar nicht erst ab und sprang aus dem Rettungswagen. Natürlich kam sie allein zurecht. Sie humpelte ein wenig und war todmüde und erschöpft, aber mehr auch nicht. Sie war zwar mitgefahren, um sich untersuchen zu lassen, rechnete aber nicht damit, dass die Ärzte etwas finden würden, was sich nicht mit einer Handvoll Paracetamol und ein paar Tagen Krankschreibung beheben ließe.

Die beiden Männer waren bereits dabei, Peggy-Lees Trage aus dem Rettungswagen zu schieben. Der Sanitäter nahm die Trage entgegen, als sie das letzte Stück herausgezogen wurde und das Fahrgestell sich automatisch ausklappte. Anschließend sprang auch sein Assistent aus dem Wagen, und sie rollten die Trage schnell zur Notaufnahme. Das Kopfende war nicht heruntergeklappt, und die rote Decke sorgte dafür, dass man nicht viel mehr von Peggy-Lee erkennen konnte als die Beatmungsmaske über Nase und Mund. Linnea dachte plötzlich, dass sie ziemlich unbequem liegen musste, obwohl das in Anbetracht ihres Allgemeinzustands eher nebensächlich war. Die Trage war mit einer Vakuummatratze versehen, die den Patienten bestmöglich stabilisierte. Soweit Linnea aber erkennen konnte, schien die Matratze nicht optimal an Peggy-Lee angepasst worden zu sein, doch das hatte der Arzt bestimmt im Blick.

Sie ging in Richtung des Eingangs und drehte sich noch einmal um. Wo war der besagte Arzt eigentlich geblieben?

»Warten Sie mal!«, rief sie den beiden Sanitätern zu, die mit der Trage vor dem Aufzug warteten.

»Wollen Sie mitfahren?«, fragte der Sanitäter, als Linnea sie erreichte.

Er lächelte und machte aus Spaß eine einladende Geste.

»Sind Sie sicher, dass Sie die Richtige mitgenommen haben?«, sagte Linnea und zeigte auf die Trage.

Dann riss sie hastig die Beatmungsmaske herunter.

»He, was machen Sie denn da?«, rief der Sanitäter. »Sind Sie völlig durchgedreht?«

Linnea stand mit der Maske in der Hand da und blickte auf die Trage herunter. Die beiden Sanitäter mussten dasselbe gedacht haben wie sie, als sie aus dem Wagen gesprungen waren: dass der Anästhesist schneller gewesen und bereits in die Notaufnahme gerannt war, um alles vorzubereiten. Doch weit gefehlt.

Das entblößte Gesicht war nicht das der schwerverletzten Patientin, sondern das des Anästhesisten. Und seine schläfrigen Augen deuteten auf den Einsatz eines Beruhigungsmittels in großzügigen Dosen hin.

»Verdammter Mist! Ist sie etwa abgehauen?«

»Unmöglich, sie war doch völlig geschwächt nach dem Blutverlust. Man hatte ihr ein Messer in die Seite gerammt.«

Linnea sah sich in alle Richtungen um, während die beiden Sanitäter versuchten, wieder etwas mehr Leben in den Mann auf der Trage zu bringen. Doch sie konnte nirgends etwas entdecken. An beiden Seiten befanden sich Eingänge zu den anderen Abteilungen der Klinik, neben der Rampe parkten Fahrräder, und überall waren Menschen, die das Gebäude betraten oder verließen. Nichts war also leichter, als hier zu entkommen. Und trotzdem hatte Linnea irgendwie das Gefühl, dass Peggy-Lee nicht in der Menge untergetaucht war. So schnell konnte sie gar nicht abgehauen sein. Es war an sich schon beeindruckend, dass es ihr irgendwie gelungen war, sich aufzurappeln. Obwohl sie ihre Schwäche anscheinend zu einem gewissen Grad nur gespielt hatte, musste sie dennoch ungewöhnlich robust sein, um diese Anstrengung mit ihren Verletzungen zu bewältigen. Und nicht zuletzt würde sie mit ihrer zerrissenen Kleidung und ihrem Verband um die große Bauchwunde Aufmerksamkeit erregen.

»Jetzt rufen Sie doch endlich die Polizei!«, rief Linnea den Sanitätern zu. »Uns ist eine professionelle Killerin entkommen.«

59

Als der Sanitäter endlich sein Handy in die Hand nahm, ging Linnea die Rampe entlang. Sie war lediglich von einem Drahtzaun abgegrenzt, der nur ein leichtes Hindernis darstellte, und dahinter lag der Fælledpark. Am Abend kamen noch viele Leute hierher, die sich mit ihren Einweggrills und Bierdosen überall auf den großen Rasenflächen niederließen. Der Park wäre jedenfalls der Ort, an dem Linnea selbst am ehesten Unterschlupf suchen würde, um in der Menge unterzutauchen. Mit dem auffälligen Verband würde das für die Killerin jedoch schwierig werden.

Einer Eingebung folgend, ging sie stattdessen zurück zum Rettungswagen, dessen eine Tür immer noch weit offenstand. Sie kletterte hinein. Die Flasche mit dem Lachgas lehnte direkt neben der Tür, und etwas weiter hinten stand der offene Behandlungskoffer, in dem die Kompressionsverbände ganz oben lagen. Daran hatte garantiert reichlich Bedarf bestanden. Aber das war es nicht, was sie dazu veranlasste, noch tiefer in den Rettungswagen hineinzugehen.

Sie duckte sich, um unter den Regalen und Schränken mit Wiederbelebungsausrüstung und Defibrillatoren hindurchzugehen. Ganz hinten lag eine graue, nicht ordentlich zusammengelegte Decke auf dem Boden, so als wäre sie auf den Boden gezogen worden, um etwas zu verbergen.

»Oder jemanden«, murmelte Linnea vor sich hin.

Sie drehte sich um, um den Wagen wieder zu verlassen. Es war schwierig zu sagen, wohin Peggy-Lee verschwunden war. Aber alles deutete darauf hin, dass sie irgendwann während der Fahrt den Anästhesisten überwältigt und auf die Trage gelegt hatte, nachdem sie ihn ruhiggestellt hatte. Mit einer gewaltigen Dosis Schmerzmittel, von dem es hier genug geben musste. Und anschließend hatte sie sich unter der Decke versteckt, während die nichtsahnenden Sanitäter ihren Kollegen aus dem Wagen gehoben und ihn davongeschoben hatten. Dann musste sie aus dem Rettungswagen gesprungen und spurlos verschwunden sein.

Linnea kramte mit der einen Hand in der Tasche nach ihrem Handy und versuchte mit der anderen, den Sanitäter herbeizuwinken. Sie wollte ihn gerade rufen, als sie von hinten einen Stoß versetzt bekam.

Sie fiel mit dem Kopf gegen die Innenwand des Krankenwagens und stöhnte auf, als ihr ohnehin schon schmerzender Kopf auf dem Seitenfenster aufschlug.

Sie wurde noch einmal gestoßen und sank unter dem Schmerz der Kopfwunde, die erneut aufgeplatzt war, zusammen.

Als sie nach dem Lachgas greifen wollte, um sich zu wehren, sah sie ihre Angreiferin.

»Diese Sache geht dich nichts an.«

Es war Peggy-Lee, die sie auf Amerikanisch anfauchte. Sie trug die gelbe Jacke des Anästhesisten und hatte ein Skalpell in der Hand, das sie nun unter Linneas Kinn hielt. Sie starrte ihr direkt in die Augen.

Linneas Pupillen weiteten sich, doch sie brachte keinen Ton hervor. Sie spürte das Skalpell an derselben Stelle auf ihrer Haut wie nur wenige Stunden zuvor das Messer. Peggy-Lee musste genau in dem Moment versucht haben, den Rettungswagen zu verlassen, als Linnea dort hineingeklettert war. Sie hatte zusammengekauert in der rechten Ecke unter den Schränken gehockt, wohl wissend, dass es nur eine Frage von Sekunden war, bis Linnea sie entdecken würde.

Peggy-Lee streckte nun ihre andere Hand aus, in der sie eine Kompressionsbinde hielt. Sie öffnete weit ihren Mund, um Linnea zu bedeuten, dasselbe zu tun, und stopfte ihr dann die Binde tief hinein. Erneut fixierte Peggy-Lee Linneas Augen. Linnea hatte das Gefühl, in einen endlosen schwarzen Abgrund zu schauen.

Dann krabbelte sie auf allen vieren aus dem Rettungswagen und warf von außen die Tür zu.

Linnea riss sich sofort die Kompressionsbinde aus dem Mund. Sie spuckte zornig aus, rannte zur Tür und zerrte sie auf.

»Sie ist geflüchtet!«, rief sie den beiden Sanitätern zu.

Die beiden starrten sie nur verständnislos an. Natürlich hatten sie von alledem nichts mitbekommen. Erst als Linnea dasselbe noch einmal rief, kam endlich Bewegung in die Männer. Erschöpft setzte sich Linnea auf den Boden des Rettungswagens, und die Anspannung nach den Anstrengungen und dem Schock fiel von ihr ab. Langsam rappelte sie sich wieder auf und stieg aus dem Wagen. Sie glaubte nicht daran, dass es ihnen gelingen würde, Peggy-Lee zu fangen. Diese Frau war nicht nur professionell, sondern auch derart willensstark und kaltblütig, dass sie anscheinend immer und überall entkam und überlebte.

Linnea holte ihr Handy hervor und scrollte nach Thors Nummer. Aber im selben Moment kam ein Anruf. Sie nahm ihn an, noch ehe das Telefon geklingelt hatte.

»Das ging ja schnell«, meinte Thor.

»Ich konnte sehen, dass du es warst.«

»Hat man dir schon von Alexandra Neergaard erzählt?«

Linnea verneinte und ging weiter zum Zaun vor dem Fælledpark.

»Sie ist gestorben, kaum dass sie im Krankenhaus eingetroffen ist. Die Ärzte sagen, es ist ein Wunder, dass sie überhaupt noch so lange gelebt hat. Bist du noch da?«

Aber Linnea antwortete nicht. Das musste warten. Alles konnte warten. Sie konnte nur noch in die Ferne starren, zu den vielen Menschen drüben im Park, ohne sie richtig wahrzunehmen. Direkt auf der anderen Seite des Zauns genossen die Menschen den Sommerabend und hatten Spaß – und schienen dennoch so weit weg.

60

Anschließend wusste Jonas nicht mehr, wie er Firaz gequält hatte, was er eigentlich genau getan hatte. Aber er erinnerte sich noch an die Schreie des Dolmetschers und an seine eigene Blutrünstigkeit, die er nie zuvor so stark erlebt hatte wie in jenem Moment, als sie vor dem Erdloch standen, aus dem er und Lex in größter Eile die Waren ausgegraben hatten. Und er erinnerte sich an Firaz' Gesicht, als er endlich unter dem Druck zusammenbrach und mit blutigen Lippen einen Namen flüsterte.

Lex sah auf seinem Handy nach und nickte Jonas zu. Und dann kam der Augenblick, den Jonas in Gedanken immer wieder durchlebte, der Augenblick, wo er diesem kleinen Schurken eine letzte Demütigung verpassen wollte – ihn dazu bringen wollte, sich vor Schreck in die Hosen zu machen, so wie der Junge in Basra, nachdem Firaz ihn denunziert hatte. Ihn so sehr zu brechen, dass er es nie wieder wagen würde, sie zu belästigen.

Jonas riss den Kopf des Dolmetschers an den Haaren nach oben. Er sah ihm tief in die Augen und drückte die Pistole an seine Schläfe.

»Say good bye, Firaz, my man.«

Firaz' dunkle Augen wurden vollkommen schwarz vor Angst.

Jonas blickte hinein und drückte den Abzug.

Auf der Fahrt nach Hause starrte Jonas wie betäubt aus dem Seitenfenster. Lex saß am Steuer.

»Aber Jonas, tief in deinem Inneren wusstest du doch schon, dass die Pistole geladen war, oder?«

Er spürte, wie die Mischung aus Schweiß, Erde und Blut in seinem Gesicht allmählich trocknete. Noch immer füllte der beißende Geschmack von Magensäure seine ganze Mundhöhle aus. Er hatte sich so lange übergeben, bis nur noch Galle übrig war.

»Was hattest du dir auch vorgestellt? Dass wir einfach so sein Geschäft übernehmen, ihm ein paar Schläge verpassen und dann nie wieder etwas von ihm hören? Wir hatten doch gar keine andere Wahl.«

Lex streckte den Arm aus, um ihm über den Kopf zu streicheln. Doch Jonas rückte von ihr weg, starrte immer gebannter auf die Bäume am Straßenrand, an denen sie vorbeirauschten.

»Nur ich hatte keine Wahl«, sagte er leise.

Mittwoch, 14. Juli

EPILOG

Da wird sich die Beschenkte aber garantiert freuen! Und vergessen Sie unsere große Auktion bei Christie's in New York im Dezember nicht. Elf einzigartige Juwelen und sieben limitierte Uhren-Editionen werden versteigert. Sie sollen geschätzte drei Millionen Euro einbringen. Und der gesamte Erlös geht an den Fonds *Save the Children*. Ist das nicht phantastisch!«

»Ja, wir dürfen die Kinder nie vergessen.«

Kevin Love lächelte die Verkäuferin in der Bulgari-Boutique an. Sie musste Anfang zwanzig sein, war naturblond, gertenschlank, hatte dabei ein ansehnliches Dekolleté und war sehr stark, aber professionell geschminkt. Sicher war sie dumm wie ein Schaf, aber bei ihrem Aussehen würde ihr das wahrscheinlich nie größere Probleme bereiten. Sie bewegte sich in Bulgaris Universum aus Schmuck, Taschen, exklusiven Uhren und Parfüms so natürlich wie ein Fisch im Wasser. Alles zu Preisen, die sogar Kevin Love mitunter ein wenig vulgär erschienen. Vermutlich waren ihre Zukunftspläne darauf beschränkt, einen reichen Idioten wie ihn zu finden, der sich von ihr betören ließ. Er konnte nicht umhin, neugierig, fast schon bewundernd auf dieses Mädchen zu blicken, das eine so pragmatische und rücksichtslose Einstellung zur Welt und zu seinem eigenen Marktwert hatte.

»Genau so einen Zehenring hätte ich mir selbst auch ausgesucht.«

Sie befestigte ein breites Seidenband als Henkel an der

großen Papiertüte, in der sich die winzige Schachtel mit dem Ring befand, und reichte sie Kevin Love mit einem erneuten Lächeln. Es strahlte mit ihren perfekt manikürten Nägeln um die Wette, die mindestens einen halben Zentimeter zu lang waren, um die Kasse vernünftig bedienen zu können. Oder irgendeine andere sinnvolle Tätigkeit auszuführen. Er schenkte ihr seinerseits ein Lächeln, das vermutlich eher an das sanfte Zähnefletschen einer Wildkatze erinnerte. Vielleicht war er von ihr fasziniert, weil er sich selbst in ihr wiedererkannte, vielleicht reizten ihn auch nur ihre faszinierend strammen Brüste, die aus der weit aufgeknöpften Bluse hervorlugten.

Er schüttelte über sich selbst den Kopf und ging ins Terminal. Die British Airways Lounge am Kopenhagener Flughafen befand sich in einer Ecke des Flugsteiges A, und Kevin Love steuerte direkt auf den Executive Club zu. Er war ziemlich zufrieden, denn er hatte alles erreicht, was er wollte. In einer halben Stunde würde er an Bord des Flugzeugs nach Nizza sitzen. Und diese ganze Angelegenheit in Kopenhagen war nur ein kurzer Umweg gewesen, der etwas mehr Zeit in Anspruch genommen hatte als nötig, aber mehr auch nicht. Für Veronica hatte er ein Geschenk dabei, dessen Diamanten sie sicher zum Staunen bringen würden. Und er hatte Peggy-Lee damit beauftragt, sich um die letzten Aufräumarbeiten zu kümmern.

Er hatte das Geschäft längst analysiert und war zu dem Schluss gekommen, dass auch Neergaards Frau verschwinden musste, wenn alles endgültig aufhören sollte. Normalerweise hätte er mit seiner Weiterreise gewartet, bis er wusste, dass alles endgültig abgeschlossen war. Aber erstens räumte er einer solch peripheren Affäre nicht unbegrenzt seine Zeit ein. Und zweitens hatte er sich bisher immer darauf verlassen können, dass Peggy-Lee ihre Aufträge bis ins kleinste Detail ausführte. Im Falle von Neergaard hatte sie zwar ziemlich gepfuscht. Aber sie hatte das erreicht, wofür er sie bezahlt hatte, ohne dass jemand dahinterkam, dass er die Finger im Spiel gehabt hatte.

Kevin Love ging zur Bar, bat um ein Glas Bollinger und setzte sich an einen der stationären Computer, die den Gästen der Lounge zur Verfügung standen. Er loggte sich auf der Hotmail-Adresse ein, die er eigens zu diesem Zweck eingerichtet hatte. Danach schaute er ein weiteres Mal auf die Uhr. Er hatte mit Peggy-Lee vereinbart, dass sie als Beweis für den ausgeführten Auftrag ein Foto hochlud, zu dem er von diesem Computer aus zehn Minuten lang Zugang hätte. Anschließend würden sich die Dokumente selbst vernichten, und alle Spuren wären verschwunden. Er klickte ungeduldig auf »Aktualisieren«.

Der Champagner perlte behaglich am Gaumen, während er darauf wartete, dass die versprochene E-Mail eintraf. Routinemäßig ließ er seinen Blick prüfend durch die Lounge schweifen und bemerkte dabei sofort die beiden Männer, die ein Stück vom Eingang entfernt standen. Er starrte sie an. Sie trugen anonyme Nadelstreifenanzüge, aber es bestand dennoch kein Zweifel daran, dass sie nicht hierhergehörten. Dies waren keine Geschäftsreisende wie er selbst und alle anderen im Executive Club, sondern Polizisten. Und wenn ihn nicht alles täuschte, suchten sie nach ihm. Sie hatten garantiert einen anonymen Tipp erhalten, dass sich hier zu einem bestimmten Zeitpunkt eine Person aufhielt, die für sie interessant sein könnte. Er seufzte irritiert.

Also war die kleine Miss Wu noch immer beleidigt. Denn diese Sache hatte er ihr zu verdanken, daran bestand kein Zweifel. Natürlich hätten sie keinerlei Beweise gegen ihn, aber ärgerlich war es trotzdem. Er aktualisierte noch einmal, und jetzt tauchte eine Nachricht auf. Das Betrefffeld war leer, doch im Anhang befanden sich eine Bild- und eine Tondatei.

Jetzt hatten ihn die beiden Polizisten endlich erkannt und kamen mit nervösen Schritten auf ihn zugeeilt. Kevin Love versuchte, die Seite zu schließen, doch der Bildschirm war plötzlich wie erstarrt. Also holte er stattdessen sein Handy hervor und kam sofort nach Nizza durch.

»Es gibt eine kleine Verzögerung«, teilte er mit. »Vermutlich komme ich einen Tag später.«

Anmerkung

Bei der Arbeit an diesem Roman waren uns folgende Texte von großem Nutzen: Roger Atwood: *Stealing History*, Michael Bjerre et al.: *Blindt i Basra*, Matthew Bogdanos: *Thieves of Bagdad*, Anja Dalsgaard-Nielsen: *Umulig mission*, Christopher Joyce & Erich Stover: *Witnesses from the grave*, Clea Kloff: *Knoglekvinden*, William R. Maples: *Dead Men Do Tell Tales*. All diese Autoren haben uns wichtige Details für die im Buch beschriebene Wirklichkeit geliefert und sind für eine ergänzende Lektüre sehr zu empfehlen. Unser Dank gilt außerdem Trine Busch, Andrea Fehlauer, Steen Holger Hansen, Esben Horn, Karsten Juhl Jørgensen, Leonhardt & Høier, Niels Lynnerup, Simon Pasternak, Katrine Pasternak, Katrine Mathilde Bech Taxholm, Sofie Voller und vielen anderen.